古典詩歌研究彙刊

第三輯

龔鵬程 主編

第 **10** 冊

明洪武、建文時期地域詩學研究

丁威仁 著

國家圖書館出版品預行編目資料

明洪武、建文時期地域詩學研究／丁威仁 著 — 初版 — 台北
縣永和市：花木蘭文化出版社，2008〔民97〕

目 4+316 面；17×24 公分（古典詩歌研究彙刊 第三輯；第 10 冊）

ISBN 978-986-6831-87-4（精裝）
1. 明代詩　2. 詩學　3. 詩評

820.9106　　　　　　　　　　　　　　　　　　　97000380

ISBN - 978-986-6831-87-4

9 789866 831874

古典詩歌研究彙刊
第三輯　第 十 冊　　　　ISBN：978-986-6831-87-4

明洪武、建文時期地域詩學研究

作　　者　丁威仁
主　　編　龔鵬程
出　　版　花木蘭文化出版社
發 行 所　花木蘭文化出版社
發 行 人　高小娟
聯絡地址　台北縣永和市中正路五九五號七樓之三
　　　　　電話：02-2923-1455／傳真：02-2923-1452
電子信箱　sut81518@ms59.hinet.net
初　　版　2008 年 3 月
定　　價　第三輯 20 冊（精裝）新台幣 28,000 元　　　版權所有・請勿翻印

明洪武、建文時期地域詩學研究

丁威仁 著

作者簡介

丁威仁，1974 年出生於基隆。東海大學中文系文學博士，現任新竹教育大學語文系專任助理教授，兼課外活動組組長。曾獲 2005 年第 27 屆、2007 年第 29 屆聯合報文學獎新詩組評審獎，九十年度教育部文藝創作獎新詩組首獎，全國優秀青年詩人獎等。學術研究方向為中國古典詩文理論與批評，魏晉與明代文學、台灣現代詩、現代文學、網路文學等。出版詩集《末日新世紀》（文史哲出版社）。個人網頁為：http://mypaper.pchome.com.tw/news.php/kylesmile/

提　　要

　　胡應麟《詩藪》云：「國初吳詩派昉于高季迪，越詩派昉于劉伯溫，閩詩派昉于林子羽，嶺南詩派昉於孫蕡，江右詩派昉于劉崧，五家才力，成足雄據一方，先驅當代」，認為明初有吳、越、閩、嶺南、江右五個詩派，可見明初詩論之精采繁複。筆者也相當好奇明中、晚期關於復古與反復古的文學論戰，其中應有隱藏的潛在根源。假使仔細檢視這個根源，將發現解決明中晚期的許多文學爭端，就必須回到明初詩文理論的發展。明洪武、建文時期的浙東、江西與閩中詩學，確實影響明、中晚期的復古思維，連反復古、性靈與真性情的展現，也必須推至明初吳中蘇州等地的詩歌思維。整體但分向地討論明初詩歌思維的多元趨勢，替明中、晚期詩文理論的繁複景象，找出在明初地域詩學裡呈現的思維根源，正是本文命題研究的意義所在。本文藉元末明初文士詩學理論之完整閱讀，透過地域詩學的分向觀照，分析討論明初詩論的變遷與文化意義。明初的地域詩學便在這些文人的手上建立，我們將共時性（synchronic）的研究置入其中，透過不同地域詩人詩論的研究，方能彰顯出當時多元化的詩歌思維，與文化現況。

第一章　緒　論 …………………………………… 1
　第一節　研究動機 ………………………………… 1
　第二節　研究目的 ………………………………… 12
　第三節　明初詩學研究概況 ……………………… 17
　　一、個別詩人之評述 …………………………… 20
　　二、文學理論的探討 …………………………… 24
　　三、元末明初詩文發展評述 …………………… 28
　第四節　研究論域與方法 ………………………… 32
　第五節　本文架構 ………………………………… 39
　第六節　預期研究成果與限制 …………………… 41
第二章　浙東派詩學理論 ………………………… 43
　第一節　詩歌的基礎與根源論 …………………… 50
　　一、「宇宙論」根源說 ………………………… 50
　　二、「五美之具」說 …………………………… 51
　　三、「三位一體」論與「詩三百」根源說 …… 57
　　四、「四根源」、「誠源」與「仁源」說 …… 62
　　五、「三層次」根源論 ………………………… 66
　　六、小　結 ……………………………………… 70
　第二節　詩歌本質功能論 ………………………… 72
　　一、「一本貫通」論 …………………………… 72
　　二、「道本說」與「氣本說」 ………………… 76
　　三、「誠本說」、「樂本說」與「乾坤清氣」論
　　　 ………………………………………………… 81
　　四、「尚趣」、「尚智」與「尚志」說 ……… 87
　　五、「仁聲道本」說 …………………………… 91
　　六、小　結 ……………………………………… 96
　第三節　詩歌創作方法論 ………………………… 98
　　一、「師古」工夫論 …………………………… 98
　　二、「才、學、識、體」與「思、學、養、變」
　　　　工夫論 ……………………………………… 102
　　三、「自然平易」、「審音」與「虛靜」說 … 108
　　四、「開門覓句」與「心會於神」工夫論 …… 112
　　五、小　結 ……………………………………… 115
　第四節　詩歌批評論與詩史觀 …………………… 117

目
次

一、「崇杜抑晚宋」的詩史思維 ……………… 117

二、「無抑宋傾向」的詩史思維 ……………… 122

三、「詩有十變」說 ………………………… 126

四、「莊周──李白──蘇軾」的詩史系譜與
「三設準」的詩歌批評 ………………… 130

五、小　結 ………………………………… 134

第三章　江西派詩學理論 ……………………… 137

第一節　詩歌的基礎與根源 ………………… 143

一、「本經重道」與「思無邪」根源說 … 143

二、「詩三百」、「雅韻」與「返古」根源說 · 147

三、小　結 ………………………………… 153

第二節　詩歌本質功能論 …………………… 154

一、「明體適用」本質論 …………………… 154

二、「詩道氣本」與劉崧「雅正和平」本質論
………………………………………… 156

三、「神格」與「人格」的本質論分向 … 160

四、小　結 ………………………………… 164

第三節　詩歌創作方法論 …………………… 165

一、「默坐澄心」與「持志善身」工夫論 … 165

二、「廣識擬古」、「學古所自」與「學、養、
悟」工夫說 …………………………… 168

三、小　結 ………………………………… 175

第四節　詩歌批評論與詩史觀 ……………… 176

一、「一以貫之」、「二可法、二敵」與「俊逸」
的批評方法 …………………………… 176

二、「主情」說與「九期」詩史論 ……… 180

三、小　結 ………………………………… 183

第四章　蘇州派詩學理論 ……………………… 185

第一節　詩歌的基礎與根源 ………………… 192

一、「黃初晚唐」溯源說與「詩三百」宗教說
的對映 ………………………………… 192

二、「自然」、「節制」與「三位一體」根源說
………………………………………… 196

三、小　結 ………………………………… 200

第二節　詩歌本質功能論 …………………… 201

一、「神本論」與「性情爲本」的對照 ……… 201

二、「聲與元氣」二元本質論 ················ 204

三、「格、意、趣」本質說與「情本論」 ···· 207

四、小　結 ·································· 211

第三節　詩歌創作方法論 ···················· 213

一、「客窗三復」說 ························ 213

二、「求友」說與「朱子學」工夫論 ········ 214

三、「兼施眾長，隨事摹擬」與「成、達、存、
養」說 ·································· 217

四、小　結 ·································· 221

第四節　詩歌批評論與詩史觀 ················ 222

一、「興寄」觀與「自然」判準說 ·········· 222

二、「主情」說與「實用主義」批評論 ······ 225

三、小　結 ·································· 227

第五章　閩中派詩學理論 ······················ 229

第一節　詩歌的基礎與根源 ·················· 232

一、「原於性命之正」與「詩三百」根源說 · 233

二、「以盛唐爲歸趨」與「從盛唐溯源漢代」
·· 236

三、小　結 ·································· 239

第二節　詩歌本質功能論 ···················· 240

一、「詞、理、古」三本質說與「情眞、氣古」
二本質說 ································ 240

二、「三來」本質論 ························ 242

三、小　結 ·································· 245

第三節　詩歌創作方法論 ···················· 246

一、「符經」工夫論與「自然而發」說的對照
·· 246

二、「師古」創作工夫論 ···················· 248

三、小　結 ·································· 251

第四節　詩歌批評與詩史觀 ·················· 252

一、「李、杜」判準論與「詩爲文之一」說 · 252

二、「四變」詩史觀與「迴圈式」批評 ········ 255

三、小　結 ·································· 259

第六章　其他地域詩學理論 ···················· 261

第一節　河南宋訥之「詩樂合一」的「審音言
志」說 ································ 261

第二節　安徽之唐桂芳、朱同⋯⋯⋯⋯⋯ 264
　　一、唐桂芳「格本」說⋯⋯⋯⋯⋯ 267
　　二、朱同「詩爲言之基礎」論⋯⋯⋯ 269
第三節　廣東孫蕡「企慕自然」之詩史觀⋯⋯ 271
第四節　湖南劉如孫「盈天地皆心也」的本質
　　　　論 273
第七章　四大地域詩學理論之交叉分析⋯⋯⋯ 277
第一節　詩歌的基礎與起源論⋯⋯⋯⋯⋯ 277
　　一、浙東派⋯⋯⋯⋯⋯⋯⋯⋯⋯⋯ 277
　　二、蘇州派⋯⋯⋯⋯⋯⋯⋯⋯⋯⋯ 278
　　三、江西派⋯⋯⋯⋯⋯⋯⋯⋯⋯⋯ 279
　　四、閩中派⋯⋯⋯⋯⋯⋯⋯⋯⋯⋯ 280
　　五、小　結⋯⋯⋯⋯⋯⋯⋯⋯⋯⋯ 280
第二節　詩歌本質功能論⋯⋯⋯⋯⋯⋯⋯ 281
　　一、浙東派⋯⋯⋯⋯⋯⋯⋯⋯⋯⋯ 281
　　二、蘇州派⋯⋯⋯⋯⋯⋯⋯⋯⋯⋯ 282
　　三、江西派⋯⋯⋯⋯⋯⋯⋯⋯⋯⋯ 283
　　四、閩中派⋯⋯⋯⋯⋯⋯⋯⋯⋯⋯ 283
　　五、小　結⋯⋯⋯⋯⋯⋯⋯⋯⋯⋯ 283
第三節　詩歌創作方法論⋯⋯⋯⋯⋯⋯⋯ 284
　　一、浙東派⋯⋯⋯⋯⋯⋯⋯⋯⋯⋯ 284
　　二、蘇州派⋯⋯⋯⋯⋯⋯⋯⋯⋯⋯ 285
　　三、江西派⋯⋯⋯⋯⋯⋯⋯⋯⋯⋯ 286
　　四、閩中派⋯⋯⋯⋯⋯⋯⋯⋯⋯⋯ 286
　　五、小　結⋯⋯⋯⋯⋯⋯⋯⋯⋯⋯ 287
第四節　詩史觀與詩歌批評論⋯⋯⋯⋯⋯ 288
　　一、浙東派⋯⋯⋯⋯⋯⋯⋯⋯⋯⋯ 288
　　二、蘇州派⋯⋯⋯⋯⋯⋯⋯⋯⋯⋯ 289
　　三、江西派⋯⋯⋯⋯⋯⋯⋯⋯⋯⋯ 289
　　四、閩中派⋯⋯⋯⋯⋯⋯⋯⋯⋯⋯ 289
　　五、小　結⋯⋯⋯⋯⋯⋯⋯⋯⋯⋯ 290
第八章　結　論⋯⋯⋯⋯⋯⋯⋯⋯⋯⋯⋯ 293

參考書目與文獻資料⋯⋯⋯⋯⋯⋯⋯⋯⋯ 303

第一章　緒　論

第一節　研究動機

　　從傳統文學史的角度觀察詩文發展，到了明代，古文創作經過漢、魏至唐宋之古文運動，已臻成熟；而古典詩歌從古體詩、樂府詩經過唐代近體詩，與宋人將詩境推至「尙理」的表現，也粲然大備。因此，傳統文學史的觀念，認爲明代詩文無法開新，只能復古。但爲何要研究明代詩文？許師建崑從普及教育與科舉考試的發展、出版書籍數量與傳播的廣度，以及文學類型多元發展三個角度，探討明代「文學大眾化」的現象；並以詩社、文社與講學活動的興起，人民識字率的提高，分析明代「大眾文學化」的狀態〔註1〕。就此兩個面向切入，將發現明代詩文之地位實勝於其餘文類，明代詩文之貢獻並不在於文類新的發展，而是文學批評理論之完整建構與發明，以及詩文轉向於大眾的參與。

　　元代馬上治國，建都北京，文人的地位下降，有部分的知識份子轉入民間場域，尋求發聲的可能，使元代的文化主軸有俗化傾向。朱

〔註1〕　許師建崑〈文學大眾化與大眾文學化——重構明代文學史論述的主軸〉，南華大學文學系編《明清文學與學術思想研討會論文集》，2004年5月1日舉辦，頁332～345。

元璋建國後，爲恢復漢唐衣冠，鞏固政權結構，便藉由朱子學作爲文化思維的骨架，引入理學系統，透過浙東與江西文士的輔助，導政權的文化進路於道德正軌。其中浙東文人專精永嘉之學，亦是朱元璋早期攻伐各地時謀士的來源，而江西以朱子性理之學爲宗，自宋代以來便是江西詩派與理學家的薈萃地，這兩個地域的文化理所當然成爲鞏固政權的來源，加以閩地原是河洛餘裔，亦爲朱子的出生地，閩刻之興盛繁榮反映閩地的經濟狀態有長足發展〔註2〕，閩文化在明初時期得到相對的重視，如「閩中十子」亦參與朱氏政權在文化架構的編書活動。我們可以說浙東、江西與閩中三個場域，以朱子學共構了明初時期的文化思維。吉川幸次郎說：

> 明詩的發展，大致上，也是照著簡易率直的方向，而且更
> 多的民間詩人，加入了創作的活動。……這種趨勢在明初
> 的詩壇已很明顯。當時比較出色的詩人多半在南方，特別
> 是以蘇州爲中心的地帶。不過這些詩人專以文學爲能事——
> ——至少朱元璋認爲如此，卻招來極大的不幸。〔註3〕

元末明初文士論談詩文，彼此間的詩文酬酢相當頻繁，尤其在東南之地的蘇州，情況爲著〔註4〕。烽火連天的元末明初社會，東南一地不

〔註2〕 明‧胡應麟《少室山房筆叢》（中華書局 1964 年版）卷四〈經籍會通〉載：「凡刻書之地有三：吳也，越也，閩也。蜀本，宋最稱善，近世甚希。燕、粵、秦、楚，今皆有刻，類自可觀，而不若三方之盛。其精，吳爲最；其多，閩爲最；越皆次之。其直重，吳爲最；其直輕，閩爲最；越皆次之。」其實，自宋代以來，建陽坊刻可謂獨冠全國，入明以後，持續發展，進入更爲繁榮的時期。關於福建刻書之發展，詳見謝水順等著《福建古代刻書》，福建人民出版社，2001 年 6。

〔註3〕 吉川幸次郎著、鄭清茂譯《元明詩概說》，台灣國立編譯館主編，幼獅文化事業公司印行，1986 年，頁 141。

〔註4〕 《明詩紀事》甲籤三卷至三十卷共收洪武朝詩人三百七十五人，乙籤一至二卷收建文朝詩人二十六人，共收錄四百零一人。其中籍貫大多屬於南方，以蘇州詩人爲最，共收一百三十餘人；其次是浙東詩人，共收八十餘人；江西則收五十五人，閩中共四十人；而北方一地居然只有六人。陳田《明詩記事》，上海古籍出版社續修四庫全書本，續修四庫全書編纂委員會編。

嘗給予知識份子避難而居的場域。張士誠據吳期間，元末文人集中此地。瞿佑云：「張氏具有浙西富饒地，而好養士。凡不得志於前元者，爭趨附之。美官豐祿，富貴赫然」〔註5〕；文徵明亦云：「僞周據吳日，開賓賢館，以致天下豪傑，故海內文章技能之士，悉萃於吳。」〔註6〕可見蘇州經濟發達，社會對於戰亂的承受度較高，也產生了豐富多采的詩學思維與詩學理論。然而朱元璋平吳後，對吳地採取一連串遷戶限商的政策，使吳地的經濟受到嚴重的打擊，也隱含對吳文化的壓抑與控制。建國後，他與浙東共構的文化政策，在道學思維的引領下，與吳地較爲自由的文化風氣大異其趣，反而使吳地的文藝成爲隱伏且不和諧的音符。

其實，元末群雄割據，北方的文化相對薄弱，南方地域文化，在動亂中自然呈現。這批文人裡與朱元璋想法最接近也較早成爲入幕之賓的文士，幾乎都是至正十八年（1358）攻下婺州之後，被任用的浙東人士，浙東派便成爲一個掌握文化權力的流派。「明王朝的建立，在一定程度上可以說是淮西武力集團與浙東文人集團相結合的產物」〔註7〕，這樣的思考可爲確論。到底明洪武、建文時期「地域詩學」的概念是否成立？以下列出幾個相關的原典後進一步討論：

（1）國初吳詩派昉于高季迪，越詩派昉于劉伯溫，閩詩派昉于林子羽，嶺南詩派昉于孫蕡，江右詩派昉于劉崧，五家才力，成足雄據一方，先驅當代。〔註8〕

（2）我朝詩道之昌，追復古昔，而閩、浙、吳中尤爲極盛。〔註9〕

（3）凡論明詩者，莫不謂盛於弘、正，極於嘉、隆，衰於公安、竟陵，余謂莫盛於明初，若黎眉（劉基）、海叟（袁凱）、

〔註5〕《歸田詩話》卷下。台灣商務印書館文淵閣四庫全書本。

〔註6〕文徵明〈跋文姬權厝志〉，四庫全書《甫田集》卷二十一。台灣商務印書館四庫全書文淵閣本。

〔註7〕引自廖可斌《復古派與明代文學思潮（上）》，台北：文津出版社，頁51。

〔註8〕明・胡應麟《詩藪》卷一，台北：廣文書局印行，1973年。

〔註9〕葉盛《水東日記》卷二十六，北京：中華書局1980年版，頁255。

> 子高（劉崧）、翠屏（張以寧）、朝宗（汪廣洋）、一山（李
> 延興）、吳四傑、粵五子、閩十子、會稽二蕭（唐蕭、謝蕭）、
> 崇安二藍（藍仁、藍智），以及草閣（李曄）、南村（陶宗
> 儀）、子英（袁華）、子宜（張適）、虛白（胡奎）、子憲（劉
> 紹）之流，以視弘、正、嘉、隆時，孰多孰少也。〔註10〕

（4）洪武之初，劉伯溫之高格，並以高季迪、袁景文諸人，各
逞才情，連鑣並軫，然尤存元紀之餘風，未極隆時之正軌。
〔註11〕

從上述引文，可以做如下的觀察：

（1）胡應麟認為明初應用地域的角度觀察詩學發展，他將之區分成
吳、越、閩、嶺南、江右五個區域詩學。

（2）葉盛亦以地域方法觀察明初詩學，認為有三大派系：閩、浙、
吳中。

（3）陳田除了舉出重要詩人外，也以地域的觀察提出幾個重要流
派：吳四傑、粵五子、閩十子、會稽二蕭（唐蕭、謝蕭）、崇安
二藍（藍仁、藍智）。

（4）沈德潛雖然只提出三人，實際上包含浙（越）、吳、閩三系。

從以上所述，可先歸納出明初的詩派有：浙（越）、吳、粵（南
園五子）、閩、嶺南、會稽二蕭、崇安二藍等等。以此思維重新檢視，
將發現我們對於明初詩學的理解，不甚全面，往往從北方學術的角度
展開討論，忽略了元末明初是以南方為主之地域詩學的時代，並影響
整個明代的詩學發展。以下我們整理《明詩紀事》裡所收洪、建朝詩
人的地域分部，更能確証明初詩學是地域詩學。

《明初紀事》甲籤三卷至三十卷收洪武一朝詩人三百七十五人，
乙籤一至二卷收建文朝詩人共二十六人，共錄洪、建二朝四百零一
人，其中籍貫北方的詩人只有李延興、張昌、張紳、朱諒等五、六人

〔註10〕陳田《明詩記事・甲籤序略》，上海古籍出版社續修四庫全書本，續
修四庫全書編纂委員會編。

〔註11〕沈德潛《明詩別裁・序》，香港：中華書局，1977 年。

而已：

浙　東（越）	八十餘人	約百分之二十
蘇　州（吳）	一百三十餘人	約百分之三十三
江　西（江右）	五十五人	約百分之十二點三
閩　中（閩）	四十人	約百分之十

　　從上表可見，明初地域詩學集中在籍貫南方者，其中有許多人後來成爲北方中央政府裡的官僚或進入臺閣重地，這四個流派的確是影響明初時期詩歌創作與理論思維的重要部分，本文將以各種論證，討論明初地域詩學之成立，及詩學理論之內涵與異同，藉此重新思考明初詩學理論的本質與可能的影響。

　　假使進一步思考明初的「地域詩學」，或將提出諸多問題：

（一）中州文人的組成爲何？

（二）北人治經、南人文學是否符合明初文化的概念？

（三）北方的文學弱於南方嗎？地域詩學的概念強調南方文學
　　　優於北方嗎？

（四）假使中州學風流動更替，南人入北後，文學型態又該如
　　　何？

　　以元末明初的地域詩學來解決這些疑問，會相當清楚。首先，浙江與江西本爲明代文學與程朱理學之重鎮，朱元璋早期建國時任用之主要文士，多爲浙東一地，可見中州文人的組成，在明初以至於整個明代，多由南方文士透過科舉入北取得，而科舉所考的是程朱系統的理學思維，因此北方的學術系統，大部分由南人與中央政權共構，朱子學爲核心，浙東派與江西派的文士爲根本，他們的詩學理論，也充分反映這樣的事實。換句話說，明初的詩學與文化，無法武斷地以南北分割的方式觀察，反而是共時性之地域詩學組構的，浙東與江西文士先後成爲重要官僚，取得並延續其文化權力；蘇州文士因無法躋身權力核心，加上元末以來的自由風氣仍存，縱使在朱元璋刻意壓抑

下，仍呈現一種像是抗拒主流的逆向音調，研究地域詩學便能呈現明初文化權力的消長與更迭。

第二，剛已論及明初北方官僚集團的構成，是由浙東文士推展文化的流衍，除了因為浙東延承元代朱子學的緣故，更是為了配合朱元璋一系列的文化政策，朱元璋云〔註12〕：

> 儒雖專文學而理道統，其農、工、商三者，皆出於斯教。至如立綱陳紀，輔君以仁，功莫大焉。論辭章記誦，儒者得其至精。苟非其類，同其門，未必得獲至微〔註13〕。

他將社會重要的職業，均推之儒教根源，就是承認儒教是社會結構的根本，而其內涵是文學與道統，政治上可輔佐君主治國，以下幾段引文分別討論朱元璋思維裡的文學與道統：

> 大化言天地之氣，運用也。世之賢者，特以君政配之，亦謂之大化。所以天地之大化，四時是也。所以四時之化者何？所以化者，春變夏，夏變秋，秋變冬，此四時之化。〔註14〕

> 所以人稟天地之氣，全順其宜而為之，則身安乎蕩蕩，阻其宜而為之，輕則致殃，重則喪命。〔註15〕

> 假如三教，惟儒者凡有國家不可無，夫子生于周，立綱常而治禮；樂，助國家洪休，文廟祀焉。〔註16〕

> 何今之人，所學之書則孔丘之言，皆率三皇而範五帝，乃為君之師，舉皋陶、周、呂、召，為教臣之式；明三綱、列五常，使眾庶咸安，於孔丘之言，教且嚴而理且明？何今之人，一臨事務，十行九謬？為君者享國且短，為臣者不匡為君之道，而賄賂通行，至於覆命者？〔註17〕

〔註12〕 關於此後朱元璋之引文，均引自胡士萼點校之《明太祖集》，黃山書社出版（安徽古籍叢書系列），此但標頁數，不再註引出處。
〔註13〕 朱元璋〈拔儒僧文〉，頁265。
〔註14〕 〈保身說〉，頁320。
〔註15〕 同前註，頁321。
〔註16〕 〈釋道論〉，頁213。
〔註17〕 〈問聖學〉，頁198～199。

因如是，故立上書陳言之法，以示天下，若官民有言者，

許陳實事，不許繁文，若過式者問之。故爲之序。〔註18〕

他相當肯定儒者的作用，治國的基本綱領必須是儒術，儒術的概念繼承董仲舒以降「天人相應」、「三綱五常」的漢儒思考，朱子學似乎只是他就近取捨的方便進路，「氣化宇宙論」才是朱元璋秉以治國的重要方法。這種觀點之下，禮義綱常的規範性會高過自覺反省的內在性，自覺心性的開發，並非朱元璋所強調，「認知系統」的治國方式才成爲他的導向。於是，文學的觀念不該流於繁文，也不應以過大的篇幅辨析「自覺心性」，文章創作只存在「功用論」與「目的論」，強調其功能內涵與事態本質，形式的要求亦被視爲浪費生命之事。而洪武初、中期當朝的浙東詩人與江西詩人，也承繼朱子理學，藉此與朱元璋配合，形成文化的官僚結構。因此，北人治經與南人文學不應視爲割裂，從地域詩學的角度分析，明初朝廷的文學推展根本是浙東詩人與朱元璋的觀念所共構的。

　　第三，地域詩學的考量必須回到元末的割據狀態，此時期不應以南北分立這種武斷的角度思考，元末的社會情況與朱元璋攻拔各地，才是重要的觀察點。徐子方以「裂變」的概念形容此時的社會文化狀態：

更爲重要的事，元王朝已無法繼續維持其統治，種族特權與民族歧視激化了社會矛盾，如火如荼的紅巾軍大起義迅速動搖了蒙古統治者的社會根基，以朱元璋爲首的漢族統治集團在元末社會大動亂中崛起，預示著一個新王朝的誕生。時隔不到一個世紀，剛剛形成不久的元代文人群體，再一次面臨著嚴峻的人生選擇，而這種選擇的結果不可避免地導致群體的最終分裂。由於不同於此前一朝代社會內部的分化組合，面臨這次分裂，文人群體的心態轉移也呈現著全新的趨勢。〔註19〕

〔註18〕〈建言格式序〉，頁305。

〔註19〕徐子方《挑戰與抉擇——元代文人心態史》，河北教育出版社，頁

他用「群體裂變」稱呼元末的文化社會狀態，頗爲恰當。北方蒙古政權呈現的內耗，使元末的蒙古種族與色目人中，守節盡禮的少數文士儒生，在即將分崩離析的風雨中，憂心如焚，如余闕、泰不華、乃賢、丁鶴年等知識分子，都提出過對於蒙古統治者的規勸與建議；南方的戴良、王逢、甚至於拒絕朱元璋任用的楊維楨，也以元末遺老的想法，形于歌詩。這可以發現元延祐以後，重行漢法，恢復儒治的結果，但這群文人終究是元末的少數，就南北而言，北方朝廷擁有的文士是蒙古、色目被漢化的文臣，南方擁立元朝的漢族文人，在群體裂變下，有的如戴良等人忠於名節；有的則如王冕、徐舫、何景福等人逃離現實、憤世自避；或是一群如黃公望般歸隱山林，不問世事的畫家。這些人並非是開創群體裂變，與地域文學的領導人物，反而呈現北方文化之薄弱，與南方文化之消極。但元末的文學狀況應如辛一江所言的相當活躍：

> 元末明初的文學思想是相當活躍的，尤以東南爲著。東南
> 地區從南宋開始就已經成爲全國的經濟、文化中心。元末
> 戰亂，東南相對穩定，成爲文人的避難之地，加上割據東
> 南的張士誠輩附庸風雅，各種文學社團也應運而生。〔註20〕

元代長期對文人，尤其是漢族南方文人的壓抑，反而使他們在民間透過結社，或相互唱和，形成強大的力量，這股力量在政權分崩離析，豪傑蜂擁並起的元末時期，成爲割據勢力所聘用的對象，讓「群體裂變」的現象發生，地域詩學便從元末延續到明代初期：

> 眞正體現元代文人群體大裂變實質的是在元明易代過程中
> 起著積極促進作用的宋濂和劉基等人。……在他們身上，
> 體現著元代後期文人價值選擇的一個重要方面。……還須
> 指出的是，元末新舊交替也不僅僅表現於元明兩個王朝之
> 間，促成元王朝滅亡的還包括和明太祖朱元璋一道揭竿而

249，2001 年 11 月。

〔註20〕 辛一江〈論元末明初越派與吳派的文學思想〉，昆明師範高等專科學校學報第二十一卷第三期，1999 年 9 月。

> 起的方國珍、陳友諒、張士誠諸般勢力……投入這些勢力
> 中間實現自我目的的文人亦不在少數。〔註21〕

這些文士把各自的希望寄託在不同的勢力中，代表地域文化的出現。的確，元末不同地域型態，表現不同的文化型態，這是本文討論地域詩學的背景與基礎。後來雖然經過朱元璋掃平南方勢力，揮軍北上，地域型態的文化澱積，藉著朱元璋的北伐，帶入文化略顯荒瘠的北方場域，明初的詩學概念，其實是元末地域詩學概念的承遞與發展。

　　而朱元璋以南方爲根據地，逐步揮軍北方，當時群雄的割據地，都有自己的文化型態（尤其是張士誠），朱元璋的攻拔各地，代表地域文化型態的融合與衝突。因此，地域詩學本就是討論元末明初文學時，應具備的基礎概念，朱元璋正挾帶著這群衝突又融合的文化力量，完成一統，進駐中州。所以，南北分立的簡截思維，在明初必須說是，朱元璋運用南方文化力量中，與其治國思維相近的浙東、江西文士，作爲文化根本，「南人北治」才是明開國的文化思維。而蘇州文士隱伏的抗拒力量，也肇因於明初時期朱氏政權的過度壓抑。我們以此來觀察明初地域詩學的文化影響，與南北文化的流動，相當清楚。《明史‧文苑傳》云：

> 明初，文學之士承元季虞、柳、黃、吳之後，師友講貫，
> 學有本原。宋濂、王禕、方孝孺以文雄，高、楊、張、徐、
> 劉基、袁凱以詩著。其他勝代遺逸，風流標映，不可指數，
> 蓋蔚然稱盛已。永、宣以還，作者遞興，皆沖融演迤，不
> 事鉤棘，而氣體漸弱。弘、正之間，李東陽出入宋、元，
> 溯流唐代，擅聲館閣。而李夢陽、何景明倡言復古，文自
> 西京、詩自中唐而下，一切吐棄，操觚談藝之士翕然宗之。
> 明之詩文，於斯一變。迨嘉靖時，王慎中、唐順之輩，文
> 宗歐、曾，詩仿初唐。李攀龍、王世貞輩，文主秦、漢，

〔註21〕徐氏《挑戰與抉擇──元代文人心態史》，河北教育出版社，頁271，
　　　2001年11月。

詩規盛唐。王、李之持論，大率與夢陽、景明相倡和也。
歸有光頗後出，以司馬、歐陽自命，力排李、何、王、李，
而徐渭、湯顯祖、袁宏道、鍾惺之屬，亦各爭鳴一時，於
是宗李、何、王、李者稍衰。至啟、禎時，錢謙益、艾南
英准北宋之矩矱，張溥、陳子龍擷東漢之芳華，又一變矣。
有明一代，文士卓卓表見者，其源流大抵如此。今博考諸
家之集，參以眾論，錄其著者。〔註22〕

明初的文化狀態實與元末有極大的聯繫，其中有以文名、有以詩著
者，都反映出地域詩學從元末以來的流衍。至洪武中葉以降，朱元璋
濫殺建國功臣。至建文四年，方孝孺不肯附逆，被永樂帝株連十族，
讀書種子至此絕矣，浙東派主政的年代也告完結，文化的重心，在永
樂年間轉移到江西派文士手中，繼續發揚浙東提倡的儒學傳統。永樂
以降逐漸盛行之「臺閣體」，就是明初地域詩學裡江西派的流衍。景
泰中，出現「景泰十子」，他們多不仕，以吳越兩地人居多，詩作和
生活狀態，都染有元末明初蘇州派之習氣，奇縱任誕是創作的特色。
而「唐、祝、文、周」江南四才子，盡是不拘禮法之士，對當時北方
朱子學術抨擊尤力，這本是蘇州派文士在長期自力更生的型態中，自
發的文化抗拒使然。

此後，李東陽「茶陵詩派」的組成人員來自全國各地，以吳中
人居多，是一種吳中思維的全新儒學模式，與純粹性文學流派的誕
生。之後的前七子，文柄從館閣下移郎署，讓明初之地域詩學在茶
陵派「科甲年第」的吸納後，逐步向大眾化轉移；陽明新（心）學
於南方的流行，也使明中葉以降的文化與學術，從地域詩學的多元，
走向南北學術分立，以及南方文化大眾化的趨勢。當然，就明代詩
文研究而言，明中葉至晚明的研究在台灣有極多的成績，對明初時
期的各種討論，雖未有太多豐富的實蹟，卻也出現許多前輩學者的

〔註22〕 張廷玉編《明史》，上海書店編，上海古籍出版社，1991 年版；《新
校本明史並附編六種》卷二八五，台北：鼎文書局，1980 年 1 月，
頁 7307～7308。

論述，在資料的整理以及對文本的分析上，提供後學思考的起點。
中山大學龔顯宗教授說：

> 郭氏《中國文學批評史》以爲南宋金元是批評家想建立其
> 思想體系的時期，而明代是批評理論各主一端推而至極的
> 偏勝時期。明初緊啣元季，批評家已完成其思想體系但尚
> 未各主一端，黨同伐異，所以這一階段不僅總結前賢的批
> 評業績，對後人而言，也具有開疆闢土，拓展領域的意義。
>
> 〔註 23〕

這段話現今看來也相當有意義。明初詩學的思想體系延承元末，因地
域間不同的文化氛圍，導致詩學理論呈現各自發展，又彼此吸納的表
現狀態。在「群體裂變」的情況下〔註24〕，元代長期對漢族南方文人
的壓抑，反而使他們透過結社唱和，形成強大的力量，北方政權分崩
離析的元末時期，這股力量成爲南方各割據勢力的政權基礎。這些文
士寄託於不同的勢力，象徵地域文化型態的展示。又據中山大學簡錦
松教授的整理，認爲明代中國科舉的重點區域有三：南畿蘇州、江西
吉安、福建福州〔註25〕。可見明代文化的發展，的確與地域空間交響

〔註23〕 龔顯宗《明初越派文學批評研究》，文史哲出版社，1988 年 7 月，
頁 1。

〔註24〕 徐子方以「裂變」的概念來形容此時的社會文化之狀態，他認爲「元
王朝已無法繼續維持統治，種族特權與民族歧視激化了社會矛盾，
如火如荼的紅巾軍大起義迅速動搖了蒙古統治者的社會根基，以朱
元璋爲首的漢族統治集團在元末社會大動亂中崛起，預示著一個新
王朝的誕生。時隔不到一個世紀，剛剛形成不久的元代文人群體，
再一次面臨著嚴峻的人生選擇，而這種選擇的結果不可避免地導致
群體的最終分裂。由於不同於此前一朝代社會內部的分化組合，面
臨這次分裂，文人群體的心態轉移也呈現著全新的趨勢。」，徐氏《挑
戰與抉擇──元代文人心態史》（河北教育出版社，2001 年 11 月，
頁 249）。

〔註25〕 據簡錦松對於方志與史書的考察，統計明初至明末崇禎年間蘇州
府、吉安府與福州府三地的進士與舉人的人數分別爲蘇州（進士
1012，舉人 2210）、吉安（進士 881，舉人 2568）、福州（進士 516，
舉人 2015）。如以此作爲觀察起點，對照本文討論的洪武、建文時
期地域狀態，可見雖然明初時吳中蘇州一地，因爲張士誠的緣故被

出相當的關係。明初詩論如從地域詩學的角度重新切入檢視，應可發現新的研究可能。

第二節　研究目的

《四庫全書總目提要》裡收錄單獨成書的明代詩話共四十二種，《中國叢書綜錄》更搜羅五十八種。當代學者吳文治主編的《明詩話全編》，將明代詩家序跋著作裡的散見詩話輯錄，更高達七百二十二家。其中涉及本文洪、建時期的詩論，高達七十家，可見明洪、建時期在文學理論批評史上的貢獻，不僅承接元末及其前的所有成績，更是明代中葉以降各種詩文理論的濫觴。郭紹虞如此觀察：

> 明承宋元二代之後，其文學背景也兼受兩方面的影響。宋人沉溺於道學的氛圍中間，其思想與生活態度是主敬而嚴肅的，是主靜而節欲的，故其文學風氣恆趨向正統的方面；元人生長於文藝的園地中間，其思想是頹廢的，其生活是縱欲的，故其文學風氣又趨向新興的方面……到了明代當然不能不兼受其影響，所以在這兩股潮流中的文人，不是守舊復古以正統自居，便是標新立異較富革命的精神〔註26〕。

郭紹虞把明代開國以來面對的文藝思潮問題作一說明，他認為「守舊」與「革命」兩股潮流同時沖激明代的文壇，又以為「明代文學的復古潮流，只成為文章體製與技巧之復古，而不是思想上的復古。因此這種復古都由文人主持，所以所注意的也只在文章形貌的方面」〔註27〕。

朱元璋與浙東文士壓抑，但反而在明中葉已降，成為文化的主體；江西本為道學之地，在永樂後取浙東代之，實屬必然；閩中雖然實力不及蘇州與江西，但在明代亦有相當的發展，成為另一個可能主控文柄之地域。數據之統計部分請參簡氏《明代中期文學批評研究》第三章〈蘇州文苑〉（台北：學生書局）與〈錢謙益《列朝詩集小傳》批評立場新論〉（南華大學文學系編《明清文學與學術思想研討會論文集》，2004 年 5 月 1 日舉辦，頁 299）。

〔註26〕郭紹虞《中國文學批評史》，文史哲出版社，1990 年 7 月，頁 435。
〔註27〕同前註，頁 436。

郭紹虞傳達明代總結宋元詩文思潮的正確思考，卻並未觀察到明初開
國以來所高倡之復古，不是文章體製之守舊，而是對古人之心的回歸。
一方面有文人認為用當代的語言形式復古人之心，另一方面又有人提
出對古人形式的全面模仿，這些複雜的思潮交織，早已充斥明初的文
壇，如要細緻的分析，便不能僅從郭紹虞歷時性的論述中觀察，必須
結合共時與社會研究的方法重新檢視。浙江大學廖可斌教授亦云：

> 元王朝是蒙古人建立的政權，它對思想文化方面的統治總
> 的來說比較疏略。作為推行統一文化政策的重要手段的科
> 舉考試也長期廢置不行，使不同地域間文化流失去了一條
> 重要紐帶。於是各個地域的文化就基本上處於相互隔絕自
> 然發展的狀態。〔註28〕

當中央政府無法推行統一的文化政策，社會又處於地域分裂割據
的狀態，不同地域便各自呈現彼此的差異。元人蒙古政權對漢人的長
期壓抑，在元末面臨南方的割據攻伐，與北方中央政權內鬥的情況
下，造成地域文化的顯著呈現。而元末明初詩文理論派別之多樣，系
統與地域關係之緊密，不僅是對宋元以來的文學思想全面總結，也創
造各範疇詩文理論的新發展。龔顯宗提出其研究明初越派的文學理論
有幾項重要的原因：

（一）多數學者較少注意明初，故可補其不足。

（二）明初上承宋元、下啓臺閣體至於清五百餘年的關鍵地位。

（三）明初是民國以前唯一建都南京，北方無他都的時期。

（四）浙江人才在元末明初居於領導地位。

（五）有明一代的文學理論除公安、竟陵二派外，在明初越派的
　　　文學批評已具雛型。〔註29〕

胡應麟《詩藪》云：「國初吳詩派昉于高季迪，越詩派昉于劉伯
溫，閩詩派昉于林子羽，嶺南詩派昉于於孫蕡，江右詩派昉于劉崧，

〔註28〕廖可斌《復古派與明代文學思潮》，文津出版社，頁51～52。

〔註29〕同註22，頁3。

五家才力，成足雄據一方，先驅當代」〔註30〕，認爲明初有吳、越、閩、嶺南、江右五個詩派，可見明初詩論之精釆繁複。筆者也相當好奇明中、晚期關於復古與反復古的文學論戰，其中應有隱藏的潛在根源。假使仔細檢視這個根源，將發現解決明中晚期的許多文學爭端，就必須回到明初詩文理論的發展。如龔顯宗所言，它影響了明、中晚期的復古思維，連反復古、性靈與眞性情的展現，也必須推至明初吳中蘇州等地的詩歌思維。如此觀察，勢必借助前輩學者的研究成果，整體但分向地討論明初詩歌思維的多元趨勢，替明中、晚期詩文理論的繁複景象，找出在明初地域詩學裡呈現的思維根源。清・陳田云：

> 凡論明詩者，莫不謂盛於弘、正，極於嘉、隆，衰於公安、竟陵。余謂莫盛於明初，若黎眉（劉基）、海叟（袁凱）、子高（劉崧）、翠屏（張以寧）、朝宗（汪廣洋）、一山（李延興）、吳四傑、粵五子、閩十子、會稽二肅（唐肅、謝肅）、崇安二藍（藍仁、藍智），以及草閣（李曄）、南村（陶宗儀）、子英（袁華）、子宜（張適）、虛白（胡奎）、子憲（劉紹）之流，以視弘、正、嘉、隆時，孰多孰少也。〔註31〕

從引文歸納明初的詩派有：浙（越）、吳、粵（南園五子）、閩、嶺南、會稽二肅、崇安二藍等。主要包含「浙東」、「蘇州」、「江西」、「閩中」四大地域詩系。由此發現一般對明初詩學的理解，不甚全面，忽略元末明初是地域詩學的時代，甚至影響整個明代的詩學發展，明初詩人之盛，與明、中晚期不相上下，絕不是某些學者認爲「明代詩家可分爲道學、格調、性靈等派，或推尊盛唐，標榜李杜；或著意擬古，學步前人。大體言之，明人詩論多重復古。」如此簡單的說明。這種思維將明初詩學直接排除在整個明代詩學的發展與影響外，低估了明初詩文的地位與價值〔註32〕。本文藉元末明初文士詩學理論之完整閱

〔註30〕 明・胡應麟《詩藪》卷一，台北：廣文書局印行，1973 年。

〔註31〕 同前註。

〔註32〕 引文與這樣的看法可見劉渭平〈明代詩學之發展與影響〉一文，從

讀，透過地域詩學的分向觀照，分析討論明初詩論的變遷與文化意義。以下是明初洪武、建文時期提及詩學理論之文士的籍隸分佈：

福　建（五人）					
張以寧	1301～1370	福建古田人	高　棅	1350～1423	福建長樂人
林　弼	？～1375 前後	福建龍溪人	王　褒	？～1416	福建閩侯人
林　鴻	？～1391 前後	福建福清人			

浙　江（二十七人）					
錢　宰	1302～1397	浙江紹興人	胡　奎	1331～？	浙江海寧人
胡　翰	1308～1384	浙江金華人	唐　肅	1331～1374	浙江紹興人（越州山陰人）
宋　濂	1310～1381	浙江浦江人			
劉　基	1311～1375	浙江青田人	張孟兼	1338～1377	浙江浦江人
朱　右	1314～1376	浙江臨海人	金　寔	？～1400	浙江開化人
貝　瓊	1314～1378	浙江桐鄉人	瞿　佑	1341～1427	浙江杭州人
徐一夔	1318～1400	浙江天台人	葉　砥	1342～1421	永嘉人
王　褘	1321～1372	浙江義烏人	許　繼	1350～1386	浙江寧海人
蘇伯衡	？～1390 前後	浙江金華人	唐之淳	1350～1401	浙江紹興人
烏斯道	？～1375	浙江慈谿人	趙撝謙	1351～1395	浙江餘姚人
葉子奇	生卒年不詳	浙江龍泉人	方孝孺	1357～1402	浙江寧海人
謝　肅	？～1390	浙江上虞人	王　紳	1360～1400	浙江義烏人
凌雲翰	1323～1388	浙江杭州人	劉　鷹	？～1405	浙江青田人
童　冀	？～1378	浙江金華人			
李　昱	？～1384	浙江杭州人（錢塘人）			

李東陽與茶陵詩派起始來討論這樣的命題，相當地否定了明初作為明代詩文理論濫觴與元末總結的重要意義。此文收錄於《明清史集刊》第三卷，1997 年 6 月。

江　　西（十三人）					
陳　謨	1297～1388	江西泰和人	張　羽	1333～1385	江西九江人
危　素	1303～1372	江西金谿人	劉　炳	？～1398	江西鄱陽人
梁　寅	1303～1389	江西新餘人	張宇初	？～1410	江西貴溪人
龔　斅	1314～1388 後	江西鉛山人	梁　蘭	1343～1410	江西泰和人
劉　崧	1321～1381	江西泰和人	周是修	1354～1402	江西泰和人
劉永之	？～1380	江西清江人	練子寧	1357～1402	江西新干人（新淦人）
羅　性	1330～1397	江西泰和人			
河　　南（一人）					
宋　訥	1311～1390	河南滑縣人			
安　　徽（四人）					
陶　安	1312～1368	安徽當塗人	唐桂芳	？～1385 前後	安徽歙縣人
郭　奎	？～1364	安徽巢縣人	朱　同	1336～1385	安徽休寧人
廣　　東（三人）					
黃　哲	？～1373 前後	廣東番禺人	孫　蕡	1334～1389	廣東順德人
李　德	？～1378	廣東番禺人			
江　　蘇（十六人）					
汪廣洋	？～1379	江蘇高郵人	姚廣孝	1335～1418	江蘇蘇州人
易　恆	1323～1405	江蘇蘇州人	高　啓	1336～1374	江蘇蘇州人
楊　基	1326～1378	江蘇蘇州人原四川後遷居吳	王　彝	？～1374	上海市人（嘉定）
張　適	1330～1394	江蘇蘇州人	管時敏	1338～1421	上海松江人
妙　聲	？～1384	江蘇吳縣人	董　紀	？～1399	上海人
孫　作	？～1385	江蘇江陰人	張　宣	1342～1374	江蘇江陰人
殷　奎	1331～1376	江蘇崑山人	浦　源	1344～1379	江蘇無錫人
王　行	1331～1395	江蘇吳縣人	茅大方	1349～1402	江蘇泰興人
湖　　南（一人）			湖　　北（一人）		
劉如孫	1313～1399	湖南茶陵人	韓守益	？～1400	湖北石首人

　　以上共七十一人，分布於九個籍貫當中，本文論述的範疇便以此幾個地域的詩學作為討論的對象，而明初的地域詩學便在這些文人的手上建立，其中大部分都處於東南一地，我們將共時性（synchronic）的研究置入其中相當重要，透過不同地域詩人詩論的研究，方能彰顯出當時多元化的詩歌思維，與文化現況。承上所述，本文研究的目的有四：

　　（一）從詩學理論史的角度，觀察分析洪武、建文時期詩論的
　　　　　完成與提出。
　　（二）各地域詩學發聲（生）的方式，討論其異同。
　　（三）明初時期詩學對於元末詩學的繼承、新變與再創。
　　（四）明初詩學理論對明代詩學發展的影響。

第三節　明初詩學研究概況

　　諸家文學史的著作中，討論明初詩文，多以簡略文字帶過。對明初文學情況，也寥寥數筆說明，語焉不詳；或直接認為並無特別可談的部分。以下援引這些史家的看法，以證明此時期必須重新檢視的重要性。

　　胡懷琛編《中國文學史綱要》第九章〈明代的文學〉認為：「明代的文學沒有什麼特別的創作，凡是他所有的前面都已經有過了，不過是繼續著下去而略有變化」〔註33〕。華仲麐的《中國文學史論》第十章〈明代文學〉，認為復古思潮源於明初，從吳派與閩派的地域研究觀念討論明初文學，但其判定「模擬」為劃分場域對象，以明初開國佐治的文學之臣，開明中葉「前後七子」模擬風氣之先的看法，略顯粗糙武斷〔註34〕。

〔註33〕胡懷琛編《中國文學史綱要》，台灣商務印書館，1958 年臺一版，
　　　　頁 141。
〔註34〕《中國文學史論》，台灣開明書店，1976 年 3 月三版，頁 373。

　　胡雲翼著《中國文學史》第八篇第二十二章〈明代的文學運動〉認爲：明代詩文陷溺於復古潮中而不能自振，將八股文與模擬抄襲聯繫，是一般學者很自然的看法〔註35〕。柳存仁在其《中國文學史》第十七章〈明代的戲曲和小說〉中，強調明初統治者的極端手段，透過八股取士與模擬抄襲的關係，論證明代詩文無法趨向創造的清新道路〔註36〕。江增慶編著《中國文學史》第十二章〈明代文學〉，直接提出：「明代詩人雖多，然少名作。……然自高啓以下諸家，其詩止於擬古，未能有獨創的風格和精神。」〔註37〕，以「擬古」對於明初文學簡語帶過。

　　至於，劉大杰的《中國文學發展史》第二十四章〈明代的文學思想〉雖已觀察到明代的復古風潮起於明初時期，但對於擬古依舊採取貶抑與批判〔註38〕；馮天瑜、何曉明、周積明等著《中華文化史》下冊第九章〈明：沉暮與開新〉，認爲有明一代爲沉暮品格的文化衰落期，以僵化的氛圍延續文化代謝，但並沒有對明初新生而多元的文化結構進一步說明〔註39〕。邵紅雖然在《明代文學批評資料彙編》的緒論裡，指出明代的詩文批評存在理論的對立、創作理論合一、偏重於論詩，與群體的關注四個特點，卻未明確指出明代初期詩文批評的特色與重要性〔註40〕；錢基博《明代文學》所言：「劉基銳意摹古，獨標高格，力追杜、韓，而出以沉鬱頓挫，遂開明三百年風氣。」雖標榜劉基，仍未深入討論明初詩文的價值與影響〔註41〕。從以上的概

〔註35〕　胡雲翼著《中國文學史》，莊嚴出版社，1982 年，頁 163。
〔註36〕　柳存仁《中國文學史》，香港大公書局，1962 年七版，頁 233。
〔註37〕　江增慶編著《中國文學史》，國立編譯館主編，五南圖書出版，頁 307。
〔註38〕　劉大杰《中國文學發展史》，台灣中華書局，1963 年臺七版，頁 294 ～296。
〔註39〕　引自馮天瑜、何曉明、周積明等著《中華文化史》下冊，桂冠圖書，1993 年 5 月，頁 1064～1073。
〔註40〕　葉慶炳、邵紅編《明代文學批評資料彙編》，台北：成文，頁 1。
〔註41〕　錢基博《明代文學》，台北：商務印書館，1984 年，頁 76。

述，發現學者對明初詩文的觀照，在文學史的演進中，沒有多大的開拓與說明，這也是本文透過地域詩學討論明初詩論的重要原因。

　　在明代文學的研究領域中，明初詩論的研究極少，以台灣學者而言，除錢穆在《中國學術思想史論叢（六）》（東大印行，1976）裡撰寫了幾篇〈讀明初文集〉等論述，以及中山大學龔顯宗教授與簡錦松教授，長期致力於明初詩文的研究與教學外，甚少有學者關注此斷代。如就近年來以「明初詩人（論）」或「地域詩學」等觀念切入討論的碩、博士論文觀察，只有李麗華《劉基及其文學研究》（彰化師範大學國文研究所碩士論文，2000）、林美蘭《貝瓊的文學研究》（中山大學中國文學研究所碩士論文，1997）、長安靜美《明初十六子研究》（臺灣大學中國文學研究所碩士論文，1993）、范宜如《明代中期吳中文壇研究──一個地域文學的考察》（臺灣師範大學國文研究所博士論文，2000）、唐惠美《元明之際士人出處之研究──以宋濂為例》（清華大學歷史研究所碩士論文，1999）、高郁婷《蘇伯衡的文學理論及其作品研究》（中山大學中國文學研究所碩士論文，1995）、葉含秋，《宋濂年譜》（東海大學中國文學研究所碩士論文，1989）、蔡瑜《高棅詩學研究》（臺灣大學中國文學研究所碩士論文，1984）、應懿梅《劉伯溫及其詩》（輔仁大學中國文學研究所碩士論文，1984）等數篇，並且都集中在劉基、貝瓊、宋濂、高棅、蘇伯衡等重要文士。

　　而民國 89 年 4 月 28～30 日國家圖書館國際會議廳漢學研究中心‧中國明代研究學會共同主辦的「明人文集與明代學術研討會」裡，國內外發表論文的四十三名學者，只有復旦大學古籍研究所之章培恆教授發表之〈從明初文集看當時政治狀況──明代文集價值的一個實例〉與中國社會科學院歷史研究所之商傳教授宣讀之〈元末明初的學風──以明初文集為素材〉兩篇論文涉及明初文學的討論；北京出版社 2001 年所出版之「二十世紀中國文學研究叢書」，號稱二十世紀中國文學研究的重要成果網羅無遺，叢書近 600 萬字，十卷十二分冊，是二十世紀的中國學者對上古至二十世紀九十年代的中國的文學研

究成果總匯，但史鐵良、鄧紹基編著的《明代文學研究》此冊五十萬字的十一章裡，明代詩文只佔其中一章，對於明初詩文的討論更簡語帶過；至於，海峽兩岸三地近幾年來的碩博士論文，涉及明初詩學尤其是洪武、建文時期的部分，付之闕如，多仍以臺閣三楊與李東陽茶陵詩派爲討論對象。近來只有 2003 年 11 月上旬復旦大學中國古代文學研究中心、安徽大學徽學研究中心所主辦的「明代文學與地域文化」國際研討會，提出了作家的地域意識、文學流派的地域色彩，地域的經濟、文化諸因素，是文學發展的因素之一；而地域作家的文學創作，又是地域文化的內涵的重要概念。其中發表的論文的確也涵括明代文學理論與批評研究、明代文學發展與地域文化的關係研究、明代作家作品的地域性特點研究、明代文學流派與地域文化關係研究等相關議題，但明初地域詩學依舊在討論中缺乏全面的觀照。

　　本文引述的文獻資料，來源於當代對明初與其相關性研究的期刊論文，本章主要針對所使用的單篇論文等資料，選可資介紹說明者，從三個部分作的評述與討論，方便學者在檢索時有較爲完整的依循資訊：

（一）明初詩人與相關其他朝代詩人的論述，是本文運用的重要資料來源，將分別評述說明。

（二）本文引述涉及中國文學理論概念與範疇之學者論述的探討。

（三）直接涉及元末明初時期詩史與地域思維的論述。

　　畢竟直接論及明初詩學的相關文獻不多，以下分別從三部分擇其要者介紹說明，便於後來學者之參引。

一、個別詩人之評述

　　一般學者討論明初詩人，仍多集中劉基、宋濂、方孝孺等浙東詩家，其他地域的詩家除了蘇州高啓、閩中張以寧、林鴻等人外，並未有全面觀照。而在詩論溯源的過程，宋代理學系統對於明初詩學確有

相當程度的影響。楊維禎（鐵崖體）則在明初地域詩學的辯證中，有
正反極端的爭論，透過學者對鐵崖的研究，使本文在地域詩學的分向
討論中，觀察各地域潛在的差異。以下介紹這些學者的研究成果：

　　（一）梅俊道〈邵雍的詩歌理論及其詩歌創作〉：江西派某些詩
人思考宋代理學的關係時，未必完全繼承朱子的理念，有時會運用邵
雍或周、張、二程子之思想作爲詩論的哲學基礎。梅氏此篇分兩部分
討論邵雍的詩歌，第一部分是「邵雍詩論略述」，認爲邵雍對詩歌的
態度是順乎自然的精神；第二部分將邵雍的創作分成幾大類型，並說
明無論哪一類型都繼承風雅餘韻，汲取陶潛的平淡與白居易的淺俗。
就梅氏的敘述而言，的確使筆者比對江西派詩人與宋元思想的繼承關
係時，看到某些雷同處。此文雖然簡略，整體的歸納尚稱清晰，對邵
雍的詩歌尚能把握特質，對本文的研究不無助益。〔註42〕

　　（二）黃景進〈朱熹的詩論〉：明初詩家的詩論幾乎都上承朱子，
此文相當完整且精確，共分兩大部分，第一是朱子論《詩經》的分析，
這對本文討論詩歌的基礎與根源，有相當的幫助；第二是朱子論歷代
詩人的標準，這部份也提供本文相關於詩史觀與詩歌批評論的分析概
念，受益甚多〔註43〕。

〔註42〕 梅俊道現任教於江西九江師專，著有〈談《論語》的文學語言特色〉、
　　　　〈陶詩的理趣〉。此文刊於《九江師專學報》（哲社版），1992 年 2
　　　　～3 月，頁 73～77。
〔註43〕 黃景進，政治大學中國文學系榮休教授。著作有：《王漁洋詩論之研
　　　　究》（文史哲出版社，1980 年）、《嚴羽及其詩論之研究》（文史哲出
　　　　版社 1986 年 2 月）、《意境論的形成：唐代意境論研究》（學生書局，
　　　　2004 年）《當代文學理論》（黃景進、張雙英編譯）（合森文化，1991
　　　　年）等書。發表論文有：〈由明代文學批評史看重寫文學史的意義及
　　　　其可能性〉《中國詩學第五輯》（南京大學出版社）、〈中國詩中的寫
　　　　實精神〉，《中國詩歌研究》（臺北：中央文物供應社，1985 年 6 月）、
　　　　〈唐代意境論初探——以王昌齡、皎然、司空圖爲主〉，《美學與文
　　　　學》第二集（臺北：文史哲出版社，1991 年 10 月第一版）、〈王昌
　　　　齡的意境論〉，收入《中國文學理論與批評論文集》（臺北：新文豐
　　　　出版公司，1995 年 10 月第一版）等。此文刊於《國際朱子學會議
　　　　論文集》，中央研究院中國文哲研究所籌備處印行，1993 年 5 月。

（三）晏選軍〈鐵崖體詩風淺探〉：此文對於影響蘇州派甚深的元代詩人楊維楨詩風的研究，以知人論世的原則，聯繫楊維楨的生活經歷與元中葉以來的詩壇傾向，通過鐵崖體詩風的藝術特色與題材選取的討論，涉入元末明初詩壇文化新變之特質。晏氏認為鐵崖體強調詩人個性之發揚，使元末明初的某些詩人，瀰漫一股標舉自我的精神。本文也觀察到晏氏所傳達的意義絕不只在於楊維楨與元末明初某種張揚個性的精神而已，畢竟明初詩文多是壓抑自身個性並回歸詩歌教化的思考，所以鐵崖體影響的主要應是明初蘇州一地的詩文風氣，並非是全面性的。〔註44〕

（四）陳書錄〈楊維楨——明代詩文邏輯發展的起點〉：陳氏認為明初詩人崇儒復雅的原因，起自於對楊維楨詩歌的不滿與逆反，因楊維楨詩歌遠離雅正之音。然而楊維楨對於元末「柔媚綺麗」之詩歌風尚作矯正，為何明初詩人對其批判的聲浪不斷，此文中雖然提出「主情抑理」的解答，仍無法解決如浙東派宋濂在墓誌銘裡對楊氏的高度評價等問題。其實，在明初詩人的思維裡，對楊維楨的定位相當矛盾，這種矛盾構圖出明代初期的詩歌理論系統，雖以復古崇雅為傾向，但隱含許多出離復古的思維，以及復古概念的嶄新詮釋。〔註45〕

（五）劉耘〈明初閩詩人張以寧、林鴻論略〉：此文討論明初閩中兩個重要詩人張以寧與林鴻及其詩作，兼及對明初詩壇的影響。從劉氏的分析模式，無法看出想要突出的內容，他以張以寧的兩首詩與林鴻的一首挽詩，討論如此的命題，使此文無法突出兩人詩歌的特色，亦不能兼及明初閩中詩派的貢獻與影響，此文論述的完成度，對

〔註44〕晏選軍任教於浙江大學西溪校區中文系，著有〈從延祐開科看宋元之際理學消長與士風變遷〉（湘潭大學學報）等論文。此文刊於《中國韻文學刊》1999年第一期，浙江大學中文系編，頁9～16。

〔註45〕陳書錄任教於南京師範大學文學院，著有〈明代正宗文學中雅俗兩大思潮的消長〉、《明清雅俗文學創作與理論批評的交叉研究》等論文與專著，是大陸當代明清文學研究之重要學者。此文刊於《南京師大學報》（社會科學版），1995年第三期。

後人的啓發較低，不過對林鴻挽詩的分析尚稱精簡。〔註46〕

（六）張健〈高啓〈郊墅雜賦〉十六首析論〉：對高啓〈郊墅雜賦〉十六首有相當清楚精闢的分析，提供本論文撰述時，關於高啓詩創作與詩論對照思考的論述基礎。〔註47〕

（七）張仲謀〈論宋濂的文論與散文創作〉：此文提出「承宋儒之餘緒，開臺閣之先河」定位宋濂文論的價值，並引用宋濂論「臺閣之文」與「山林之文」，作宋濂「尊臺閣而貶山林」的證據，但略爲武斷。又臺閣體的定義與源出，已有許多學者的分析，並非張氏持守的傳統看法〔註48〕。

（八）周群〈劉基詩論〉：此篇評論劉基詩作，而非談論劉基詩論，周氏認爲劉基等人使元代漸趨衰落的詩文呈現復興氣象。從劉基生命的各時期與其代表作品集觀察各期詩作的特色，並以沉鬱凝重與雄健奇崛歸納劉基詩風，提出劉基師杜追韓、摹古自新的創作思維。周氏此文雖長，也力圖全面評述劉基詩歌的各種面貌與影響，然而周氏對於明初詩論產生了一些錯誤判斷與矛盾：第一，就筆者的閱讀與整理，明初所出現的師古理論呈現各種細緻的思考，所師之客體對象亦頭緒紛繁，絕不可單純視之；第二、詩人將朱熹的理論與明初社會結合，在於詩人對程、朱之思想相當關注，並以此作爲詩論的根源與基礎，周氏又如何可以一面說詩人從程朱而注重文學經世，又認爲明

〔註46〕 劉耘任教於南昌教育學院。劉氏此文刊於《福州師專學報》（社會科學版），第十九卷第五期，1999 年 12 月，頁 16～18。

〔註47〕 張健，現職台大中文系兼任教授，其著作近百部，並兼及古典現代各文學領域，亦爲台灣藍星詩社重要詩人。舉其要者如：〈論中國文學批評史的編撰問題——從郭紹虞《中國文學批評史》談起〉、〈評介王叔岷先生《鍾嶸詩品箋證稿》〉、〈《唐賢三體詩法》研究〉等等。此文爲彰化師範大學第六屆古典詩學會議所宣讀之論文，2002 年 5 月。

〔註48〕 張仲謀，徐州師範大學中文系教授，兼任古籍研究所所長。主要從事中國古典詩詞研究，代表性著作有《明詞史》（人民文學出版社2002 年版），《清代文化與浙派詩》等。此文刊於《徐州師範學院學報》（哲學社會科學版），1996 年第二期。

初詩人對程朱之學興趣不大？〔註49〕

（九）陳昭銘〈方孝孺詩文理論探賾〉：此文探取不同於前人的論述方法，討論方孝孺的詩文理論。陳氏從本質論、創作論與批評論三個角度觀察歸納方孝孺的詩文思維，以儒家聖人之道的實用性爲根本，輔以因時而變的觀念，架構方孝孺的詩文理論。他論及「神」與「工」的創作概念，雖看似衝突，但在「道」的根本下，相當程度的融合。此文積極把握了方孝孺的詩文理論，提出許多新的思考，對明初詩學的研究有其貢獻。〔註50〕

（十）陳淑媛〈方孝孺正統論初探〉：從正統論的起源北宋歐陽修、接以南宋朱熹、元代楊維楨，進而明初胡翰、方孝孺，均有相當清晰的論述，清楚呈現方孝孺把中國與夷狄分成兩個集團，附統與變統的重要觀念。此文在元末明初的南北地域關係之討論上，有相當的參考價值。〔註51〕

二、文學理論的探討

此節以八篇文學理論的學者論述，探討以「詩言志」系統作爲明初地域詩學普遍性的思維起點，與「知人論世」、「以詩解詩」、「識兼諸家」三個中國文學批評的視野，在明初的地域詩學中分別有各種同

〔註49〕周群，現職南京大學中國思想家研究中心副教授，著有《劉基評傳》（南京大學出版社1995年版）、《儒釋道與晚明文學思潮》等書。此文刊於《中國文哲研究集刊》第十三期，台灣中央研究院中國文哲研究所，1998年9月，頁175～202。

〔註50〕陳昭銘現職眞理大學台語系專任助理教授，曾發表〈〈琵琶行〉中談琵琶〉、〈試論嵇康之名教觀與自然觀〉等文。此文爲彰化師範大學第六屆古典詩學會議所宣讀之論文，2002年5月。另外，筆者在此次會議中亦發表〈宋濂詩論探賾〉一文：本文並不採去過去的研究方式，而是以詩歌的基礎與根源、詩歌本質功能論、詩歌創作方法論、詩歌批評論與詩史觀作爲分節全面且系統性對於宋濂詩論作分析討論，因此本文重新的檢視宋濂詩論裡幾項重點，並觀察出宋濂詩論的複雜面貌，縱使連「師古」概念都蘊含著多層次的思維模式。

〔註51〕陳淑媛原爲中央大學歷史研究所研究生。陳氏此文刊於《史匯》，1996年5月，頁118～130。

中有異的詮釋方式，學者對於這三大系統的研究，有助於本文命題的
分析。另外，「活法說」與「以禪論詩」是宋代以降延續至明初江西
詩學的討論重點，對這兩種文學批評方法的論述，對本文的敘述亦有
助益。以下介紹學者的研究成果，反映「詩言志」系統與古代文學批
評方法論，對本文研究的參考相關性：

　　（一）涂光社〈「詩言志」系統理論的發展與遞進層次〉：涂氏將
「詩言志」的系統的發展與遞進層次分成三個部分：「詩以言情」、「發
憤著書」、「窮而後工」，提出兩個特徵，在簡略的篇幅中完整從歷史
變遷的過程中，分析此三層次與兩特徵（其一是文學與政治教化聯繫
密切，汲汲以求社會的功利；其二是文學表現對象主要是自我）的內
涵變異。他論及「窮而後工」的部分也是明初詩人在乎的理論範疇，
在此文裡找到了一些可供參酌的資料。〔註52〕

　　（二）古建軍〈「詩言志」的歷史魅力與當代意義──一部微型
的中國古典詩學論著〉：此文從另一個角度觀察「詩言志」，古氏以「範
疇論」對「志」、「言」、「詩」三個概念分析討論，提出精闢的見解，
並藉由圖示揭露三者之間的關係並非單行道的公式，而是雙向關係，
三個概念均為變量，會隨著時代的演進而有更迭變動，概括了文學與
藝術創造的一般規律。此文操作方法清晰，結論詳實，對於「詩言志」
觀念形成有相當的助益。〔註53〕

　　（三）吳建民〈中國古代詩歌批評的三種主要方法〉：吳氏認為
「知人論世」、「以詩解詩」、「識兼諸家」是古代詩論家提出的三種主
要詩歌批評方法：「知人論世」是社會歷史批評法；「以詩解詩」是客
觀分析批評法；「識兼諸家」則是橫向比較批評法。這三個中國文學
批評範疇的提出與討論，正是本文重要的部分，吳氏的詮釋可提供思

〔註52〕　涂光社現職遼寧大學教授，此文刊於《楚雄師專學報》，第十四卷第
　　　　　一期，1999 年 1 月，頁 29～36。
〔註53〕　古建軍另著有〈古代中國文藝理論的「味」〉等文。此文刊於《社會
　　　　　科學戰線》（長春），1991 年 2 月，頁 242～249。

維方法的開拓。〔註54〕

（四）孫德標、劉清艷〈試談禪宗對古代文論之影響〉：此文從四個方向討論禪宗對古代文論的影響：（1）文不逮意、（2）凝煉、（3）含蓄、（4）自然。並從讀者的批評與欣賞的角度，探討直觀感受的重要性，認爲藝術上的頓悟與禪宗的頓悟有明顯的相通處，且聯繫禪宗之「參活句」思考讀者閱讀的直觀與隨意。此文討論明初江西派承繼宋江西詩派「活法」的概念，有深刻的思考。〔註55〕

（五）蔣述卓〈古代詩論中的以禪論詩〉：蔣氏從三個角度討論「以禪論詩」：（1）以禪論詩之創作；（2）以禪論詩之欣賞；（3）以禪衡詩之高下和以禪評詩之意境。認爲重點在「悟」、「言外之意」與「象外之象」。其觀察如聯繫明初詩人「悟」與「神」的思維，存在著一定的討論意義〔註56〕。

（六）祁志祥〈古代文論的總體創作方法論──「活法」說研究〉：此文將「活法」作爲討論的核心命題，從古人的觀念裡可以發現「活法」就是變化多端、不主故常的創作方法，是一種根據特定內容賦予相應形式的「自然之法」。表現方式爲「因情立格」、「情無定位」、「法隨情變」等等，最終就是駕馭所有「定法」的「無法之法」。祁氏對活法的概念完整的說明，然而將活法視爲古代文論的總體創作方法，並不恰當，活法應是創作進入形式格律的極限後產生的逆襲狀態，是種具備哲學思維的創作方法，不應視爲總體的創作

〔註54〕 吳建民任職於徐州師範大學文學院，著有〈中國古代文論對文學形式生命化特徵的闡發〉等文。此文刊於《曲靖師範學院學報》第二十一卷第五期，2002 年 9 月，頁 68～70。

〔註55〕 孫、劉氏合撰之此文刊於《延邊大學學報》（哲社版），1991 年 1 月，頁 69～72。

〔註56〕 蔣述卓，任職於暨南大學中文系，1995 年底起擔任暨南大學副校長。主要研究範疇爲中國古代文學理論、宗教與藝術關係、文學與文化關係的研究。曾出版《宗教文藝與審美創造》、《在文化的觀照下》、《宋代文藝理論集成》等著作 10 種。發表學術論文逾百篇。此文刊於《江西師範大學學報》（哲社版：南昌），1992 年 1 月，頁 60～66。

方法。〔註57〕

　　（七）張海明〈原道說和中國文學理論〉：此文首先提出中國文論相對於西方顯體系的文學思維，屬於潛體系的思考系統，張氏想勾勒出潛體系的輪廓，從古人的論述尋找這種架構的可能。他認爲「原道文學觀」替古代文論提供了開放的理論體系，「道」範疇的多義性，使核心的理論體系擁有諸多容量，滲透了作家論、作品論、創作根源論等範疇，成爲中國古代文論的基本特色。筆者認爲明初某些詩歌理論的確有回到原道論的傾向，對道的詮釋亦有差異，因此張氏此文提出重要的思考方向，也提供中國文論「原道」思維裡，偏向於顯體系的詮釋進路。〔註58〕

　　（八）譚帆〈試析中國古代文論中的價值觀念〉：譚氏認爲中國古代文藝價值觀念就主流而言，是「功利性」、「宣洩性」與「享樂性」三者的平面組合。他以先秦儒學觀念爲創作價值的是強調教化的「功利性」；司馬遷是使文藝認識從「功利性」轉向「宣洩性」的重要人物，使詩人文士對文藝的認識途徑注目於作家自身的遭際和情感沉鬱，所謂「不平則鳴」與「窮而後工」；至於齊梁與晚唐五代是「享樂性」價值觀念的兩次高峰，詩人文士通過文藝求得感官的刺激和愉悅，或是以文藝作消遣的工具，拋棄了「功利性」，不以文藝進行道德政治的教化作用。此文雖然簡略將中國文藝的價值取向分成三個系統，然而的確觀察到文藝價值存在的三個根源。就本文對明初詩人的

〔註57〕　祁志祥，現職上海財經大學人文學院副教授。主攻文藝理論、美學、佛學、中國思想史等。已出版專著《中國古代文學原理～～一個表現主義民族文論體系的建構》、《中國美學原理》等 7 部。發表論文有〈論文藝是審美的精神形態〉、〈中國古代文學原理構思〉、〈中國古代美學思想系統整體觀〉等近百篇。此文刊於《學術月刊》（滬），1992 年 4 月，頁 49～54。

〔註58〕　張海明，現職北京師範大學中文系教授，著有《經與緯的交結》等書，對道、氣、興、神等若干古代文論的最基本範疇作深入探討，初步勾勒出中國古代文論範疇的內在體系。此文刊於《上海文論》，1991 年 5 月，頁 61～66。

觀察，這三個價值取向在明初時期之不同地域，有各自的著重點：浙東與江西之詩人，強調文章的教化功能；蘇州詩人除了強調教化功能外，許多詩人回歸個人生命的宣洩，以詩文相互娛樂，不將教化作為文藝價值的主軸。〔註59〕

三、元末明初詩文發展評述

元末明初詩文發展，與明初地域詩學的學者論述，可整理出幾個面向：

（一）明初地域詩學研究（雖然仍以吳派與越派為主），與其對明中葉詩文發展影響的關注，有增加的趨勢。

（二）元末明初重要詩文史論的探討，涉及宋代理學對於明初詩學的影響，和「崇唐抑宋」、「情性」等觀念範疇一辭的分析。

（三）朱元璋在元末明初徵聘文士的考略，對本文研究實有幫助。

（四）南宋嚴羽《滄浪詩話》對明初詩論的影響，在學者相關的研究中，更是重要。

（五）許師建崑從大眾化的思維角度出發，希望能夠重構明代文學史的書寫，提出文學接受史的說法，省視明代文學多元發展的足跡，提供本文撰作過程的重要視野。

我們可以從這些學者的論述，進一步思考明初地域詩學型態的諸多問題，分別討論：

（一）王學泰〈以地域分野的明初詩歌派別論〉：此文簡略，初

〔註59〕譚帆，現職華東師範大學中文系教授。專攻中國文學批評史、中國戲曲史和中國小說史。主要學術成果有：《中國古典戲劇理論史》、《傳統文藝思想的現代闡釋》等著作。與〈論我國古代文學批評的幾種主要模式〉、〈對古代文論研究思維的思考〉、〈中國古代文論的兩種情感觀〉等數十篇論文。此文刊於《文藝理論研究》（滬），1991年4月，頁60～66。

步探討了明初詩歌派別的起因與其分論，對明初詩歌發展基礎概念的認知與判斷，尚稱客觀公允。〔註60〕

（二）劉明浩〈論元人詩論中的「情性」問題〉：此文從情性的主導性、制約性和詩歌創作的目的性，認為元人不斷「吟詠情性」，代表元人對詩歌創作首重表達自身的情性；第二，劉氏認為元人詩論探討的重點就是如何寫出「情性之真」，也受到「尚志」的制約，元人的詩歌創作在於這兩端的擺盪，一面想表達自身的情性，一面又必須受儒學教化的節制。此文尚稱確實，劉氏在處理這個問題也提出諸多原典，但他仍以封建主義的侷限、缺少生機的理學教條、束縛人性的綱常名教作為論述的方法思維，反而使得元人在「情性」與「言志」選擇的掙扎與調和無法突顯，也就無法深入討論元人針對「情性」的諸多問題。〔註61〕

（三）辛一江〈論元末明初越派與吳派的文學思潮〉：此文透過歷史背景與文化背景的援用與敘述，以及詩人集會與文學概念的討論，分析越派與吳派的差異。他認為吳派作家主張文學遠離政治，強調發乎性情的文學創作，反映亂世中知識份子逃避現實、獨善其身的生活態度；越派作家則主張文學的教化功能，強調文學的社會功用。吳派作家最後在朱元璋統治的嵌制中，宣告越派作家成為明初文學思潮的領航者。此文分析精當，點出元末時期吳派與越派的文化特色，也充分反映地域文學研究的重要性，尤其是元末明初這個特殊的斷代。〔註62〕

〔註60〕 王學泰，現職於中國社科院文學研究所古代文學研究室，研究領域最初偏重於中國古代詩歌史，近十年來偏重於文學史與文化史的交叉研究。著有《中國人的飲食世界》、《遊民文化與中國社會》等書；亦與傅璇琮等人主編《中國詩學大辭典》。此文原刊於《文學遺產》1999 年第五期，轉自中國社科院文學所‧中國文學網。

〔註61〕 劉明浩現任職於上海學術月刊，曾發表〈「杜荀鶴體」與杜荀鶴的人品〉等論文。此文刊於《內蒙古社會科學》（文史哲版：呼和浩特），1993年 1 月，頁 89～94。

〔註62〕 辛一江，現職昆明師範高等學校中文系講師，著有〈元好問在元初

（四）劉渭平〈明代詩學之發展與影響〉：此文雖名之云討論明代詩學的發展與影響，然而劉氏對於明初提及的部分甚少，大半篇幅集中於前後七子與公安、竟陵；認為明人詩學值得重視的不在追蹤前代，而是在於對後人的影響。第一，劉氏對於明初詩學的略論，使此文等於是前後七子的詩歌發展說明，並非明代詩學的發展；第二，幾頁的簡短篇幅中，劉氏引用原典比其說明文字稍多，使得此文變成一堆原典的堆棧，無多大論述的貢獻；第三，就影響而言，結論只是對清人肌理、神韻、性靈等派的影響敘述，與一般的認知並無不同。〔註63〕

（五）付明明〈明建國前後徵聘文士考略〉：此文分兩部分，一是討論明立國前對江南文士的徵聘，二是討論立國後對全國文士的徵聘。就命題必須涉及考略，要對建國前後徵聘的文士作表列說明，亦須討論徵辟的理由、方式等等。然而付氏只說明當時的歷史情況，比較建國前後朱元璋對待文士的態度，未有深入的分析。〔註64〕

（六）劉海燕〈試論明初詩壇的崇唐抑宋傾向〉：此文以地域性文學的思考為起點，分析明初復古思潮的背景下，吳中、浙江、閩中三個地域性文人集團的詩歌理論與創作，進而闡述明初詩壇所具備的崇唐抑宋傾向，以及對明中葉復古理論的影響。在崇唐抑宋的命題內，劉氏對明初詩人的概念完整討論，有很高的啟發價值。然而，「崇唐抑宋」這個命題仍有商榷的必要，某些明初重要詩人，未必採取崇唐抑宋的觀點，甚至所崇之唐，所抑之宋都有範疇上的界定。〔註65〕

的文化活動〉等論文。此文刊於《昆明師範高等專科學校學報》，第二十一卷第三期，1999年9月，頁22～26。

〔註63〕 劉渭平，現職澳洲雪梨大學東亞學院教授，此文刊於《明清史集刊》第三卷，1997年6月，頁1～10。

〔註64〕 付氏此文刊於《重慶教育學院學報》第十五卷第二期，2002年3月，頁59～62。

〔註65〕 劉海燕，現為福建師範大學中文系博士生，曾發表〈胡應麟《詩藪》

（七）許總〈論理學規範下的明初文風〉：此文以理學規範的角度觀察明初文風，程朱理學與明初文風的關係就是許氏著眼討論的部分，他特別標舉「臺閣體」與「性理詩」，尤其是「性理詩」，直接反映對於邵雍的典範迴向，他也認爲性理詩是明前期理學規範詩作的最典型型態。此文只爲簡單的敘述說明，把焦點集中理學規範的創作而已。〔註66〕

（八）鄭利華〈明代中葉吳中文人集團及其文化特徵〉：從鄭氏討論明中葉的吳中文人集團，可上溯元末明初的吳中文人集團的情況，亦能掌握明初吳中蘇州派所存在的各項困境。明初（蕭條）與明中葉（繁盛）的對照，對分析明初期蘇州派的詩論有重要的參考價值。〔註67〕

（九）朴英順〈《滄浪詩話》與明代詩論〉：南宋嚴羽《滄浪詩話》與明代復古派有血肉的聯繫：(1)提倡學古；(2)重視格調；(3)以情爲本。朴氏將明代復古派定位在將《滄浪詩話》當作詩論的指南。而此文又把明代的性靈派與《滄浪詩話》聯繫，一方面公安對復古的批評可以溯至嚴羽；另一方面嚴羽所提出「吟詠情性」、「趣」等思考，與公安強調性靈不謀而合。於是朴氏大膽斷定《滄浪詩話》籠罩有明一代的詩學。然而，朴氏從「前七子」討論兩者的關係，並未觀察到明初詩學也承繼嚴羽《滄浪詩話》的思考，甚至有些說

　　　　的再認識〉等論文。此文刊於《文學遺產》2001年第二期，頁66
　　　　～77。

〔註66〕　許總，現職華僑大學中文系教授、系副主任，東南大學文學院兼職
　　　　教授，西北大學國際唐代文化研究中心兼職研究員。主要研究方向
　　　　爲：中國古代文藝理論、唐宋文學、中國思想史與文學史。是「杜
　　　　詩學」研究領域的開創者。主要論著：《唐詩體派論》、《宋詩史》、《中
　　　　國詩論史》、《宋明理學與中國文學》等書。此文刊於《漳州師院學
　　　　報》，1999年第三期，頁1～5。

〔註67〕　鄭利華，現職復旦大學古籍整理研究所副教授，著有《王世貞年譜》、
　　　　《明代中期文學演進與城市型態》及論文多篇。此文刊於《上海大
　　　　學學報》(社會科學版)，1997年7月，第四卷第二期，頁99～103。

法完全相合，如能補足明初的繼承，更能斷定嚴羽對明代的影響相當巨大。〔註68〕

（十）許師建崑〈文學大眾化與大眾文學化——重構明代文學史論述的主軸〉：以文學接受史的觀察點切入，將明人的集會結社、聯詩吟詠、曲詞唱和作爲論述重點，提出「文學大眾化」與「大眾文學化」的雙重概念，討論明代文學多元發展的演變傾向，力圖重塑明代文學史書寫中諸多的感興式論述，以文學社會學的方法呈現明代文學發展的軌跡，對本文的撰作，有極多的啓迪。〔註69〕

第四節　研究論域與方法

以時間斷限言，本文研究的義界在洪武、建文年間，一方面可銜接元末詩歌思潮的演進，另一方面是明詩論研究的根源性呈現〔註70〕。雖然明初詩人眾多，但撰寫詩話者並不多，他們的詩歌理論多散布於序跋文章中。因此，筆者將全面閱讀明初詩家的文集，梳理洪、建時期文士的詩歌理論，以地域詩學的方法，探討理論的實質意義〔註71〕。

〔註68〕朴英順曾與周興陸、黃霖合著《還〈滄浪詩話〉以本來面目——〈滄浪詩話校釋〉據"玉屑"本校訂獻疑》。此文刊於《上海大學學報》（社會科學版），1997 年 2 月，第四卷第一期，頁 54〜58。

〔註69〕許師建崑，現爲東海大學中文系副教授，此文刊於南華大學文學系編《明清文學與學術思想研討會論文集》，2004 年 5 月 1 日舉辦，頁 332〜345。

〔註70〕成復旺、黃保眞等人所編纂的《中國文學理論史：明代時期》將臺閣與李東陽所代表的茶陵詩派當作是明中葉詩論的開端，可見對於臺閣與茶陵的斷限有不同的看法，而筆者選擇將臺閣與茶陵作爲明初詩論的第二階段，與本文討論的第一階段有其繼承與差異處，故本文便以洪、建朝作爲時間斷限，希望對開啓有明一代詩學理論史，與總結元代詩論思維的這個部份，作精緻且細膩的分析。畢竟永樂之後，方孝孺被殺，政治氛圍較爲緊張，一般文士爲了逃避危險，詩學論述也轉向另一種思維模式。（黃保眞、成復旺、蔡鍾翔著《中國文學理論史》，台北：洪葉，1994 年。）

〔註71〕關於詩學一詞的概念，包含的層次相當豐富，相關於詩歌創作、批評、理論、文化等等，都可以被涵括於詩學的範疇當中，當然其中

　　第二、就當代詩學研究的趨向而言，西方學者的關注已從物理科學的認識角度，轉向於意識現象的思維研究，因而如何連結知識哲學的分析，與想像詩學的心靈探究，是相當重要的思維進路。也就是說，本文面對的正在於物理空間與想像空間互相結構的問題，如何將客觀的空間理論，轉向詩人想像的詩意內在，明初的詩論研究也應該面對這種方法論的挑戰，畢竟空間本來就是人類意識的存在場域，提供了文化、心理、社會與經濟層面的功能；而詩論則是文士對於其處身之地域與文化中，關於詩歌創作與反省的理論書寫。如果運用了場域（空間）分析的方式涉入明初詩論的思維意識，必然會得到新的可能，傳達出明初不同系統詩學之間，彼此角力與融合的眞實現象。艾倫·普列德（Allan Pred）說：

> 「地方感」概念的形成，須經由人的居住，以及某地經常性活動的涉入；經由親密性及記憶的積累過程；經由意象、觀念及符號等意義的給予；經由充滿意義的「眞實的」經驗或動人事件，以及個體或社區的認同感、安全感及關懷（concern）的建立，才有可能由空間轉型爲「地方」。〔註72〕

對於詩人文士而言，空間（space）是情感投射的焦點，是讓他們架構文化建築，充斥文化意義的「地域」（place），各地域與地域間因著組成份子與領導核心之歧異，導致彼此的文化型態有極大的差異，詩人以自身爲本位透過詩歌創作與詩歌理論的書寫，往往呈現空間影響下的特殊感受，不同空間或地域便形成各自的藝術範型與人文意識。嚴勝雄認爲：「空間的配合是人類經濟行爲的產物，依經濟原則形成各空間位置與空間大小相互密切的有機關係，其間存在著某種秩

　　還涉及了詩歌研究中影響論與社會學的部份。因此本文名爲地域詩學研究，便是從場域研究的方法，討論明洪武、建文時期關於詩歌的源流、批評、發展與影響各層面的理論，藉此還原當時地域詩學的結構與系統。

〔註72〕AllanPred 著，許坤榮譯〈結構歷程和地方——地方感和感覺結構的形成過程〉一文，刊載於《空間的文化形式與社會理論讀本》，台北明文書局，1993 年 3 月，頁 86。

序……」〔註73〕，這段話蘊含重要的意義，經濟狀態必然影響空間呈現的文化秩序，地域詩學的研究，乃屬於地理、經濟、社會、文學以及空間思維的複合體。

加斯東·巴舍拉（Gaston Bachelard, 1884～1962）在《空間詩學》一書提出的研究思維：「即使是一個孤立的詩意象，若是經過持續的表現鍛造而成為詩句，就可能發生現象學式的迴盪。……在詩意想像的初步現象學研究中，孤立的詩意象、發展它的詩句，和偶有詩意象在其中光芒四射的詩節，共同形構了語言空間（espaces de langage），我們應該運用場域分析（toponanlyse）來加以研究。」〔註74〕的確，就詩歌創作而言，必然有其運用的意象與結構，尤其是古典詩的各項體裁都具備一定的結構條件，因此古典詩歌的創作必然受到體裁內緣的限制；就詩人的表現型態而言，這些限制加上澎湃的情感，以及環境與交誼的影響，也必然會形成可研究的語言空間。換句話說，以空間詩學的角度來討論詩歌作品，場域分析的研究是一個有效的方法。因此加斯東·巴舍拉提出空間詩學的論述方法：

> 就這種取向來看，這些研究可以稱得上是空間癖
> （topophilia），它們想釐清各種空間的人文價值，佔有的空
> 間，抵抗敵對力量的庇護空間、鍾愛的空間。由於種種的
> 理由，由於詩意明暗間所蘊涵的種種差異，此乃被歌頌的
> 空間（espace louanges）。這種空間稱得上具有正面的庇護
> 價值，除此之外，還有很多附加的想像價值。……在意象
> 的支配下，外在活動的空間與私空間並不是相互均衡的活

〔註73〕 嚴氏《都市的空間結構》（經濟學百科全書第八冊），聯經出版社，1986年，頁209。

〔註74〕 加斯東·巴舍拉為法國著名科學哲學家、現象學家，做過郵局職員、中學教師等，後自學成為索邦大學教授。是法國新認識論的奠基者，他的認識論與詩學研究，強調數學、心理學、客觀性、敏感性、想像性等，啟迪當代如傅科、德勒茲等重要哲學家。其主要著作有《瞬間的直覺》、《火的精神分析》、《理性唯物論》、《夢想的詩學》與《空間詩學》等二十八部著作。引文選自龔卓軍、王靜慧所譯的《空間詩學》，張老師文化出版，2003年，頁47，。

動空間〔註75〕。

由此可知，詩歌個體運用之意象與群體性思維的誕生，都與詩人面對的各種複雜空間有對應關係。本文研究並不直接討論明初詩人的詩歌創作，從他們所留存的詩論中，以地域詩學的角度切入，或許可以看到不同地域間，並不均衡的詩論思維，及其彼此的關係。而場域（field）則是布爾迪厄（Pierre Bourdieu）提出的一個重要概念：

> 文學場是一個力量場，也是一個鬥爭場。這些鬥爭是爲了改變或保持已確立的力量關係：每一個行動者都把他從以前的鬥爭中獲取的力量（資本），交托給那些策略，而這些策略的運作方向取決于行動者在權力鬥爭中所佔的地位，取決於他所擁有的特殊資本。〔註76〕

朱元璋與浙東互構的文學場域，便是一個新的權力資本，此資本的累積形成了新的文化權力與策略，控制了洪武年間的詩學走向。當然，斷代共時性的詩論研究，除對於空間、時間與權力場域的掌握分析外，最重要的還是屬於詩學理論這個主軸範疇，透過空間概念的社會學思維，方能架構場域詩學的深度視野。瑪格麗特‧魏特罕（Margaret Wertheim）在《空間地圖》一書說：「由於空間必定是眾人群力的產物，空間概念會反映這一群人的社會形態也就不足爲奇。」〔註77〕，以此探討明初詩學的地域性文化傾向，與社會群體意識的互構狀態，亦能突顯本文的研究價值。

　　故本文的章節安排不採用一般「以人爲經」的詩論史寫作方式，而是以共時性的地域爲經，詩歌理論的概念範疇爲緯，不同詩人的思維作爲細目，才能彰顯此論題的意義所在。筆者將以浙東派、蘇州派、江西派、閩中派與其他作爲分章，每章當中以詩歌的基礎與根源、詩

〔註75〕同前註，頁55。
〔註76〕布爾迪厄（Pierre Bourdieu）著、包亞明譯《文化資本與社會煉金術——布爾迪厄訪談錄》，上海：人民出版社，1997年，頁83。
〔註77〕瑪格麗特‧魏特罕（Margaret Wertheim）著，薛絢譯《空間地圖》，台灣商務印書館，2001年8月，頁251。

歌本質功能論、詩歌創作方法論、詩歌批評論與詩史觀作爲分節，其下再系聯理論的實質概念。每章起始將先分析此派系所面對的文化與社會環境，章末有小結歸納整理，使讀者容易掌握本文論述的所有思維，希冀能夠全面觀察明洪、建年間的詩論發展。

　　第三、爲避開使用西方論述研究而產生的問題，我們必須就中國文論的本質，釐清說明屬於古典的分析方法。張海明云：

> 我們認爲，如果西方文論的體系可以稱之爲「顯體系」的話，那麼中國古代文學理論體系則是一種「潛體系」。所謂潛體系，在這裡包含有兩層意思，一是說中國文論儘管有著深邃的思想、豐富的內容，但它尚未脫盡感性型態，缺乏系統、邏輯的表達，因而給人以零散、片斷之感。二是說在單個的中國古代文論家那裡，很少對文學現象作出整體的把握，而只是就關心所及，對文學現象的某一方面進行探討。然而，綜合這些單個的、片斷的探討，我們不難窺出一個自成體系的理論構架。〔註78〕

張氏的說法提及中國文論的本質與表現方式，或有學者稱之爲「印象式批評」。雖然如此，其實可以就作家零碎的詩文論述，或是序跋書信等文字中，觀察詩歌存在的思維概念。縱使是「潛體系」，依舊可以借用西方「顯體系」提供的工具或分析方法，系統性歸納整理這些零碎片斷的詩文論述，本文在分析的過程中便藉由某些顯體系創造的思維邏輯，整理歸納明初詩人的詩論思維，把原先潛體系的中國詩論系統，清楚的說明，這也是本文的書寫重點與策略。

　　而陳良運更認爲中國詩學體系是「一個不斷進行中的共時性結

〔註78〕張海明爲北京師範大學中文系教授，著有《經與緯的交結》，對道、氣、興、神等若干古代文論的最基本範疇作深入探討，初步勾勒出中國古代文論範疇的內在體系；《回顧與反思——古代文論研究七十年》，是研究古代文論學科史的專著。1997年的《玄妙之境》，在魏晉玄學美學領域進行探尋，梳理闡明了玄學對魏晉六朝文學的影響，他在學術研究上崇尚博極而約、淡者屢深的境界。本文引自《上海文論》，1991年5月，頁61～66。

構」，可歸納成統治者制約提倡，與文學創作自身規律發展的共時效
應。其云：

> 考察歷代的共時效應，可歸納爲兩種類型。一種是爲統治
> 者意志所制約，即某種文學理論爲統治者所提倡，以它所
> 影響和指導文學創作符合社會政治的需要，符合統治階級
> 利益的需要，此爲「他選擇型」的「共時效應」。另一種是
> 按文學創作自身規律的發展，作家在自己創作中能夠發揮
> 自由意志與創作精神，對傳統的東西有繼承、有創新；理
> 論家對於前人所留下的大量材料，結合當代作家自由創作
> 的實踐經驗，實行最優化選擇，推導出本時代最新的理論
> 成果。理論推動了創作，新的創作經驗昇華又豐富了理論，
> 此可稱爲「共時效應」的「自選擇」。〔註79〕

以這種觀點，用地域（空間）詩學的方法觀察，將更清晰地呈現洪、
建年間詩學概念之繁複，與特出的地域型辯證。換句話說，「他選擇
型」與「自選擇型」在明初地域詩學中，有其分裂的抗拒，也存在著
相互合作，唯有以地域詩學的角度，方能完整分析明初詩學異中有
同，同中有異的表現狀態。

　　第四、就分析的文本來源，筆者將完整閱讀這些詩人的所有詩
文別集，整理他們論詩的部分，並參酌重要的文論，以期能夠呈現
所有地域裡文士的詩歌思維。另外，以正史與野史筆記作爲當時文
化與社會狀態的討論原典，並運用方志作爲補充。凡是運用的資料
會標註清楚版本來源，以方便學者查考之用。對於詩歌理論的分析，
將交錯當時的文化思潮，找出詩論的哲學根源，並適度檢選轉化西
方的文論方法，在使用合宜的情況下作系統且精確的分析，藉此還
原一個完整多元而能符合當時現況的詩論視野。本文引述的資料來

〔註79〕 陳良運，1940 年生，同時深入當代與古代文論、詩學領域，二十年
　　　　積累，參與和獨立承擔過家社會科學基金課題五項，出版過《中國
　　　　詩學批評史》、《中國詩學體系論》、《周易與中國文學》、《新詩的哲
　　　　學與美學》等書。本文引自陳氏《中國詩學體系論》，中國社會科學
　　　　出版社，2003 年 4 月三刷，頁 27。

源有以下數項：

（一）明初詩家文集：以過去的資料而言，明洪武、建文時期的詩話本應只有瞿佑《歸田詩話》與高棅《唐詩品彙》，然而我們可以透過明初文人的序跋、題記、書信、墓志、傳記、論說等文章裡，找出他們論詩的文字，作爲詩話的來源，分析處理。

（二）史傳、實錄與方志：透過史傳對明代文人生平之記載，除了可以知人論世外，其中也包含一些詩歌理論；方志的運用更是重要的一環，對於本文共時性的研究，方志提供相當多的社會與文化之資料，可觀察各個地域所呈現的文化背景。

（三）雜史、筆記：如葉子奇的《草木子》，其中不僅呈現正史並無記載的地方民俗與文化風情，更有許多文人彼此交遊的紀錄，亦包含一些詩歌理論，與詩人彼此之間的批評與觀察。

（四）經書與哲學書目：詩學理論的提出除了文化與社會背景的需要外，也呈現文人的內在思維，許多的詩歌理論，都有各自的哲學基礎，如果能夠釐清這些哲學根源，有助於對理論的詮釋。

（五）詩文總集、選集與別集：除了透過論詩絕句來觀察其詩歌理論外，亦可思考作品與詩歌批評間的關係，是否作品的創造符合自身的批評思維；總集、選集（別裁）的運用，不僅可看出編選者的批評立場，亦可思考選文（詩）如何反映時代氛圍等問題。

（六）當代學者的批評論述：當代學者對於明初文學的論述與書籍，是必須閱讀與考察的部分。明初詩文的討論並非顯學，過往學者的真知灼見，要適當採用與思考，也必須站在這些學術貢獻上，進一步提出整合性的架構與分析。

（七）西方文哲理論書籍：適當確切地運用西方文論的研究方法，有助於系統化中國古典優秀的印象式批評傳統，並藉此將古典詩論的模糊處清晰理解，只要避免過度詮釋與套套邏輯，其實是種堪稱精確的研究方法。

第五節　本文架構

　　本文結構在第一章爲緒論，先說明研究目的、動機；次言明初文學研究之概況與文獻之探討，包含了對於明代個別詩人、文學理論範疇、元末明初的詩文發展史等學者相關之重要論述，筆者會加以討論並說明在本文裡的運用方法，以便於承繼這些學者的思考；接著將說明研究方法，尤其是地域詩學的方法論運用與資料來源，最後陳述論述視野與預期研究成果。

　　本文將以地域詩論作爲每章標題與分析來源，分別是第二章浙東派、第三章江西派、第四章蘇州派、第五章閩中派、第六章其他地域詩學理論。每章之始，先討論當時各地域的背景及其文化狀態，對詩歌理論的內緣研究，有初步的外緣立論基礎。其後標著各節目，每一節目分別以詩學理論的各個範疇作討論對象，分別爲詩歌的基礎與根源、詩歌本質功能論、詩歌創作方法論、詩歌批評論與詩史觀。然後每個節目以下則分述各相關的理論概念，以期能細緻爬梳出當時詩人的詩論視野，如此也可吸納一般詩論史或詩歌史以人爲經的撰作方式，又能避開以人爲經產生的不夠宏觀，較不注意共時性思考與呈現的問題。至於第六章其他地域的詩學理論，因爲代表人物較少，理論提出較爲稀疏，故獨立列出一章綜合討論。第七章則交叉分析四大地域的詩學理論，比較異同之處。末章則是結論，首先總述明初地域詩學的形成，以歸納整理本文討論的所有重點，接以分析明初詩學後續發展的影響，與明初詩學研究對於明代文學史有何重要的開拓意義。

　　實際上，凡分類與範疇的區隔，會面對不同範疇卻可能呈現交集的問題，過去的學者，有時會刻意避開交集略去不談，有時則會放棄範疇的區隔，但範疇的區分實有助於我們釐清許多概念的問題。對於本文的命題，將詩論的討論區分論述視野，對於中國古人常「體用不分」的思考過程而言，的確會碰到範疇間的嚴重交集，然而不區分範疇，似乎又不足以繼續在前人的基礎上深入思考，所以筆者依舊作範疇的分隔，假使碰到交集之處，也將會在有交集的各範疇中再度討

論，也就是說不必避開討論的重複性，反而是在清楚的論述視野裡，試著呈現所有可能的交集，讓當時詩論的完整度與概念清楚表述：

（一）就詩歌的基礎與根源而論，本文裡是指明初詩論裡對於詩歌源流的探討，畢竟通過源流的探討，將指向詩人內在認爲的詩歌基礎走向。也就是說，經典的確立過程中，可發現詩人與詩論家要求的詩歌概念與價值根源爲何。不同地域會呈現不同的差異，尤其是蘇州與浙東在根源論部分，師法的對象不同，也導致他們對待詩歌創作的態度與方法有異。

（二）就詩歌的本質而論，導源師法的對象有差異，會影響詩人對於詩歌本質有不同的討論，「言志」、「緣情」與「尚趣」都呈現在明初的詩學理論中，這也包含詩歌功能的思維，或許有論者認爲本質是內緣的理論系統，功能屬於外緣的發用系統，不應混爲一談，然而明初多數詩人服膺朱子理學，並且對於多數強調言志的詩人，本質與功能應是二而爲一、即體即用的，這可以從當時詩論幾乎本質功能不分的情況可以發現，既然體用爲一，對於本質與功能就不需析分爲二。

（三）詩歌創作方法論，這部分討論明初詩人與詩論家關於詩歌該如何書寫的思考，對他們而言這部分相當重要，書寫的方法相關於文化風氣的改變與提升，所以幾乎都提出在根源論與本質功能論的規範下，所應該採取的書寫策略，並且可以透過對於他們提出的工夫思維，進一步探討明初詩論裡對於「格調」、「性靈」，或是「形式音韻」、「情感內容」兩種對立範疇的衝突與調和。

（四）詩歌批評論與詩史觀同列一節實際上是有其必要的，詩歌批評論指涉的是明初詩人對於時人詩歌的批評與思考，當時詩人爲友朋撰寫詩集序跋的數目眾多，透過這些文字可看出他們批評理論的思維與概念；而詩史觀則是對於明前詩歌流變的歸納與分析，可看出他們秉持什麼想法作詩歌批評的基礎，這也更能回溯詩歌根源的範疇，對照討論。

（五）詩歌分體學，古典詩歌的分體到了明代已經發展到較爲完備的階段，各種詩歌體裁粲然大備，所以明代的書寫者必然會對於各種體裁有不同的認識，所以詩歌分體學在明初便有濫觴，並且就已經具備一定的高度，而對於詩歌分體的討論，也是古典詩論範疇重要的部分，不僅是對於分體本身的思考而已，還牽涉到上述諸多範疇的在不同分體的概念呈現，亦爲重要的詩論視野。

第六節　預期研究成果與限制

以下便說明本文之預期研究成果與可能的限制：

（一）由於本文分析的作品歷經整個明代洪、建時期詩論，數量相當繁多，故釐清其討論的脈絡，並梳理出其理論意義，貫通並建構地域詩學的討論模式，是研究的重要成果之一。

（二）本文的分析重點是明代洪、建時期詩論的部分，此處不僅涉及也域詩學的運用、以及中國文論批評模式的思考，再加上明初詩學與宋代理學之關係密切，因此本文研究將可提供新的視野重新觀察此時期的詩學理論。

（三）關於明初時期詩論的研究較少，討論亦較星散，本文從現存完整的資料與文獻裡，輔以學者的論述，並運用地域詩學的觀念，探討還原、分析比較洪、建時期的詩學理論。並以此作爲出發點，日後能繼續完成系列性的研究，建立一個完整的明初詩論的史觀系統。

（四）本研究可增修傳統文學史家的思考模式，使文學史家重新調整對明初詩學思維的認識結構，進而思考關於明初詩學與地域概念之間的諸多聯繫，以及中國士人的時空意識與文學傳統。

（五）本文研究的範疇限制於明洪、建時期，因此明初地域詩學的建構過程中，所面對的是元末以至於靖難前的詩論部分，關於永樂以降至於臺閣體、茶陵詩派等明初詩學另一視野，並非是本文的討論部份，這也是未來筆者將繼續架構明初詩學的重要研究命題。

　　（六）本文以詩學論述作爲討論重點，運用的方法是地域詩學的分析模式，關於明初文論的引用，必須存在相當的必要性方會運用，而某些明初詩家的詩文集中並未存在詩論，這些詩家的詩學觀念也無從得知，便無法置入討論的視野當中，這是本文撰述過程裡的可能限制。

　　（七）另外，在運用方志的部分，典籍浩瀚，實無法完整爬梳相關的文獻資料，而大陸地域亦無法親自前往考察，所以在資料與場域的比對上，無法做現場的搜尋與完整的處理，此亦是本文的限制。

　　本文將延續以往學者的研究基礎，力圖建築一個地域詩學的明初詩論結構，觀察不同地域詩學理論所形成的模式與規範框架，以銜接文學史與中國詩學理論史上關於元末明初詩學的討論系統，以構築中國詩論史上較爲貧弱的研究範疇，這也是本文試圖完成的重點工作。

第二章　浙東派詩學理論

　　本章以浙東派詩學理論爲討論起點，起因於明王朝的建立，是朱元璋的淮西集團與浙東文人集團共構的政治版圖。當時，南方群雄的割據地區，都存在自身的文化型態（尤其是張士誠），朱元璋以南方爲根據地揮軍北方攻拔各處，除了完成一統與進駐中州之雄心外，更需要解決地域文化間的衝突。明初詩學的初步構成，可說是朱元璋運用南方文化，與其治國理念相近的浙東文士，作爲政治基礎的文化建築，因此，浙東派文士北治，方是明初的文化主軸。我們以此章作爲起點觀察明初地域詩學理論，不僅可看出明洪武、建文間的詩論主體，亦能深究浙東派詩學理論對明初文學思維的重要影響。

　　浙江，設浙江布政使司，下領杭州、嘉興、湖州、嚴州、金華、衢州、處州、寧波、台州、溫州、紹興共十一府。《大明一統志》云：

> 浙江古揚州地，漢會稽郡無統二浙，隸揚州部刺史。唐貞觀中，隸江南道，開元中，增置江南東道採訪處置使，而兩浙諸州並隸焉。宋初以兩浙爲一路，後分浙東西爲兩路，而浙西安撫使治臨安，浙東安撫使治紹興，並以守臣兼領。元置江浙等處行中書省，及江南浙西道肅政廉訪司於杭州，又至浙東海右道肅政廉訪司於婺州，又置浙東道宣慰司於慶元。〔註1〕

〔註 1〕 明天順五年李賢編纂《大明一統志》卷三十八，〈浙江布政司〉，文海出版社印行，1965 年 8 月初版，頁 2681。

明初以前，便以錢塘江爲分界，將浙江劃爲浙東與浙西二地。可知浙江位於錢塘江兩岸，東濱東海，南聯福建，西接安徽、江西，北臨江蘇，此地不僅據漁鹽之利，氣候溫和，雨量豐沛，在地理環境上更具備著山海並存的蜿蜒之美，但從兩浙的政經文化發展，實際上有必要分設官職加以管理（註2）。《大明一統志・杭州府・建制沿革》言：

> 禹貢揚州之域，天文斗分野，春秋時屬吳越，戰國時屬楚秦，爲會稽郡地，東漢屬吳郡，三國吳分置東安郡治富春，尋罷。晉屬吳興及吳郡，陳置錢唐郡，隋廢郡，置杭州治餘杭，未幾，移治錢唐。大業初，改州爲餘杭郡，唐初復爲杭州。天寶初，又爲餘杭郡，乾元初，復爲杭州。景福初，號武勝軍，光化初，移鎮海節度，治於杭。高宗南渡，遷都於杭，陞爲臨安府，元立兩浙都督府，尋改杭州路。本朝改爲杭州府領縣九。〔註3〕

《大明一統志・嘉興府・建制沿革》又云：

> 禹貢揚州之域，天文斗分野。春秋時，地名長水，初爲吳越分境，後爲越境，魯定公時越敗吳於即此，戰國時屬楚秦，爲會稽郡地，漢因之，東漢屬吳郡，三國吳於此置嘉禾縣，後改嘉興，晉以後因之，隋廢嘉興海鹽二縣，以其地屬蘇州。唐復置，仍屬蘇州，後屬杭州。五代時錢氏奏置秀州治嘉興縣。宋屬浙西路，政和間名爲嘉禾郡，慶元出陞州爲嘉興府，元置嘉興路。本朝復爲嘉興府領縣七。〔註4〕

《大明一統志・湖州府・建制沿革》又云：

> 禹貢揚州之域，天文斗分野。古爲防風氏之國，春秋時屬吳，後屬越，戰國時屬楚，爲菰城。秦置烏城縣，介於會稽、鄣兩郡之間。漢初屬荊國，景帝時屬江都國，元狩初爲會稽、丹揚二郡地，東漢屬吳及丹陽郡。三國吳始分置吳興俊治烏

〔註2〕 如我們加以對照《大明一統志》卷三十七所附之地圖，與卷三十七至卷四十九的浙江下轄各府「形勝」，可見兩浙的經濟與文化的狀態仍有差異。

〔註3〕 同前註，卷四十，〈湖州府〉，頁2682～2683。

〔註4〕 同前註，卷三十九，〈嘉興府〉，頁2749。

程縣，梁兼置震州，陳罷州，仍爲吳興郡。隋出郡廢，以其
地屬蘇杭二州，仁壽初置湖州，取太湖爲名，大業初州廢，
分屬吳餘杭二郡。唐復於烏程置湖州，天寶初改吳興郡，乾
元初復爲湖州，屬江南道，乾寧中陞忠國軍節度，五代吳越
奏改宣德軍，宋改昭慶軍，又改州曰安吉，屬浙西路。元置
湖州路。本朝改爲湖州府領縣六。〔註5〕

　　這三段引文包含兩個意義，第一便是浙東一地並不包含杭、嘉、
湖三地，此三地在浙江的管轄區域屬於浙西一帶，與浙東承續的金
華學術相當不同。換言之，錢塘江把浙江分成東西二區，浙西有杭、
嘉、湖三府，浙東有寧、紹、溫、臺、金、衢、嚴、處八府。嘉興、
湖州、杭州一地應劃屬爲「吳中蘇州派（浙西一地）」，並不屬於浙
東派論述的範疇當中。第二，金華於浙東派代表的正是浙東的學術
沿承，始於呂祖謙而盛於元的金華學派，以及陳亮的永嘉學派。《明
史・文苑傳》：

明初，文學之士承元季虞、柳、黃、吳之後，師友講貫，
學有本原。宋濂、王禕、方孝孺以文雄；高、楊、張、徐、
劉基、袁凱以詩著。〔註6〕

王禕〈宋景濂文集序〉亦云：

早受業于立夫氏，而私淑於吳氏、張氏，且久游柳、黃二
公之門，間又因許氏門人以究夫道學之旨，其學淵源深而
封殖厚。〔註7〕

而《明史・劉基傳》則說：「博通經史，於無書不窺，尤精象緯之學。」
〔註8〕。呂祖謙於金華講學立派，淵源於濂洛之學，又精於史學，深於
毛詩，可說是道德、文章、史傳三者兼具的重要人物；陳亮（龍川）
則留意事功之學，討論古人用兵之成敗，傳至後學形成永嘉學派，專

〔註5〕　同前註，卷四十，〈湖州府〉，頁2793～2794。
〔註6〕　張廷玉編《明史》，上海書店編，上海古籍出版社，1991年版。
〔註7〕　《王忠文公集》卷七〈宋景濂文集序〉，台灣商務印書館四庫全書影
　　　　印文淵閣本，1226～155。
〔註8〕　張廷玉編《明史》，上海書店編，上海古籍出版社，1991年版。

主經制外王的學術進路。至元代，金華之學從金履祥後，傳至許謙與
柳貫，文章與義理並重，以至於宋濂、王禕；永嘉之學則傳至鄭復初，
以至於劉基，講經濟事功之學。兩股思維在朱元璋於元至正十八年求
賢後，隨著他們出仕，匯流一處，形成浙東派在詩文政治各領域的展
現。由此可知，浙東派學者不僅詳於朱子性理之學、對於史學也極為
關注，在經世致用的思維外，也將此思考貫注於詩文創作與理論中，
他們的詩文理論便奠基在朱子性理學的基礎上，雜以龍川事功的思
想，成為明代洪武、建文年間領袖文壇的主流。其實，朱子在南宋時
對於龍川事功之學有「同甫才高心粗，心地不清和」，甚至直斥其「在
利欲膠漆盆內」的批評〔註9〕；而朱子對於東萊亦頗有微詞。孫克
寬言：

> 朱子立論是從哲學上的觀點，衡量「是非」的問題。而龍川
> 之學則是實利的觀點，是利害的問題。朱子治學從精微處
> 看，龍川則從效果上看；東萊與朱子的不同是：朱子本於經，
> 而東萊喜歡治史。東萊的貢獻是傳「中原文獻」，性格又較
> 為宏廓，嘗主融會，所以他拉攏陸氏兄弟與朱子於鵝湖萊謀
> 會通，又獎掖同甫，部分地採取其「經制」之學。〔註10〕

由上述的引言與筆者的分析，可發現元代以降的浙東學術，是以朱子
作為理學之正宗（義理精微），再融東萊的史學（文獻之學），與龍川
之事功之學（經制）為一爐，三位一體表現出義理、事功、政治文獻
合一的新型態，這也是元明之際浙東儒學的內在思維。據孫克寬在《元
代金華學術》一書所言，認為元代南方的儒士，除了一些醉心於名利
的人外，浙東派多為「文儒」與「名儒」：

> 第一、是博洽的文儒：這些人承南宋一百多年的文獻世業，
> 閉戶讀書，網羅放失，守今待後，從浙東四明天台一區域
> 為中心，如王應麟著《玉海》、《困學紀聞》……第二、是

〔註9〕 王梓材《宋元學案補‧龍川學案》，叢書集成續編本，台北：新文豐，
1985 年。

〔註10〕 孫克寬《元代金華學術》，東海大學出版，1975 年 6 月，頁 20。

理學正宗的名儒：這一派以浙東金華一區域爲中心，承紹
朱子的正傳，一心不忘光復，而爲學必端趨向。以金履祥
（仁山）爲首，一傳於許謙，講學東南，自立門戶，衍爲
吳萊的高才博學，留心經濟，影響明初宋濂、王禕一流，
挾其王霸之學，出佐興王，重光漢土。這一派操持高潔，
踐履篤實，是儒家的正統。〔註11〕

　　浙東派文人多是朱元璋開國的重要功臣，他們選擇參與明初新政
權的創建工作，與朱元璋一起架構新的文化制度。以朱子學爲主的思
維方式，輔以龍川與東萊之學，來左右明初詩文思想的發展。谷應泰
《明史記事本末》卷十四，載朱元璋與詹同論文的一段文字：

古人爲文章，以明道德，通世務，典謨之言接明白易知，
至如諸葛孔明出師表，亦何嘗雕刻爲文，而誠意溢出，至
今誦之，使人忠義感激。近世文士立辭雖艱深，而意實淺
近，即使相如、揚雄，何裨實用？自今翰林爲文，但取通
道理，明世務者，無事浮藻。〔註12〕

可見朱元璋對文學的態度不取形式思考，純粹以實用目的而言。這樣
的思維相當切近於浙東文人的想法，他們本就認爲詩文創作需用來襄
贊世務，承載人倫教化，形式並不足取，重點在於以簡單淺近的語言
表述所欲傳達的教化之道。宋濂云：

造文家與傳經家皆欲明乎道，兩家多不相能，傳經家曰：「文
者虛辭而已耳，吾不願學也，當學什經以明道，道明天下
治矣。韓、柳文雖高，不足以與此，其可言此者，必王、
鄭諸人乎？」造文家曰：「孔孟以前，學者未嘗什經而言治
者，每稱三代，道何嘗不明？王、鄭之時，說經者最好專
門，乃大亂數百年而後止，當時學者，豈不知宗，其學道
何以不明，天下何以不治也？是皆托傳經之名以飾其不能
文之陋耳。使韓、柳之爲是，其有不敵王、鄭者乎？」於

〔註11〕同前註，頁3。
〔註12〕清・谷應泰《明史記事本末》，台北：三民書局，1956 年初版翻印
　　　　本。

戲，是兩者皆未得也。道無往而不在，豈易明哉！造文故
所以明道，傳經亦將以明道，何可以歧而二之哉！〔註13〕

宋濂將「文學家」與「傳經家」做兩種區分，然後分別站在不同的立
場替他們立論彼此批判的說辭。「傳經家」認爲文章虛辭害道，道明
必須透過經書的學習，並非文章的創作；「造文家」則從上古時期討
論堯舜之治根本不需經書，當時又何來經書，後代之人多假托傳經去
掩飾文章之鄙陋，如果學道明，天下爲何還一直會出現混亂的情況。
然而宋濂與浙東派的立場並非如此，在他們看來，古文家與理學家都
以「道」爲本，這既然是共同的認知，就不須各執一端，必須中庸，
誠如宋濂所言，文章與理學應該是相互爲用，並以經書之道爲根本：

文辭與政化相爲流通，上而朝廷，下而臣庶，皆資之以達
務。……所以著其典章之懿，敍其聲明之實，制其事爲之
度，發其性情之正，闔辟化原，推拓政本，蓋有不疾而速，
不行而至也。〔註14〕

又云：

明道之謂文，立教之謂文，可以輔民化俗之謂文。斯文也，
果誰之文也，聖賢之文也。〔註15〕

又云：

凡有關於民用及一切彌綸範圍之具，悉囿於文，非文之外
別有其他也。〔註16〕

從這三段引文，可看出浙東派的詩文論述，將「文辭」與「政化」
作爲一事，相互流通，把人倫日用置入文章創作中，文章必須承載
「明道立教」與「輔俗化民」的功能，這樣的思考不僅注重道德教
化，更將經濟化民當作是文章的根本，提升了文章創作以及文人的
社會政治地位與責任。「文道合一」的思考，成爲多數浙東派文人的

〔註13〕《宋景濂全集》卷七〈龍門子凝道記〉，台灣商務印書館文淵閣四庫
全書本，1224～402。
〔註14〕同前註，卷七〈歐陽文公文集序〉，頁415。
〔註15〕同前註，卷二十六〈文說贈王輗〉，頁363。
〔註16〕同前註，卷二十五〈文原〉，頁135。。

詩論準則，詩文創作也具備強烈的經世濟民之傾向。「道」與「文」也在浙東學派的努力中，合而為一，道學家不必輕視文藝創作，文人創作的價值也得到充分體現與提升，但也使文學走向社會與教化，一些認為文學可以存在趣味與自娛的文人（如吳中蘇州派），也在明初受到壓抑或迫害。朱元璋云：「喜誦古人鏗鏗炳朗之作，尤惡寒酸伊嚶齷齪鄙陋，以為衰世之為，不足觀。」〔註 17〕雖然，我們無法直接證明這段話是否是為了批判吳中蘇州「鐵崖體」的習尚而發，至少可知當時文人創作的風氣，尤其是詩文語言的「鄙陋酸腐」、「雕章琢句」，是朱元璋與浙東文人不滿的習氣，這也是他們為了統治必須矯正的部分，《明史・選舉志》：

> 科目者沿唐宋之舊，而稍變其取士之法，專取四子書及易、書、詩、春秋、札記五經命題試士。蓋太祖與劉基所定。其文略仿宋經義，然代古人語氣為之，體用排偶，謂之八股，通謂之制義。〔註18〕

洪武三年開科取士的結果，不盡理想。六年三月，朱元璋詔罷科舉。云：

> 朕設科舉以求天下賢才，務得經明行修文質相稱之士，以資任用，今有司所取多後生少年，觀其文辭若可與為，及試用之，能以所學措諸形式者寡，朕以實心求賢，而天下以虛文應朕，非朕責實求賢之意也。〔註19〕

科舉取士是古代培養知識份子為官的重要途徑，也是控制文風習尚的最佳手段。宋濂等浙東派士人與朱元璋在明初便重新訂定一個作官的遊戲規則，以此挽救朱元璋眼裡的那種疲弊文風，當然這必然影響明初一統後詩文思維的傾向，也成為明代詩文復古的開端。第二、我們從洪武六年這份詔書看來，用選官的科舉制度即時改變士人的寫作習

〔註17〕《列朝詩集小傳・乾集上》，續修四庫全書第一五八九冊，續修四庫全書編纂委員會編，上海古籍出版社。
〔註18〕 張廷玉編《明史》，上海書店編，上海古籍出版社，1991 年版。
〔註19〕 同前註。

尚，相當困難，朱元璋的用意除了改變文化習尚外，其實想透過科舉制度強調德行是文章之本，罷科舉詔書也是用來警惕那些務文卻不自修德的知識份子，必須去遵行他所訂的取士規則。自此之後，明代文柄權力的移遞，就預示明初臺閣向明中葉郎署、明末民間移轉的變遷模式〔註20〕。

第一節　詩歌的基礎與根源論

以「詩三百」作爲詩歌的基礎與價值根源，是浙東群詩人的共同趨向，在此脈絡中，出現了許多道德根源式的價值思維：如「宇宙論」圖式的詩歌的發生論；將個人、文章與時代作「三位一體」的結合之根源思維；形上學論述的「誠源」、「仁源」說等等。這均可看出浙東群詩人以伊川朱子學爲中心，分析詩歌發生的思維則以「詩三百」爲學詩的基礎與價值根源，透過人格道德的修養，發而成文，將詩歌的價值提升到「何往而非詩」的位置。

一、「宇宙論」根源說

胡翰（1308～1384），字仲申，號仲子，浙江金華人。嘗從吳師道、吳萊學古文，復從許謙習經，爲元末明初金華學派的重要文士。元末因亂，避地南華山，著書自適，以文章名世。洪武初，爲衢州府學教授。詔入史館，預修《元史》，書成後卜居北山。胡翰之文多得二吳遺法，而頗切世用；詩作現存不多，但體格超卓，故朱彝尊論及金華詩人，獨以胡氏爲「巨擘」（《靜志居詩話》）；其論詩尚「本、用、變、新」，兼容「短簫鐃鼓」之音，「蕭散沖澹」之趣，抒發「歡愉、憂思、怫俳、慷慨」之情，著有《胡仲子集》、《春秋集義》。以下便討論胡翰關於詩歌根源的思維。〔註21〕胡翰云：

〔註20〕　簡錦松《明代文學批評研究》，台北：學生書局，1989 年 2 月。
〔註21〕　本文所引胡翰之文，均引自《胡仲子集》，台灣商務印書館文淵閣四庫全書本。此後但標冊數與頁數（冊～頁），不另標明版本出處。

> 梅之有香在鼻不在耳，以心言之，鼻與耳其致一也；古人
> 之詩，或唐或宋，苟會於心，則古之與今，其致一也。……
> 古之為今，今之為古也。〔註22〕

以「詩三百」作為學詩的價值根源，可以說是浙東派與明初詩人之共同趨向，胡翰以心作為主宰，論證古之與今在詩歌根本上的同出一源，然而胡翰對於詩歌發生的過程，有類似宇宙論圖示般的說明：

> 物生而形具矣，形具而聲發矣。因其聲而名之，則有言矣；
> 因其言而名之，則有文矣。故文者，言之精也，而詩又文
> 之精者，以其取聲之韻，合言之文而為之也，豈易也哉！
> 近之於身，遠之於物，大之及於天地，變之為鬼神與！凡
> 古今政治民俗之不同，史氏之不及具載者，取而詠歌之、
> 載賡之，不費辭而極乎形容之妙、比興之微。若是者，豈
> 非風雅之遺意哉，宜君子有以取之。〔註23〕

在這段文字中，胡翰將詩的變化與妙用，當作是從身之遠近至於鬼神的價值來源，其思考可以下圖表之：

物→形→聲→言→文→詩

其中「物」、「形」、「聲」可當作是所謂的生理現象；「言」是上述生理現象（物形聲）的「表述方式」；「文」則是經過整理的「表述方式」，而「詩」卻是最精確的「表述方式」。換句話說，「文」、「言」、「詩」是不同程度的「表述方式」，「詩」是最精微的一種。而胡翰又認為「夫詩者，所以言乎其志也」〔註24〕，如果與上述的圖示合觀，可見他認為「言志」是最精微的「表述」，此所謂「發乎情也大，音在天地，流被萬物」〔註25〕，可見詩歌的價值根源是如此宏大浩然。

二、「五美之具」說

宋濂為明代開國文臣之首，其詩學觀念影響明初文壇甚巨，過去

〔註22〕 《胡仲子集》卷三〈書〈聽香亭集句〉後〉，1229～35。
〔註23〕 《胡仲子集》卷四〈缶鳴集序〉，1229～68。
〔註24〕 《胡仲子集》卷四〈屠先生詩集序〉，1229～72。
〔註25〕 《胡仲子集》卷四〈童中洲和陶詩後跋〉1229～80。

已有諸多學者涉及明初詩學理論的建構工作，無論是從地域性詩學、文學批評史、還是詩話學等各種角度，多對宋濂之詩論有精闢的解說〔註26〕。本節以宋濂「五美之具」說作論述主軸，重新蠡測宋濂詩學思維建築裡關於價值根源與學詩基礎的各項說法。

宋濂（1310～1381），字景濂，號潛溪，浙江浦江人。元末召為翰林編修，不受。朱元璋於元至正十五年攻下婺州，即啓用宋濂。明洪武二年詔其修《元史》，史成，除翰林院學士，累官至翰林學士承旨，後因老致仕。晚年因長孫慎坐法，舉家遷謫茂州，卒於道。正德中追諡文憲，有《宋文憲公全集》〔註27〕。以下則是宋濂的學術師承關係表〔註28〕：

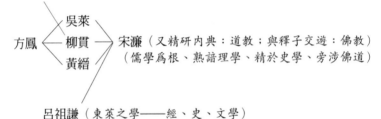

朱熹（傳北山一派）元金華之學（金仁山）

方鳳 ← 吳萊／柳貫／黃縉 → 宋濂（又精研內典：道教；與釋子交遊：佛教）
（儒學為根、熟諳理學、精於史學、旁涉佛道）

呂祖謙（東萊之學——經、史、文學）

〔註26〕如台灣學者龔顯宗《明洪、建二朝文學理論研究》（華正書局，1986年6月）、《明初越派文學批評研究》（文史哲出版社，1988年7月）、《明清文學研究論集》（華正書局，1996年1月）；簡錦松《明代文學批評研究》（學生書局，1989年2月）。以及大陸學者王運熙、顧易生編《中國文學批評通史・明代卷》（上海古籍出版社，1996年12月）；蔡振楚《詩話學》（湖南教育出版社1990年10月）。

〔註27〕本節以降所引宋濂之文，均引自叢書集成初編版《宋學士全集》，北京：中華書局，1985年新一版。此後但標頁數，不再另標明版本出處。另有四部備要本《宋文憲公全集》，與台灣商務印書館四庫全書本《宋景濂未刻集》可資參考。又可參考葉慶炳、邵紅編《明代文學批評資料彙編》，成文出版社等書。

〔註28〕此表之構成基礎據龔顯宗著《明洪建二朝文學理論研究》第一章第二節第二目〈元代明初之理學〉，台北：華正書局，1986年6月，頁20～21。另可參龔氏〈宋濂與道教〉一文，收錄於《明清文學研究論集》，台灣：華正書局，1996年1月，頁13～25。另關於宋濂生平，詳參張廷玉等撰《明史》，台灣：鼎文書局。

　　宋濂所傳思想偏朱子一派，故其言心（氣）必落在形下世界，他將心與氣合觀，以自然萬物與人類生命視作一氣週流之產物，再加上其另一思維源自呂東萊，故其言詩文的價值根源便源自五經，而宋濂又旁涉佛道，在儒學的架構下並非保守地看待詩歌創作，使他的詩歌理論存在「以儒學爲根源」卻沒有倒退論的傾向〔註29〕。假使，中國詩歌的本質思維，可以趨向於「言志」、「緣情」、「感物」三條可分合的線性結構，那麼代表宋濂內在的詩歌價值思維則應該屬於「言志」的單線行進，一方面他將詩文創作區分成兩大類型（卻以臺閣爲宗，後文將論及），另一方面他則提出了「詩文本出於一源」、「作詩必本於三百篇」的「言志」回歸：

> 詩文本出於一源，詩則領在樂官，故必定之以五聲，若其辭則未始有異也。如《易》、《書》之協韻者，非文字之詩乎？詩之《周頌》，多無韻者，非詩之文乎？何嘗歧而二之！沿及後世，其道愈降，至有儒者、詩人之分。自此說一行，仁義道德之辭，遂爲詩家大禁。而風花煙鳥之章，留連於海內矣，不亦悲夫！〔註30〕

> 予謂作詩，必本於三百篇。〔註31〕

> 嗚呼，詩者發乎情而止乎禮義也，感情觸物必行之於言有不能自已者也。〔註32〕

詩言志，是先秦儒學時期論詩的基礎思維〔註33〕，「志」並非指涉志

〔註29〕 關於宋濂師承與其哲學思想的諸多問題，因不在本文論述的重要範圍之中，可另參張健《朱熹的文學批評》，台灣商務印書館；錢穆《宋明理學概述》，台灣：學生書局；容肇祖《明代思想史》，台北：開明書店；王邦雄等編《中國哲學史》，台灣：空中大學，1995 年 8月；蔡仁厚《宋明理學》（南宋篇），台灣：學生書局，1980 年……等書。

〔註30〕 《宋學士全集》卷十二〈題許先生古詩後〉，頁 435。

〔註31〕 《宋學士全集》卷三十二〈皷歗詩有序〉，頁 1161。

〔註32〕 《宋學士全集》卷六〈劉母賢行詩集序〉，頁 189。

〔註33〕 《孟子·萬章》：「故說詩者，不以文害辭，不以辭害志。以意逆志，是謂得之」；《荀子·儒效》：「詩，言是其志也」；《禮記·仲尼閒居》：

向意義，而是認為詩歌的創作應該回歸「道德本源」，因此「志」所指向的是孔孟所言的「道德生命」，詩歌必需書寫仁義本源。宋濂承繼如此的思考，故其論詩歌的價值根源必推源於三百篇。宋濂又云：

> 詩，緣情而託物者也。豈亦易易乎？然非易也。非天賦超逸之才，不能有以稱其器。才稱矣，非加稽古之功、審諸家之音節體製，不能有以究其施；功加矣，非良師友示之以軌度，約之以範圍，不能有以擇其精；師友良矣，非雕肝琢腎，宵詠朝吟，不能有以驗其至之淺深；吟詠侈矣，非得夫江山之助，則塵土之思膠擾蔽固，不能有以發揮其性靈。五美云備，然後可以言詩矣。蓋不得助於清暉者，其情沉而鬱；業之不專者，其辭蕪以龐；無所授受者，其製澀而乖；師心自高者，其識卑而陋；受質蹇鈍者，其發滯而拘。〔註34〕

筆者先以下表整理歸納宋濂的說法：

五美之具	必 要 處	缺 憾 之 弊		備 註
天賦超逸之才	有以稱其氣	受質蹇鈍	其發滯而拘	先天質性
稽古之功，審諸家音節體製	有以究其施	無所授受者	其製澀而乖	師古，歷諳諸體
良師友	有以擇其精	師心自高者	其識卑且陋	良師：盡傳授之秘 良友：成相觀之善
宵詠朝吟	有以驗其所至之淺深	業之不專者	其辭蕪以龐	日誦之，日詠之
江山之助	有以發揮其性靈	不得助於清暉者	其情沉而鬱	地理環境

宋濂從五個面向配合「詩三百」的思考模式來分析學詩的基礎，可以說是全面而系統地有所綜合與創發：

第一、天賦超逸之才。這是指先天所具備的才性稟賦，即是出生當下二氣相感所帶來的先天氣質之性，這便是其所言「天之降才爾殊

「詩，言其志也」；《尚書‧堯典》：「詩言志，歌永言，聲依永，律和聲」等……均可以看出「詩言志」的論詩傾向。

〔註34〕 《宋學士全集》卷六〈劉兵部詩集序〉，頁184～185。

也」，而宋濂則以「忠信近道之質」作爲稟賦之佳者。也因受質相異，故創作會「隨其人而著形」〔註35〕，不同的氣化本質會帶來不同的文學表現。

　　第二、稽古之功，審諸家音節體製。這裡指的是後天工夫，宋濂認爲「歷諳諸體」〔註36〕，對於過去各種「淵源既正」的詩文作品，必須從音節以至於體製，都有一定的熟悉。但熟習的基礎並不是「專溺辭章」形式格調的摹擬，而是透過師古人之心意，窮盡古之道而至於無間古今。因此宋濂所言辨明諸家音節體制，雖言「究其製作聲辭之眞」〔註37〕，但並非亦步亦趨地步武古之聲調，宋濂云：「古者之音，唯取諧協，故無不相通」〔註38〕，談到漢魏諸家之作時，又言「亦不過協比其音而已」〔註39〕，可見其對於音韻體制的看法，重點確是放在一「眞」字，只要取得諧協主題的自然之音，便可完全表現情感內容，這樣的思考模式與其「作詩，必本於三百篇」的想法相互呼應。

　　第三、良師友。這是指詩人作家與外在事物的互動，也隱含著讀者與批評對詩人作家的重要性。宋濂云：

> 詩道之倡，其有師友淵源乎！非師不足盡傳授之秘，非友
> 不足成相觀之善。無是二者，不可言詩矣。〔註40〕

宋濂除了以「師古」作爲工夫論的根本之外，他對人倫日用之間的「師道」也覺得相當重要。他認爲可以透過後天對於老師學問傳授的學習，得到「性情之正」；而文友則是較專業的讀者，透過友朋同儕之間對於彼此作品的討論比較，輔以師古之功，三位一體，便可以達到「稽其聲律，求其旨趣，察其端倪，已而學大進」的寫作狀態。因此宋濂對時人率「師吾心」的現象有嚴厲的批評：

〔註35〕　《宋學士全集》卷七〈清嘯後稿序〉，頁229。
〔註36〕　《宋學士全集》卷六〈劉彥昺詩集序〉，頁187。
〔註37〕　同前註。
〔註38〕　《宋學士全集》卷五〈洪武正韻序〉，頁139～140。
〔註39〕　同前註。
〔註40〕　《宋學士全集》卷六〈孫柏融詩集序〉，頁190。

近來學者，類多自高，操觚未能成章，輒闊視前古爲無物。
且揚言曰：曹劉、李、杜、蘇、黃諸作雖作，不必師，吾
即師，師吾心耳。故其所作，往往猖狂無倫，以揚沙走石
爲豪，而不復知有純和沖粹之意……〔註41〕

雖然，宋濂認爲「詩乃吟詠性情之具，而所謂風雅頌者，皆出於吾
之一心，特因事感觸而成……」〔註42〕，但此所謂「吾心」之根源，
應是前述「作詩本於三百篇之旨」，亦即是師古人之心意；換句話說
就是以「稽古之功」作爲師吾心之價值根源，「良詩友」作爲後天相
觀之努力，但時人並不明白這種古人能自成一家言的道理與基礎，
而在生命無物底下猖狂無倫，漠視一切，莫怪乎宋濂要對此現象嚴
格批判之。

第四、宵詠朝吟。宋濂云：「日誦之，日履之，與之俱化，無間
古今也」，對一個讀者（或批評者）而言，透過反覆讀誦往往能把握
作品之精奧與問題；對作者而言，透過自己作品的再三閱讀，察覺自
身作品在音律形式以至於情感內容的淺深。

第五、江山之助。宋濂雖然以「詩教」作爲其詩歌理論的價值歸
趨，但他依舊言及「性靈」，他是從地理環境給詩人內在生命的感發
處來談「性靈」，畢竟這個世界萬物的變化是「風霆流行而神化運行
其上，河嶽融峙而物變滋殖於下，千態萬殊，沉冥發舒」〔註43〕的狀
態，而「有志之士，豈無鄉土之思哉」〔註44〕，這都可以看出宋濂認
爲環境對於詩人創作的影響，由此來談「性靈」則比較偏向於一種敏
感的情性，是詩人內在的審美本質，而地理環境便是審美客體（對
象），因此「感情觸物必形之於言有不能自已也」〔註45〕。故宋濂雖
以「言志」作爲根源，但卻藉此「江山之助」，包孕了帶有「緣情感

〔註41〕《宋學士全集》卷二十八〈答章秀才論詩書〉，頁1053。
〔註42〕同前註，頁1052。
〔註43〕《宋學士全集》卷六〈林伯恭詩集序〉，頁188。
〔註44〕《宋學士全集》卷六〈寄和右丞溫迪罕詩卷序〉，頁174。
〔註45〕《宋學士全集》卷六〈劉母賢行詩集序〉，頁189。

物」的「性靈」思考〔註46〕。

三、「三位一體」論與「詩三百」根源說

　　劉基、朱右、王禕、蘇伯衡在詩歌根源的理論系統中，雖與宋濂並無二致，然而他們對於根源的論述都有著各自深入的闡釋。劉基以季節比附詩歌之音樂性，更加強調政教的力量；朱右則承繼胡翰的哲學根源，以詩作為教化的根本；王禕則提出社會的各個層面，以詩歌作為支撐的骨架；蘇伯衡想像了一個圓形結構，以之連結詩歌創作與世運盛衰的關係。這都顯示前述胡翰、宋濂等人對於詩歌根源與基礎的理論系統，對同時代的文士有相當的啓發。

　　與宋濂同為明初開國名臣，制定明初重要規章與制度的劉基（1311～1375），字伯溫，浙江青田人。元至順進士。曾任江西高安縣丞、江浙儒學副提舉，旋棄官隱居。後出任浙東行省都事。因反對「招撫」方國珍而被革職。朱元璋起兵，受聘至金陵，為朱元璋籌畫軍事，參與機要，為開國功臣之一。歷任太史令、御史主丞、弘文館學士等，封誠意伯。病故於鄉，諡文成。明初重要規章制度大都由其與宋濂等人議定。兼長詩文，散文筆意奔放，一反元末卑弱之風，詩歌想像豐富、古樸雄放。論詩注重反映現實，強調吻合儒家思想。著有《誠意伯劉文成公文集》。〔註47〕劉基在論及詩歌的價值根源時，仍是以「詩三百」作為極則：

　　　予聞《國風》、《雅》、《頌》，詩之體也，而美刺風戒，則為
　　　作詩者之意。故怨而為〈碩鼠〉、〈北風〉，思而為〈黍苗〉、

〔註46〕明中葉以前「性靈」二字已屢屢在不同文人的詩論中出現，他們似乎已經察覺「性靈」對於創作可以帶來的某種程度的解放。而宋濂可說是較早觀察到性靈的明代文人，但他所言的性靈是以言志作為基礎根源發展的，與明代中期以降公安派一空依傍的思考模式相當歧異。（王運熙、顧易生編《中國文學批評通史‧明代卷》上海古籍出版社，1996 年 12 月）。

〔註47〕本文所引劉基之文，均為台灣商務印書館文淵閣四庫全書本，此後但標冊數與頁數（冊～頁），不另注明版本出處。

〈甘棠〉，美而爲〈淇澳〉、〈緇衣〉，油油然感生於中而形
爲言，其謗也不可盡，其歌也不待勸。故嚶嚶之音生於春，
而惻惻之音生於秋，政之感人猶氣之感物也。是故先王陳
列國之詩以驗風俗、察治忽，公卿大夫之耳可瞶，而匹夫
匹婦之口不可杜，天下公論於是乎在。吁，可畏哉！〔註48〕

引文中，劉基更進一步直接指出「詩之體」就是「詩三百」，更以季
節氣候比附詩的音樂內容，聯繫爲政之道與詩歌的感發力量。劉基的
看法正是一種對於「詩三百」的本質性回歸，欲藉這種方式來導正人
心與政事，裨於世教。這是著眼於詩歌與社會的關係，將詩歌的價值
透過回歸「詩三百」而導向社會民間，向下可以濟民成俗，向上則對
領導者有節制的力量。故劉基又言：

言生於心而發爲聲，詩則其生之成章者也。故世有治亂，而
聲有哀樂。相隨以變，皆出乎自然，非有能彊之者。〔註49〕

劉基認爲「詩爲心聲」、「故世有治亂，而聲有哀樂」，更是將「心—
—詩——世」、即是「個人——文章——時代」做了一個「三位一體」
的系聯，至此詩歌的價值根源雖然表面上依舊是「詩三百」，但實際
上指涉的卻是個人與時代盛衰的關係，縱使不用於世，亦可透過詩歌
「抱志處幽」，到達杜甫般「發於性情眞不得已」，於是詩歌的價值便
在「反映社會」中突顯出來。

　　朱右（1314～1376），字伯賢（一作序賢）。浙江臨海人。明初徵
赴史局，與修《元史》，旋又修《洪武正韻》。有《白雲稿》、《秦漢文
衡》、《三史鉤玄》、《春秋類編》、《元史補遺》等。朱右爲文以唐宋爲
宗，嘗選韓、柳、歐陽、曾、王、三蘇爲《八先生文集》，「八大家」
之目實權輿於此。所著《白雲稿》，原十一卷今僅存五卷。〔註50〕其云：

〔註48〕《誠意伯劉文成公文集》卷七〈書紹興府達嚕噶齊九十子陽德政詩
　　　　後〉，1225～193。
〔註49〕《誠意伯劉文成公文集》卷五〈項伯高詩序〉，1225～188。
〔註50〕台灣商務印書館四庫全書影印文淵閣本。本文所引朱右之文，此後
　　　　但標冊數與頁數（冊～頁），不再注明版本出處。

> 詩者，發乎情也。情則無僞，故莫不適於正焉。古詩三百
> 篇，其間邪正、憂喜、隱顯雖不同，而溫柔敦厚之教，無
> 惑於後人。〔註51〕

又云：

> 詩以言志也，志之所向，言亦隨之，古今不易也。三百篇自
> 刪定以後，體裁屢變，而道揚規諷，猶有三代遺意。〔註52〕

朱右之言其實將「詩三百」作爲學詩之價值根源的原因直接點出，其
因有二：一爲「溫柔敦厚之教」；二爲「言志古今不易」。第一點指的
就是劉基所言之世運，即對於社會與時代風氣的教化；第二指的則是
劉基所言的個人，亦即胡翰所思維的「仁心本體」、「心乎仁義忠信
矣」。而「詩」是聯繫此兩者的重要中介點，「志」則是內在道德的驅
動力，因此詩歌的創作內容就必須是道德動力的趨向，如此就算「體
裁屢變」，詩歌所要達成的教化任務仍會始終如一。

　　王褘（1321〜1372），字子充，浙江義烏人。早年師事柳貫、黃
溍，以文章名世。明洪武二年修《元史》，詔與宋濂爲總裁。書成，
擢翰林待制，同知制誥，兼國史院編修官。洪武五年正月，奉使赴雲
南諭降，遇害。諡忠文。能詩文，著作宏富。爲文醇樸宏肆。著有《王
忠文公集》等〔註53〕。王褘云：

> 予嘗論之，三百篇之詩，其作者非一人，亦非一時之所作。
> 而其爲言，大抵指事立義，明而易知；引物連類，近而易
> 見，未嘗有艱深矯飾之語；而天道之顯晦、人事之治否、
> 世變之隆污、物理之盛衰，無不著焉，此詩之體所以爲有
> 繫也。後世之言詩者，不知出此，往往惟衒其才藻，而漫
> 衍華縟。奇詭浮靡之是尚，較妍蚩工拙於辭語間，而不顧
> 其大體之所繫。〔註54〕

〔註51〕《白雲稿》卷四〈西齋和陶詩序〉，1228〜51。
〔註52〕《白雲稿》卷五〈諤軒詩集詩序〉，1228〜66。
〔註53〕台灣商務印書館四庫全書影印文淵閣本。本文所引王褘之文，此後
　　　　但標冊數與頁數（冊〜頁），不再注明版本出處。
〔註54〕《王忠文公集》卷七〈黃子邕詩集序〉，1226〜154。

他的看法，實際上亦是本文前述論及以「詩三百」作爲詩歌價值根源的思維脈絡，分析的更爲透徹，不僅從天道、人事、世變、物理的角度來觀察詩歌的感發力量，更透過語言形式的明白易曉，去批判後人與時人作品的艱深矯飾、奇詭浮靡。因此他說：「三百篇之詩，其言人之大倫至矣」〔註55〕，詩歌創作的根源與基礎都必須來自於「詩三百」的精神內涵，必須是「托物連類，足以寓人不能宣之意；其引義止禮，足以感人不可遏之情」〔註56〕，可見一旦詩歌的價值回歸「詩三百」時，便可「情切而理明，義正而實備，質而不失於俚，詳而不流於煩。讀之使人孝弟之心，油然而生，誠可謂有補於世教者也。」〔註57〕，對於人倫、物理、治道等構築社會建築的各種骨架，詩歌創作都可有補強的作用。

蘇伯衡（約 1390 年前後在世），字平仲，浙江金華人。明太祖置禮賢館，伯衡與焉。學士宋濂致仕，濂薦伯衡自代，太祖即徵之。洪武二十一年（1388），聘主會試。後坐箋表誤，下吏死。有《蘇平仲文集》〔註58〕。伯衡對於詩歌與世運教化的關係則有詳切的論述，他尤強調文章與世運盛衰之關係密切，於是詩文的價值便提升到關乎時代與國家的氣運，而「詩三百」作爲詩歌創作之極則，其必應成爲詩人的指導原則。他說：

> 詩之有風、雅、頌、賦、比、興也，猶樂之有八音、六律、六呂也。八音、六律、六呂，樂之具也；風、雅、頌、賦、比、興，詩之具也。是故樂工之作樂也，以六律、六呂而定八音；詩人之作詩也，以賦、比、興而該風、雅、頌。

〔註55〕《王忠文公集》卷七〈孝行詩序〉，1226～150。
〔註56〕《王忠文公集》卷十七〈書胡立山先生詩稿後〉，1226～355。
〔註57〕《王忠文公集》卷七〈孝行詩序〉，1226～150。
〔註58〕劉基《蘇平仲文稿序》稱其「語粹而辭達，識不凡而意不詭」，宋濂《序》亦謂其「精博而不粗澀，敷腴而不苛纈」。詩論則承儒家「詩言志」（《詩大序》）、「歌謠文理，與世推移」（《文心雕龍·時序篇》）之說。本文所引蘇伯衡之文，爲台灣商務印書館四庫全書影印文淵閣本。此後但標頁數與冊數（冊～頁），不再注明版本出處。

但詩人作詩之初，因事而發於言；不若樂工作樂之初，先
事而爲之制焉耳。……夫惟詩之音，係乎世變也。……慨
夫聲文之成係於世道之升降。〔註59〕

伯衡以樂比詩，將詩視作是聲文，亦是將詩之根源推至合樂而歌的「詩
三百」，然而他也替詩人作詩的發生次序，下了一個定義，他認爲詩
人因客觀環境與社會的刺激發於言，故此「詩之音」必與世代變化升
降相關，故其云：

夫文辭之盛衰，故囿於世運，而世運之盛衰，亦於文辭見
之。然則誦其詩而欲知其人，可不尚論其世乎？……抑觀
漢唐以來，凡以文鳴者，際乎天地之運之盛也，其制述乃
有治古之風。〔註60〕

又云：

言之精者之爲文，詩又文之精者也，夫豈易爲哉？……是
故知詩之用，在言其志，則可謂善於詩者矣。〔註61〕

又云：

至於詩，則出於性情，而不窘於畦町。有優游詠嘆之思，
風、雅、騷、些之遺。〔註62〕

劉基將個人、文章與時代作了三位一體的結合；胡翰以爲「文者，
言之精也，而詩又文之精者，以其取聲之韻，合言之文而爲之也」
〔註63〕；而伯衡則直接將文辭與世運盛衰，視爲是一而二、二而一
的圓形結構，文辭（詩歌）創作被世運所制約，欲查考時代之升降，
亦須透過當時之文辭詩歌。因此，在價值根源是「詩三百」的標準
下，伯衡自然會以「治古」作爲「制述」的終極判準，於是所謂的
「善於詩者」，就必須兼顧「言志」與「出於性情」兩個部分，這亦
是學詩者所需熟悉的思維基礎。

〔註59〕《蘇平仲文集》卷四〈古詩選唐序〉，1228～592。
〔註60〕《蘇平仲文集》卷五〈張潞國詩集序〉，1228～605。
〔註61〕《蘇平仲文集》卷十一〈滄遊集題辭〉，1228～734～735。
〔註62〕《蘇平仲文集》卷五〈潔庵集序〉，1228～607。
〔註63〕《胡仲子集》卷四〈缶鳴集序〉，1229～49。

四、「四根源」、「誠源」與「仁源」說

烏斯道、謝肅、童冀、金寔對於回歸「詩三百」的根源理想，有更深刻寬闊的討論與發揮。烏斯道的「四根源說」揭示出浙東派對於宋人詩文並未完全揚棄貶抑；謝肅亦承繼宋人言「誠體」，替詩歌根源之「道」，尋求合宜的詮釋；再經過童冀與金寔的思維，原本以「詩三百」作爲根源的價值判準，更直接地歸源到人道德生命，於是前述胡翰「仁心本體」的概念得到更進一步的發揮。

烏斯道（約 1375 年前後在世），字繼善，人稱春草先生，慈谿（今屬浙江）人。幼年喪父，甚貧，常就母親紡績之燈苦讀。稍長潛心慈湖之學。洪武四年（1371）應徵入京，後以疾去官，百姓爲其立生祠祀之。其文尚體要，亦精於書法，尤長於詩。其詩寄興高遠，而清灑出塵，一掃元人雕鏤填砌之習。著有《春草齋集》等〔註64〕。烏斯道云：

> 夫詩有典有則，有興有比，得三百篇之旨也。渾淪沖融，慷慨頓挫者，得十九首之風也。窮渣滓神變化，鏗然金宣而玉奏者，得盛唐之體也。加之理膩而思深，脈貫而辭暢，若明珠美玉無毫髮瑕累者，始可中選擇也。〔註65〕

這段話值得注意，他認爲詩歌的價值根源有四，而此四種根源代表著四類型表現型態，筆者以下表再次突顯他的思維：

價　值　根　源	表　　現　　型　　態
三百篇	有典有則，有興有比
十九首	渾淪沖融，慷慨頓挫
盛　唐	窮渣滓、神變化、鏗然金宣而玉奏
理（或指宋代）	理膩而思深，脈貫而辭暢，若明珠美玉無毫髮瑕累者

〔註64〕 台灣商務印書館四庫全書影印文淵閣本。本文所引烏斯道之文，此後但標冊數與頁數（冊～頁），不再注明版本出處。
〔註65〕 《春草齋集》卷八〈乾坤清氣詩序〉，1232～232。

　　這四個價值根源正好揭櫫了明代初期詩論多歸本「詩三百」，但以漢魏盛唐爲擬古對象的思維脈絡，這三種表現型態代表著自「詩三百」以降的的詩歌高峰，且亦傳達了漢唐盛世於明代亦可以接軌的政治理念。而烏斯道較爲特殊的部分則是在「理膩而思深，脈貫而辭暢，若明珠美玉無毫髮瑕累者」這段話上面，烏斯道認爲「詩必理，不使情勝道，不爲物溺天地，萬象皆吾之妙也」〔註66〕，即認爲情感必須受到理的節制，不應溺於外物，必須表現出細膩的內在思想。當然烏斯道所言的「理」，仍是浙東派「文以載道」的「天理」或「聖人之道」。烏斯道云：「詩之有關於世教者，可與日月星辰、江河山岳爭光輝，同永久，豈小補哉！」〔註67〕，此依舊不脫「詩三百」教民成俗的老路。然而重理的思維可能代表著浙東派的詩史觀並非是一般文學史家所言的「崇唐抑宋」，至少烏斯道似乎在此提出了一個對於宋代並不需完全毀棄的理念，這是一個可以注意的重要問題。

　　謝肅（約1390年前後在世），字原功，浙江上虞人。學問賅博，與山陰唐肅齊名，時號「會稽二肅」。元末張士誠據吳，肅慨然欲見宰相，獻偃兵息民之策，卒無所遇，歸隱於越。明洪武十九年（1386），舉明經，授福建按察司僉事。後坐事被逮，獄吏以布囊將其壓死。著有《密菴集》〔註68〕。他對於詩歌價值根源爲「詩三百」的「道」，提出了一個形上學的說明，並藉此聯繫了人與天道的關係，將劉基等人說的世運教化，烏斯道所言的「理」，用生命的實踐型態表述，原先以「詩三百」作爲學詩者極則與判準的思考，更推進了一步，出現了相當哲學的建構：

　　　　蓋誠之感通者，莫大於言行。故君子之於言行也，深加慎

〔註66〕　《春草齋集》卷八〈劉職方詩集序〉，1232～245。
〔註67〕　《春草齋集》卷八〈乾坤清氣詩序〉），1232～232。
〔註68〕　台灣商務印書館四庫全書影印文淵閣本。本文所引謝肅之文，此後但標冊數與頁數（冊～頁），不再注明版本出處。

焉。誠之不可掩者，莫顯乎德也。故君子之得蘊於己而著
見於天下焉。然德之所以能著見於天下，豈不由乎慎？夫
言行邪慎，言行而可以動天地，非誠有德者，其孰能與於
此哉？……言也者，心之聲也。行也者，心之迹也。〔註69〕

謝肅所言「誠」之定義，可由《中庸》先查考之：

唯天下至誠，爲能盡其性。能盡其性，則能盡人之性。能
盡人之性，即能盡物之性。能盡物之性，則可以贊天地之
化育。可以贊天地之化育，則可與天地參矣〔註70〕。

《中庸》所說的「誠」，便是生命全幅朗現天理，沒有私慾藏於其中，
言行舉止盡是道德自發的絕對實踐，不僅是對於自己，更是將所有存
在事物置於己任，周敦頤說：「聖，誠而已矣。誠，五常之本，百行
之源也。」〔註71〕，「誠」便是人類生命欲臻於聖人之境的道德源頭。
而「存誠」的方式便是「敬慎」的工夫，伊川說得好：

只謂誠便存，閑邪更著甚工夫？但惟是動容貌，整思慮，
則自然生敬，敬只是主一也。……存此，則自然天理明。
學者須是將敬以直內，涵養此意，直內是本。〔註72〕

由此可見謝肅之「誠源」觀念，是透過有主於內的「敬慎」工夫，在
生命的內部專主於「防閑」，也就是隨時隨地主敬專一，將精神集中
在生命道德的反省與開拓裡，所有實踐與言行均可收束於道德天理的
層次上。

　　浙東學派的哲學思維偏向朱子，故謝肅以「誠」作爲君子言行的
根源，其實就是《中庸》以降到宋代理學的延伸，而言與行均爲心的
表現型態，故「慎於誠」便是言行應依據的價值歸趨，而「詩歌」不

〔註69〕《密菴集》卷五〈聽鶴軒記〉，1228～139。
〔註70〕宋天正註譯《中庸今註今譯‧二十二章》，臺灣商務印書館，1991
　　　年第十一版。
〔註71〕北宋‧周敦頤撰《周子通書‧誠下》第二，上海古籍出版社，2000
　　　年版。
〔註72〕北宋‧程顥、程頤撰，南宋‧朱熹編《程氏遺書》卷十五，台灣商
　　　務印書館，1978年版。

僅是屬於作爲心聲的言，亦是作爲心迹的行，故「志之行於聲文，謂
之詩」〔註73〕，「詩三百」「言志」的文學型態，在此便成爲人的生命
實踐型態，人、詩、天道便形成了「一以貫之」的建築結構。

　　童冀（約 1378 年前後在世），字中州，浙江金華人。洪武九年
（1376）徵入書館，與宋濂、張羽、姚廣孝相唱和。冀在明初，雖名
不甚著，然其詩文「詞意清剛，不染元季綺靡之習」（《四庫全書總目
提要》）。音節瀏亮，自成一格。論詩載理義，關世運，主美刺；尚比
興，陶性情，工藻繪；力主根仁本義，深藏厚積，切於世用。著有《尙
絅齋集》〔註74〕。他從實踐進路說得更爲清楚：

> 人之積學有禮義爲之本，則其放焉而爲文也必肆而昌……
> 根仁本義，皆其日用之常。故其切於世用，如菽粟布帛異
> 乎文繡之與膏粱。〔註75〕

「根仁本義」便是指「仁義內在」，如以此爲詩歌價值的根源回歸，
並施之於「日用」之中，反而更能切於人文化成的政教之用。而金寔
（約 1400 年前後在世，浙江開化人。其文浩瀚馳逐，清簡峭拔。著
有《覺非齋文集》）〔註76〕亦云：

> 然詩爲心聲，心得其所養，則發而成聲者出乎性靜之正，
> 所謂有德者必有言也。〔註77〕

又說：

> 然必其人皆賢，其事皆實，故其情切至，其思深遠。其所
> 以發爲聲者，忠厚和平，慷慨激烈，無不得宜。〔註78〕

以「詩三百」作爲極則與價值根源的回歸，便直接指涉到應以禮義道

〔註73〕《密菴稿・文稿》庚卷〈選詩補註序〉，1228〜156。
〔註74〕台灣商務印書館四庫全書影印文淵閣本。本文所引童冀之文，此後
　　　　但標冊數與頁數（冊〜頁），不再注明版本出處。
〔註75〕《尙絅齋集》卷二〈書鄭仲涵文集後〉，1229〜603。
〔註76〕原明天順刻本，亦有明成化元年唐瑜刻本。本文所引金寔之文爲續
　　　　修四庫全書本，上海古籍出版社，此後但標冊數與頁數（冊〜頁），
　　　　不再注明版本出處。
〔註77〕《覺非齋文集》卷十四〈蘭圖遺稿敘〉，1327〜117。
〔註78〕《覺非齋文集》卷十四〈送鄭公雍言還四明詩序〉，1327〜111。

德作爲人格根本的思考。童冀所言的「根仁本義」、金寔的「有德者
必有言」，即是胡翰所思維的「仁心本體」、「心乎仁義忠信矣」，只不
過胡翰將詩歌作爲聯繫的中介點，而烏斯道、謝肅、童冀、金寔等人
進一步地歸本到人道德生命的完成，認爲只要生命全幅是天理，那作
爲心聲的詩文，便可展現出有如「詩三百」的教化型態，這種型態便
是因爲「人賢」、「事實」、「情至」、「思遠」的結果所致。

五、「三層次」根源論

宋濂弟子，代表明初第一期浙東派結穴處的方孝孺（1357～
1402），字希直，又字希古，其齋名遜志，蜀獻王改稱正學，故世稱
正學先生，浙江寧海人。宋濂弟子，以文章、理學著名。建文時，任
翰林侍講學士，後改文學博士，政事多諮詢之。修纂《太祖實錄》，
命爲總裁。建文四年，燕王朱棣率兵南下入京師（今江蘇南京），命
他起草登極詔書，不從，竟書「燕賊篡位」四字，並以喪服哭殿陛。
遂磔於市，滅十族（九族及方學生），株連死者達八百七十餘人。孝
孺爲文主張「神會於心」，反對摹擬剽竊。論詩多持儒家詩教，注重
「和平醇厚之韻」，不務「奇麗之采」。其學術醇正，而文章乃縱橫豪
放，頗出入於東坡、龍川之間，而散文成就尤高。著有《遜志齋集》
等〔註79〕。他對於詩歌價值根源的追尋與其師相同，且更加回歸「聖
人之道」：

> 道之不明，學經者皆失古人之意，而詩爲尤甚。古之詩其
> 爲用雖不同，然本於倫理之正，發於性情之眞，而歸乎禮
> 義之極。三百篇鮮有違乎此者，故其化能使人改德，屬行
> 其效。〔註80〕

第一：方孝孺當然亦以「詩三百」作爲詩歌創作的價值根源，而
其最終的趨向其實便是上述胡翰所思維的「仁心本體」、「心乎仁義忠

〔註79〕 明萬曆刊本、或四部備要初編本。本文所引方孝孺之文爲四庫全書
　　　　影印文淵閣本，此後但標冊數與頁數（冊～頁），不再注明版本出處。
〔註80〕 《遜志齋集》卷十二〈劉氏詩序〉，1235～375。

信矣」；童冀所言的「根仁本義」；金寔的「有德者必有言」，這些便統合在方孝孺的「學經」、「古人之意」、「聖人之道」，而何謂「聖人之道」呢？方孝孺云：

> 聖人之言不可及，上足以發天地之心，次足以道性命之源，陳治亂之理，而可法於天下後世，垂之愈久而無弊，是故謂之經。立言者必如經而後可。〔註81〕

方孝孺所言的「道」與前述劉基、謝肅偏向哲學性的辯證性思維不同，他直接落實在事相的表現上論聖人之道，所以將「道」在生命中的彰顯成三個層次：

（1）發天地之心——實踐道德天理——誠意、修身

（2）道性命之源，陳治亂之理——政治型態——治國

（3）法於天下後世，垂之餘文而無弊——世運教化——平天下

這正是儒家內聖外王，流芳百世的標準思維，亦即是理道、事功、文章三位一體的價值趨向，亦是「本於倫理之正，發於性情之真，而歸乎禮義之極」的修身工夫，而三百篇則是這種思維最佳的表現型態，因此「侔於天者，使心之所慮、身之所出，皆與天合，雖困猶達也」〔註82〕，只要身與天合，居仁由義，便可造就自己生命型態的通達，而「君子有以一言傳世者，非以其言也，以其事也；非以其事也，以其德也」〔註83〕，以言語文字展現自身的道德行事，並且以此化民澄俗，便是詩歌的價值歸趨，而修身也就變成了學詩最重要的基礎。

第二：方孝孺通過對近代之詩的批判，指出回歸「詩三百」的價值意義。首先他認為近代詩歌有著幾種風格與弊病：

> 工興趣者超乎形器之外，其弊至於華而不實；務奇巧者窘乎聲律之中，其弊至於拘而無味。或以簡淡為高，或以繁豔為美，要之皆非也。〔註84〕

〔註81〕　《遜志齋集》卷十一〈與郭士淵論文書〉，1235～352。
〔註82〕　《遜志齋集》卷十五〈畸亭記〉，1235～446。
〔註83〕　《遜志齋集》卷十三〈望雲詩序〉，1235～403。
〔註84〕　《遜志齋集》卷十二〈劉氏詩序〉，1235～375。

相對於前述金寔提出「人賢」、「事實」、「情至」、「思遠」的教化型態，
方孝孺正是以這種思考來批評時人的詩文是「繁豔」、「不實」、「簡
淡」、「無味」，完全違反了詩三百的價值趨向。方孝孺云：「蓋古人之
道，雖不專主乎爲詩，而其發之於言，未嘗不當乎道」〔註85〕，因此
要改變時人創作的價值扭曲，就必須從「詩三百」的學習基礎上溯古
人之道：

> 人不能無思也而復有言，言之而中理也則謂之文，文而成
> 音也則謂之詩。苟出乎道，有益於教而不失其法，則可以
> 爲詩矣〔註86〕。

方孝孺提出了相同於劉基等人的思考，認爲：

思→言→文（中理者）→詩（成音者）←出乎道、有益於
教、不失其法

當然此「理」必是合於「聖人之道」，此「音」必是「雅正之聲」，而
完成的詩歌必須能夠有補於「世教」。「故聖人者出，作爲禮樂教化刑
罰以治之，修其五倫六紀天衷人極以正之，而一寓之於文」〔註87〕，
可見詩文一旦歸本於「道」，「文以載道」後詩文的功用便可以「參贊
天地」，這雖然是「詩三百」教化論的思維脈絡，但卻無形地提升了
人與詩歌創作的地位，使得立言不僅可以「從政而專對」〔註88〕，更
是「爲天下後世所慕者」〔註89〕。

〔註85〕 《遜志齋集》卷十一〈答張廷璧〉，1235～325。
〔註86〕 《遜志齋集》卷十二〈劉氏詩序〉，1235～375。
〔註87〕 《遜志齋集》卷十一〈答王秀才書〉，1235～335。
〔註88〕 《遜志齋集》卷九〈洪武三十年四月二十七日啓〉，1235～257。
〔註89〕 《遜志齋集》卷二二〈成都杜先生草堂碑〉，1235～622。陳昭銘認
爲方孝孺將「文」作爲「道」的工具屬性，「文」只是古人爲求「道」
必須保存而傳於後世所不得已爲之的產物。筆者認爲此論斷並未觀
察出方孝孺對於詩文價值與位置的思考，與某些學者的詮釋並無不
同之處，並沒有確切的掌握到方孝孺對詩歌的深度思維。其實，方
孝孺從「文以載道」出發，並非只是將「文」當作是「道」的附屬
與發聲產物而已，浙東學派的文人均是想藉此來提升詩文的地位，
並使詩文能夠「參贊天地」，故方孝孺所謂文「明其道而已」的想法，
實際上是反對時人喪失爲文價值而「徒具雕飾」的歸根思考。因此，

　　王紳（1360～1400），字仲縉，浙江義烏人。受業於宋濂，備受器重。建文初，召爲國子博士，預修《太祖實錄》，卒於官。《四庫總目提要》言「其文演迤豐蔚，不失家法；詩亦有陶、韋風致，無元季纖穠之習。在洪武、建文之時，卓然自爲一家」。論詩之理與情性、功能與作用、時代與體製、環境與人才、閱歷與風格、品評之主觀與客觀等，亦時有精到見解。著有《繼志齋集》〔註90〕。關於詩歌根源的思考，他的看法與方孝孺不謀而合，並且將詩歌創作的位置，推向「何往而非詩」的崇高地位：

> 夫詩本三百篇，聖人刪之，十去其九，則其存者必合聖人之度，皆吟詠情性、涵暢道德者也。故聖人之言曰：「興於詩」。教其子則曰：「不學詩，無以言。」與門弟子語曰：「詩可以興，可以觀，可以群，可以怨。」至於平居亦雅言詩。詩之爲用，矇瞽之人習而誦之，詠之閨門，被之管絃，薦之郊廟，享之賓客，何所往而非詩耶？〔註91〕

無論是在朝、在野，臺閣或是山林，詩歌的興發力量均存於社會的各個階層之內，而這也是爲何要將價值歸本於「詩三百」的重要原因，而學詩的基礎也應以「詩三百」起始，用以涵詠性情、暢諸道德，使得人格品性合於聖人矩度，詩歌創作也才能發揚「參贊天地」教化的偉大功能。而王紳又云：

> 夫詩者，主乎理而發乎情性者也。天下之理無窮，而人之情性不一。爲能不失於理而得乎情性之正，斯足以言詩矣。
> 〔註92〕

　　方孝孺等人其實是想賦予「詩文創作」更高且更獨立的價值，只是他們想透過「聖人之道」來做實踐進路罷了。（請參陳昭銘〈方孝孺詩文理論探賾〉，彰師大第五屆全國古典詩學會議（明清詩學）宣讀論文，2002年5月）。

〔註90〕台灣商務印書館四庫全書影印文淵閣本。本文所引王紳之文，此後但標冊數與頁數（冊～頁），不再注明版本出處。

〔註91〕《繼志齋集》卷四〈詩辨〉，1234～714。

〔註92〕《繼志齋集》卷五〈劉大有詩集序〉，1234～723。

回歸詩三百的價值根源，不僅代表著「言志」思維的高度發展，更是「重理」傾向的返歸，王紳較爲特殊的思考，似乎在於此引文中的「理」並非是烏斯道所言的「聖人之理」，畢竟聖人之理爲一，就是道德天理，何來「天下之理無窮」之言，因此王紳所言之理，似乎指涉的是紛繁的「形下」認知的概念，換句話說就是知識系統之理，而非道德系統之理：

而王紳所言的「情性」，似乎也偏重於「情」，或是「氣性」，故他認爲必須使情性合乎於「正」，也就是被道德所節制在正當的範疇，另外再配合著對於知識系統的認知，「多識於鳥獸蟲魚草木之名」，如此所完成的文學作品方能對「詩三百」作一回歸，也方能達到前述「涵暢道德」的生命狀態。

由上所述，浙東派討論詩歌根源的思維裡，不僅可看出回歸「詩三百」的過程中，本來就有「言志（性情——緣情）」與「重理（聖人之道與知識系統）」的兩種趨向，而其中重「理」的思維，或許代表浙東群詩人的詩史觀並非是「崇唐抑宋」如此簡約的詮釋，他們對於宋詩在人格價值的提升上，依舊有其贊許之處。透過討論，明初詩人對宋人重理（議論）的詩作風格，與理學詩的發展，我們便可以存有更細膩的思考空間。

六、小　結

浙東群詩人對於學詩基礎與詩歌價值根源的思維，經過分析與論述後可歸納成下列幾點：

（一）以「詩三百」作爲學詩的價值根源，可以說是浙東群詩人

的共同趨向，在此思維脈絡中，胡翰以「物→形→聲→文→言→詩」
討論詩歌的發生；劉基則討論了詩歌的社會學價值，將個人、文章與
時代作了三位一體的結合；謝肅對於詩歌價值根源爲「詩三百」的
「道」，提出了一個形上學的說明，並藉此聯繫了人與天道的關係，
提出了一個「誠」的實踐進路。這可以看出雖然「詩三百」爲學詩的
基礎與價值根源，但其實浙東群詩人最終要回歸的是方孝孺所言的
「聖人之道」，透過人格道德的修養，發而成文，便可以將詩歌的價
值提升到王紳所言的「何往而非詩」的位置。

　　（二）浙東群詩人以伊川朱子學爲中心，因此在分析詩歌發生的
思維時，以「誠體」討論人與天道的關係，如謝肅便以存誠敬愼的工
夫，教人修養品格，以歸本於天道，於是詩歌的表現便因著人格涵養，
而達到「參贊天地」的功能。而方孝孺亦以「詩三百」作爲詩歌創作
的價值根源，而其最終的歸趨便是胡翰所思維的「仁心本體」、「心乎
仁義忠信矣」；童冀所言的「根仁本義」；金寔的「有德者必有言」等
等思維進路。

　　（三）宋濂從「詩文本出一原」的思考出發，亦認爲詩歌的價值
根源與歸趨應是以詩三百作爲極則的「詩教系統」。然而，宋濂特別
提出「五美之具」當作學詩的基礎（兼涵工夫），已廣義地涉及到詩
歌創作的數個面向，包括先天稟賦、後天學習、師友淵源、作品的修
改與自省，甚至是地理環境對創作的影響。並且亦以此將「緣情感物」
的詩歌思考收束於「言志」的範疇中。

　　（四）烏斯道更從「詩三百」向下推遞，提出「詩三百」、「十九
首」、「盛唐」與「理（道德之理）」四個價值根源，這四個價值根源
正好揭櫫了明代初期歸本於「詩三百」，但以漢魏盛唐爲擬古對象的
思維脈絡，但也留下了一個對於宋代詩文或許不該屛棄的想像空間。
王紳也透過「詩主乎理而發乎情性」，將理（經驗之理）與情性放在
詩歌創作的兩端，希望能夠謀得兩種價值的平衡。這不僅可以看出在
回歸「詩三百」的過程中，本來就有「言志（性情──緣情）」與「重

理（聖人之道與知識系統）」的兩種趨向，而其中，重「理」的思維
或許代表浙東群詩人的詩史觀並非是「崇唐抑宋」如此簡約的詮釋，
明初詩人對於宋人重理（議論）的詩作風格，與理學詩的發展，我們
應該可以有更細膩的分析與討論。

第二節　詩歌本質功能論

浙東群詩人對於詩歌本質的共同傾向，均是從「詩三百」的價值
根源所延伸出來，經書的本質就是詩歌創作的本質，經書的功能就應
是詩歌創作所具備的功用。這種詩品與人品貫通的一本論，以及臺閣
之文優於山林之文的思考，使得浙東詩人就算出現「性靈」的思維，
也被儒家的詩歌言志觀所融攝。「尚志」是浙東群詩人普遍承認的詩
歌本質論，詩歌創作立基在「政教」功能。在這種主軸思考裡，有「尚
智（理）」的想法作為延伸，也有「尚趣」本質的提出，呈現一種不
和諧的聲響，以下便分別敘述。

一、「一本貫通」論

上節已然論及浙東詩人關於詩歌基礎與根源的理論思考，本節將
從詩歌本質的角度來觀察浙東詩人對於詩歌功能的關注，或許有論者
會認為本質論屬於內緣，功能論屬於外緣，視為兩個不同範疇，然而
浙東派多數詩人以理學為核心，且向上溯源至「詩三百」的言志思考，
推導出本質與功能應是即體即用、體用為一，不需析分為二，所以本
節便將本質功能合併論述之。宋濂曰：

> 昔人之論文者曰，有山林之文，有臺閣之文。山林之文，
> 其氣枯以槁；臺閣之文，其氣麗以雄。豈惟天之降才爾殊
> 也，亦以所居之地不同，故其發於言辭之或異耳。〔註93〕

這段話，值得我們注意的有幾處：第一，宋濂從詩文創作主題的

〔註93〕《宋學士全集》卷七〈汪右丞詩集序〉，頁186。

角度涉入詩文本質的討論，把詩文創作概略分成「山林之文」與「臺閣之文」兩類〔註94〕。第二，宋濂以「天之降才」（先天）和「所居之地」（後天）作爲兩類型詩歌發聲相異的原因，當然他所說的「居」，應含有「地理環境」與「身分階層」兩種意義。第三、宋濂從本質論的思考出發，涉及風格論的問題，他認爲「山林之文，其氣瑟縮而枯稿；臺閣之文，其體絢麗而豐腴」（〈蔣錄事詩集後〉），並且以「化枯稿而爲豐腴」作爲他對山林與臺閣之文的價值判斷，把臺閣之文作爲「恢廓其心胸，踔屬其志氣者，無不厚也」的詩文價值判準。筆者以下表作進一步觀察分析：

	山　林　之　文	臺　閣　之　文
詩　之　體	風	雅頌
作　　者	氓隸女婦之手	公卿大夫
所居之地	里巷歌謠之辭	施之以朝會，施之以燕饗
題　　材	風雲月露之形，花木蟲魚之玩，山川原隰之勝	覽乎城觀宮闕之壯，典章文物之懿，甲兵卒乘之雄，華夷會同之盛
風　　格	其氣枯以稿	其氣麗以雄
	其情也曲以暢，故其音也眇以幽	發則其音淳龐而雍容，鏗鍧而鏜鎝
	其氣瑟縮而枯稿	其體絢麗而豐腴

　　宋濂一再強調山林與臺閣詩文之不同，在於「所處之地不同而所託之興有異也」，然而他最終的標準卻是在「美教化而移風俗」的「詩教」思維，也正因爲如此，「枯稿」的「山林之文」終究無法取代「豐腴」的「臺閣之文」。

　　假使，中國詩歌的本質思維，可以趨向於「言志」、「緣情」、「感物」三條相互分合交集的網狀結構，那麼代表宋濂內在的詩歌本質思

〔註94〕 簡錦松認爲臺閣體乃館閣詞林之詩文體，非泛指一般官員或高級官員之作；臺閣以博學好古爲傳統，其文以典則正大爲風尚，詩主清婉，多興寄閒遠之思；故其體師法歐陽修，並以博學而兼有李杜韓蘇乃至司馬遷之風。詳參簡氏《明代文學批評研究》，台灣：學生書局，1989 年 2 月，頁 82～83。

維則應該屬於「言志」的單線行進，一方面他將詩文創作區分成兩大
類型（卻以臺閣爲宗），另一方面他則提出了「詩文本出於一源」、「作
詩必本於三百篇」的「言志」回歸：

> 詩文本出於一源，詩則領在樂官，故必定之以五聲，若其
> 辭則未始有異也。如《易》、《書》之協韻者，非文字之詩
> 乎？詩之《周頌》，多無韻者，非詩之文乎？何嘗歧而二之！
> 沿及後世，其道愈降，至有儒者、詩人之分。自此說一行，
> 仁義道德之辭，遂爲詩家大禁。而風花煙鳥之章，留連於
> 海內矣，不亦悲夫！〔註95〕

> 子謂作詩，必本於三百篇。〔註96〕

> 嗚呼，詩者發乎情而止乎禮義也，感情觸物必行之於言有
> 不能自已者也〔註97〕。

詩言志，是先秦時期論詩的基礎思維〔註98〕，宋濂承繼此思考，
故其論詩歌的本質必推源於三百篇，其詩歌觀念與價值取向也因此而
呈現三個面向：

第一、「溫柔敦厚」的詩教本質：宋濂以詩經作爲詩歌創作的價
值根源，所以會以「忠信近道之質，優柔不迫之思，形主文譎諫之
言」〔註99〕作爲詩的本質，把文藻、體裁、音節等形式技巧的部分，
作爲教化鼓舞讀者的附屬，而感發讀者使其知勸則是詩歌創作最重
要的功能。

第二，復古傾向：宋濂評楊維楨之詩云：

> 非先秦兩漢弗之學，久與俱化，見諸論撰，如睹商敦周彝，

〔註95〕 《宋學士全集》卷十二〈題許先生古詩後〉，頁435。
〔註96〕 《宋學士全集》卷三十二〈皷皷詩有序〉，頁1161。
〔註97〕 《宋學士全集》卷六〈劉母賢行詩集序〉，頁189。
〔註98〕 《孟子‧萬章》：「故說詩者，不以文害辭，不以辭害志。以意逆志，
是謂得之」；《荀子‧儒效》：「詩，言是其志也」；《禮記‧仲尼閒居》：
「詩，言其志也」；《尚書‧堯典》：「詩言志，歌永言，聲依永，律
和聲」等……均可以看出「詩言志」的論詩傾向。
〔註99〕 《宋學士全集》卷七〈白雲稿序〉，頁226。

　　雲鬻成文而寒芒橫逸，奪人目睛。其於詩尤號名家，震盪
　　凌厲，駸駸將逼盛唐，驟閱之，神出鬼沒，不可察其端倪，
　　其亦文中之雄乎！〔註100〕

由此引文與宋濂推本「詩三百篇」合觀，可知宋濂以盛唐上推先秦兩
漢以至於詩三百篇的脈絡，去架構復古的線型結構，以「必歷諳諸體，
究其製作聲辭之眞，然後能自成一家」〔註101〕，認爲透過學習古人
詩歌各體創作的底蘊，便可以達到最好的詩歌表現。

　　第三、詩格及人格的一本（一氣貫通）論：宋濂將詩歌創作與
人格型態聯繫，首先他先論及「詩文本出於一源」，提出「五經各備
文之眾法，非可以一事而指名也」〔註102〕，又認爲「經乃聖人所定，
實猶天然，日月星辰之昭佈，山川草木之森列，莫不繫焉覆焉，皆
一氣周流而融通之」〔註103〕，詩文的根源便在於聖人所制定的經
書，而此經書至於詩文的創作都應是一氣周流而融通的天然之物。
宋濂又云：

　　詩，心之聲也；聲因於氣，皆隨其人而著形焉……嗚呼，
　　風霆流行而神化運行其上，河嶽融峙而物變滋殖於下，千
　　態萬殊，沉冥發舒，皆一氣貫通使然。必有穎悟絕特之資
　　而濟以該博宏偉之學，察乎古今天人之變而通其洪纖動植
　　之情，然後足以憑藉是氣之靈。〔註104〕

宋濂此語，實可聯繫前述關於詩文與經書本質相同的思維，即是人心
與詩文一般是氣之最靈處，而氣又是萬物生長變化的根源，故人心、
詩文、經書、萬物四者在一氣貫通下，成爲「皆隨其人而著形」的一
本狀態。龔顯宗說：

　　宋氏合道與自然而爲一，正顯示其具有理學家與古文家之

〔註100〕《宋學士全集‧補遺》卷五〈元故奉訓大夫江西等處儒學提舉楊君
　　　　墓誌銘有序〉，頁1440。
〔註101〕《宋學士全集》卷六〈劉彥昺詩集序〉，頁187。
〔註102〕《宋學士全集》卷七〈白雲稿序〉，頁226。
〔註103〕同前註。
〔註104〕《宋學士全集》卷六〈林伯恭詩集序〉，頁188。

雙重特質，故能巧爲調和也〔註105〕。

又說：

> 所以「文如其人」一語不如解釋爲「文章的風格像作者的
> 個性一樣」，與其從文章的內容去斷定作者的品格，不如從
> 文章的風格詞氣推測作者的個性。〔註106〕

換句話說，就是宋濂認爲可以從文格、文氣去推斷作者的人格品行。
而道德政事爲經書之本，故亦應爲詩文與人格之本，所謂「夫詩之爲
教，務欲得其性情之正」〔註107〕，此正處亦即是君子之本處，即「本
乎仁義」，「止於禮義，則幽者能平，而荒者知戒矣」〔註108〕，以禮
義作爲詩文之極則，如此，「賢人君子性情之正、道德之美。以治其
身，其身醇如也……以形乎詩，其詞粹如也」〔註109〕，從人格到詩
格都呈現出醇粹的狀態。這種思維模式，當然會導向「修身先於修
文」、「道明德立」的「詩格出於人格」的思考進路〔註110〕。

二、「道本說」與「氣本說」

浙東群詩人既然將詩三百作爲論詩的價值本源，因此宋濂等人自
然會將詩教作爲詩歌創作的普遍性本質與功能，劉基也是如此：

> 夫詩何爲而作哉？情發於中而形於言，「國風」、「二雅」列
> 於六經，美刺風戒莫不有禪於世教。是故先王以驗風俗察
> 治忽，以達窮而在下者之情詞章云乎哉！〔註111〕

〔註105〕 龔顯宗著《明洪建二朝文學理論研究》，台北：華正書局，1986 年
6 月，頁 65。

〔註106〕 龔顯宗著〈宋濂詩論述評〉，收錄於《明清文學研究論集》，台灣：
華正書局，1996 年 1 月，頁 35。

〔註107〕 《宋學士全集》卷十九〈故朱府君文昌墓銘〉，頁 708。

〔註108〕 《宋學士全集》卷六〈震川集序〉，頁 194。

〔註109〕 《宋學士全集》卷六〈林氏詩序〉，頁 180。

〔註110〕 蔡振楚在《詩話學》裡說道：「中國詩話之注重於『詩品』與『人
品』，其『詩品』的標準應是儒家的『詩教』」，這段話相當明確地
指出宋濂詩論所繼承的傳統便是這個詩三百的教化思維。（湖南教
育出版社，1992 年 7 月，頁 293）。

〔註111〕 《誠意伯劉文成公文集》卷七〈照玄上人詩集序〉，1225～178。

說穿了，以社會性價值作爲詩歌根源思維的劉基，認爲經書的本質就是詩歌創作的本質，經書所創造的功能就應是詩歌創作所應具備的功用，故「裨於世教」、「美刺風戒」便是詩歌內蘊的本質，以及發而爲用的功能。又云：

> 蓋直而不絞，質而不俚，豪而不誕，奇而不怪，博而不濫，有忠君愛民之情、去惡拔邪之志，懇懇悃悃，見於詞意之表，非徒作也。〔註 112〕

上述引文裡的「直」、「質」、「豪」、「奇」、「博」是劉基心目中最恰當的詩歌風格表述型態，但都必須返回中庸之道的節制，因此「不絞」「不俚」、「不誕」、「不怪」、「不濫」便是防止這些風格型態過度發展的制約，而詩歌的創作便是利用這些表述與情感「去惡拔邪」，完成對於社會的教化功能，而不只是「徒具雕飾」的表面形式而已。劉基的思維在乎的雖是詩歌「教化」的功能與本質，但無形地對時人重形式、輕情感內容的創作給了一記棒喝：

> 今天下不聞有禁言之律，而目見耳聞之習未變，故爲詩者莫不以哦風月弄花鳥爲能事，取則於達官貴人而不師古，定輕重於眾人而不辨其爲玉爲石，惛惛怓怓，此倡彼和，更相朋附，轉相詆訾，而詩之道無有能知者矣！〔註 113〕

這段話對於時人習氣的批評相當直接且激烈，且從其中反映出劉基認爲時人如此之故，是因爲「詩之道」淪喪，而「道」就是詩三百教化的本質，亦是言志之情感內容，更是天道生化的本體，時人不明乎此，反而因勢利導，去追尋形式上的浮靡。而劉基強調社會與詩歌的關係，故時風如此之因，他便推衍到「目見耳聞之習未變」，即「生活決定創作」，因爲社會習尚之敗壞，師古之意不存，時人的創作便跟著「哦風月弄花鳥」、「取則於達官貴人」的生活型態走，使得詩歌的本質無法彰顯，功能也已變質，而「詩之道無有能知者」，文章的

〔註 112〕《誠意伯劉文成公文集》卷七〈王原章詩集序〉，1225～184。
〔註 113〕《誠意伯劉文成公文集》卷七〈照玄上人詩集序〉，1225～178。

衰微，亦代表著時代世運的變化。因此，劉基又云：

> 文以理爲主，而氣以樞之。理不明爲虛，文氣不足則理無
> 所駕。文之盛衰，實關時之泰否。……文與詩同生於人心，
> 體製雖殊，而其造意出辭規矩繩墨固無異也。唐虞三代之
> 文，誠於中而形爲言，不矯揉以爲公，不虛聲而強聒也，
> 故理明而氣昌。……氣昌而國昌，由文已見之也。〔註114〕

詩文同出一原，此價值根源便是那顆「天地之心」，因此詩文的本質
爲「理」，換句話說就是價值根源爲「聖人之道」，而「氣」則是輔助
「理」能昌盛的重要因子。朱子云：

> 天地之間，有理有氣。理也者，形而上之道也，生物之本也。
> 氣也者，形而下之器也，生物之具也。是以人物之生，必秉
> 此理，然後有性；必秉此氣，然後有形。其性其形，雖不外
> 乎一身，然其道器之間，分際甚明，不可亂也。〔註115〕

人與一切事物，均是稟受「形上之理」與「形下之氣」而生，而詩文
亦是。故文之盛衰就是氣之盛衰，氣之盛衰就是國之盛衰，「文＝氣
＝國」的「一本」思考，使得詩歌的本質不僅是形上的天理，更是形
下的萬事萬物，而詩文的功能亦必須透過形下事物昌明教化的形上
之道，一旦「理明」則「氣昌」、「國昌」則是必然之事，詩文創作則
在其中扮演著根本的關鍵角色〔註116〕。

朱右云：

> 詩者，發乎情也。情則無僞，故莫不適於正焉。古詩三百
> 篇，其間邪正、憂喜、隱顯雖不同，而溫柔敦厚之教，無
> 惑於後人。〔註117〕

在本章第一節相同的引文中，筆者將此引文用作解釋朱右將「詩三百」

〔註114〕《誠意伯劉文成公文集》卷七〈蘇平仲文集序〉，1225～182。

〔註115〕南宋・朱熹著，清・康熙張伯行編、同治左宗棠增刊《朱子文集》
卷五十八〈答黃道夫〉，收錄於《百部叢書集成》十三～二六冊，
藝文印書館編印，1968年初版。

〔註116〕亦可參周群〈劉基詩論〉，《中國文哲研究集刊》第十三期，中央研
究院中國文哲研究所，1998年9月，頁175～202。

〔註117〕《白雲稿》卷四〈西齋和陶詩序〉，1228～51。

作爲詩歌創作價值根源的思考，而在本節中此引文其實雙重地指涉：
既然詩三百爲價值根源，那麼詩三百所具備的本質與功能，亦應成爲
當代詩歌創作的本質與功能，因此詩三百的「溫柔敦厚之教」，當然
也是詩歌創作所應遵循不悖的，這相當於劉基所言的「裨於世教」、「美
刺風戒」，與宋濂所定義的「忠信近道之質，優柔不迫之思，形主文
譎諫之言」〔註118〕的詩歌本質。

　　貝瓊（1314～1378）字廷琚，字廷臣，崇德（今浙江桐鄉）人。
元末遭亂，隱居鄉間，張士誠屢辟不就。明洪武二年，徵修《元史》。
十一年致仕，卒。貝瓊曾學詩於楊維楨，詩風與楊的奇詭相異，其詩
平易清新，品格溫雅。寫景記事時有隱逸思想流露。著有《清江貝先
生集》〔註119〕。貝瓊云：

> 玉而琢，木而髹，絲而朱黃，文之不可已也。器非琢不工，
> 室非髹不華，服非朱黃不備。雖有物之至美，其與石也，
> 薪也，菅蒯也，一而已矣。嗚呼！盍亦反其本乎？以其琢
> 而玉喪其質，以其髹而木喪其樸，以其朱黃而絲喪其純，
> 吾惡得不爲之戚耶？故爲玉不若閟於石也，爲木不若朽於
> 薪也，爲絲不若棄於菅蒯也。使作器而必工，作室而必華，
> 作服而必備，雖文曷愈哉！是以寶吾質，弗願其琢；寶吾
> 材，弗願其髹；寶吾純，弗願其朱黃；豈非物之情也！惟
> 人亦然。世恒病其不文，固而飾之以華，簡而矯之以恭，
> 放而強繩之以節，外若可觀矣。不知始流於僞，其本已亡
> 矣。〔註120〕

在此基礎上，浙東群詩人對於「雕肝琢腎」的詩文，認爲是「亡本」
的創作型態，「亡本」的批評不僅只是認爲此類作品偏離詩三百的價
值趨向，更是強調對於詩歌本質的逸離軌道。因此詩歌創作並非如琢

〔註118〕《白雲稿》卷七〈白雲稿序〉，1228～226。
〔註119〕原四部叢刊影印明洪武本。本文所引均爲台灣商務印書館四庫全書
　　　　影印文淵閣本，此後但標冊數與頁數（冊～頁），不再注明版本出
　　　　處。
〔註120〕《貝先生文集》卷十四〈白賁軒記〉，1228～379。

玉一般，要使外表亮麗光鮮，詩歌創作著重的反而是情感內容，並非是外在形式，因此需「求神於形之外」而並非只是「狀其形，遺其神」〔註121〕，這種對於「言志」與「緣情」本質的強調，才能展示出回歸「詩三百」價值的「世教」功能。所以，貝瓊評述孟子、韓愈、歐陽文忠公等「有功聖人」云：

> 其人物之高，道德之盛，發之於言，奚啻一元之氣，流行宇宙而賦於萬物，不見雕琢之巧，而至巧寓焉，故為學者所宗〔註122〕。

詩歌的本質便是「一元之氣」，即是前述劉基所言之「同生於人心」之「氣」，即是朱子所言「氣也者，形而下之器也，生物之具也」，此流行宇宙與萬物之間的朗朗清氣，便是人格道德的根本，也是文章表達的質性。

徐一夔（1318～1400），字大章，浙江天台人。明洪武二年（1369），徵修禮書，書成後，義烏王禕又薦修元史，辭不至。其文皆謹嚴有法度，尤善敘事。詩主平易，不尚奇怪，務去陳言。著有《始豐稿》等〔註123〕。徐一夔在這個哲學的基礎上說得更為清楚：

> 詩人之言貴平易而不貴奇怪。橫渠先生有言：三百篇之詩，不過舉目前之事而寓至理於其中。此最為善說詩者。夫詩，情性以本之，問學以充之，才氣以發之，思致以廓之。此之謂詩，不知出此而務炳炳琅琅，以驚世駭俗謂之詩，未可也。〔註124〕

徐一夔的表述更加精確，「詩三百」的平易便在於以「目前之事」作為基礎，在平常日用之間豁顯教化之道。詩歌的本質以及功能應如三百篇一般，崇尚平易自然的發抒型態，其理念以下表示之：

〔註121〕《貝先生文集》卷十七〈遠清堂記〉，1228～403。
〔註122〕《貝先生文集》卷十九〈歐陽先生文衡序〉，1228～411。
〔註123〕台灣商務印書館四庫全書影印文淵閣本。本文所引徐一夔之文，此後但標冊數與頁數（冊～頁），不再注明版本出處。
〔註124〕《始豐稿》卷三〈錢南金詩稿序〉，1229～172。

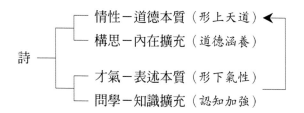

　　徐一夔將詩歌的本質區分成兩部分，形上天道與性下的氣性，而伴隨而來的工夫方法、涵養型態也分判成為兩個部分。原本偏重於道德涵養的詩歌本質，在此便被賦予了認知系統的形下思維。詩歌的創作不僅是要要求創作者的道德品行與教化功能，也希望創作者具備一定的知識水準與表述能力。當然，無論如何一訂是要以平易與世教作為最終的價值根源。伊川說：「涵養需用敬，進學在致知」〔註125〕；朱子說：「大抵聖人之學，本心以窮理，而順理以應物」〔註126〕；又云：「所謂格物在致知者，言欲致吾之知，在即物而窮其理也」〔註127〕，都傳達了對於認知事物的要求及其重要性。詩歌的本質絕不只是內在道德情性而已，其中還有一形下氣性的部分，那就是所謂的才性（氣），伴隨而來的詩歌功能當然不僅是溫柔敦厚之教而已，更有對萬事萬物，所謂「多識於鳥獸蟲魚草木之名」的知識性格。合二而一，並以「詩三百」作為價值歸趨，人天合德，才是詩歌創作的本質與價值所在。

三、「誠本說」、「樂本說」與「乾坤清氣」論

　　王禕從「純」，蘇伯衡從「樂」，烏斯道從「清氣」討論詩歌本質與功能，其實都認為詩歌具備內在的「興發」力量，此力量的來源在

〔註125〕北宋・程顥、程頤撰，南宋・朱熹編《程氏遺書》卷十八，台灣商務印書館，1978年版。

〔註126〕南宋・朱熹著，清・康熙張伯行編、同治左宗棠增刊《朱子文集》卷六十七，收錄於《百部叢書集成》十三～二六冊，藝文印書館編印，1968年初版。

〔註127〕南宋・朱熹著《大學章句・格致補傳》，《續修四庫全書》第一五九冊，上海古籍出版社，2002年。

於「道德天理（太虛）」之純粹，亦即是「誠」作爲詩歌創作的本體，絕對眞實無妄。王褘云：

> 夫詩之感人者，非感之者之爲難，乃不能不爲之感者爲難也。是故發於情而形於言。故曰詩，情之所發，誠則至焉。誠之所至，其言無不足以感人者。惟夫能知其可感而有感，奮發懲創而不能自已焉，斯又不易能矣。〔註128〕

詩歌感人的因素，或者說一首感人的好詩，其重點並非在創作者本身想要如何去感動別人，而是在於讀者本身在閱聽後不得不被之感動，因此這詩歌的本質並非全在於創作者本身的預設，亦即是並非創作者去假設一個讀者的閱讀視野，而是作品本身就具有的那種內在感發力量，那個力量的本質就是「情」，而情的創造又必須存在著「誠」的本質，而「誠」就是全幅生命朗現天理，無私慾藏匿其中，言行舉止是道德的自覺實踐。因此詩歌的本質應該就是「情」，就是「誠」：

> 狀物寫景之工，固詩家之極致。而係於風化、補於世治者，尤作者之至言。〔註129〕

狀物寫景並非是王褘所反對的，然而形式上的工巧，只是「詩家」表現能力的極致，並不代表作品本身具備詩歌的內在本質。既然詩歌的本質是情、是誠，代表著詩歌創作價值根源的「聖人之道」，亦是詩歌的本質。故「係於風化、補於世治」便成爲詩歌創作者所應肩負的任務，「作者」與「詩家」的不同，在形式的著力外，還具備著「補於世教」的動力。當然，從這裡我們不難發現在王褘的思考裡，「作者」的位置勝於「詩家」，其實這也表是王褘認爲所有的人均可成爲詩歌「作者」，於是「詩歌」不僅有了前述那種「參贊天地」的功用，詩歌創作也就不僅是「詩家」之事，更普遍性地讓每個人都可用來「言志緣情」。王褘又云：

〔註128〕《王忠公文集》卷十七〈書段吉甫先生示甥詩後〉，1226～343。
〔註129〕《王忠公文集》卷十七〈書馬易之潁川歌後〉，1226～344。

> 詩之爲用，其托物連類，足以寓人不能宣之意；其引義止
> 禮，足以感人不可過之情。故自三百篇以後，歷世能言之
> 士，比比有作，各自成家，而又不可廢者矣。〔註 130〕

可看出他認爲詩歌的功能有下列幾點：

（一）運用「賦、比、興」尤其是「比」的手法，表現一般人無
　　　法直述的內在情感與思考。（託物連類，足以寓人不能宣
　　　之意）

（二）「發乎情，止乎禮義」的感發力量，用來喚起人們無法遏
　　　止的道德情感。（引義止禮，足以感人不可過之情）

（三）即如劉基所言的「是故先王陳列國之詩以驗風俗、察治
　　　忽」〔註 131〕亦即是王禕欲藉詩歌創作來導正人心與政
　　　事，裨於世教，將詩歌的功用透過回歸「詩三百」向下濟
　　　民成俗，向上則對領導者有節制力量。（係於風化、補於
　　　世治）

　　這三項詩歌功能，由人身及於社會，與劉基將詩歌價值導向社會
的思維可以彼此互構，當然上述主要是指向如徐一夔所言的詩歌內在
的道德本質，關於詩歌創作外在的表述性本質，王禕說：

> 詩貴乎純，純則體正而意圓；體正故無偏駁之弊，意圓故
> 有超詣之妙。〔註 132〕

如與其「狀物寫景之工，故詩家之極致」此言合觀，不難發現王禕對
於詩歌形式與表述型態的本質有著「體裁」、「情意內容（意象）」與
「形式」的表述要求，這亦與明代詩歌分體學的發展有極大的關係（此
問題在本文後半部將討論之）。而王禕心目中的創作風格型態：「平易
質實」，筆者以下圖表示之：

〔註 130〕《王忠文文集》卷十七〈書胡立山先生詩稿後〉，1226～355。
〔註 131〕《誠意伯劉文成公文集》卷七〈書紹興府達嚕葛齊九十子陽德政詩
　　　　後〉，1225～193。
〔註 132〕《王忠文文集》卷十三〈書劉宗弼詩後〉，1226～356。

　　蘇伯衡則相同地站在「詩三百」的價值根源上，提出詩歌的本質是「樂」的說法：

> 詩之有風、雅、頌、賦、比、興也，猶樂之有八音、六律、六呂也。八音、六律、六呂，樂之具也；風、雅、頌、賦、比、興，詩之具也。是故樂工之作樂也，以六律、六呂而定八音；詩人之作詩也，以賦、比、興而該風、雅、頌。但詩人作詩之初，因事而發於言；不若樂工作樂之初，先事而爲之制焉耳。……夫惟詩之音，係乎世變也。……慨夫聲文之成係於世道之升降。……詩與樂，固一道也。不審音不足以知樂；不審音則何以知詩。〔註133〕

蘇伯衡將「樂」作爲詩的本質，認爲詩即樂，均係乎世變，均存在著教化社會的感人力量。詩歌不僅是一門語言藝術，「詩三百」所具有的音樂力量，這是興發志氣的重要動力，因此蘇伯衡對於詩與樂的比附，著重於詩與音樂相同的審美感受，一旦進入了詩歌的情韻當中，就感到了像聆聽一首樂曲的情緒思維，故藉由音樂術語來指稱詩的情調，或說是詩的藝術風格，是一種相稱的方法，這樣的思考後來便發展成李東陽與茶陵詩派「格調說」的內涵之一。蘇伯衡又云：

> 《大序》不云乎：「詩者，志之所之也。在心爲志，發言爲詩。」有是志則有是詩。譬如天地之間，形氣相軋而聲出焉，蓋莫之爲而爲者，夫何難之有？自古詩變而爲選，選變而爲律，天下之爲詩者，不必皆本乎志。騖於茫昧之域，窘於聲、偶研揣之間，取聲之韻合言之文，斯不易已；又況不能積歲月之勞，極其材力之所至，而徒模擬以爲工，而欲馳騁以盡夫人情物理之妙，宜其愈難哉！是故知詩之

用，在言其志，則可謂善於詩者矣。〔註134〕

詩歌創作的功用就是言志，而非一味模擬古人面貌，亦非馳騁文字去表述人情物理，更不是窮究聲律的表現，烏斯道詮釋得好：

> 蓋以乾之清氣積而爲日月星辰，坤之清氣積而爲江河山岳。人生其間，兼得二氣者，發而爲詩。詩之有關於世教者，可與日月星辰、江河山岳爭光輝，同永久，豈小補哉！〔註135〕

先用下列簡圖顯示烏斯道討論的命題：

烏斯道的想法與張載有相似之處，張載云：

> 天地之氣，雖聚散，攻取百塗，然其爲理也順而不妄。氣之爲物，散入無形，適得吾體；聚爲有象，不失吾常。太虛不能無氣，氣不能不聚而爲萬物，萬物不能不散而爲太虛。循是出入，是皆不得已而然也。然則聖人盡道其間，兼體而不累者，存神其至矣。〔註136〕

氣化流行的主宰，就是道，道也因著氣化的聚散得以實踐。而烏斯道認爲人兼得乾坤二氣爲體，即是以爲人便是天道氣化而生，故人必須將天道實現於己身，畢竟天道主宰氣化活動，人可於乾坤二氣（生死、聚散、往來）兩面，表現出最高的道德價值，而詩歌創作便應該是一種表述這種價值的最高形式。因此，上圖經過修正當能更符合烏斯道對於詩歌歌本質功能的思考：

〔註134〕《蘇平仲文集》卷十一〈滄遊集題辭〉，1228～734～735。
〔註135〕《春草齋集》卷八〈乾坤清氣詩序〉，1232～227。
〔註136〕北宋・張載《張子正蒙・太和》，世界書局，1980年。

故烏斯道不僅將「理」當作詩歌的價值根源，亦將其視爲詩歌創作的本質，其云：「詩必理，不使情勝道，不爲物溺天地，萬象皆吾之妙焉者也」〔註137〕，此「理」正如前述所言是「文以載道」的「天理」或「聖人之道」，依舊是「詩三百」教民成俗的進路，但烏斯道又云：

> 余讀之雄壯雕鏤直致者，咸具皆出於性之自然，雖未嘗擬諸古人，而未嘗不古人也。……譬地道之化生草木，草木之花葉枝幹，大小濃淡，豈一刻雕而倣之者哉！亦自然而已。〔註138〕

「性之自然」就是詩歌創作的根本，就是將人格道德推至「詩三百」的價值根源，出於天性的「道德」，便應該成爲創作時的內在力量，詩歌創作並不是在形式上擬諸古人，而是在生命型態上力追「聖人之道」，而此「道」必出自於詩人「性之自然」。故再次修正前圖，更能看出烏斯道對於詩歌本質功能的思維進程：

李昱（約1384年前後在世），字宗表，號草閣，錢塘（今杭州）人。明洪武中，補國子監助教。旋以病免，築室永康，開門授徒，與邑人詠觴酬倡以相樂。歿後有人輯其詩文爲《草閣集》〔註139〕。其云：

> 吾觀詩三百，豈徒正而範？其言本情性，反覆成詠嗟。〔註140〕

〔註137〕《春草齋集》卷八〈劉職方詩集序〉），1232～221。

〔註138〕《春草齋集》卷八〈王敏公詩集序〉，1232～232。

〔註139〕《四庫全書總目提要》稱：「昱詩才力雄贍，古體長篇，大抵清剛雋上，矯矯不群；近體亦卓犖無凡語，雖爲高、楊、張、徐諸人盛名所掩，實則並駕中原，未定孰居先後。」，李昱之文引自武林往哲遺著本，此後不再標明出處。

〔註140〕《草閣集》卷一〈古風十四首〉。

而童冀亦云：

> 根仁本義，皆其日用之常。故其切於世用，如菽粟布帛異
> 乎文繡之與膏粱。〔註 141〕

無論是「根仁本義」或是「言本情性」，其實都可以涵攝在烏斯道對
於詩歌本質的思考模式中，即根源於「天道」的「性本自然」。

四、「尚趣」、「尚智」與「尚志」說

浙東詩人中，凌雲翰與金寔言本質主「趣」，強調「神會於心」；
葉子奇則主「智」，以「文章學問」作爲詩歌創作之本；瞿佑與趙撝
謙則從「思無邪」出發，討論詩之體的興發功能。其中凌雲翰、金寔
代表著浙東中歧出的思維；葉子奇則「以德談志」，在浙東強調人格
道德的思考中，讓詩文回到自身的價值；瞿佑、趙撝謙象徵著純然「尚
志」的傳統浙東思考。將三者對比，可看出浙東論及詩歌理論中，存
在著「尚志」、「尚理」、「尚趣」三種本質論的進路。

凌雲翰（1323～1388），字彥翀，別號柘軒，仁和（今浙江杭州）
人。明洪武十四年，以薦授成都府學教授。後因坐貢舉乏人，謫南荒
以卒。工詩。朱彝尊贊其詩「華而不爲靡，馳騁而不離乎軌」。論詩
主「開門覓句」之說。著有《柘軒集》〔註 142〕。在浙東群詩人多以
「詩三百」作爲詩歌價值根源，世運教化作爲詩歌功能，「尚志（情
性）」、「尚道（理）」作爲詩歌本質的思考進路裡，凌雲翰提出了另一
種看法：

> 開門方覓句，折簡復論詩。每到眞成趣，由來不費辭。艱
> 深文淺近，臭腐化神奇。得失眞懸絕，須勞一轉移。〔註 143〕

同樣是力主平易，同樣是將詩歌價值根源推至三百首，然而凌雲翰對

〔註 141〕《尚絅齋集》卷二〈書鄭仲涵文集後〉，1229～603。
〔註 142〕原武林往哲遺著光緒二十二年錢唐丁氏嘉會堂刊本。本文所引凌雲
翰之文爲台灣商務印書館四庫全書影印文淵閣本，此後但標冊數與
頁數（冊～頁），不再注明版本出處。
〔註 143〕《柘軒集》卷二〈論詩次張行中韻〉，1227～774。

於詩歌本質的思考，卻強調「開門覓句」，主「尚趣」之說，在浙東群詩人中是相當特殊的，其云：

> 搏雪依稀類若麟，卻將毛羽變珠珍。金鈴綵索聊為飾，玉爪銀牙宛似真。方訝吼風能吐舌，祇愁見睨莫存身。獸爐獸炭回春處，想像題詩筆有神。〔註144〕

姑且不論此詩的風格，但我們可以看出凌雲翰認為詩歌創作應具備幾點：

第一、趣：詩歌的本質是趣，因此創作時不必費心尋找所須的辭彙，只要自然成趣，就算是艱深的形式文辭也可以化腐朽為神奇。在此，凌雲翰並非反對用詞之艱澀，他是以趣作為創作之本，故只要合於趣的作品，縱使是艱深的形式表現，亦可以讓讀者感受到那種「天機自然」，故凌雲翰釐清艱深並非是雕琢，只要尚趣，作品自然有神奇的妙用。

第二、轉移：詩歌作品的得失，需要靠「轉移」，轉移就是「開門覓句」，即將艱深化為淺近的創作方式，其重心依舊是存在於「自然成趣」，用「趣」改變詩歌作品的情感內容，使作品能夠起死回生（回春），這並不須「閉門造車」，窮索所有可用的形式與詞彙，只要開門，在平常日用間自然汲取所需的創作材料，就能得到「天機之趣」。

第三、神與想像：「趣」的來源在於「想像」，並非不斷推敲斟酌，凌雲翰依舊以三百首作為例子，他說：「看取古人三百首，工夫原不在推敲」〔註145〕，他認為「詩三百」是自然成趣的作品，故詩歌創作應該是依賴內在充沛而出的「想像」，然後下筆自會有「神」。當然想像的出現亦非刻意所致，而是「神會於心」的結果。

葉子奇（約1380年前後在世），字世傑，號靜齋，浙江龍泉人。明初任巴陵縣主簿。洪武十一年（1378），因事下獄。在獄中作《草

〔註144〕《柘軒集》卷二〈雪中八詠次瞿宗吉韻‧雪獅〉，1227～805。
〔註145〕《柘軒集》卷一〈賈島推敲圖〉，1227～744。

木子》一書〔註146〕。他相當重視詩文的獨立價值，曾說：

> 文章學問迺乾坤之清氣也。世人類曰：德行，本也；文藝，
> 末也。德則是物而文藝是輕，是何世人之矯枉而過直也。
> 蓋文章學問是智德上事，亦德也；行處是仁德上事，亦德
> 也。……唐以詩文取士，三百年中，能文者不啻千餘家，
> 專其美者，獨韓、柳二人而已，柳稍不及，止又一韓；能
> 詩者亦不啻千餘家，專其美者，獨李、杜二人而已，李顗
> 不及，止又一杜。〔註147〕

葉子奇提出了與浙東派其他詩人相異的看法：

（一）他認為不應將人格德行的的價值拿來與文章學問比較，不應把人的德行視為根本而文藝創作是末流之事。

（二）以德論文又是當時浙東派的共同趨向，葉子奇對於這樣的看法雖力圖作一轉變，但其轉變的方式並非是徹底揚棄「德」的價值，而是在「仁德」（人格德行）之外另安立一個「智德」（文章學問），用德談智不僅沒有違反人格道德為文章學問根本的浙東思想，又可以獨立出文章學問的價值所在，使詩歌創作的本質既是「德」，又並非全然地是「人格德行」，讓詩文回到自身具備的價值上，這就是「智德」之意。

（三）葉子奇亦宗唐，不過在「李杜優劣論」的思維中，他明顯地偏向杜甫一邊，這與「韓柳優劣論」裡他偏向韓愈一邊，都是「智德」本質的思考。

金寔亦言：

> 詩之綺麗易工，而平淡難到；纖巧不足貴，而渾厚典雅可
> 喜。此古人論詩之至言也。然詩為心聲，心得其所養，則
> 發而成聲者出乎性靜之正，所謂有德者必有言也。……雖
> 處城府而浩然有山林之興，於世利紛華一無所好。暇則獨

〔註146〕明・葉子奇《草木子》，北京中華書局，元明史料筆記叢刊本，1997年初版三刷。
〔註147〕《草木子・談藪四條之一》。

> 與縉紳逢掖之士，憩覽湖山之勝，以詩酒相與娛樂，酒酣
> 寄興於詩以陶寫性情，不事雕繢而天趣獨至。〔註 148〕

金寔雖仍以「詩為心聲」、「出乎性情之正」來討論詩歌創作，但這
是浙東群詩人共同的價值回歸，「有德者必有言」就是他們對於詩歌
創作的理想狀態。但如果觀察金寔所用的討論辭彙，將不難發現「尚
趣」亦存在於他的思考當中，以下先列出他在《覺非齋文集》裡常
用的語彙：

> 平淡、自然、渾厚、典雅、情切至、思深遠、忠厚和平、
> 慷慨激烈、出乎性靜之正、不事雕繢而天趣獨至……

其中除渾厚典雅等明顯出自於「詩三百」價值思維的辭彙外，我們
不難發現平淡自然、天趣獨至也是他所讚揚的詩歌本質，「天趣」就
是「自然之趣」，往往處於山林之際，便可以形成這種不事雕琢的生
命型態。凌雲翰、金寔與宋濂等人不同之處，便在於雖然他們都以
「詩三百」作為價值根源，並且不偏廢「山林」與「臺閣」之文，
但宋濂將「臺閣之文」置於「山林之文」之上，並視為是「山林之
文」的根源；但凌雲翰與金寔則均將其視為陶寫性情的感發力量，
甚至於以「天趣」來讚揚出於「山林之際」的詩文創作，於是好詩
便不必一定出於臺閣諸人之手，反而「謫居」山林，其詞益工，金
寔云：「夫窮而通天地，自然之理」〔註 149〕，便代表山林之文「天
趣獨至」的價值所在。

相對於烏斯道與金寔，瞿佑與趙撝謙就站在「詩三百」的傳統思
維論詩歌的本質與功能。瞿佑（1341～1427），字宗吉，號存齋，又
號吟堂。錢塘（今浙江杭州）人。佑少時即有詩名，一生著述甚富。
然雖有才學，卻生不逢辰，流落不偶，僅任過冷曹閑衙裡的微職小官。
著作有《歸田詩話》、《剪燈新話》等〔註 150〕。其云：

〔註 148〕《覺非齋文集》卷十四〈蘭圃遺稿序〉，1327～117。
〔註 149〕《覺非齋文集》卷十三〈送山東參議孫君赴任序〉）。
〔註 150〕上海古籍續修四庫全書本。本文所引瞿佑之文，此後但標冊數與頁
　　　　數（冊～頁），不再注明版本出處。

方虛古序《唐三體詩》云：「子曰：『詩三百，一言以蔽之
曰：思無邪。』此詩之體也。又曰：『小子何莫學夫詩？可
以興，可以觀，可以群，可以怨。邇之事父，遠之事君，
多識於鳥獸草木之名。』此詩之用也……」按此序議論甚
正，識見甚廣。〔註151〕

趙撝謙（1351～1395），浙江餘姚人。博通六經百氏之學，尤對
六書及音韻學深有研究。洪武中與宋濂等預修《洪武正韻》，授國子
監典簿。後薦召爲瓊山學教諭。著有《趙考古文集》、《六書正義》等
書〔註152〕。趙撝謙則云：

然吾聞詩之爲道，往往能使人感動興起，使天理不泯，人
道好還，又焉知夫不有觀感世變而思有以易之者？吾於是
重有感焉。他日風俗移易，去華靡而由質素，貴淡泊而賤
榮利，取助聲詩未必不如什中之所云也。然則斯什也，蓋
有補於世教而可傳於人。〔註153〕

瞿佑與趙撝謙論及詩之體（本質）時，均從「思無邪」的興發力量出
發；言詩之用時，都以「教化」功能看待，這並不脫浙東詩人的共同
趨向，反對雕琢，崇尚質樸淡泊的創作風格，便成爲瞿佑、趙撝謙等
人所趨向的表現型態。相對於凌雲翰與金寔「尚趣」、「天趣自然」等
觀點，瞿佑等人依舊是相當傳統的思維脈絡。同時也可看出，雖然價
值根源與本質趨向都是「詩三百」，但浙東群詩人在討論詩歌本質，
存在著「言志尚理」與「緣情尚趣」兩種本質趨向。

五、「仁聲道本」說

方孝孺在人倫實用的立場推尚詩三百，認爲詩歌創作的功能在於
完備人道，所有人倫教化都在「詩三百」當中呈現，詩歌的功能本就
應以道德美善的傳導爲根本，所以夫婦、兄弟、朋友、君臣、父母都

〔註151〕《歸田詩話‧唐三體詩序》，1694～。
〔註152〕台灣商務印書館四庫全書影印文淵閣本。本文所引趙撝謙之文，此
　　　　　後但標冊數與頁數（冊～頁），不再注明版本出處。
〔註153〕《趙考古文集》卷一〈贈澹齋詩序〉，1229～660。

應該是詩作的重要主題，從知識處則是對於「物理」的認知，形下認知與形上道德的實踐的總和，才是詩歌所應具備的本質與功能。方孝孺云：

> 蓋古人之道雖不專主乎為詩，而其發之於言，未嘗不當乎道。……本之乎禮義之充，養之乎性情之正，風足以昌其言，言足以致其志，如斯而已耳。後世之作者，較奇麗之辭於毫末，自謂超乎形器之表矣，而淺陋浮薄，非果能為奇也。……不本之務而求攻於末，是猶棄木之根而蟠其枝以為美，欲其華澤茂，遂弗可得矣。故聖賢君子之文，發乎自然而成乎無為，不求工奇而至美自足。達而不肆也，嚴而不拘也，質而不淺也，奧而不晦也。正而不窒也，變而不詭也，辯而理，澹而章，秩乎其有儀，燁乎其不枯，而文之奇至矣。〔註154〕

方孝孺所謂的詩歌之「本」，奠基在「禮義」充擴的基礎上，這與其師宋濂的思維一脈相承〔註155〕。因此，方孝孺在這樣的本質定義中，強調詩文寫作必須將「經藝」作為發明旨趣之所在，「道」是「木之根」，是「言之源」。故「道充諸身，行被乎言，言而無跡，故假文以發之」〔註156〕，文章所發抒的不僅是「性情」與「志」，應該是充斥於天地間，成為人性根本的「聖人之道」，這樣的「道」是毫無造作，成乎自然的道德價值，方孝孺根據浙東詩人所共同承認的詩觀出發，談到詩歌創作的功能：

> 蓋其德修於身，事功立於天下而洽於生民，人思其德而不能忘，則并其微言細行咸識而傳之，以為口實，非特以其一言之善也。〔註157〕

〔註154〕《遜志齋集》卷十一〈答張廷壁〉，1235～325。

〔註155〕宋濂云：「予謂作詩，必本於三百篇。」(《宋學士文集》卷三十二〈皷歙詩有序〉，頁1161)；又云：「嗚呼，詩者發乎情而止乎禮義也，感情觸物必行之於言有不能自已者也。(卷六〈劉母賢行詩集序〉，頁189)。

〔註156〕《遜志齋集》卷十〈與鄭叔度書〉，1235～219。

〔註157〕《遜志齋集》卷十三〈望雲詩序〉，1235～403。

在此引文中，我們不難發現方孝孺欲透過「修德於身」以致於「經世濟民」，作為人格發展的根本，而值得注意的是，這種思考不只謹守修身治德的內聖一路，反而「內聖」與「外王」兼具，「事功」亦為道德發展的重要事項。方孝孺以此言「詩道」，當然特別強調詩歌向外治民的教化功能，也由此從功能的角度聯繫了「詩」與「樂」之間的關係：

> 孟子言：「仁言不如仁聲之入人深也。」先王導民之具詳矣。政教以約之，禮樂以正之，刑罰以威之，猶以為未足，而復宣之以言，入之以聲。言載於書，聲感於耳，斯民之視聽莫不有所勸戒，寧有不善者乎？……孟子所謂「仁聲」，詩蓋為近之。然其言雖存而不易入人，誦說者且不解其意，況於聞之者哉！蓋世遠而事異，旨微而理密，人不為之感者固宜也。……夫人莫不有仁讓敬義之心也，恒患不能言之。以其心之所同然者入其耳，戾者化，悍者革，悔者至於涕泣自訟，喜者至於抃手蹈足，此仁聲之所以為深者乎？……使治天下者不用仁聲化民則已，苟有用者，舍是詩將奚取哉！……今天子方興三代之政，必以詩道化民。
> 〔註158〕

這段話可說是相當清楚地將浙東群詩人對於詩歌功能的群體性思維表述地相當清楚，以下便分析說明之：

（一）方孝孺以「仁聲」比附「詩」，與前述浙東群詩人普遍認為「詩」與「樂」固為一體的思考相同，但方氏更強調「仁聲」的本質便是「詩」的本質，以「仁」來規定「詩聲」，亦即是從內在道德的興發力量來規定詩歌的表述，賦予詩歌一種至高無上改變人心社會的奮發力量，從而提升詩歌創作的文化價值。

（二）既以「仁」來規定「詩聲」，便必須強調「仁心自覺」的先驗性，換句話說就必須肯定孟子所認為的「性善」說，因此方孝孺認為「夫人莫不有仁讓敬義之心也」，就是對於內在本心自覺為善的肯定。孟子說：

〔註158〕《遜志齋集》卷十三〈義門詩序〉，1235～397。

> 惻隱之心人皆有之，羞惡之心人皆有之，恭敬之心人皆有
> 之，是非之心人皆有之。惻隱之心仁也，羞惡之心義也，恭
> 敬之心禮也，是非之心智也。仁義禮智非由外鑠我也，我固
> 有之也，弗思耳矣。故曰求則得之，舍則失之……〔註159〕

吾人的本性依孟子言，當出生之時就已具足自覺爲善的「良知良能」，並且此「本心」由天所賦予，每個人都存有這顆自覺心。故方孝孺便認爲「以其心之所同然者」也就是這一顆大家都具有的本心作爲基礎，詩歌便是從此心出、從此心入的感發力量，也因此詩歌便應是最普遍但也最能感動人心的教化工具。

（三）所以，詩歌的最高功能，就是「化民成俗」，這也就是「經世濟民」的最高「事功」表現，而人類的生命是相當有限，「可以與天地並存而不朽者，惟文辭而已」〔註160〕，與天地一樣可以成爲永垂後世，生命改造動力來源的就只有「仁聲」—詩文作品而已。筆者以下圖表示方孝孺對於詩歌本質與功能的思考進路：

天 ⟶ 仁義敬讓之心 ⟶ 人 ⟶ 詩（仁聲）
　　　　　　　　　　　　德修於身
　　　　　　　　　　　　事功立於天下 ⟶ 與天地並存而不朽
　　　　　　　　　　　　治於生民

故方孝孺又云：

> 士之立言爲天下後世所慕者，恒以蓄濟世之道、絕倫之才，
> 困不獲施，而於此焉寓之。故其氣之所至，志之所發，浩
> 乎可以充宇宙，卓乎可以質鬼神，非若專事一藝者之陋狹
> 也。〔註161〕

可見詩文創作有相當崇高的位階，「立言者」背負了浩然正大的道德力量，透過作品要興起濟世的道德品格，要感染爲政者與百姓的自覺

〔註159〕《孟子·告子上》。清·焦循撰，新編諸子集成《孟子正義》本，北京中華書局，1998年版。
〔註160〕《遜志齋集》卷十八代宋濂作〈贈樓君詩卷題辭〉，1235～540。
〔註161〕《遜志齋集》卷二二〈成都杜先生草堂碑〉，1235～622。

本心發動，最終的目的是希望社會能夠「風俗淳厚」，且人們可以「志意和平」。

（四）方孝孺將人的窮達置入上表的思考模式，他認爲「人之窮達在心志之屈伸，不在貴賤貧富」〔註162〕，人只要無愧於天地，以詩歌舒暢其胸中丘壑，使志意寬大和平，興起感發的表述力量，就是一種暢達的生命模式，故窮達與否並不是以官位高低或社會經濟能力之高低來判斷的，端賴於你是否能夠以「仁義敬讓之心」與天地並存不朽，方孝孺說：

> 昔人謂詩能窮人，諱窮者因不復學詩。夫因折屈鬱之謂窮，遂志適意之謂達。人之窮有三，而貧賤不與焉。心不通道德之要，謂之心窮；身不循禮義之塗，謂之身窮；口不道聖賢法度之言，謂之口窮。……無三者之患，心無愧而身無尤。當其志得氣滿，發而爲言語文章，上之宣倫理政教之原，次之述風俗江山之美，下之探草木蟲魚之情性，狀婦人稚子之歌謠，以豁其胸中之所蘊，沛然而江河流。〔註163〕

筆者再以圖表替此引文作一整理：

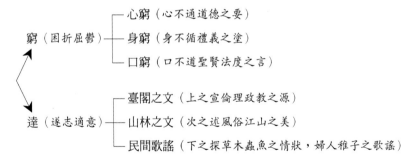

透過上圖不難發現方孝孺的思路相當清晰完整，代表著浙東群詩人對於詩歌創作本質功能的思考總結，無論是臺閣山林等詩文創作，以及生命狀態的自我掌握，都涵括在方孝孺的整體思考中。只要作家

〔註162〕《遜志齋集》卷十八〈書夷山稿序後〉，1235～439。
〔註163〕《遜志齋集》卷十八〈題黃東谷詩後〉，1235～538。

「無三者之患，心無愧而身無尤。當其志得意滿，發而爲言語文章」時，生命狀態便擁有完滿無缺的道德品質，以這樣的內在本質，發而爲詩，作品便會具備「達」的狀態，此類作品也才能「參贊天地」，成爲永垂後世的道德範式。

關於詩歌本質的討論，可以看出浙東詩人在回歸「詩三百」價值根源後，產生「言志尚理」與「緣情尚趣」的兩種本質趨向。或是「尚志」、「尚道」、「尚趣」三種型態的本質思維，其中「尚志」則與情性之發有相當的關係，故通於「緣情」之說；而「尚道」則區分爲「形上道德之理」與「形下經驗之理」兩種系統；而「尚趣」的提出則代表者浙東詩人已注意到「自然成趣」的詩歌創作不可偏廢，對於明中葉以後「性靈」思維成爲主流，「尚趣」說可爲先聲。而對於詩歌創作的功用，浙東群詩人則有內、外兩層的思考，向內則修德治身，向外則經世濟民。方孝孺的「仁聲道本」可視爲結穴之處。

六、小　結

浙東詩人對詩歌本質功能的討論，以下作歸納性的結語：

（一）浙東詩人對詩歌本質的共同傾向，均從「詩三百」的價值根源所延伸出來，因此如劉基所認爲，經書的本質就是詩歌創作的本質，經書的功能就應是詩歌創作所具備的功用，可以說是浙東群詩人普遍承認的詩歌理論。所以宋濂延伸出來的思考，便是詩品與人品貫通的一本論，以及臺閣之文優於山林之文的思考，而他所提到的「性靈」的本質，也被儒家的詩歌言志觀所融攝。

（二）重理、崇尚平易自然的創作風格，也是此本質思維底下推演出來的創作標準。「理」作爲詩歌創作的本質，在浙東群詩人裡有兩條思考進路：一是「聖人之道」，此爲形上天理，是道德價值的最終根源，也是方孝孺言「仁聲」的根本，更是所有人類出生時就具備的內在自覺，純然至善。二指「經驗之理」，此理爲分殊之理，

是形下物質的經驗知識，屬於認知系統的層面，每一物必定承載屬於那一事物的知識道理。兩者正代表「詩三百」世運教化與「多識於鳥獸蟲魚草木之名」兩種創作方向，尤其重經驗之理這條進路，將使得某些浙東群詩人並非一般當代學者所言的「崇唐抑宋」，他們對於北宋詩的議論型態，以及理學詩派，與南宋朱子都有一定程度的歸趨與讚許。

（三）凌雲翰在浙東群詩人裡相當特殊，在「尚志（情性）」、「尚道（理）」作為詩歌本質的思考進路裡，提出了「尚趣」的詩歌本質，強調詩歌創作的「天機自然」，他認為「詩三百」是自然成趣的作品，故詩歌創作應是「神會於心」的結果；而金寔將其視為陶寫性情的感發力量，甚至於以「天趣」來讚揚出於「山林之際」的詩文創作，於是「臺閣之文」位階不必高於「山林之文」，詩人更是可以隱於山林之際，創造「天趣獨至」的詩歌作品。葉子奇更是提出「智德」的觀念，將文章學問的獨立價值突顯，使人格德行不必與文章學問作本末的比較，兩者其實是互構的兩個範疇，文章學問有了離開人格道德制約的可能。

（四）浙東群詩人在討論詩歌本質時，雖然價值根源均回歸「詩三百」，但我們可以看出「言志尚理」與「緣情尚趣」的兩種本質趨向。或是「尚志」、「尚道」、「尚趣」三種型態的本質思維，其中「尚志」則與情性之發有相當的關係，故通於「緣情」之說；而「尚道」則區分為「形上道德之理」與「形下經驗之理」兩種系統；而「尚趣」的提出則代表者浙東群詩人已注意到「自然成趣」的詩歌創作不可偏廢，明中葉以後「性靈」思維成為主流，「尚趣」說可為先聲。

（五）而關於詩歌創作的功用，浙東群詩人有著內、外兩層的思考，向內則修德治身，向外則經世濟民。而方孝孺作了一個整體而概括的思考，頗能將浙東群詩人對於詩歌功能的想法說明清楚。他認為「當其志得意滿，發而為言語文章，上之宣倫理政教之源，次之述風

俗江山之美，下之探草木蟲魚之情狀，婦人稚子之歌謠，以豁其胸中
之所蘊，沛然而江河流……」〔註164〕，於是詩歌的功能由內及外，
由自身及天下，垂之後世更可為範式，如此一來詩歌創作的價值直可
與天地日月並存不朽，直接提升了「立言」的價值。

第三節　詩歌創作方法論

從根源論、本質論以至於創作方法論，浙東派多以「詩三百」代
表的價值觀為判準，因此在創作方法論的部分，「師古」便成為重要
思維，浙東派詩人的討論，有相當細膩的分析，無論是從「人格」的
完成，或是言「變」，都以「反形式擬古」作起點，強調「不蹈襲古
人」，而非過去認知「師古」即「摹擬剽竊」的一般看法。另一進路
則是從「平易自然」的角度言創作工夫，在此之下有「尚趣」與「尚
德」的兩種分向。以下做整體的說明。

一、「師古」工夫論

就詩歌創作方法而言，「師古」概念的提出是明初詩論的重要部
分，對於此概念必須細緻分析：所師之「古」為何？「師」有哪些方
法？不同地域詩人言「師古」又有何內涵的差異？這些都必須從原典
的閱讀著手，方不會過於概括或混淆。宋濂云：

> 然則所謂古者何？古之書也，古之道也，古之心也。道存
> 諸心，心之言存諸書。日誦之、日履之，與之俱化，無間
> 古今也。若曰專溺辭章之間，上法周漢，下蹴唐宋，美則
> 美矣，豈師古者乎。〔註165〕

宋濂言師古，並非從形式格調上亦步亦趨描畫古人面目的作品，其言
可從以下幾個方面來立論：第一，宋濂從師心的角度言師古，而心的
本質內涵是「古之道」，心之發用抒寫便是古之書，所以師心便可聯

〔註164〕《遜志齋集》卷十八〈題黃東谷詩後〉，1235～538。
〔註165〕《宋學士全集》卷十五〈師古齋箴並序〉，頁520。

繫古道與古書，達到「氣充言雄」〔註166〕的境界，即是窮盡古之道
以至於無間古今。第二、宋濂雖言「歷諳諸體」，但卻反對「專溺辭
章」，他說：

> 今詩之體與雅頌不同矣，猶襲其名者何？體不同也，而曰
> 賦曰比曰興，其有不同乎？同矣。而謂體不同者何？時有
> 古今也。時有古今也，奈何今不得爲古，猶古不能爲今也。
> 今古雖不同，人情之發也，人聲之宣也，文之成也，則同
> 而已矣。〔註167〕

如此談師古的著眼點不完全是文學倒退論，他提出幾個觀點：第一，
文體與文辭是變遷的，這是因爲時代所造成。第二、今古亦有可以相
通處，就是人情，即發自內在的情感思維，以及創作表現的基礎方法：
賦比興。由此與其「作詩本於三百篇」的思考聯繫，不難發現宋濂不
贊同摹擬剽竊，他所謂的師古並非從文辭形式的角度出發，而是著眼
於今古相通的內在感情，要師的是古人發乎情、止乎禮義的生命型態
〔註168〕。宋濂說：

> 其上爲者師其意，辭固不似而氣象無不同；其下爲者辭則
> 似矣，求其精神之所寓故未嘗近也。〔註169〕

由此觀之，宋濂言「歷諳諸體」並非完全指的是文辭上的摹擬，他認
爲「古之爲文者未嘗相師，鬱積於中，櫺之於外，而自然成文。其道
明也，引而伸之，浩然而有餘，豈必竊取辭語以爲工哉」〔註170〕，
從歷史的角度說明古人道明成文不須依靠任何摹擬，而將「近世道漓
氣弱，文之不振以甚」的緣故，推究於時人「好摹擬拘於局而不暢」，
因爲摹擬剽竊而失去詩人恢廓的格局。這可看出宋濂反摹擬的堅持，
其內在意義是師古之心、意，以聖人之道，用符合時代的語言形式，

〔註166〕《宋學士全集》卷六〈林伯恭詩集序〉，頁188。
〔註167〕《宋學士全集》卷二〈國朝雅頌序〉，頁171。
〔註168〕另可參簡錦松〈論明代文學思潮中的學古與求眞〉，收錄於《古典
　　　　　文學》第八集，台灣：學生書局，1986年4月。
〔註169〕《宋學士全集》卷二十八〈答章秀才論詩書〉，頁1052。
〔註170〕《宋學士全集》卷七〈蘇平仲文集序〉，頁219。

表達詩人內在的情感，提供詩歌的教化功能。在這樣的思考中並不能說宋濂是文學倒退論思維〔註171〕。筆者以下圖表示宋濂師古的思維方式：

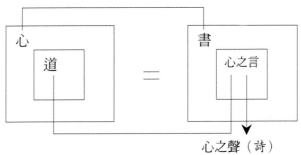

由上圖可再作整體的說明：因心之言（即道）存諸書（心），而心之聲又發而成詩，再加上宋濂所云「詩文本出於一原」的詩歌本質，可證明「心之言＝心之聲＝道」，且「心＝書＝詩」，又「師古之意＝師古之心」，而「聲因其氣，皆隨人而著形」，如此一來師古的概念依舊被宋濂「一氣貫通」的「一本」思維融攝，創作方法的思考亦成為詩歌本質。當然，宋濂仍然有提出關於詩歌創作的工夫理論：

> 必有穎悟絕特之資而濟以該博宏偉之學，察乎古今天人之變而通其洪纖動植之情，然後足以憑藉是氣之靈。……世之學詩者眾矣，不知氣充言雄之旨，往往局於蟲魚草木之微，求工於一聯隻字間，真若蒼蠅之聲出於蚯蚓之竅而已，詩云乎哉！〔註172〕

宋濂認為氣有三種：一為浩然之氣（志氣）受到後天四瑕（傷文之形骸）、八冥（傷文之膏髓）與九蠹之累（死文之心）〔註173〕。二為天

〔註171〕龔顯宗很早就認為宋濂的「師古說」，模擬是手段，創新才是目的。由此可見宋濂論師古是一種創造性的文學發展論。詳參龔氏〈宋濂詩論述評〉，收錄於《明清文學研究論集》，台灣：華正書局，1996年1月，頁26～36。

〔註172〕《宋學士全集》卷三〈林伯恭詩集序〉，頁188。

〔註173〕詳參《宋學士全集》卷二十五〈文原〉，引自叢書集成初編版《宋學士全集》，北京：中華書局，1985年新一版。

賦才氣（才氣稟性）。第三則是後天居處之氣（地理環境）。而文氣受前三者與時變的影響，故遍遊山川亦能養氣：

> 然予聞太史公周覽名山川，故所作史記煜煜有奇氣。同文他日西還，予將相隨，泛洞庭，浮沅、湘，登大別、九疑之山，吸風吐雲，一洗胸中穢濁，使虛極生明，明極光發……或者當有可觀。〔註174〕

透過閱歷可以使內在生命得到成長，相對亦使文章得有奇氣，此氣在貫通人格與詩格後的表現必有可觀之處。宋濂言養氣的工夫過程如下：

> 必能養之而後道明，道明而後氣充，氣充而後文雄，文雄而後追配乎聖經，不若是，不足爲之文也。〔註175〕

即是「養氣──道明──氣充──文雄──追配乎聖經」的工夫脈絡。宋濂又批評四靈詩：

> 永嘉舊傳四靈詩，識趣凡近而音調悲促，近代或以爲清新者，競摹傚之。濂每謂人曰：「誤江南學子者，此詩也」。〔註176〕
>
> 下至蕭、趙二氏，氣局荒頹，而音節促迫，則其變又極矣。〔註177〕

他以「音調悲促」批評南宋永嘉四靈的作品。四庫總目《芳蘭軒集》提要云：「蓋四靈之詩，雖鏤心鈌腎，刻意雕琢，而取徑太狹，終不免破碎尖酸之病」〔註178〕，可知四靈取法姚合、賈島，以苦吟求造語精緻，對偶巧妙，氣侷、格狹、調促，相異於宋濂「氣充文雄」的詩歌表現型態。而孟子云：

> 敢問何謂浩然正氣？曰：難言也。其爲氣也，至大至剛，以直養而無害，則塞於天地之間。其爲氣也，配義與道；無是，

〔註174〕《宋學士全集》卷七〈詹學士文集序〉，頁207～208。
〔註175〕《宋學士全集》〈評浦陽人物三則之三〉，頁347。
〔註176〕《宋學士全集》卷三〈林伯恭詩集序〉，頁188。
〔註177〕《宋學士全集》卷二十八〈答章秀才論詩書〉，頁1052。
〔註178〕引自《合印四庫全書總目提要及四庫未收書目與禁燬書目》，台灣商務印書館出版。

> 餒也。是集義所生也，非義襲而取之也。行以不慊於心，則
> 餒矣。我故曰：告子未嘗知義，以其外之也。〔註179〕

至大至剛的浩然正氣，立於正道之上，合於義，故可充塞於天地之間，此義與道均爲內心所自發的，是本心所自然流露呈顯，劉基亦云：

> 唐虞三代之文，誠於中而形爲言，不矯揉以爲工，不虛聲
> 而強聒也，故理明而氣昌。〔註180〕

宋濂、劉基在此脈絡上云「氣充文雄」便是認爲言語文章的根本存乎一心，「道」應爲我們生命情意的主宰，即「品格」應作爲「才調」之主宰，所以應以「品格」統攝「氣稟」，以「心志」統「氣」，強調存養之道，畢竟詩文與功業均爲個人品格修養之所發，氣性足以規範作品風格，自我修養的「養氣」工夫，雖然本是道德意義，但因「品格」爲寫作之根本原因，養氣又有助於爲文，以致於宋濂除了言「養氣文雄」外，「追配乎聖經」更是最高的文學價值所在。其詩學觀念裡的工夫論，雖上承孟子，但卻從道德哲學延伸至詩學觀念的討論，成爲宋濂詩觀裡的重要工夫論之一。

二、「才、學、識、體」與「思、學、養、變」工夫論

朱右在詩歌創作論裡，提出了「才、學、識、體」四個層次的工夫，完整建構一個創作方法的詩學體系。朱右云：

> 顧材氣不足，充其見聞；學問不足，闡其微蘊，不敢以聞
> 諸世人。〔註181〕

又云：

> 師嘗厭世之爲文辭者，識性不高，則見地膚陋；體裁無度，
> 則鋪敘失倫。〔註182〕

〔註179〕《孟子‧公孫丑上》。清‧焦循撰，新編諸子集成《孟子正義》本，
北京中華書局，1998 年版。
〔註180〕《誠意伯劉文成公文集》卷五〈蘇平仲文集序〉，1225～182。
〔註181〕《白雲稿》卷四〈羽庭稿序〉，1228～46～47。
〔註182〕《白雲稿》卷五〈全室集序〉，1228～73。

由上所述，朱右對於詩歌創作工夫的建議，可以下圖表之：

材氣 ─────→ 充其見聞 ─────→ 行四方
學問 ─────→ 闡其微蘊 ─────→ 日鈔夜誦聖賢之書，考見得失
識性 ─────→ 見地 ─────────→ 思所以措諸事業，勤於志
體裁 ─────→ 鋪敘 ─────────→ 求制作之體，與所以立言之要

第一、就「材氣」言，行萬里路去涵詠各地的地理環境與風俗民情，有助於生命境界的推擴與材氣之充滿。

第二、就「學問」言，指的是知識之追求，但必須透過「天文祕奧，疆域圖籍，家國興廢之故，史記、傳志、諸子百氏之言」〔註183〕等載籍，「日鈔夜誦，考見得失」〔註184〕，我們不難發現朱右對於知識的工夫，並不只限定儒家六經之言，而包含地理書、史書、諸子、甚至天文學，如此才能使創作者養成包蘊宇宙的浩然正氣。可見浙東詩人所謂師古之意的來源，不只是儒家的典籍，而有相當豐富甚至於包含科學性的書籍。

第三、就「識性」言，是內在氣質生命與道德生命品質的培養，換句話說就是見地的養成，就是「志」的發揚充擴，必須透過「材氣」與「學問」的積累後，篤志於生命品質而力行，深思實踐於「事業」中，才識品格必然有所增益，作品也具備感發力量。

第四、就「體裁」言，指的並不是創作者內在品質的問題，而是指涉創作本身對於作品形式掌握的問題，創作者須熟悉掌握「古詩、樂府、歌行、唐律」等各種體裁風格，因題材之不同，選取能發揮其主題內容的體裁來書寫，使作品能夠精確地表達書寫者的生命意蘊。

朱右從四個角度論詩歌創作的工夫，不僅包含了地理環境對詩人的影響，更透過對於知識的涵養（不僅是儒家六經之言），道德品格

〔註183〕《白雲稿》卷五〈諤軒詩集序〉，1228～70。
〔註184〕同前註。

與人生見地的增益，對內在生命品質達到高度的發揚。但朱右並不只是停在創作者內在生命的思維而已，更對於創作本身面對的體裁選取之問題，提出主題與體裁配合的工夫，強調各種體裁的熟習與辨析，以達到「充於內而行乎外」的高度境界。

　　貝瓊則高度集中在辨析內在的道德涵養工夫對於詩歌創作的影響，他也提出了四種工夫：

　　（一）思之精，發之不苟。貝瓊以射箭譬喻創作：

> 故善射名天下，此發之巧者。功不及弓人，則其器弗良；巧不及羿，則其射弗神。余謂詩人之於詩，亦若是焉。天下之善詩者非一，而詩之工者甚寡。務速者，不暇工，惰而不進者，不能工。必思之精如弓人之弓，發之不苟如羿之射，然後可言其工。〔註185〕

貝瓊將射箭分成「器」與「射」兩大部分，指的是詩歌創作之「體（本質）」與「用（書寫）」兩個部分，「體」是創作者內在生命品質的培育，而「用」是書寫本身的過程與問題。他提出兩種思維來作為內外在的涵養工夫：一是「思之精」，這是解決「器（體）」的問題，二是「發之不苟」，這是關於「射（用）」的問題，如能掌握這兩層工夫，便可以脫離「務速」與「惰而不進」的創作困境，然後方能臻於「功之倍」的創作境界。

　　（二）學而求至於聖人。貝瓊認為對於古人作品的熟讀涵詠，以及道德性質的知識追尋，最終達到悟而神的創作境界，是相當重要的事，故其言「凡藝始於學，而卒於悟。學而工，不若悟之神」〔註186〕，又再以射箭譬喻：

> 及嘗學為詩，復取三百篇及漢、魏、唐、宋詩，窮日夜而讀之。……是故正鵠既陳，決拾既備，引滿而後發，至不至，力也，中不中，巧也，非人之所能齊也。所能齊者，法也。善學羿者，不失羿之法，射亦羿矣。此射者，必以

〔註185〕《清江文集》卷七〈鄭本初詩集序〉，1228～332。
〔註186〕《清江文集》卷十三〈跋王逸老書八仙歌後〉，1228～369。

　　　　　　穀爲法也。學聖人者亦然。中者聖人之穀也。……學者亦
　　　　　　必求至於聖人，而所得之妙，豈不在於所示之穀耶。〔註187〕

貝瓊將射箭分成「力」與「巧」兩個部分，這兩部分就如先天之氣稟
一般無法平齊，每個人所稟受或弱或強必有不同。然而「工夫方法」
則是所有人都可以掌握學習的，從這個角度來看則又是「齊」，而他
所提出的方法就是「中」，不僅是射中鵠的之「中」，更代表「中庸之
道」之「中」，就是上述「思之精，發之不苟」之「中」。貝瓊將此「中」
作爲聖人的生命型態，學習「中」道，可使自身的內在道德品行達到
聖人的境界。要如何達到此境界呢？對於創作者而言，便必須上師古
人，以古人作品爲法，故必須「取三百篇及漢、魏、唐、宋詩，窮日
夜而讀之」，熟讀涵詠後方能體會古人生命型態之「中」（不僅是體裁
之學習），便可「求至於聖人」，完成的作品方能達到教化社會的本質
功能。筆者以下圖表之：

　　（三）養氣蘊德。如何求至於聖人，的確是貝瓊欲解決的一個工
夫問題，畢竟「熟讀涵詠」古人之作，只是一段「平常日用工夫」，
是一種由外而內的工夫進路。故貝瓊亦提出一個從內而發的工夫——
「養氣蘊德」：

　　　　蘇黃門曰：文不可學而能，氣可以養而至。是氣也，塞乎
　　　　上下，騰而爲河漢，旋而爲風雨，薄而爲雷電，列而爲五
　　　　岳，激而爲海濤，人得之而發於文章，所謂氣盛則言與之
　　　　俱盛也。諸家惟能善養吾氣，所著不期於於古而古，雖有
　　　　高下輕重，遂與六經諸子並行不朽，豈非一代之豪傑乎？

〔註187〕《清江文集》卷十四〈穀齋記〉，1228～376。

往往取其書熟讀、詳玩。大砥立言蘄絕刻削而平衍爲可觀；不在於荒唐險怪而豐腴爲可樂。此古人，不可至也。古之人不可至，苟有至焉，亦猶射之必爲羿，工之必爲般，庶乎其不遠矣。若蘊德者，其志如此，宜將高視無前而不足於今歟？……蘊德復蹈而爲之，不以舉世非之，而變，斯能古矣。〔註188〕

貝瓊與宋濂、劉基相同地強調「養氣」，此形下物質之氣不只充塞宇宙當中，構成各種自然界的變化，亦存在於人類生命之內，而熟讀涵詠古人作品便是養氣之一環，而「養氣」是爲了要「蘊德」，「蘊德」是爲了要「善言其志」，詩文創作便是善言其志之利器。貝瓊如此層層推衍，就是要求爲文者的「工夫」，「務合於道，非徒以詞高一世爲工也」〔註189〕，「合道」就是「養氣蘊德」的目的，也就是「求至於聖人」，故貝瓊云：

達而在上，以行道爲心，窮而在下，以立言爲事。觀其言，可以知其道也。〔註190〕

無論是「臺閣之文」（達而在上），或是「山林之文」（窮而在下），都有其需扮演的功能。在上位者的詩文創作便是要以教化爲己任，在山林間的詩文創作要表述自身的道德生命。而「養氣蘊德」便是最基礎的實踐工夫。筆者以下表作一個整理：

（四）反形式上擬古。貝瓊認爲師古並非一成不變，更不是形式的亦步亦趨，故云：

世之狃於所習，苟趨一時之好者，既不足以語此，或知師古爲事者，又梏於昏愚怠惰，而不暇進其聞奧焉，此余之

〔註188〕《清江文集》卷二八〈唐宋六家文衡序〉，1228～477。
〔註189〕《清江文集》卷二八〈唐宋六家文衡序〉，1228～477。
〔註190〕《清江文集》卷二八〈求我集序〉，1228～483。

所深痛也。〔註191〕

貝瓊並不反對師古，甚至在前述引文中，還強調熟讀涵詠古人作品可以求得聖人之至，但貝瓊的復古與宋濂的師古之意相通，都反對徒具形式之模擬，與雕肝琢腎之病，所以，貝瓊評述孟子、韓愈、歐陽文忠公等「有功聖人」云：

> 其人物之高，道德之盛，發之於言，奚啻一元之氣，流行宇宙而賦於萬物，不見雕琢之巧，而至巧寓焉，故爲學者所宗。〔註192〕

可見聖人之言的學習，在於其基礎道德品格的學習，並非文章形式上的抄襲，所以「養氣蘊德」便成爲貝瓊言師古的工夫根本，只要生命型態能夠上追古人（聖人），作品的表述就可以達到古人的型態。這並不需要雕琢工夫，純粹是出於自然之音。因此貝瓊論到擬古之病云：

> 代之工文章家非一矣，高者好新其說，泛取《戰國策》、《莊老》之書，論高遠而欲窮乎神，論詭誕而不根於經，以是爲古，固不合也。下者不出尋常之見，蹈襲唐宋諸家，支離以爲博，骩骳而無氣，讀之，使人欲臥。以是爲古，又未至也。〔註193〕

擬古的兩個弊病：第一，無根。此處貝瓊認爲應取儒家六經作爲師古的來源，不必因追求高遠與詭誕，而選擇非儒家經典的書籍當作擬古的典範。同樣是浙東詩人的朱右與貝瓊，在師古的經典選擇上，有歧異的進路，朱右以多樣化的古人典籍作爲知識來源，督促後學應博觀積累，方能考見得失。但貝瓊則傳統地堅守儒家標準，要求後學應走經典正路，排斥非儒家六經的各種作品。這兩種進路代表著浙東派潛存的兩種趨向：保守與多元的思維辯證。

第二：蹈襲。這是浙東群詩人共同的思考，他們認爲師古不等於擬古，師古在於對聖人人品的傾慕與追尋，文學創作就是內在道德生

〔註191〕《清江文集》卷二八〈唐宋六家文衡序〉，1228～477。
〔註192〕《清江文集》卷十九〈歐陽先生文衡序〉，1228～410。
〔註193〕《清江文集》卷二八〈求我集序〉，1228～483。

命的語言表述；而擬古卻是對於古人作品在形式上的刻意模擬，往往會造成徒具表面而無神的支離狀態，這類表面上都是古人語法與詞彙拼貼而無情感內容的作品，往往只會使人昏睡而無所獲，而兩個弊病也正是時人之病。

因此，貝瓊絕不反對師古，但其所言之師古絕非徒具形式之擬古，而是建基在「蘊德養氣」工夫上，向古人之「意」的一種回歸，不必雕飾、不必模擬，甚至可以運用當代的語言模式，創發古人的生命境界，這樣的師古才能「理明辭達」，完成世運教化的詩歌功能。

三、「自然平易」、「審音」與「虛靜」說

徐一夔與王褘強調「自然平易」，是浙東討論創作方法的重要進路，從蘇伯衡的「審音」說，強調創作必須以自然之音為質，烏斯道則希望作者在創作時能讓自身的心靈呈現「虛靜」的狀態，均可得知「平實工夫」確為浙東所喜。筆者討論詩歌本質時，已援引徐一夔「詩人之言貴平易而不貴奇怪……夫詩，情性以本之，問學以充之，才氣以發之，思致以廓之。」〔註194〕，並以如下圖表討論徐一夔崇尚「平易自然」的發抒型態：

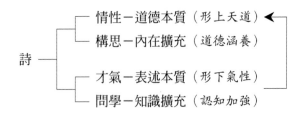

實際上，亦可透過此圖觀察徐一夔對於創作工夫的看法，徐一夔說：

> 夫語言精者為文，詩之於文，又其精者也。故為文必去陳言，於詩尤所當務。使陳言誠去，則氣自清，韻自遠。〔註195〕

〔註194〕《始豐稿》卷三〈錢南金詩稿序〉，1229～172。

〔註195〕《始豐稿》卷五〈韋齋稿序〉，1229～208。

「去陳言」是詩作通向「形式創新」的重要工夫，也是達到「語言精鍊」的重要步驟。與上表合觀，徐一夔完整的詩歌創作工夫論，共有五個面向：

情性──道德品質的充擴（德行）

問學──知識系統的養成（學習）

才氣──先天才性的發揚（發用）

思致──細膩深層的思維（觀察力與感受力）

去陳言──語言形式的精鍊（形式與韻律）

他對工夫論的思考完整豐富，無論是創作者內在道德與認知系統的完成，以及才性本身的發揚與思維能力的培養，都能兼顧；並且也注意到創作時詩歌語言的精煉與新意，補充了浙東詩人只注意內在道德品質涵養的不足處。而王禕則在「平易而無奇怪」的脈絡中，思考了創作時應具備的工夫：

> 予嘗論之，三百篇之詩，其作者非一人，亦非一時之所作。而其為言，大抵指事立義，明而易知；引物連類，近而易見，未嘗有艱深矯飾之語；而天道之顯晦、人事之治否、世變之隆污、物理之盛衰，無不著焉，此詩之體所以為有繫也。後世之言詩者，不知出此，往往惟衒其才藻，而漫衍華縟。奇詭浮靡之是尚，較妍蚩工拙於辭語間，而不顧其大體之所繫。〔註196〕

筆者先以下表整理此引文：

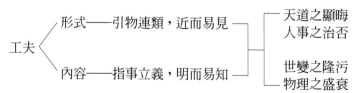

王禕的工夫論包含形式與內容兩方面：從「形式」言，要求以淺近的譬喻手法，明白彰顯所欲表達的物象關係；就「內容」言，希望

〔註196〕《王忠文公集》卷七〈黃子邕詩集序〉，1226～154。

創作者能夠傳達清晰不隱晦的情感內容與道德價值；就兩方面合觀則
要求創作者透過容易了解且淺近的譬喻手法或修辭技巧，傳達生命的
意義、發抒內在的情感，於是就可以透過詩歌創作將天道、人事、世
變與物理作一極有意義的「立言」，而所有物質與道德的狀態也都「有
繫」於「平易自然」的詩歌作品裡。因此，我們可以看出王禕也是形
式與內容並重的詩人，他要求詩家不僅要做內在的生命工夫，亦要注
意到形式上修辭手法的運用，「情之所發，誠則至焉」〔註197〕，只要
詩歌的本質是以「誠」為價值趨向的「情感」，再以上述的工夫平實
涵養，就可以作為「狀物寫景之工」的詩家，更可以成為「係於風化，
補於世治」的作者。所以，王禕將詩歌工夫簡化，將詩歌創作傳達的
價值功能擴張，就是希望所有百姓均是詩歌創作者，共同使社會風俗
淳厚和平。

　　蘇伯衡提出了「審音」之說作為工夫：

　　　詩與樂，固一道也。不審音不足以知樂；不審音則何以知
　　　詩？〔註198〕

浙東詩人以致於明初詩人所謂的「審音」，並非「人為之音律」，所謂
的「音」並非「律詩出」後的「聲律、對偶、章句」，而是回歸「詩
三百」的「自然之音律」，是詩與樂彼此相通的興發力量，不是人為
創造的韻律模式，是一種發為心聲、繫乎世變的「自然聲文」。在詩
歌的創作中，它必須透過「賦」、「比」、「興」的創作工夫展示出來，
工夫並不汲汲於「雕章麗句」，而應發於自然。蘇伯衡云：

　　　成章之後，直陳其事則曰賦；取比譬此則曰比；托物起興
　　　則曰興。如斯而已矣。奈何律詩出而聲律、對偶、章句拘
　　　拘之甚也？詩之所以為詩者至是盡廢矣。故後世之詩不失
　　　古意者惟有古詩。〔註199〕

他直接將律詩之出現作為詩歌創作日趨低劣的罪魁禍首，畢竟律詩是

〔註197〕　《王忠公文集》卷十七〈書段吉甫先生示甥詩後〉，1226～343。
〔註198〕　《蘇平仲文集》卷四〈古詩選唐序〉，1228～592。
〔註199〕　《蘇平仲文集》卷四〈古詩選唐序〉，1228～592。

一種「人爲的韻律」，使古詩存在的自然音律消滅殆盡，而古詩所言的賦、比、興工夫，當然是一種出於自然的創作技巧，「審音」所審的不僅是形式，更要透過自然的節奏掌握時代之盛衰升降，這種自然之音的掌握，就必須透過古詩的創作方能完成。因此蘇伯衡在創作工夫上，希望作者以古詩之意爲法，「因事而發於言」〔註200〕。烏斯道則云：

> 世之論詩者，孰不曰凡工詩必疑諸古人。古人之中孰長於
> 某詩，某詩必則而擬之，則庶幾乎音節體裁有彷彿焉。余
> 曰不然。今之人信可以擬諸古，古之創於詩者又擬諸何哉！
> 夫心欲有言則形之於詩，詩者代言之音也。人之不能已其
> 言而白於人者，必有倫有理，有開有合，不勞焉自若爾也。
> 否則狂惑而已矣！詩之作亦然，奚必翦翦焉以擬諸古
> 哉！……余讀之雄壯雕鏤直致者，咸具皆出於性之自然，
> 雖未嘗擬諸古人，而未嘗不古人也。〔註201〕

以「反擬古」的立場，認爲詩歌創作應出於「性之自然」，而出於「性之自然」的作品必須要「得夫天地之清氣」〔註202〕。他提出了「靜專」的工夫：

> 非靜而專，又未見其詩之工也。〔註203〕

雖然此段文字針對浮屠氏而發，但依舊可以看出烏斯道強調「心志專一」與「虛靜」的創作工夫，因爲「虛靜」，故心靈閑寂容物；因爲「心志專一」，故可以「神自張、氣自王」，萬事萬物均可爲吾之妙用。前述言及烏斯道時，嘗論及其認爲詩歌價值的四個根源，他認爲情感必須受到理的節制，不應溺於外物；也論及烏斯道將詩歌的本質推至「乾坤清氣」，這些均不脫「文以載道」的進路。然而從烏斯道言創作工夫，卻發現其似乎受到浮屠氏與老氏之影響而言「靜」，也藉「清氣」提升山林創作的位置，都呈現除儒學之外的道家思維。所以，烏

〔註200〕《蘇平仲文集》卷四〈古詩選唐序〉，1228～592。
〔註201〕《春草齋集》卷三〈王敏公詩集序〉，1232～225。
〔註202〕《春草齋集》卷三〈乾坤清氣詩序〉，1232～227。
〔註203〕《春草齋集》卷八〈松下小稿序〉，1232～229。

斯道「虛靜」的工夫，正如他的譬喻「服鍊之仙骨蛻而形化，然後為詩之工也」〔註204〕，特別強調一種偏向於養生型態的工夫。這種思維相當不同於其他浙東群詩人：

靜──▶道家（教）工夫──▶山林思維────▶性之自然
專──▶儒家工夫────▶臺閣思維────▶天理節制

四、「開門覓句」與「心會於神」工夫論

凌雲翰與方孝孺亦強調「直觀」與「自然」，然而兩者的進路正是浙東派創作工夫思維的兩個系統，凌雲翰「主趣」，方孝孺則以「道德生命」為根源談方法。凌雲翰提出的工夫論就是「開門覓句」之說：

> 開門方覓句，折簡復論詩。每到真成趣，由來不費辭。艱
> 深文淺近，臭腐化神奇。得失直懸絕，須勞一轉移。〔註205〕

詩歌寫作不必每日費心勞苦去尋找，往往就存在於生活的平常日用當中，「開門」之時「覓句」便可，不必困居於斗室或稿紙中費心搜尋所需的字句，「趣至」則「句至」。而方孝孺云：

> 天下之事出於智巧之所及者，皆其淺者也。寂然無為，沛
> 然無窮，發於智之所不及知，成於巧之所不能為，非幾乎
> 神者，其孰能與於斯乎！故工可學而致也，神非學所能致
> 也，惟心通乎神者能之。神誠會於心，猶龍之於雨，所取
> 者涓滴之微而可以被八荒、澤萬物……其心默會乎神，故
> 無所用其智巧，而舉天下之智巧莫能加焉……文非至工則
> 不可以為神，然神非工之所至也。……效古人之文者，非
> 能文者也。惟心會於神者能之，然亦難矣。〔註206〕

同樣強調自然成句的創作工夫，與凌雲翰不同的，方氏站在傳統儒學的價值立場，運用道家「無為」之進路，論及作詩應「無意而為之」，

〔註204〕《春草齋集》卷三〈劉職方詩集序〉，1232～221。
〔註205〕《柘軒集》卷二〈論詩次張行中韻〉，1227～774。
〔註206〕《遜志齋集》卷十二〈蘇太史文集序〉，1235～370。

道德生命充沛而發，自然下筆成文，達到渾然天成的境地，這就是「心會於神」。姬秀珠云：

> 他強調「心會於神」，對於文學藝術創作而言，已將「文」從形式雕刻、模仿的「工」，提升至無為變化「神」的境界。……這些都說明孝孺的文論，主張文貴自然變化；「工奇」是文章的上選，而「神奇」則是文章最高的意境。
> 〔註207〕

陳昭銘則云：

> 這種創作境界的達成，作者本身必須於創作詩文之構思時，不在詩文外部的修辭字句上進行過度的刻意安排，而是在詩文內部的意境構思上增加自我體悟的功夫，使自我的意識狀態在創作之時，得以自然無礙地進入一種清醒而微妙，情意澎湃而無法扼抑的境界。〔註208〕

兩位學者對於方孝孺「心會於神」的工夫論都有相當精闢的見解。但筆者更關心的此工夫論的思維根本，與價值判準為何的問題，如從上述引文，不難發現幾個關鍵字：「誠」、「神」、「幾」，這幾個關鍵字恰好就是北宋周敦頤思想中的重要概念：

> 寂然不動者，誠也；感而遂通者，神也；動而未形，有無之間者，幾也。誠精故明，神應故妙，幾微故幽，誠神幾曰聖人。〔註209〕

又云：

> 幾動於彼，誠動於此，無思而無不通為聖人。〔註210〕

方孝孺言「幾於神」，就是周敦頤所言「神應故妙」，人在動念思維（幾）之際，立刻進入省察生命的狀態，然後「神用」便暢通自身幽微的意

〔註207〕引自姬氏《明初大儒方孝孺研究》一書，文史哲出版社，1991年4月，頁109。
〔註208〕詳參陳昭銘〈方孝孺詩文理論探賾〉，彰師大第五屆全國古典詩學會議（明清詩學）宣讀論文，2002年5月。
〔註209〕《通書·聖》第四章。北宋·周敦頤《周子通書》，上海古籍出版社，2000年初版。
〔註210〕《通書·思》第九章，同前註。

念。放在詩歌的工夫來說，就是動念之時，誠體天道便自然而思，將
意念導向「善」的境地，而詩歌作爲「用」，便可回歸「詩三百」的
道德價值，成爲「參贊天地」之「神用」。既是徹底的「誠體神用」，
便自然參合於道德天理，也因此詩歌作品的發生過程是「無意而爲
之」。周敦頤云：

> 無欲則靜虛動直。靜虛則明，明則通；動直則公，公則溥。
> 明通公溥，庶矣乎！〔註211〕

周敦頤「無欲虛靜」的道德工夫，或許從道家延伸而來，但其目的依
舊是儒家的道德思維。同樣地，方孝孺「無意而爲之」的創作方法，
就是周敦頤的「靜虛則明」，透過虛靜之功，生命的狀態合於天理，
這是屬於「道德」的發生論，並非是「智巧」（知識型態）的發生論，
故「神奇」便成爲方孝孺言詩歌工夫論的重要思維。如果我們能夠了
解他「心會於神」的工夫過程是根本於這種哲學進路，便更能體悟前
述兩位學者從理論角度觀察的實際內涵爲何，也更能符合方孝孺「道
德型態創作工夫論」的本質意義。

　　方孝孺認爲「效古人之文者，非能文者也。惟心會於神者能之，
然亦難矣。」畢竟「心會於神」並非是純粹形下的創作工夫，它兼涵
了形上的道德涵養，創作與道德修養在此是一體兩面的事，難就難在
它就是一個「作聖」工夫。所以方孝孺反對形式擬古，而應「求聖人
之意」與「詩三百底蘊」。方孝孺云：「舉世皆宗李杜詩，不知李杜更
宗誰。能探風雅無窮意，始是乾坤妙絕詞。」〔註212〕，又云：

> 蓋古人之道雖不專主乎爲詩，而其發之於言，未嘗不當乎
> 道。……本之乎禮義之充，養之乎性情之正，風足以昌其
> 言，言足以致其志，如斯而已耳。〔註213〕

既然詩歌之「本」奠基在「禮義」充擴的基礎，「心會於神」的創作

〔註211〕　《通書・聖學》第二十章，同前註。
〔註212〕　《遜志齋集》卷二四〈談詩五首〉，1235～722。
〔註213〕　《遜志齋集》卷十一〈答張廷壁〉，1235～325。

工夫，便是如其師宋濂所言「師古人之意」的「作聖工夫」。故方孝孺反對形式「擬古」，通過周敦頤的思維進路，將「誠、神、幾」運用至詩歌創作的方法，把浙東群詩人「詩品等於人品」的思考模式、返本於「詩三百」價值，將內在德性爲詩歌本質的理論，涵攝在「心會於神」的工夫進路中。

　　從上述的討論，可看出徐一夔的創作工夫論，最爲完整呈現浙東詩人的普遍看法，將創作方法的層次細膩表述，從「情性」、「問學」、「才氣」、「思致」、「去陳言」等部分，內外緣兼及地論及各種提升創作內涵的方式，補充並開發了浙東詩人的工夫思考。凌雲翰與方孝孺則各自從「尚趣」與「尚志」的立場表達「平易自然」的概念實質，奠定了明代以降「性靈說」與「格調說」的討論基礎。

五、小　結

　　以下將本節的討論作個歸納與總結：

　　（一）師古：這是浙東群詩人對於詩歌創作工夫的共同趨向，宋濂言「師其意」一針見血地直陳「師古」之內涵，並非是形式韻律上的亦步亦趨，而是聖人道德道德品格的完成。貝瓊從「變」言師古，反對蹈襲古人。所以眞正的師古在浙東群詩人的眼中，就是以反擬古作爲基點；第二，既然師古是從聖人品格養成始，故方孝孺認爲「效古人之文者，非能文者也。惟心會於神者能之，然亦難矣。」，師古工夫就是作聖工夫，師古的意涵其實就是一種「道德型態」的「創作工夫論」，當然也就符合浙東詩人所認爲「詩品等於人品」的思考方向了。

　　（二）養氣：正因「師古」（「道德型態」的「創作工夫論」）是浙東群詩人的工夫根本，如何師古則成爲第二個工夫問題。宋濂、劉基站在孟子言「養氣」的思考進路論及「氣充文雄」，認爲言語文章的根本存乎一心，應以「心志」統「氣」，強調存養之道；貝瓊以爲「養氣」須「蘊德」，「蘊德」是爲了「善言其志」，詩文創作便是善

言其志之利器，只要道德品格透過養氣工夫達到充沛浩然、所發乎正的境界，文學創作自然就不會靡弱雕琢，就可成爲「正聲」。

（三）審音：蘇伯衡言「審音」，回歸「詩三百」的「自然之音律」，並非「律詩出」後的「聲律、對偶、章句」這種「人爲的韻律」。浙東詩人以致於明初詩人的「審音」，是詩與樂彼此相通的興發力量，發於自然且係乎世變之創作。

（四）靜專：烏斯道似乎汲取道家思維，以「虛靜」配合「心志專一」的「靜專」工夫，對治「雕章麗句」的寫作，強調應出於「性之自然」，但此處的自然義則兼指「儒家」與「道家」兩個層次。

（五）知識與見聞：從學識積累的工夫而言，多數的浙東詩人以儒家經典爲學習範本，但朱右的觀念卻包含地理書、史書、諸子、甚至天文學之書，他認爲如此才能使創作者養成包蘊宇宙的浩然正氣，以及充沛完整的知識與能力；從見聞而言，浙東詩人多同意地理環境對詩歌創作的重要，「行四方」可認識各地的地理環境與風俗民情，有助於生命境界的推擴。

（六）徐一夔是浙東群詩人裡言創作工夫論相當完整的文人，他從「情性（道德品質的充擴）」；「問學（知識系統的養成）」；「才氣（先天才性的發揚）」；「思致（細膩深層的思維）」；「去陳言（語言形式的精鍊）」五方面討論創作方法，相當清晰。王褘亦以「形式」與「內容」兩部分，說明創作所須具備的工夫，可見浙東詩人在工夫論思考的縝密。

（七）開門覓句與心會於神：「尚趣」的凌雲翰提出「開門覓句」的工夫論，「趣至」則「句至」，「開門」之時苟能「心會於神」，句子便自然天成，不假雕琢。方孝孺也提出「心會於神」的主張，他站在傳統儒學「言志」、「發乎情性」的立場，並運用道家「無意而爲之」的思維，談「神會」工夫；凌雲翰則「主趣」，從文本的自然意趣言「神會」工夫。兩者可以說是「格調」與「性靈」的初步路徑。

第四節　詩歌批評論與詩史觀

　　過去學者的認知，均認爲浙東詩人主張「崇唐抑宋」，其實除了王褘對宋詩採取揚棄的態度外，宋濂是「崇杜抑晚宋」，劉基對於宋詩也有中肯而客觀的立論，並非一味排斥對於宋詩的學習；方孝孺在批評標準中更提出「神」的觀點，來容納莊周、東坡等浙東派較少提及的古代人物。所以不難發現，浙東派的幾個理論健將，對於宋詩的態度並非完全貶抑，雖然盛唐杜詩依舊是論詩的標準，但宋詩尤其宋初之詩，在浙東派文以載道的基礎要求下，仍被容納其中，以下分述討論之。

一、「崇杜抑晚宋」的詩史思維

　　以下先整理部分宋濂對時人詩作的批評：

（一）和而弗流，激而弗怒，雅而不凡，可謂能專對者非邪？（卷五〈南征錄序〉：王廉，P.145）

（二）其詩震盪超越，如鐵騎馳突而旗纛翩翩與之後先。及其治定功成，海宇枚寧……故其詩典雅尊嚴，類喬嶽雄峙……。（卷六〈汪右丞詩集序〉：汪廣洋，P.186）

（三）命意深而措辭雅，陳義高而比物廣。（卷七〈清嘯後稿序〉：盧陵胡君山，P.229）

（四）多而不冗，簡而有度，神氣流動而精魄蒼勁。（卷七〈白雲稿序〉：朱伯賢，P.226）

（五）形之於詩，皆古雅俊逸可玩。（《宋學士全集·補遺》卷二〈用明禪師文集序〉：道潛師，P.1247）

（六）珠圓玉潔而法度謹嚴。（卷八〈送天淵禪師濬公還四明序〉：清濬，P.265）

（七）隨物賦形，銜下洪纖，變化不可測。寘之古人篇章中，幾無可辨者。（卷六〈劉兵部詩集序〉：劉崧，P.185）

（八）其於詩尤號名家，震盪凌屬，駸駸將逼盛唐，驟聞之，神出鬼沒，不可察其端倪，其亦文中之雄乎！（《宋學士全集·補遺》卷五〈元故奉訓大夫江西等處儒學提舉楊君墓誌銘有序〉：楊

維楨，P.1440）

（九）氣韻沉鬱，言出意表，何其近謝康樂歟？緼藉脫落，不霑
　　　塵土，何其類岑嘉州歟？（卷六〈劉彥昺詩集序〉：劉彥昺，P.187）

（十）詩則森嚴踔屬，有蒼淵之色。（〈莆陽王德暉先生集序〉：王德暉）

（十一）沉鬱頓挫，渾厚超越。（卷六〈林伯恭詩集序〉：林伯恭，P.188）

（十二）韻蕭灑而氣岸偉，如發於聲詩，往往出人意表。（卷六〈東
　　　軒集序〉：方明敏，P.203）

（十三）沖澹類漢魏，雄健如盛唐。（卷十九〈故朱府君文昌墓銘〉：
　　　朱好謙，P.708）

（十四）和平而不矜、雍容而自得。（卷六〈震川集序〉：王本中，P.194）

從宋濂〈答章秀才論詩書〉〔註214〕此文的閱讀，發現宋濂對古人詩
作在史觀上的批評標準有三：風騷（指《詩經》、《楚辭》），漢魏（李
陵、蘇武與建安風骨），盛唐（李白、杜甫）。假使就上述宋濂運用的
批評語彙與其詩史標準合觀，會發現語彙根源均自風騷、漢魏、盛唐
三大系統，他的詩史觀亦然：

先秦、漢、魏之屬

（一）紆曲淒惋，實宗國風與楚人之辭。（評蘇武、李陵之詩，言
　　　其根源為詩經與楚辭。）

（二）詩道於是乎大盛，然皆師少卿而馳騁于風雅者也。（言建安、
　　　正始時期詩道大盛，諸家的根源是李陵與詩經。）

晉、六朝之屬

（三）至太康復中興，陸士衡兄弟則傚子建，潘安仁、張茂先、張
　　　景陽則學仲宣，左太沖、張季鷹則法公幹，獨陶元亮天份之
　　　高，其先雖出於太沖、景陽，究其所自得，直超建安而上之，
　　　高情遠韻……。（言太康至於永嘉、義熙，只有陶淵明能夠
　　　超越建安風骨，取之乎上。）

〔註214〕詳參《宋學士全集》卷二十八，引自叢書集成初編版《宋學士全集》，
　　　北京：中華書局，1985年新一版，頁1050～1053。

（四）三謝本於子建而雜參於郭景純，延之則祖士衡，明遠則效景陽，而氣骨淵然，駸駸有西漢風，餘則傷於刻鏤而乏雄渾之氣。（以西漢爲標準評價三謝、顏延之、鮑照，認爲鮑照有西漢雄渾之風。）

（五）沈休文拘於聲韻，王元長局於褊迫，江文通過於摹擬，陰子堅涉於淺易，何仲言流於瑣碎，至於徐孝穆、庾子山一以婉麗爲宗，詩之變極矣。（對於永明以下之詩，認爲是詩歌極變的狀態，因其逐漸以婉麗爲宗。）

初唐之屬

（六）唐初承陳、隋之弊，多尊徐、庾，遂至頹靡不振。張子壽、蘇廷碩、張道濟相繼而興，各以風雅爲師……奈何溺於久習，終不能改其舊。（對於唐初沿承徐庾體的習氣作一說明。）

（七）唯陳伯玉痛懲其弊，專師漢魏，而友景純、淵明，可謂挺然不群之士，復古之功於是爲大。（言陳子昂爲唐詩復古風氣之開端，以漢魏爲師。）

盛唐之屬

（八）開元、天寶中，杜子美復繼出，上薄風雅，下該沈宋，才奪蘇李，氣吞曹劉，掩顏謝之孤高，雜徐庾之流麗，眞所謂集大成者，而諸作皆廢矣。並時而作，有李太白，宗風騷及建安七子，其格極高，其變化若神龍之不可羈。（言盛唐，尊杜爲集大成者，另以風騷與建安風骨作爲價值論李白之變化多端。）

（九）有王摩詰依倣淵明，雖運詞清雅，萎弱少風骨。有韋應物祖襲靈運，能壹寄穠鮮於簡淡之中，淵明以來，蓋一人而已。他如岑參、高達夫、劉長卿、孟浩然、元次山之屬，咸以興寄相高，取法建安。（宋濂認爲簡淡必須以穠鮮作爲內質，而盛唐隱然就是建安風骨之再現。）

中、晚唐之屬

（十）至於大曆之際……詩道於是爲最盛。

（十一）韓柳起於元和之間，韓初效建安，晚自成家……柳斟酌陶
謝之中，而措辭窈渺清妍，應物以下，亦一人而已。元白
近於輕俗，王張過於浮麗，要皆同師古樂府。賈浪仙獨變
入僻，以矯艷於元白。劉夢得步驟少陵，而氣韻不足。杜
牧之沉涵靈運，而句意尚奇……至於李長吉、溫飛卿、李
商隱、段成式專誇靡蔓，雖人人各有所師，而詩之變又極
矣。（在此處第二次出現詩歌極變的話語，宋濂認爲中晚
唐是第二次詩歌創作劇烈向下變化的時代。）

北宋之屬

（十二）宋初，襲晚唐五季之弊。天聖以來，晏同叔、錢希聖、劉
子儀、楊大年數人，亦思有以革之，第皆師於義山，全乖
古雅之風。（以宋初承襲李義山靡蔓風氣，有違詩騷漢魏
古雅之風。）

（十三）迨王亢之以邁世之豪，俯就繩尺，以樂天爲法；歐陽永叔
痛矯西崑，以退之爲宗，蘇子美、梅聖俞介乎期間。梅之
覃思精微，學孟東野；蘇之筆力橫絕，宗杜子美，亦頗號
爲詩道中興。（言宋詩始學中盛唐人時可號爲中興。）

（十四）元祐之間，蘇黃挺出，雖曰共師李杜，而競以己意相高，
而諸作又廢已。自此之後，詩人迭起……大抵不出於二
家。關於蘇門四學士，及江西宗派諸詩，蓋可見矣。（宋
濂對蘇軾與黃庭堅的評價不高，認爲他們雖曰師李杜，但
實際上是師吾心，近於明當時文人之類多自高者。）

南宋之屬

（十五）馴至隆興、乾道之時，尤延之之清婉，楊廷秀之深刻、范
至能之宏麗，陸務觀之敷腴，亦皆有可觀者，然終不離天
聖元祐之故步，去盛唐爲益遠。（言南宋四大家詩雖可觀
處不少，但離宋濂所謂的盛唐標準更加遙遠，詩之格力到

此益衰。）

（十六）下至蕭、趙二氏，氣局荒頹，而音節促迫，則其變又極矣。

　　　　（言永嘉四靈以降，詩歌第三次極變，可說是衰敗至極。）

明初時人之屬

（十七）近來學者，類多自高，操觚未能成章，輒闊視前古爲無物。

　　　　……故其所作往往猖狂無倫，以揚沙走石爲豪，而不復知

　　　　有純和沖粹之意。（宋濂此文的其實在於此處對時人

　　　　嚴屬的批評，認爲明初詩歌創作延續晚宋以來之弊，使社

　　　　會教化衰敗。）

　　由以上的整理，可作如下的論斷：

　　第一、宋濂的詩歌批評觀有三個價值標準：唐前以風騷、漢魏
（李陵、蘇武、古樂府）作爲主要準則；盛唐李杜出之後，以杜甫
作爲第三個評詩的價值思維。其中亦蘊含如陶淵明、陳子昂、韋應
物等細部準則，但這些準則，依舊無法離開前述評詩的三個終極價
值根源。

　　第二、在其三個判準底下延伸出來的就是風格判準，宋濂使用
的批評語彙，可從前述的表格看出依附於三個標準的詞組模式，亦
即是宋濂認爲的詩歌風格中，最上者爲興寄相高（風雅雍容）、漢魏
風骨（雄渾超越）與杜甫（沉鬱蒼勁）；中者則是清雅簡淡中帶有纖
纖內質（如韋應物）；最下者則是晚唐與晚宋之婉麗靡蔓，頹靡不振
之詩風。

　　第三、再延伸的就是詩史的流變觀察，宋濂〈答章秀才論詩書〉
裡，他將詩史思考集中在先秦、漢魏、盛唐三個階段：第一、二的階
段在永明以下極變，向下衰敗，延續至陳子昂出，詩道走向第二次高
峰，迄於杜甫以至於大曆年間。進入中晚唐，到李義山，宋濂認爲此
是詩道又一次向下的衰敗極變，雖然經過宋代歐陽永叔等人振衰起
弊，但短暫的詩道中興後，幾乎整個宋代都被宋濂一定程度的貶抑，
並一直延續到其所處的明代初期。以下是其詩史流變之簡表：

{先秦──漢魏（極盛）}──永明以下（極變）──{陳子昂（復古）──杜甫（集大成）──大曆（極盛）}──中晚唐至李義山等出（極變）──{北宋歐陽永叔等出（中興）}──後去盛唐亦遠──永嘉四靈（極變）──明初（繼續猖狂無倫）

第四、從上表可以看出宋濂批評永明、唐初、晚唐、宋初、元祐、晚宋；認為漢魏與盛唐李杜可以說是詩史上的極盛時期。故說宋濂「崇唐抑宋」，不如說「崇杜抑晚宋」，價值根源則推尊三百篇、楚騷與漢魏風骨。如果聯繫到本文論及「山林之文」與「臺閣之文」的部分，宋濂對於清雅簡淡「山林之文」的位階，當然放置的比風雅雍容的「臺閣之文」還低。

第五、宋濂透過此文除了要架構個詩史思維外，他所針對的是晚宋元季以至於明初詩文浮濫之弊，亦即是想透過完整的詩史建築，宣揚「純和沖粹」的人文化成之詩歌表現型態，透過對古之道、古之心（意）的回歸，讓社會與百姓在「詩教」系統裡得到高度的生存穩定。

二、「無抑宋傾向」的詩史思維

以下列舉幾段劉基對時人詩作之評論：

（一）其為詩也，不尚險澀，不求奇巧，惟心所適，因言成章。（卷五〈郭子明詩集序〉：郭文德，1225～P.168）

（二）蓋直而不絞，質而不俚，豪而不誕，奇而不怪，博而不濫，有忠君愛民之情、去惡拔邪之志，見於詞意之表，非徒作也。（卷五〈王原章詩集序〉：王原章，1225～P.184）

（三）沖澹而和平，消遙而閒暇，似有樂而無憂者也。（卷五〈項伯高詩序〉：項伯高，1225～P.188）

以下列出劉基對於詩史流變的看法（均引自卷五〈蘇平仲文集序〉）：

唐虞三代之屬

（一）唐虞三代之文，誠於中而形於言，不矯揉以爲工，不虛聲而
　　強聒也，故理明而氣昌。玩其辭，想其人，蓋莫非聖賢之徒
　　知德而聞道者也，而況又經孔子之刪定乎！（劉基將唐虞三
　　代之文當作詩文之根源，理明而氣昌便成爲詩文創作所應具
　　備的本質，此時代的詩文是後代所應效法。劉基並在此隱含
　　了詩品及人品的思考，從事詩歌創作的首要之務是涵養人
　　品，人品透過養氣工夫調整，便可以反映在言行舉止中，詩
　　歌作品也將會是人格生命的體現）

晚周、先秦與漢之屬

（二）漢興，一掃衰周之文敝而返諸樸。豐沛之歌，雄偉不群，移
　　風易尚之機質實肇於此。（此言說明晚周之文疲弊，但也指
　　出漢初時詩文之質樸豐沛，代表著另一個階段的新起點）

（三）而高祖文帝制詔天下，咸用簡直。於是儀、秦、鞅、斯之口
　　至此幾杜，是故賈疏、董策、韋傳之詩皆妥貼，不詭語，不
　　驚人，而意自至，由其理明而氣足以櫺之也。周之下，享國
　　延祚漢爲久，蓋可識矣。（晚周先秦以至於秦之詩文在劉基
　　的認定中屬於驚人詭詐之一類，或許是縱橫策士辯說的緣
　　故，劉基對於此類文字持否定態度，認爲這並非氣昌之語，
　　反而是氣促局狹的音聲。因此劉基以妥貼形容漢初之文，實
　　有其反辯說氣促之用意，畢竟這種表現方式並非中正和平之
　　聲。又，劉基將氣與國做了聯繫，故氣昌便國昌，故劉基以
　　爲國祚之長短與氣之昌盛有相當的關係，也因此會涉及到文
　　章與世運的關係，而詩文創作就成爲宇宙當中的重要一節）

（四）武帝英雄之才，氣蓋宇宙，而司馬相如又以誇逞之文侈
　　之……致勤持斧之使，封富民之侯，下輪臺之詔，然後僅克
　　有終。文不主理之害一至於斯，不亦甚哉。（劉基痛批司馬
　　相如的著眼點在於誇逞之文，他認爲司馬相如以違理無本質
　　的徒具雕飾之文討好上意，影響整個國家之走向。故其隱含

著文須主理的思考，此理其實就是聖人之道，是質樸厚重的文章表現。而劉基在此處又將漢武比喻成秦始皇，都歸罪於司馬相如本身）

（五）相如既沒，人猶尚之，故揚子雲用是見知成帝，然而漢家樸厚之尚已成，其根未嘗拔也。……嗚呼，此西漢之文所以爲盛，國祚絕而復續如元氣之不壞，而乾坤之不死也。後之人論不及此，而以相如子雲稱首，不亦悲哉！（劉基在此段做了一翻案文章：第一，他推翻一般人將西漢之文的重點放在司馬相如與楊雄的身上，他反而以這兩人作爲西漢文章之蠹；第二，他如此思考是著眼於文學史的内在規律，從哲學本質的角度探討西漢文學，以樸質渾厚實爲西漢文之本質，在此根本底下，司馬相如與揚雄扮演的是以誇侈之文作爲不和諧音符的角色。而劉基認爲一般文學史家關心的是文學史中這種不協調之音符，而時人亦會眩惑於這種與立國根本不同但卻敗壞人心的文章創作，他自己關心的卻是詩文創作的本質問題，且用此來討論文學史中的群體價值意識；第三，這樣的根本已成，並不是司馬相如與揚雄就可以撼動的，這是因爲浩然的元氣作爲漢祚之根本，故西漢雖亡東漢可再興。）

（六）東漢班孟堅之外，雖無超世之文，要亦不改故尚，故亦不失西京舊物。（劉基認爲東漢可述者唯班固一人，其餘只是西漢風之延續。）

魏晉南北朝之屬

（七）下逮魏晉，降及於隋，駁雜不一，而其大概惟日趨於綺靡而已。（令人感到好奇的是，劉基與宋濂不同，他對於建安時期的文章並未有任何評價，甚至對於魏晉六朝至於隋也只用短短幾句話語帶過，似乎認爲沒有任何多討論的必要。據筆者的推測，這是因爲劉基以國祚長短當作是文學史的評論標

準，就是前述所言之「氣昌則國昌」，因此對於這些國祚甚
短的朝代，劉基認爲必然是氣短之故，也代表著其詩文不足
述也。）

唐之屬

（八）繼漢而有九，有享國延祚最久者唐也，故其詩文有陳子昂，
而繼之以李杜；有韓退之，而和以柳。於是唐不讓漢，則
此數公之力也。（劉基此段說得更加明確，他的確是認爲國
祚長短與文章盛衰有直接關係，且在他談到唐代時只點出
五人作爲使唐不讓漢的文章功臣，反而抹煞了其他詩人的
貢獻，有相當的排他性，也可以比對前述其批判司馬相如
與揚雄的自相矛盾：一方面排除牴觸其標準的不和諧音
符，一方面又誇飾幾個人就可以影響國祚的延續。這也可
以看出在劉基「氣昌即國昌」的文學標準下，相當地排他
與獨占。）

宋之屬

（九）繼唐者宋，而有歐、蘇、曾、王出，其文與詩追漢唐矣，
而周、程、張氏之徒又大闡明道理。於是，高者上窺三代，
而漢唐若有歉焉。故已宋之威武，較之漢唐，弗侔也。（劉
基完全沒有抑宋的傾向（宋濂則「崇杜抑晚宋」），甚至認
爲宋代文章的高度有時還勝過漢唐，而宋之威武與漢唐比
肩毫不遜色。他當然仍是在「國祚長短」的價值下思維，
只不過宋代是一個儒學透過理學方式銓解而昌盛的時代，
在劉基又以「理」作爲創作極則的思考底下，當然便成爲
一個文學史上，文學甚至國運高度發揚的時代（雖然實際
上劉基「威武」的評價不符歷史事實，宋在武功上較弱，
無法與漢唐相比，但劉基是在「大闡明道理」的定義下說
宋「威武」，這是一種內在生命的肯定，而非行之於外的「武
功」），更何況在明初尊崇朱子的情勢下，南宋的朱熹本就

成爲一個價值歸向，當然宋代便不是許多學者筆下「崇唐抑宋」的情況，至少宋濂「崇杜抑晚宋」，劉基甚至沒有「抑宋」的傾向。）

元之屬

（十）元承宋統，子孫相傳僅逾百載，而有劉、許、姚、吳、虞、黃、范、揭之儔，有詩有文皆可垂後者，由其土宇最廣也。

（「氣昌則國昌」在劉基的思考中似乎不僅是「時間性」的「國祚長短」，在他論及元代時，居然也不帶批評地讚揚元詩文之可垂後世，而其標準則在元「土宇最廣」，可見其「氣昌即國昌」還有「空間性」的定義。因此魏晉六朝是兩種標準都必然不符，而隋則是不符合劉基「時間性」的標準，而土宇亦沒有元朝廣。（可以看出時間性是第一標準，空間性是其次。））

明初之屬

（十一）今我國家之興，土宇之大，上軼漢唐與宋，而盡有元之幅員，夫何高文宏辭未之多見？良由混一之未遠也。（劉基提出一個問號，就是爲何開國後並未得見高文宏辭，一方面他認爲明初在空間性上環擴四方，另一方面在當時還看不出時間性的問題，故劉基將高文宏辭不多見的情況定義在「混一之未遠也」，也就是才開國之初，必須等待國祚之延長方能得見。其實這也是劉基整個詩史分析的重點，正因建國之初有好的開始（空間性），所以才透過詩史來鑒察並期許未來。）

三、「詩有十變」說

王禕在詩三百的價值回歸裡言「詩之十變（變有正、反二面）」〔註215〕：

〔註215〕以下引文均引自《王忠公文集》卷二〈練伯上詩序〉。

（一）漢代：漢以來，蘇子卿、李少卿，實作者之首，此詩之始變
也。（蘇武、李陵以單一作者書寫詩歌作品，不似「詩三百」
出於眾人之手，故王禕站在詩歌創作個人化的立場認為此是
詩歌變化之濫殤。）──正變

（二）魏代（建安、黃初與正始）：迫乎建安，接魏黃初，曹子建
父子，起而振之。劉公幹、王仲宣相為倡和。正始之間，嵇、
阮又繼作，詩道於是為大盛，此其再變也。（曹氏父子、建
安七子與之後的阮籍、嵇康正是代表詩歌發展的一個高峰，
這些北地士人在王禕的眼中構成了一個詩歌的繁盛時代。）
──正變

（三）晉代（太康、永嘉與義熙）：自是以後，正音稍微，逮晉太
康而中興。陸士衡兄弟、潘安仁、張茂先、張景陽、左太沖，
皆其稱首。而陶元亮天份獨高，自其所得，殆超建安而上之，
此又一變也。（此處說變，並非指涉太康八詩人，而是專指
陶淵明，王禕認為陶淵明的天份與成就超越建安諸子，可說
是另一變之高峰。）──正變

（四）南朝四代至隋：宋元嘉以還，三謝、顏、鮑者作，似復有
漢、魏風。然其間或傷藻刻，而渾厚之意缺焉，視太康不
相及矣。齊永明而下，其弊滋甚。沈休文之拘於聲韻，王
元長之局於褊迫；江文通之過於摹擬；陰子堅、何仲言之
流於纖瑣；徐孝穆、瘐子山之專於晚縟，無復古雅音矣，
此又一變矣。（因為漢魏風被視為檢視詩作優劣的標準，因
此南朝宋之詩作雖各有其弊，但被王禕視為雖不如太康時
期，依舊有其價值。故詩作之向下沉淪在於南朝齊，王禕
以無復古雅音作為批判的絕對標準，使得南朝甚至隋變成
他眼中詩歌創作的第一個黑暗時代）──反變

（五）初唐：唐初，襲陳、隋之弊，多宗徐、瘐，張子壽、蘇廷碩、
張道濟、劉希夷、王昌齡、沈雲卿、宋少連，皆溺於久習，

頹靡不振。王、楊、盧、駱，始若開唐晉之端。而陳伯玉又力於復古，此又一變也。（此處強調唐初對於陳隋的延舊，然而也提出唐初正是向盛唐轉變的契機，當初唐四傑與陳子昂出時，過去頹靡的氣息便一掃而空，向復古之路重新邁進）
——正變

（六）盛唐至元和年間（中唐）：開元、大曆，杜子美出，乃上薄風、雅，下掩漢、魏，所謂集大成者。而李太白又宗風、騷而友建安，與杜相頡頏。復有王摩詰、韋應物、岑參、高達夫、劉長卿、孟浩然、元次山之屬，咸以興寄相高。以及錢、郎、苗、崔諸家，比比而作。繼而韓退之、柳宗元起於元和，實方駕李、杜。而元微之、白樂天、杜牧之、劉夢得，咸彬彬附和焉。唐氏詩道之盛，於是為至，此又一變也。（王禕以杜甫為詩三百、漢、魏以降的集大成者，李白則是師承建安風骨之氣，這兩人的出現是詩歌創作再展光輝的重要因素。雖然宗盛唐是明初詩人多半的共同傾向，然而王禕對於中唐之韓愈、柳宗元也給予相醇與李、杜的評價，因此其所宗之唐應從盛唐延續至中唐元和年間）——正變

（七）晚唐：然自大曆、元和以降，王建、張籍、賈浪仙、孟東野、李長吉、溫飛卿、盧仝、劉叉、李商隱、段成式，雖各自成家，而或淪於淫，而或淪於怪，或迫於險，或窘於寒苦，或流於靡曼，視開元遠不逮。至其季年，朱慶餘、項子遷、鄭守愚、杜彥夫、吳子華輩，悉纖弱鄙陋而無足觀矣，此又一變也。（晚唐諸家在王禕的思考中是詩歌走向墜落的時代，我們看王禕的用詞：淫、怪、險、寒苦、靡曼，不難看出他對於此時的詩歌創作的批判也是在盛唐的標準下看待的，其中更蘊含著「文章與時高下」的思考，王禕在此處完全展示出他那種文章與時代氣運相連的批評方式，而晚唐是第二個詩歌創作的黑暗時代）——反變

（八）北宋：宋初，仍晚唐之習，天聖以來，晏同叔、錢希聖、楊大年、劉子儀，皆將易其習而莫之革。及歐陽永叔，乃痛矯西崑之弊。而蘇子美、梅聖俞、王禹玉、石延年、王介甫，競以古學相尚。元祐間，蘇、黃挺出，而諸作幾廢矣，此又一變也。（王禕以實用價值作為詩文的準則，復三百篇之古為思維根源，因此宋初之詩言晚唐之習，故無足述矣，至歐陽修以降，古文運動開始，因此便返回以古學作為創作的價值歸趨，以致於蘇東坡與黃庭堅，北宋詩的發展可說是到了變化的頂端也是瓶頸）——正變

（九）南宋：建炎之餘，日趨於弊，尤延之之清婉，朱元晦之沖雅，楊廷秀之深刻，范智能之宏麗，陸務觀之敷腴，固粲然可觀，抑去唐為已遠。及乎淳祐、咸淳之末，莫不音促局而器苦窳。無以為議矣，此又一變也。（此處完全可以看出王禕對宋詩之厭惡，縱使以沖雅、清婉等詞語作一象徵性的風格贊揚，但實際上「去唐已遠」才是王禕內心的真話，縱使有如何優秀的風格展示，因為不符合唐音的標準，便必須加以批判。更何況南宋中晚期，王禕幾乎未舉出任何的代表人物，他所謂的無以為議，其實是宣告南宋詩之死亡與敗壞，遠遠超過晚唐（晚唐畢竟還是唐音），這可以說是王禕心理認為的第三個黑暗時代）——反變

（十）元代：元初，承金氏之風，作者尚質樸而鮮辭致。至延祐、天歷，豐亨豫大之時，而范、虞、揭以及楊仲宏、元復初、柳道傳、王繼學、馬伯庸、黃晉卿諸君子出，然後詩道之盛，幾跨唐而軼漢，此又其一變也。（元詩勝宋的觀念，其實足以推翻我們在一般文學史裡「元無詩」的思考，至少明人對於元詩的看法，從時代與氣運言，元代畢竟是一幅員遼闊的國度；從地域性來思考元代以北方文化為主軸，詩歌崇尚質樸；從學術的角度思考，元已開始崇奉朱子學，返回雅正之

音則是詩人對於詩歌創作的某種要求。這些其實都符合前述
王禕的思維模式，於是「元詩勝宋，距漢唐近」便成爲王禕
的詩史思維）——正變

四、「莊周——李白——蘇軾」的詩史系譜與「三設準」的詩歌批評

方孝孺論詩雖然沒有提出宋濂、劉基、王禕的詩史思維，但在他
論文的部分可以觀察到他的文學史觀以及批評思考：

> 文之古者莫過於唐虞三代，而書之二典、三謨、禹貢、胤
> 征，以及商周訓誓諸篇，皆當時紀事陳說之文，未嘗奇怪。
> 詩三百篇亦未嘗奇怪。春秋書當時之事，雖寓褒貶之法於
> 一言片簡之中，亦未嘗見其奇怪。禮經多周漢賢人君子所
> 論次，其言平易明切，亦未有所謂奇怪。至於盤庚大誥，
> 其言有不可曉者，乃當時方俗之語，亦非故爲是艱險之文
> 也。然則是嗜奇好怪者，果何所本哉？〔註216〕

從上述引文，可以思考幾個重點：

（一）援引對象：方孝孺所針對的應是時人創作尚奇好怪的弊
病，以他的復古思想作爲基礎，爲了糾正時人詩文風氣，選擇從唐虞
三代以降的的文章說明古代帝王聖賢所留下的文字，都不過是平易通
曉的時事陳說，或是言志之詩歌創作，何來艱險怪僻之詞語。

（二）批評標準：方孝孺詩歌批評的標準在此文中很清楚的呈
現，就是上古先秦之作品，語言形式上要「理明辭達」，不可雕章琢
句，要避免「奇怪」，以聖賢仁義之事作爲根本，然後發而成文，方
能避開各項弊病。因此方孝孺又言：

> 堯、舜、禹、湯、周公、孔子之心，見於詩、書、易、禮、
> 春秋之文者，皆以文乎。此而已，舍此以爲文者，聖賢無
> 之，後世務焉，其弊始於晉、宋、齊、梁之間，盛於唐，

〔註216〕《遜志齋集》卷十〈答王仲縉五首〉，1235～312。

甚於宋，流至於今，未知其所止也。〔註217〕

自漢以來，天下莫不學爲文，若司馬相如、揚雄亦其特者，
而無識爲已甚……窮幽極遠，搜輯艱深之字，積累以成句。
其意不過數十言，而衍爲浮漫瑰怪之辭，多至於數千言，
以示其博，至求其合乎道者，欲片言而不可得，其至與澤
中之夫何異哉？自斯以後，學者轉相襲倣，不特辭賦爲然，
而於文皆然。迨夫晉宋以後，萎弱淺陋，不復可誦矣。人
皆以爲六朝之過，而安知實相如之徒首其禍哉！〔註218〕

兩段引文裡，方孝孺要呈現的是「文之道統」，就他所言的文章道統
看來，就是聖人道統。在這個基礎上，聖人之文應該是後世之文在形
式與內容的標準，唐虞三代以至於秦漢之文，應是方孝孺所定之批判
標準。然而方孝孺在「宋不及唐，唐不若漢」〔註219〕的思考下，卻
又將文章創作開始敗壞的源頭推到司馬相如與揚雄，如此思維的原因
在於「意渺而辭費」，也就是以大量鋪排的文字，卻只表達單純的情
感內容，亦即是方孝孺除了「聖人之道」的判準外，另一個判準在於
形式與情感內容的密切配搭，不可有「過於文飾」的情況，多少「意」
就配合多少「文」，因此他才替揚雄與司馬相如戴上文章「禍首」如
此嚴苛的帽子。

　　方孝孺對於上古先秦的道統文章有根本的回歸，但論詩文創作
時似乎又不同於其師宋濂的思維，反而有種看起來矛盾的想法出
現。他說：

莊周之著書，李白之歌詩，放蕩縱恣，惟其所欲而無不如
意，彼豈學而爲之哉？其心默會乎神，故無所用其智巧，
而舉天下之智巧莫能加焉。……莊周歿殆二千年，得其意
以爲文者，宋之蘇子而已。蘇子之於文猶李白之於詩也，
皆至於神者。〔註220〕

〔註217〕《遜志齋集》卷十一〈答王秀才〉，1235～335。
〔註218〕《遜志齋集》卷十〈與鄭叔度八首〉，1235～299。
〔註219〕《遜志齋集》卷十一〈與趙伯欽三首〉，1235～322。
〔註220〕《遜志齋集》卷十二〈蘇太史文集序〉，1235～370。

又云：

> 唐治既極，氣鬱弗舒，乃生人豪，泄天之奇。矯矯李公，
> 雄蓋一世，麟游龍驤，不可控制。……惜哉戰國，其豪莊
> 周。公生雖後，斯文可侔。被何小儒，氣餒如鬼；仰瞻英
> 風，猶虎與鼠。斯文之雄，實以氣充。後有作者，尚視於
> 公。〔註221〕

就這兩段引文，實在不像一個拘守儒學根源的學者所言。方孝孺一方
面以絕對儒家的標準，說「後世之詩，出於一時之言，殆若可以感人
矣，而病於道德不足而辭采有餘，故雖可以感人，而不能使人知性情
之正」〔註222〕；「唐之杜拾遺、韓吏部皆深於詩……其體則唐也，而
其道則古也」〔註223〕，認為「不變於時」的儒家之道才是創作的根
源；但卻又表現出另一種通達的態度，對於「莊周——李白——蘇軾」
畫出具備內在聯繫的系譜。到底這是否彼此矛盾？還是有其互相補充
發明之處？再看以下引文：

> 士未足以明道，則博求當世非常可喜之事而述焉，亦文之
> 美者也。〔註224〕

並非所有文士均可明曉儒家之道，不應如此就廢棄當代之文，所以方
孝孺前述兩個批評判準中，只要為文造語自然平易，不求艱澀奇怪之
造語，他也認為在人情政教之外，亦可以「述風俗江山之美」、「探草
木蟲魚之情性」與「婦人稚子之歌謠」，雖然這看來亦是詩三百的批
評準則，但在思考當中，山水、詠物、民歌、時事均可以成為創作主
題，使得浙東派對於詩歌創作的思考在題材與批評標準有新的擴大。
以下便列出方孝孺的詩歌創作（批評）之主題概念：

1. 宣倫理政教之厚（載道之詩）
2. 述風俗江山之美（山水詩）

〔註221〕《遜志齋集》卷十九〈李太白贊〉，1235～554。
〔註222〕《遜志齋集》卷十三〈義門詩序〉，1235～397。
〔註223〕《遜志齋集》卷十三〈時習齋詩集序〉，1235～376。
〔註224〕《遜志齋集》卷十八〈題劉養浩所制本朝鐃歌後〉，1235～537。

3. 探草木蟲魚之情性（詠物詩）

4. 婦人稚子之歌謠（民間歌謠）

5. 當世非常可喜之事（時事）

因此，方孝孺必然在「聖人之道」與「造語平易」之外，另外安立一個詩歌批評標準，他說：

> 今之爲士者不患其無才而患其無氣，不患其無氣而患其不知道。〔註225〕

又云：

> 夫所謂達者，如決江河而注之海，不勞餘力，順流直趨，終焉萬里，勢之所能，裂山轉石，襄陵蕩壑，鼓之如雷霆，蒸之如煙雲，登之如太空，攢之如綺穀，回旋曲折，抑揚噴伏，而不見其艱難辛苦之態，必至於極而後止。〔註226〕

這裡方孝孺的第三個批評判準便是「氣」，擁有這種鼓蕩排澆之氣，便可以「發於智之所不及知，成於巧之所不能爲」〔註227〕，他以「氣」的立場盛贊莊周、李白與東坡。畢竟，方孝孺與多數浙東派文士一般，對於氣的思維都根源於孟子所善養的「浩然之氣」，這當然是一種至大至剛充塞於宇宙之間的正氣，而此正氣必然是內在勃發的道德力量，因此「聖賢之道，以養氣爲本」〔註228〕，「氣」必然是根源於天地之善者。但也因方孝孺的批評標準之一爲「氣」，而此氣對他來說又不盡然純爲道德的發用，除道德之本外，方孝孺對氣充之後發用狀態的描述，也可見此「氣」之奇幻奧妙之處在於「神」，只要「其心默會乎神，故無所用其巧智，而舉天下之智巧莫能加焉。」〔註229〕，而莊周、李白與東坡正在於「神」的聯繫上，成爲一組在方孝孺詩歌批評論裡的特出部分。

〔註225〕《遜志齋集》卷十八〈題溪漁子傳後〉，1235～534。

〔註226〕同前註。

〔註227〕《遜志齋集》卷十二〈蘇太史文集序〉，1235～370。

〔註228〕《遜志齋集》卷十九〈三賢贊〉，1235～549。

〔註229〕《遜志齋集》卷十二〈蘇太史文集序〉，1235～370。

　　由上述的分析，可以歸納方孝孺詩歌批評觀的三個設準：「聖人之道」、「平易淺顯」、「氣與神」，這三個其實不必同時並存成為其批評的法則，「聖人之道」是詩歌創作的內容載體，「平易淺顯」是詩歌創作的形式表現，而「氣與神」應是詩歌創作的本原與質素，這三個彼此相輔相成，上焉者是三種標準均能滿足，如「唐虞三代之文」、「漢魏盛唐之詩」，假使無法完全明道，也可以在詩三百的基礎上，把「述風俗江山之美」、「探草木蟲魚之情性」與「婦人稚子之歌謠」等作為創作主題；而「氣與神」的批評標準也使得方孝孺的批評觀，容納了一組歧出的對象：莊周、李白與東坡。

　　浙東派的學者對於艱險怪僻之作，均持反對的態度，可看出元末明初從宋濂以至於方孝孺，將近三、四十年的時間，這種晦澀尚奇的詩作一直是文壇的普遍現象，縱使主掌文柄的臺閣官員透過科舉或其他方式鼓吹志意盛大的作品風格，到了洪武晚年、建文初期似乎依舊如此。因此浙東的批評理論勢必在原有的基礎上，對應時代的流行思考，產生新的變化，從詩史觀的討論，可觀察到溯源「詩三百」後的「新變」思考。

五、小　結

　　從上述四家浙東派的詩史觀與批評論，可以歸納幾點：

　　（一）過去學者的認知，均主張浙東詩人「崇唐抑宋」，這是因為無全面對於他們整體思維、著作與生命情態了解精當的緣故。經過本節梳理後，發現除王褘對宋詩採取揚棄的態度，宋濂則是「崇杜抑晚宋」，劉基對於宋詩也有中肯而客觀的立論，並非一味地排斥對於宋詩的學習；而方孝孺在批評標準中更提出「神」的觀點，來容納莊周、東坡等浙東派較少提及的古代人物。所以，浙東派的幾個理論健將，對於宋詩的態度並非完全貶抑，雖然盛唐杜詩依舊是論詩的標準，但宋詩尤其是宋初之詩，在浙東派文以載道的基礎要求下，依舊被容納其中。

　　（二）先秦、漢魏、盛唐可說是浙東派論詩與詩史觀的三大源頭，但中國文學史裡多被忽略的元詩，如果從與元關係最密切的明初時人的角度觀察，元並非無詩，反而元詩的價值或還超越宋代，王褘云「詩道之盛，幾跨唐而軼漢」，便將元詩的地位放到與兩漢盛唐比肩的地步；劉基更以土宇（國土空間）的思考點，提出元詩之所以有其特色與意義，在於幅員之遼闊，雖然以空間作為詩史的評論標準，但對於元詩的價值仍有確立作用。其中值得注意的是，宋濂架構的詩史觀，並未提及元朝，但他對明初時人的批判相當嚴苛，至少可以推測一點，宋濂對於元末明初的詩歌創作，尤其是蘇州派與鐵崖體之流風習尚，表現糾舉改革的態度，或許如此，在宋濂的詩史觀中看到從宋代直接跳到明的斷裂。

　　（三）浙東學者對於艱險怪僻之作，均持反對的態度，一方面可以看出元末明初從宋濂至於方孝孺，有三四十年的時間，晦澀尚奇的詩作一直是文壇普遍的現象，縱使主掌文柄的臺閣官員透過科舉或其他方式鼓吹志意盛大的作品風格，到了洪武晚年、建文初期仍依舊如此。因此，浙東的批評理論勢必在原有的基礎上揚新的變化。方孝孺正標誌明初浙東晚期理論系統的新變，他在原有「道德之氣」的基礎上，附加「神」的概念，使得道德之氣有新的轉出。「默會于神」的說法，使偏向於道統的浙東詩學型態，產生更大的包容，相對也降低了排他的部分，其師宋濂所言之「師古之心（意）」，也因而得到從道德上釋放的可能，浙東的理論系統到方孝孺集其大成。

第三章　江西派詩學理論

　　明代進士的分佈南方多於北方，而浙江與江西本為明代文學與
程朱理學之重鎮，朱元璋建國初期任用文士，多為浙東一地，可見
明初的學術系統，由南人與朝廷共構，朱子學為核心。永樂後館閣
起，浙東退，江西取而代之，逐漸成立的臺閣詩文，與江西人進入
館閣有極大關係。而明初江西派的詩歌理論，已經替未來館閣詩文
的興起埋下伏筆。

　　江西是理學重鎮，南宋陸象山就是撫州人，朱熹則原籍江西，著
名的「鵝湖之會」即是在江西鉛山鵝湖寺舉行。解縉云：「盧陵螺江，
二程子之從周子實始於此，則盧陵固濂、洛之淵源也」〔註1〕，可見
江西文人把江西之地作為濂、洛之學的發源地。楊士奇〈蠖闇集序〉
云：

> 元之世，江右經師為四方所推服，五經皆有專門，精深明
> 徹，講授外各有著書以惠來學。當時齊魯泰蜀之士道川陸
> 奔走數千里以來受業者前後相望。迨國朝龍興，江右老師
> 宿儒往往多在，學者有所依歸，如南昌包魯伯、傅拱辰、
> 臨江梁孟敬、胡行簡、盧陵陳心吾、劉云章、歐陽師尹、
> 蕭自省、劉允恭、劉伯琛，陳村民、臨川吳大任、何伯善，

〔註1〕　解縉《文毅集》卷八〈送劉孝章歸盧陵序〉。引自台灣商務印書館文
　　　　淵閣四庫全書本。

皆淵然浩博，而凡有志經學者所必之焉。〔註2〕

江西一地在元末明初也是以理學名世，與浙東派可說是元末明初兩大理學場域。明初王禕與宋濂所編的《元史》合儒林傳與文苑傳爲「儒學傳」，總共記載二十八人，其中除浙江一地爲十一人最多外，其次便是江西一地共六人；又清邵遠平《元史類編》區分成〈儒學傳〉與〈文翰傳〉，〈儒學傳〉中江西一地共收十六人爲最多，浙江一地收六人其次，而〈文翰傳〉浙江六十九人爲最多，江西四十一人其次。以下是三傳的比例分配：

地　區	《元史・儒學傳》28	《元史類編・儒學傳》45	《元史類編・文翰傳》188
浙　江	11（百分之 39.3）	6（百分之 13.3）	69（百分之 36.7）
江　西	6（百分之 21.4）	16（百分之 35.6）	41（百分之 21.8）
江　蘇	3（百分之 10.7）	1（百分之 2.2）	19（百分之 10.1）
福　建	1（百分之 3.6）	4（百分之 8.9）	8（百分之 4.3）
安　徽	1（百分之 3.6）	3（百分之 6.7）	3（百分之 1.6）
陝　西	2（百分之 7.1）	3（百分之 6.7）	2（百分之 1.1）
河　北	3（百分之 10.7）	6（百分之 13.3）	13（百分之 6.9）
河　南	1（百分之 3.6）	3（百分之 6.7）	2（百分之 1.1）
山　東		2（百分之 4.4）	3（百分之 1.6）
山　西		1（百分之 2.2）	3（百分之 1.6）
湖　北			3（百分之 1.6）
湖　南			5（百分之 2.7）
廣　東			1（百分之 0.5）
四　川			6（百分之 3.2）
遼　寧			1（百分之 0.5）
蒙　古			1（百分之 0.5）
維吾兒			2（百分之 1.1）
不　明			6（百分之 3.2）

〔註2〕　《東里續集》卷十四。台灣商務印書館四庫全書文影印淵閣本。

由上表可確切地說，無論從文學或是儒學的角度觀察江西一地，都可以發現江西派可以說是元末明初相當重要的流派，尤其儒學學術的傳承，《大明一統志‧南昌府‧風俗》云：

> 講誦爲業，衣官萃止，頗有文物，人尚清靜之教，重於隱遁，君子善居室，小人勤耕稼，處士有巖穴之雍容，文章有江山之秀發。勤生而薔施，薄義而喜爭，雅素不競，士知尚儒，民皆務本。〔註3〕

《大明一統志‧饒州府‧風俗》又云：

> 飲食豐贍，忠孝繼出，語有吳楚之音，其人喜儒，故其俗不鄙，喜事甲於江南，文獻相續。〔註4〕

《大明一統志‧吉安府‧風俗》亦云：

> 人龐淳多壽考，藝文儒術爲盛，文風盛於江右，士大夫秀而文細，民險而健，家有詩書，人多儒雅，序塾相望，絃誦相聞。〔註5〕

下轄南昌、饒州、吉安等十三府的江西布政使司，本是一個文化與儒學相當興盛之地，甚至於到了百姓家多詩書，民眾人多儒雅的文化水準；江西並非鄙俗之地，有許多文獻與文化的相續保存，可見江西對於理學傳統的發揚。而前述曾提及浙東派與朱元璋對吳中詩風的不滿，以及對吳中蘇州文人的迫害，從上表與引文又可發現江西派在學術或文章上，與浙東派互相伯仲。江西文人與浙東派文人的關係又是如何呢？如果先從理學脈絡來看，「勉齋（黃幹）學派」影響的是浙東的「北山（何基）學派」與江西的「雙峰（饒魯）學派」。據廖可斌的考證與說明：

> 僅以浙東作家王禕爲例，他與廬陵胡行簡相知甚深，胡爲王的《華川前集》作過序（見四庫全書本《王文忠集》卷首）；王禕又曾納交危素、曾子白，並爲吳澄的門人朱元會

〔註3〕 《大明一統志》卷四十九〈江西布政司‧南昌府〉，文海出版社印行，1965年8月初版，頁3173～3174。

〔註4〕 同前註，卷五十〈饒州府〉，頁3231～3232。

〔註5〕 同前註，《大明一統志》卷五十六〈吉安府〉，頁3466。

（俱金溪人）的文集作序；王禕還與吳澄和虞集的門人崇
仁人陳伯柔、虞集和揭傒斯的友人安仁人鄭士夑，以及新
淦人練高、豫章人鄭士亨、楊鑄，臨川人王伯達、盧陵人
胡山立相交……〔註6〕

從引文可看出江西文人與浙東文人的關係相當密切，當浙東派與朱元
璋共構一個新的文化結構時，江西派並未成為被壓抑或排擠的對象，
更何況江西派在朱元璋攻陷陳友諒時，便較早建立聯繫，於是江西派
在明王朝開國之後，亦成為中央政府所需任用的官吏對象，我們可以
從洪武開科之後科舉的結果中，看出江西派士子中甲科高第的比比皆
是。楊士奇云：「四方出仕之眾莫盛江西；江西為縣六十有九，莫盛
吉水。」〔註7〕；羅洪先亦云：「我朝開科一百七十九年，吉安一郡舉
進士者七百有九十人，可謂盛矣。」〔註8〕光是吉安一郡就盛產進士，
一旦成為進士就進入政府體制的系統裡，因此這一群被科舉選拔出來
的江西派士人，經過洪武朱元璋濫殺功臣，建文靖難之變後，便承接
了浙東派的力量，形成後來臺閣體的文學風尚。

　　承上述所言，江西派的特色是「理學」與「科舉」，理學是詩文
創作的內容核心，科舉是繼浙東派之後掌握文柄的重要途徑，而他們
詩文創作的概念也有直接的延承，那就是江西派文學傳統「陶淵明」
（今江西九江人）與「黃庭堅」（今江西修水人）。除這兩人之外，黃
庭堅喜好的對象，也會成為江西詩人的習尚。《苕溪漁隱叢話‧前集》
引山谷所言云：

山谷云：詩詞高勝要從學問中來，後來學詩者雖時有妙句，
譬如合眼摸象，隨所觸體得一處。非不即是，要且不似，
若開眼全體見之，合古人處不待取證也。

〔註6〕　廖可斌《復古派與明代文學思潮（上冊）》，文津出版社，頁98。
〔註7〕　《明文海》卷八七：楊士奇〈送徐僉憲致仕序〉，台灣印書館四庫全
　　　　書文淵閣影印本。
〔註8〕　《明文海》卷三〇一：羅洪先〈吉安進士錄序〉，台灣印書館四庫全
　　　　書文淵閣影印本。

又云：詩文不可鑿空強作，待境而生，便自工耳。每作一
篇先立大意，長篇需曲折三致意乃可成章。〔註9〕

一般都討論黃山谷對於句法、句意上「奪胎換骨」的原理要求，如就
上述引文，山谷其實提出幾個論詩的重點：第一、學問的積累，寫詩
必須累積知識，必須「鉤深入神」，鉤深就是對於詩歌創作原理（詩
法句律的鑽研），以及各種生活智慧的深入了解，積累許久，必能自
得；第二則是「開眼全體」，除了費過許多氣力去鑽研之外，還需要
不偏一處，掌握是渾成自然的寬闊，而不是擷取一處的偏狹；第三是
「待境而生」，從句構詩法到運思開眼，山谷要強調的就是「入神」
與「自工」，而不是窮索枯腸，這是渾然天成的創作境界。所以山谷
一方面論及「立大意」的嚴謹態度，一方面卻又以「待境」，來思考
入神的「和光同塵」，山谷所宗者便為杜甫與陶淵明，〈贈高子勉詩〉
云：

拾遺句中有眼，彭澤意在無絃。顧我今六十老，付公以二
百年。〔註10〕

山谷從杜詩所學為「詩法句律」，所論的是「得於法而後工」；；山谷
從陶詩所效的是「意悟入神」，所論的是「超於法而後妙」。前者使詩
鉤深，後者則使詩歌創作入於「意圓活法」的境地。因此，後起的江
西詩人也遵守著這兩個原則，而更強調「悟」。曾季貍《艇齋詩話》：

後山論詩說換骨，東湖論詩說中的，東萊論詩說活法，子
蒼論詩說飽參，入處雖不同，其實皆一關節，要知非悟不
可。〔註11〕

無論是陳師道所說的「換骨」，徐俯所說的「中的」，呂本中所說的「活

〔註9〕　南宋胡仔（1095？～1170）編。此書通行本有清乾隆楊佑啓耘經樓
　　　　依宋版重刊本。《海山仙館叢書》、《四部備要》均收入。1962 年人
　　　　民文學出版社即以此為底本，校勘排印出版。

〔註10〕　《黃山谷詩集注》，世界書局出版，1996 年 11 月。

〔註11〕　曾季貍《艇齋詩話》，廣文書局出版，1971 年。亦收錄於《續修四
　　　　庫全書》一六九四冊，續修四庫全書編纂委員會編，上海古籍出版
　　　　社。

法」，韓駒所說的「飽參」，都指向一個創作進路，就是「悟」，而悟就是活法，呂本中《江西詩社宗派圖·序》云：

> 詩有活法，若靈均自得，忽然有入，然後惟意所出，萬變不窮。〔註12〕

悟入之法，在江西詩派有各種路徑，或是說法門或工夫。陳師道說「時至骨自換」正說明江西詩派在詩律句法的反覆操練中，進入頓悟活法的境界。郭紹虞說「大抵江西一派是由人巧之極以臻天然，由奪胎換骨之說可以一變而爲悟入之論，由遍參之法可以歸到自得之境」〔註13〕可爲確論。

《列朝詩集小傳》云：

> 國初詩派，西江則劉泰和（嵩），閩中則張古田（以寧）。泰和以雅正標宗，古田以雄麗樹幟。江西之派，中降而歸東里，步趨臺閣，其流也卑冗而不振；閩中之派，旁出而宗膳部，規模唐音，其流也膚弱而無理。（甲集：劉嵩條）

〔註14〕

江西詩人可說是臺閣體的先聲，但爲何原先所傳承的活法思維，在元末明初之後慢慢卑冗而不振？從筆者的論述中可以發現，影響明初江西派詩人的三大脈絡爲「道學」、「科舉」以及宋代的「江西詩派」，先以下圖表之：

道學－詩文的情志內容
科舉－臺閣地位的躋身 ⟶ 明初江西詩人的詩學理論與批評
宋江西詩派－詩歌創作技巧（宗唐學杜）

〔註12〕呂居仁作〈江西詩社宗派圖〉自黃山谷而下，列陳後山等凡二十五人：陳師道、潘大臨、謝逸、洪朋、洪芻、饒節、祖可、徐俯、林敏脩、洪炎、汪革、李錞、韓駒、李彭、晁沖之、江端本、楊符、謝薖、夏倪、林敏功、潘大觀、王直方、善權、高荷、呂本中。

〔註13〕郭紹虞《中國文學批評史》，文史哲出版社，1990年7月，頁419。

〔註14〕錢謙益撰，錢陸燦編《列朝詩集小傳》，收錄於《明代傳記叢刊》第九冊，台北明文書局，1992年。

　　道學提供明初江西詩人撰寫詩文的情志內容，科舉則給予這些江西詩人有朝一日躋身臺閣的方法，而宋代的江西詩派所承傳的便是詩歌創作的技術部份，以及宗陶學杜的價值根源，因此劉崧等人的詩歌創作便受到這三者的制約，而明初江西詩人的詩歌理論與批評必然也是這三者架構的立體建築，以下會作詳盡的分析。

第一節　詩歌的基礎與根源

　　江西詩人從「詩三百」的根源出發，對格律的採取貶抑的態度，這種思考大多從其理學的淵源而來，且與浙東派有共同的趨向，認為只要回到「詩三百」的根源，以此為追求目標，自身的德行便會改變。當運用詩文化民成俗時，社會政治也將成為清明的狀態，以下從幾個分向說明他們對詩歌根源的思考。

一、「本經重道」與「思無邪」根源說

　　江西詩人論及詩歌的價值根源，與浙東派回歸「詩三百」的思維相同，但因其理學系統的背景，更加強調六經教化的重要。危素（1303～1372），字太樸，一字雲林，江西金谿人。少通五經，游吳澄、范梈之門。元至正間薦授經筵檢討，與修宋、遼、金三史，累官至翰林學士承旨。明初，為翰林侍講學士，與宋濂等同修《元史》；洪武五年病卒。素工詩文，善書法。其論詩有濃厚的政教意識與事功精神，推崇杜詩和宋代理學家詩為旨歸。著有《說學齋稿》、《雲林集》，乾隆間嚴紋璽輯成《危學士全集》；一九一四年劉承幹復輯成《危太樸集》，最為完備〔註15〕。危素論詩本經重道，其云：

> 詩之作，夫焉有格律之可言，發乎情，止乎禮義而已。王澤久熄，世教日卑，於是代變新聲，益趨浮靡，何能有以

〔註15〕台灣商務印書館四庫全書影印文淵閣本。本文所引危素之文，此後但標冊數與頁數（冊～頁），不再注明版本出處。

> 興起人之善心，懲創人之逸志也哉！故共城邵子曰：「刪詩
> 之後，世不復有詩矣」……區區模擬其文字語言之末，則
> 豈希聖希賢之道乎？〔註16〕

對於格律的貶抑，是明初浙東派詩論的特色，如蘇伯衡在〈古詩選唐序〉裡說：「奈何律詩出聲律對偶章句，拘拘之甚也？詩之所以爲詩者，至是盡廢矣」〔註17〕；貝瓊〈隴上白雲詩稿序〉也說到：「漢魏以降，變而爲五言七言，又變而爲律，則有聲律體裁之拘；作者祈強合於古人，雖一辭一句，壯麗奇絕，既不本於自然，而性情之正亦莫得而見之也。」〔註18〕作爲江西派的危素，除與浙東諸人多有交遊同事之誼外（危素與宋濂曾同修《元史》，且少游吳澄、范惇之門），江西派的理學淵源也使他們論詩與浙東派有許多相合之處，危素在此處亦對格律加以壓抑，認爲詩歌創作的價值根源亦當回到「發乎情，止乎禮義」的「詩三百」，也就是回到以聖人之道爲創作的基礎，在批判格律的背後，隱含對於創作徒具形式的反感。所以危素引邵雍之言與《擊壤集》，作爲仿效之對象，然而在這個模仿的過程中，他發現一件重要的事：

> 蓋嘗欲效其體而爲之，又退而思邵子之爲邵子，其始學也，
> 冬不鑪，夏不扇，夜不就席者數年，將以去己之滓，久而
> 玩心於高明，知天地之運化，陰陽之消長，至於安且成，
> 必造乎此，而後邵子可幾也。〔註19〕

邵雍對於詩歌創作的看法：「以道觀道，以性觀性，以心觀心，以身觀身，以物觀物。」〔註20〕又云：「所作不限聲律，不言愛惡，不立固必，不希名譽，如鑑之應形，如鐘之應聲。」〔註21〕並不認爲「詩文害道」，但依舊對於詩歌抒情的特質，要求必須以理學的思維作爲

〔註16〕 《說學齋稿》卷二〈武伯威詩集序〉。
〔註17〕 見蘇伯衡《蘇平仲文集》卷四，四部叢刊本，頁 20 下。
〔註18〕 見貝瓊《清江貝先生文集》卷二十九，頁 1 下。
〔註19〕 《說學齋稿》卷二〈武伯威詩集序〉。
〔註20〕 北宋・邵雍《擊壤集・自序》，台北廣文書局，1985 年。
〔註21〕 同前註。

價值基礎，重點仍是作詩須性情雅正〔註22〕。但我們從上述引文，發現邵雍對詩歌的創作採取一種「自然而應」的態度，必須率眞而行，並非苦吟而出，似乎與危素的對邵雍的認知有其差異，危素透過邵雍治身的方式，涉入詩歌的創作工夫，如此一來便可能形成「刻苦求索」的傾向，縱使治身的最高境界是道德自然，但將其過程放入詩歌創作時，卻會導致與邵雍的詩歌觀念相異的局面。照危素的說法，應透過刻苦自屬於道德的方式，形成創作詩歌的人格基礎，詩人必須具備參贊天地造化的人格品質，方能擁有詩歌創作的能力與基礎，也就是「思誠、愼獨、集義、爲仁」〔註23〕等聖賢之道應作爲詩人的人格結構，才會出現佳作。

　　龔斆（1314？～1388 後），江西鉛山人。明洪武三年（1370），以明經分教廣信（今屬江西）。十三年，入爲四輔官，以老乞歸。次年，又召爲國子司業。洪武二十一年（1388）後卒於官。著有《鵝湖集》、《經野類鈔》〔註24〕。龔斆云：

> 風雅之不作久矣！沿漢、魏而六朝，而唐，而宋，而元，
> 上下兩千餘年，世日降而道日替，求其復古還淳也，難矣
> 哉！〔註25〕

龔斆亦將詩歌根源推至詩三百，並且由世衰日陵的角度感嘆復古還淳的重要性，這不僅是詩歌要回到詩三百的根源，更強調連時代都必須隨之回到過去的單純，復古更化是個人的道德涵養，亦是時代性的重要問題，創作必須有關於風教。

　　梁寅（1303～1389），字孟敬，號石門，新喻（今江西新餘）人。

〔註22〕可參照梅俊道〈邵雍的詩歌理論及其詩歌創作〉，原收錄於《九江師專學報》（哲社版），1992 年 2 年 3 月，頁 73～77。轉引自《中國古代、近代文學研究》，北京：中國人民大學書報資料中心出版，1992 年 11 月，頁 174～178。
〔註23〕《說學齋稿》卷二〈武伯威詩集序〉。
〔註24〕台灣商務印書館四庫全書影印文淵閣本。本文所引龔斆之文，此後但標冊數與頁數（冊～頁），不再注明版本出處。
〔註25〕《鵝湖集》卷六〈跋石仲濂詩〉。

出身農家，家貧，致力於學，累舉不第。明初，朱元璋徵名儒修述禮樂，寅被徵時年已六十餘。書成，將授官，以老病辭歸。結廬石門山，著書授徒，學者稱「梁五經」，又稱「石門先生」。著有《石門集》、《周易參義》、《禮書演義》、《周禮考注》、《春秋考義》、《詩演義》等〔註26〕。梁寅云：

> 今觀李隱君持義古今詩之選亦曰必關於風教。嗚呼，斯誠知詩之爲教者也！古《詩經》三百五篇，《國風》之變者咸取焉，其間淫逸之辭，非賢士大夫爲之也，蓋出於閭巷淫夫淫婦之爲，而存之不削，所以垂鑑戒也。〔註27〕

梁寅亦將詩三百作爲學詩的價值根源，他嚴謹面對浙東派與江西派詩人在回歸詩三百的過程裡避開的問題：詩三百中有許多淫逸之詩，根源價值如推至其上，就不符合倫理綱常。前述我們見到浙東派的處理方式，先將其視做民俗民情之紀錄（民歌），再以小序「思無邪」之說法加以開脫，以其能夠對此種矛盾現象自圓其說。梁寅卻直接面對這個問題，提出了他的解決方式。首先，他將詩三百裡此種類型的詩不以「思無邪」說明，他承認淫逸之詩的存在，但認爲那是聖人用來作「錯誤的示範」，給後人閱讀上的鑑戒，梁寅此說提供合理解決矛盾之方法，仍舊將詩三百作爲人格以至於詩歌價值的根源。這種觀點源自朱子之說，其〈答汪長孺別紙〉云：「詩之言有善惡而讀者足以爲勸戒，非謂詩人爲勸戒而作也。」〔註28〕又云：

> 所謂「無邪」者，讀詩之大體，善者可以勸，惡者可以戒。若以爲皆賢人所作，賢人決不肯爲此。〔註29〕

黃景進教授在詮釋朱子此語時，有相當精闢的見解，他認爲如按朱子的觀點，「思無邪」應是指讀者的態度而言，當讀者以「無邪之思」

〔註26〕清光緒十五年江西新喻縣學宮板，本文所引梁寅之文，此後不再注明版本出處。
〔註27〕《梁石門先生集》卷二〈古今風雅序〉。
〔註28〕見《晦庵集》卷五十二，台灣商務印書館四庫全書文淵閣本，1144～574。
〔註29〕《朱子語類》卷八十，文津出版社第六冊，頁2090。

讀詩，即使表現性情之惡的詩亦能產生警戒作用，這是從讀者的立場來討論「淫詩」的問題〔註30〕。如果再加以對照梁寅的話語：

> 至於趙宋時歐陽氏、王氏、蘇氏、呂氏皆爲之訓釋，雖各有發明，而其略無遺憾者，未有如朱子之傳者也。蓋常求諸儒之所以誤者，皆以篤信「小序」之過耳，而「小序」之所以謬者，又以誤認「思無邪」之意耳。夫子言「思無邪」之意，非謂作詩之人皆「思無邪」也，亦謂彼雖以有邪之思作之，而我以無邪之思讀之，則彼之自狀其醜者，乃所以爲吾警懼懲創之資也。〔註31〕

他一方面承認詩三百裡有許多淫逸之作，是聖人用來鑑戒勸勉讀者的方式；另一方面他還是要面對子曰「思無邪」的問題，梁寅提出了一個「統合」的看法，合理地將「思無邪」與「淫逸」之間的矛盾解決：他認爲思無邪可分成兩個層次看待，第一個層次繼承呂祖謙「詩人已無邪之思作之」的思維，從「創作者」內在「思無邪」的角度出發，認爲詩三百不會有淫逸作品，但卻與孔子「鄭聲淫」的說法矛盾，不過每首詩經過詩小序的詮釋，也都進入了勸善懲惡的道德之境；第二個層次則繼承朱子的思考，認爲孔子希望「讀者」閱讀時存著「思無邪」的心思，這等於是間接承認詩三百中有某部分的淫逸之詩，但這種作品的保留並非要讀者去學習模仿，而是要從其中分辨自身內心的黑暗與光明，導引生命向道德路上邁進。梁寅紹繼朱子再次提出後者的看法，不但有效解決詩三百存在的一個內在矛盾，也強調讀者與寫作者在回歸詩三百的過程中，必須去仔細分辨察覺自身內在的道德生命，方能展現有意義的作品。

二、「詩三百」、「雅韻」與「返古」根源說

　　劉崧（1321～1381），字子高，江西泰和人。洪武三年舉經明行

〔註30〕詳參黃景進〈朱子的詩論〉，《國際朱子學會議論文集》，中央研究院中國文學研究所籌備處印行，1993年5月，頁1186～1189。

〔註31〕《梁石門先生集》卷六〈詩傳〉。

修，改今名。召爲兵部職方司郎中。遷北平按察司副使。爲胡惟庸
所惡，坐事謫輸作。惟庸誅，徵拜禮部侍郎。未幾，擢吏部尚書。
尋致仕。復召爲國子司業。未旬日卒。諡恭介。崧七歲能詩，一生
耽嗜吟詠，刻苦甚至，故年愈老而詩愈工。清江劉永之、金華宋濂
輩皆極稱之。其詩平正典雅，不失爲明初正聲。豫章人宗其詩爲「江
西派」。有《槎翁文集》、《槎翁詩集》存世〔註32〕。劉崧將詩三百作
爲根源的看法相當清晰，他透過古者采詩之官討論詩三百裡國風存
在的意義，藉此突顯爲何要將詩歌的價值與創作的基礎推至詩三
百，他說：

> 古有采詩之官，凡風俗之微惡，心志之邪正，與夫政治之
> 得失，其汎然雜出歌謠者，皆采而錄之，以獻於天子。於
> 是，前所謂微惡邪正得失者，咸於燕觀而考之，而謂之風
> 焉。而風之云者，固皆當時民俗之所爲也。豈能有如公卿
> 大夫之才、之學、之所致者哉？而聖人卒不輕絕之者，亦
> 惟以其美刺憂傷之間，謳歌吟詠之下，於凡人心，天理之
> 貞，自有不可得而掩焉者耳。《傳》曰：「聲音之道與政通」。
> 是道也，古今盛衰治亂之機，恒與之相乘於無窮而不息者
> 也。〔註33〕

劉崧認爲詩三百的價值存在於「風俗」、「心志」與「政治」上，「風
俗」指的是民間的各種習尚與地方風情；「心志」是個人內在的道德
涵養與未來志向之所在；「政治」則是在上位者施行的政教制度，這
三者構成了當時的社會機制（SOCIETY）與中央政體（STATE），在
上位者透過采詩之官的獻詩，可以了解自身施政與社會風俗之間的關
係，更能感受詩歌內在興發的動人力量，此力量當中蘊含著民俗與百
姓生活的氣息，因此詩三百的價值就在「與政通」的關係中確立，也
成爲後來文人儒者對於詩歌創作價值展現的一種理想。劉崧言「道」，
就是將「社會──個人──政治結構」的關係透過詩歌創作來展現的

────────────────

〔註32〕 明嘉靖元年徐冠刻本，本文所引劉崧之文，此後不再注明版本出處。
〔註33〕 《槎翁文集》卷十一〈三衢徐欣名詩稿序〉。

「天道」，即是書寫「古今盛衰治亂之機」的文章，當然詩歌便與時互爲表裡、盛衰相應，存古之道便是詩歌價值的展現：

> 君子謂是詩不溢美，不遠親，不惱樂，有古之道焉。夫事有非出於古，而其道不違於禮者，君子不棄也。〔註34〕

古之道是詩歌創作的價值，但並非所有歌詠之事均出於古，劉崧以較爲寬容的態度，認爲只要不違於禮，亦可以詩歌陳述當代之事，這也是前述浙東詩人與江西詩人「發乎情，止乎禮義」的另一種說法。這種說法是爲了調節回歸詩三百之後，可能會出現的溺古弊病。畢竟，明初詩人強調的是復古之心、復古之事、復古之道，而不是純粹的形式擬古，所以出現許多中庸且符合當時環境的詩歌思維，各個地域也才會產生不同的詩歌論述與創作風格。劉崧又云：

> 詩本人情而成於聲。情不能以自見，必因聲以達。故曰：「言者，心之聲也」，聲達而情見矣。夫喜怒哀樂，情也，而各有其節焉。清濁高下，聲也，而各有其文焉。情而無所節也，聲而無所文也，則不得以爲言矣，而況於詩乎？〔註35〕

詩既是聲文，也是情文，不僅負擔創作者的喜怒哀樂，更需要注意以清濁高下產生感發力量。假使無法節制自身的情緒，就會過於氾濫而無法導正自身行爲；假使發於聲無法在清濁高下有良好的展現，那就會使吟哦之中拘拘而蔽，無法以沖和光明之氣導正氣質。因此，劉崧回歸詩三百的內在，要求的是「情之發必也正而和，聲之奏也必宏已遠矣」〔註36〕，是屬於節制且宏闊正大的生命狀態，也只有如此的生命氣質才能表現出詩歌的本於人情以及興發之意。

羅性（1330～1397），字子理，江西泰和人。洪武初舉於鄉。授德安同知，有善政。後以擅用棗木染軍衣，爲陳寧所劾，謫戍西安，行囊無數百錢，人稱其有冰玉之操。爲文章切深，詩古體宗漢魏，近

〔註34〕　《槎翁文集》卷九〈鍾廷方錄癸卯壽詩序〉。
〔註35〕　《槎翁文集》卷九〈陶德嘉詩序〉。
〔註36〕　《槎翁文集》卷九〈陶德嘉詩序〉。

體宗盛唐。著有《羅德安公集》〔註37〕。羅性亦云：

> 傳曰：「聲成文謂之音」，又曰：「發乎情，止乎禮義，先王
> 之澤也。」夫和平怨怒之音，實關乎治亂興衰之判。詩之
> 爲道，大矣哉。江表自兵興以來，士卒之謳歌，童稚之謠
> 唱，競尚新聲，盡變雅韻。士君子惡聞駭聽，而悼其世益
> 降，俗益偷，殆亦人心好乖極亂，而使之然歟？〔註38〕

引文裡，人稱「冰玉之操」的羅性對江表新聲的批判，與浙東詩人的
看法不僅完全相同，甚至更趨強烈。他批判的重點在於不符「雅韻」
的標準，也就是「新聲」代表另一種對峙於「雅韻」的威脅，在這種
新聲競起的情況下，維護雅韻的儒學或文學之士就必須找出支持雅韻
的哲學或政治之根源與立場，此時他們多半選擇「文章與時相盛衰」
的思維模式，認爲新聲代表就是人心的散亂、戰爭之頻繁，換句話說
就是「世益降」；而「雅韻」代表對於盛世的回歸，對於唐虞三代上
古之治的嚮往，只有將所有詩文之音導向於治亂興衰之判，方能使和
平怨怒之雅音成爲化民成俗之道，這也是江西派與浙東派在理學的影
響下，把詩歌創作的根源推至詩三百的重要原因。

　　張羽（1333～1385），字來儀，潯陽（今江西九江）人。洪武初，
徵授太常寺丞，尋坐事竄嶺南，未半道召還，投龍江以死。羽與高啓、
楊基、徐賁并稱「明初四傑」，以配唐王、楊、盧、駱。「文章精潔有
法，尤長於詩，作畫師小米」（《明史・本傳》）。《四庫全書總目提要》
評其「律詩意取俊逸，誠多失之平熟；五言古體低昂婉轉，殊有瀏亮
之作」，而「歌行筆力雄放，音節諧暢，足爲一時之豪」。論詩、畫，
推重自然、古樸、簡約。著有《靜居集》、《張來儀文集》〔註39〕。其
將「雅音」的概念推擴，把詩文創作的敗壞之起因推至屈賦，將人格

〔註37〕清光緒辛巳羅氏家重刊本，本文所引羅性之文，此後不再注明版本
　　　　出處。
〔註38〕《羅德安公集》卷二〈征南詩集序〉。
〔註39〕四庫全書存目叢書本，四庫全書存目叢書編纂委員會編，台南：莊
　　　　嚴出版社，1997年。

敗壞的濫觴推至於老聃：

> 昔者昊穹生民，聖人繼世，並陰陽而施化，參天地而創制。
> 畫《易》以明變，立《書》以尊事，制《禮》以接民，陳
> 《詩》以達意，作《樂》以發和，修《春秋》以道義。世
> 歷三古，人更數聖，而六藝之文，於是大備。細者入毫芒，
> 大者苞元氣，前者出太始，後者及無際。發天地之奧藏，
> 立萬世之經紀。然其爲文也，縻而載之，不能專車，攝而
> 藏之，不盈一匱。及老聃著《論》，而諸子起；屈平賦《騷》，
> 而文詞興。微言絕而專門立，全經離而傳義行。自是綴文
> 之子起並馳，駢肩累跡，無世無之。〔註40〕

歸納張羽的想法有四點：第一，他認爲六經聖人之道爲詩文的價值與
根源，在這一點上與其他江西派的人無異。第二、他將六經之特點說
得相當清楚，並且擴大至於天地，縮小至於萬事萬物的毫芒，都因六
經之文而完備得到存在的準則。第三、張羽更進一步地指出，諸子百
家的興起是使儒學六經之教化開始分崩，而微言大義的思維被繁複操
作的生命思考取代，人心開始出現許多雜質；屈原離騷的完成，使得
原先言志的詩文，也開始耽溺於形式的複雜，文章與道德雙重的墮
落，造成了「格以代降」的情況。第四、張羽暗示一個德行與創作的
標準，就是「自然」、「古樸」與「簡約」，不要讓太多的文飾干擾自
己的內心與創作態度，要回歸到上古之世簡約樸實的狀態，所以這篇
文章叫做〈輝默〉，放棄形式的執著，無論是行爲或者文章都必須回
歸詩三百與六經的年代，讓看似沉默卻是微言大義的文字型態與精神
重新昂揚，這種樸素的思維，反而替江西派文人與學者的詩論概念，
作了最好的根源性說明。

　　張宇初（？～1410），字子璿，又字信甫，號無爲子。江西貴溪
人。洪武十年（1377）襲掌道教。善畫墨竹蘭蕙及山水。其詞賦詩歌
婉麗清新，得天趣自然之妙。著有《峴泉集》〔註41〕。張宇初的說法

〔註40〕《張來儀文集》全一卷〈輝默〉。
〔註41〕《道藏》（第三十三冊），文物出版社本，本文所引張宇初之文，此

則是賦予了江西派詩人回歸詩三百的內在哲學性根源：

> 三光五岳之氣，發而爲文，文所以載道也。文著而後道明，
> 而必本諸氣焉。元氣行乎天地，而道所以立矣。古之有德
> 者必有言，蓋其和順積中，英華發乎外也。非道充義明，
> 其能見於言哉？〔註42〕

張宇初在洪武十年襲掌道教，在江西派儒學的思維裡相當特殊，然而我們從他的《峴泉集》裡看到他論詩的文字，依舊以儒學作爲根本的思維，強調「道德之基，禮義爲主，而發乎詞章者，必得性情之正，而後合乎是也」〔註43〕。上述引文他所用之氣，筆者並不以道教的論點來觀察，那依舊是儒家對「氣」的想法。氣本爲形下，屬於物質（經驗）世界，三光五岳之氣，代表的是天地合氣的構造與發揚，這種合氣就是合德，發而成文，當然不僅是文章藝術，也包含所有道德行爲或是大自然等等有形的展現與存在。張宇初認爲天地合德後產生的各種存在，也必然是載道之善。

第二、張宇初用德規定道，德的含意是「和順積中」，正好扣緊著其性情之正的思考，便是文章所應傳達之義，因此見於言的部分必須是詩人內在充滿浩然正氣，方能以英華發乎其外。他再一次肯定浙東派與江西派的共同趨向，就是「有德者必有言」，其實是「有言者必有德」，如果文人要以文藝作爲發抒的志意的方式，就必須具備德行的內在基礎，否則其言的意義必然降低。

江西派的貢獻，在於他們並不迴避或單純面對思無邪的問題，並且提出呂祖謙與朱子的詩論看法，合理地將思無邪與淫詩間的矛盾解決，將所有詩文之音回到「雅韻」標準，使和平怨怒之雅音成爲化民成俗之道，回歸「詩三百」重要的社會價值，「氣本」的思維更使得山林之文得到應有的位置。

後不再標明版本出處。
〔註42〕《峴泉集》卷一〈書文章正宗後〉。
〔註43〕《峴泉集》卷一〈書文章正宗後〉。

三、小　結

江西詩人對於詩歌的基礎與根源依舊回歸詩三百，以「有德者必有言」作創作者的內在基礎，這種思考大多從其理學淵源而來，且與浙東派有共同的趨向，以下分點歸納討論之：

（一）從詩三百的根源反映出對格律的貶抑：詩三百本於人情與自然，而格律的要求為後起之事，但時代與文學又有密切的關係，當這三者並列思考時，危素等江西派詩人便認為「文章與時盛衰」，格律的出現代表遠離上古聖王之治，而上古時期的代表性文藝作品便是六經傳統，只要回到詩三百的根源，創作者以此為追求目標，不僅自身的德行會得到改變，也可以運用文章創作來化民成俗，社會政治也將回到過往的清明。

（二）思無邪矛盾的解決：江西派的貢獻之一，就是他們並不迴避或單純地面對思無邪的問題，梁寅承認詩三百裡有淫逸之作，但他認為這是聖人以此錯誤的示範來勸戒讀者與創作者，因此思無邪的問題就不是過去承繼詩小序的看法，認為所有詩三百的詩歌都是上古教化之事，畢竟「鄭聲淫」與「思無邪」存在一個顯著的矛盾。梁寅承繼朱子提出看法，合理地將思無邪與淫逸之間的矛盾解決：他將思無邪的層次，置入到讀者而非作者的身上，詮釋成讀者閱讀詩三百時存著思無邪的心思，等於是承認詩三百中有某部分的淫逸之詩，更標舉「閱讀責任」的概念，認為讀者必須在回歸詩三百的過程中，透過這些淫逸之詩儆醒自身的道德行為，仔細省察內在的道德生命，後代的創作者亦然。

（三）「新聲」與「雅韻」的對照：羅性對當時江表新聲的批判非常強烈，他的批判設準就是「雅韻」，表示當時許多儒學文士的眼中，「新聲」是江表的流行文風，而中土又是戰亂相連的年代，此時堅守儒學傳統的文士多半以「文章與時相盛衰」標準，認為「新聲」代表「世益降」，「雅韻」為盛世的回歸，只有將所有詩文之音回歸「雅韻」，方能使和平怨怒之雅音成為化民成俗之道。

（四）氣本論：哲學根源的提供，是理學思維的江西派學者思考的問題，張宇初雖然是道教掌門，依舊提出以儒學爲根源的「氣本」思考，這種想法與浙東詩人並無不同，只是將氣本的基礎擴大，「三光五岳之氣，發而爲文，文所以載道也。」的觀念，不僅認爲天地合氣（合德），發而成文，更隱含對於「自然」山林之文的認同，文章創作不必將題材侷限，在自然山林的描繪中，也應當可以抒展內在的道德生命，山水之作的地位便因「氣本」思維而提高價值。

第二節　詩歌本質功能論

「以經爲本」是江西詩人普遍的想法，他們多以理學思維論述詩歌的本質功能，而我們亦可以發現某些江西詩人比浙東詩人群更保守嚴謹，尤其將詩文的用來「成天下之務，而善天下之俗」這樣的概念，在在都看出多數的江西詩人認爲詩文創作的本質便是「經義」，便是人倫日用之道，這種思維使詩附屬於經，詩歌無法取得獨立的價值，以下便分述討論。

一、「明體適用」本質論

危素對於詩歌的本質功能有相當清楚的說法，提出「明體而適用」的觀點：

> 士有天地民物之資，故少而學，則必思有以致其用。有國家者，設爲庠序學校之教，亦曰他日取才於是而任使之，故有以成天下之務，而善天下之俗，其效莫著焉。後世之學幾與古異，局於章句文詞之末，究其歸不足以明體而適用，聖人之道危矣。……宋胡安定先生有見於此，其教吳興之學者，設經義治事之齋。當斯時，湖之學多秀彥，及爲政，又皆適於用。蓋先生知夫道與器不可離而二之也。〔註44〕

第一、在危素的觀念裡，士所具有的本質爲人倫日用之事，因此

〔註44〕《說學齋稿》卷三〈送湖州吳教授詩序〉。

學習是為了將這種本質完整發用在社會政教中；學習的過程，國家扮演著重要的角色，一方面設置學校教導這些士子，如何在社會與政治中成己成物，另一方面要透過這種方式儲備未來的領袖人才。危素提及此，要說明這樣的古學模式已不復存在於今，當代的文士已無法承擔人倫日用的責任，只能矜矜於文字章句當中。他把這樣的原因歸結於無法「明體適用」，於是我們必須觀察危素所言的體與用為何。

　　第二、危素所言的體用，從引文裡可見其從北宋學者的觀念而來，這也與江西派理學的思維有相當的關係。以下筆者先援引程明道對於道器的看法：

　　　　形而上為道，形而下為器，須著如此說，器亦道，道亦器，

　　　　但得道在，不繫今與後，己與人。〔註45〕

明道所言可以代表著北宋諸多學者（包括胡瑗）對於道器關係（非道器內容）的看法，也就是說雖然必須區分道（形上世界）與器（物質世界）的關係，然而即器便可以見道，從人倫日用當中可以見得道德之流行不止，在任何情境下均可以看到道德之最高境界。換句話說，道即是體，器即是用，從用中可以見體為本質，即器便可見道。這種思考也正是胡瑗「道與器不可離而二之」的想法。

　　第三、從引文中不難發現危素所言的體與用，便是「經義」與「治事」，經義便是本體，治事則是對於經義的發用；經義是「天地民物之資」的本質，治事即「成天下之務，而善天下之俗」的發用歷程。而詩文的地位處於治事發用的部分，如此詩文創作的本質才能彰顯，本質就是「經義」，是人倫日用之道。下圖可以清楚說明這樣的思考過程：

　　　　┌ 天地民物之資－經義－體－本質－道
　　　　└ 成俗善務、文章之事－治事－用－行為－器

〔註45〕北宋・程顥、程頤撰，南宋・朱熹編《程氏遺書》卷一，台灣商務
　　　　印書館，1978 年版。

當詩文的本質是天地民物之資、人倫日用之事，那麼便可以從作品當中看到詩人對於社會與百姓的認真關懷，在此過程也方能見到「道器不離」的可能，而詩歌創作的價值便在這樣的情況下提高其位置，不須再「區區模擬其文字語言之末」〔註46〕，詩人文士的地位與責任也因此提高。梁寅更是直接地將詩歌創作所應具備的本質揭出：

> 然其於詩，惟能以經爲之本，故其識趣之正如是矣。〔註47〕

「以經爲本」是更清楚而確切的說法，雖然梁寅並未有如危素一般的辯證過程，但這樣直截的進路，更能使學者了解所謂的「體」就是六經之教，詩歌創作的本質就在於此。

二、「詩道氣本」與劉崧「雅正和平」本質論

陳謨從「詩道」與「詩興」的角度來談本質與功能：

> 詩道如花果，謂其文葩紛敷，必貴乎有實也；詩興如江山，謂其波濤動盪，岡巒起伏，畢陳乎吾前，然後肆而出之也；必貴乎有時，則綺麗奢靡者，舉不足矜；必肆而後出之，則搜抉肝腸者，皆非自然也。此詩之志也。〔註48〕

我們來分析以上的引文：

（一）陳謨言「詩道」所用的譬喻是花果，使用「文葩紛敷」一詞，可看出他對於詩歌創作並非是唾棄形式，反而是希望在形式及語言風格上，詩人可以多加調整與注意，不一定要以素樸淺顯的狀態處理詩文創作，但也因爲他以大自然作爲一種譬喻，所以這樣的「文葩紛敷」並非要求詩人用一種刻意爲之的方式去作形式的要求，反而是要以自然出之，也就是陳謨反對「人爲的形式」，強調「自

〔註46〕《說學齋稿》卷二〈武威伯詩集序〉。
〔註47〕《梁石門先生集》卷二〈古今風雅序〉。
〔註48〕台灣商務印書館四庫全書影印文淵閣本。本文所引陳謨之文，此後但標冊數、頁數，不再注明版本出處。《海桑集》卷六〈縉雲應仲張西溪詩集序〉。

然的形式」。因此陳謨指出，詩歌創作的本質應該還是貴乎「實」，有內容與情志的作品，加上經過自然產生的相應形式，方能夠傳達出作者內在的情感。

（二）他言「詩興」，便是著重於詩歌的感發與傳達功能，既然詩歌創作並不避免形式的處理，因此他形容詩興，是以山水宏肆奔騰的譬喻。其實他所言的詩興功能可從兩方面討論：第一是就作者言，作者的詩興也就是指創作時那種內在的情意與生命力；第二是就讀者言，這裡指的就是讀者是否能在詩歌當中尋求到那種強烈奔騰的感發力量，所以陳謨對於詩興的要求，會限制在「時」，畢竟這種感發力量並不是作者刻意去偽裝或是附加的，情感力量必須是純真自然、不假雕飾的，就像是你所見到的山水，你接觸之後情緒必須是符合你當下的生命狀態，而山水本身就是一種具有生命力的自然，主體與客體在生命的契合下，方能達成感發的力量，這就是「時」。

（三）陳謨一方面強調創作的「文葩紛敷」，但卻又將「綺麗奢靡」排除在外，如何達成既注重文辭又不會「有以過之」，這依舊必須回到「實」，假使以具有內容情志的作品，加上自然具備的文采，就是可以形成強烈且源源不絕的感發力量：「時」。「自然」便成為陳謨言詩歌的本質與功能時的重要回歸，只有不假雕飾的自然，方能呈現出詩歌所欲表達的情志，以及讀者最直接得到的感發力量。

（四）於是陳謨提出了「氣」的思考，繼續深入感發力量的本質：

> 文以氣為主，以意為輔，以辭為術。〔註49〕

又云：

> 讀之大概，律詩有庭筠、義山之風流；宮詞得仲初、文昌
> 之格調，變陳言為雅辭，發新意於眾見。〔註50〕

在上述兩段引文裡，陳謨對於詩歌本質與功能有更精確的討論，他認為創作的本質在於氣，當然他所言的氣，指的就是「肆而出之」的宏

〔註49〕《海桑集》卷五〈鮑參軍集序〉。
〔註50〕《海桑集》卷五〈秋雲先生集序〉。

廓之氣，這樣的氣到底是否為儒家所言的「浩然之氣」，或許以他「變陳言爲雅辭」的看法可以如此觀察，但實際上他的氣或許兼指的是詩人本身具備的獨一無二的「生命氣質」，也就是生命力與情意，而不專指儒家的「道德之氣」。正因爲詩人具備與他人不同的生命情調，所以在創作當中就不會產生「靡靡以淫、促促以簡」的情況〔註51〕，詩文既元氣淋漓，雄渾閎肆，又不以短章取巧，這樣方能完成所謂的「大手文章」。

第二、原先所謂的情志內容，或是詩人欲表現的內在情意，在以氣爲根本的情況下，意便成爲詩人人格結構的情感內容，也就是當詩人有所欲表達的情意，變須經過其獨特的人格與生命力之根本達到展現，本質依舊是氣，也只有獨特的人格所展示的情感才能與其他詩人區隔其不同之處，這時候「文辭」變成一種表現的方法與技術，陳謨並不反對文辭作爲一種創作技巧，但必須根源於自然，也只有以自然作爲文辭的處理方式，才能夠將詩人的生命力與情意完整展現。

第三、於是陳謨的思考變成江西派裡相當特殊的詩論，他並不直接關注回歸詩三百價值的根源，他反而以時人的立場來重新檢視詩歌創作的本質，他認爲時人作品不滿人意的原因，並非是在於沒有學得古之意與古之法，而是「剽掠潛竊以爲工」〔註52〕，是因爲詩人依舊因循著陳言，甚至於刻意抄襲古人之面貌，無法突顯自身作爲詩人的特有生命氣質。所以他在推尊陶、韋、李、杜之外，居然對於晚唐之義山與庭筠並不採取批判的態度，反而有所取之，這都在於他除了「雅辭」的強調外，還注重詩人的創新精神。在江西派裡他的確是既強調德行修養，又不排斥新意迭出與生命氣質展現的詩論家。

對照於陳謨，另一個江西派的重要詩論家劉崧，則相當堅持「雅正和平之音」：

〔註51〕《海桑集》卷六〈郭生詩序〉。
〔註52〕《海桑集》卷六〈永言序〉。

故嘗謂之說曰：「詩本諸人情，詠於物理。凡歡欣哀怨之節
之發乎其中也，形氣盛衰之變之接乎其外也。」吾於是而
得詩之本焉。知衰誕之不如雅正也，艱僻之不如和平也，
委靡碟裂之不如雄渾而深厚也。於是而得詩之體也。知成
樂必本於眾鈞，故未嘗執一器以求八音之備。知調膳必由
於庶味，故未嘗泥一品以求八珍之全。於是而又得夫詩之
變也。〔註53〕

詩本於人情是劉崧對於詩歌本質的重要看法，人情物理本就是儒家詩
論的重點所在，劉崧在此依舊是在回歸詩三百價值根源下所作的本質
說明；正因為以人倫日用作為本質，所以「雅正」、「和平」、「雄渾」、
「深厚」變成為其論詩的標準，這也應該是詩歌創作的風格所在；較
為特殊的是，劉崧從「詩樂合一」的思維裡去討論詩歌的變化與變體，
或說是詩歌創作者本身所產生的差異所在為何的問題，這樣的討論在
前述陳謨的思考中是將其置入詩人人格氣質之不同，而劉崧則以為詩
人不必因著對於古人兼備眾體的學習當中，堅持執守一種方法與體製
想要去完成各種型態與性質之創作。換句話說，在「得數百家，編覽
而熟復之」〔註54〕的同時，應該了解到不同的內在情感應該使用不同
的體製去創作與發抒，而不應該堅守一種創作形式（器），或是創作
思維（品），來處理不同的內在志意（情感），而兼備眾體的意義也在
此突顯（兼備眾體是為了不泥於一體）。

劉崧又云：

詩本人情而成於聲。情不能以自見，必因聲以達。故曰：「言
者，心之聲也」，聲達而情見矣。夫喜怒哀樂，情也，而各
有其節焉。清濁高下，聲也，而各有其文焉。情而無所節
也，聲而無所文也，則不得以為言矣，而況於詩乎？〔註55〕

筆者再次引出此文置入本質論來觀察劉崧對於詩歌創作的思考，正在

〔註53〕　《槎翁文集》卷十〈自序詩集〉。
〔註54〕　《槎翁文集》卷十〈自序詩集〉。
〔註55〕　《槎翁文集》卷九〈陶德嘉詩序〉。

於劉崧不僅把詩歌本於人情用來推至詩三百作爲價值根源，光是本於人情這個部分，劉崧提出這個「聲」的概念便是一個重要的思考，詩歌爲「言者」，而「言者」本是「心之聲」，而詩歌又本於人情，故我們可以說劉崧所謂的「成於聲」，不僅僅是詩歌創作必須依靠「聲」才能完成，人情亦爲「心之聲」，因此劉崧的重點便轉移至「心之聲」，詩歌的本質就是「心聲」，如此說來他前述「詩樂合一」的譬喻的重點不在於詩歌與音樂性的思考，而在於「詩」應如何傳達「心聲」的問題，如此一來，詩人與詩創作的關係會出現「君子又因詩以知其爲人」〔註56〕這種「知人論世」的立論系統，就因詩爲心聲的推演過程得到論據。

三、「神格」與「人格」的本質論分向

周是脩（1354～1402），初名德，江西泰和人。洪武中舉明經，授霍邱訓導，遷周王府紀善。建文間，改衡府紀善，留京師，入直翰林預纂。好薦士，陳說國家大計。建文四年，燕王兵陷京城，自經於應天府尊經閣。著有詩文《芻蕘集》、《進思集》等〔註57〕。周是脩認爲：

> 詩道之關於世教尚矣，其美刺足以正人心，其詠歌足以移風俗，又推其極至於動天地感鬼神亦故莫詩若也。是以有書契以來，上自天子王公貴人以及庶民小子，莫不代有作者。其作而協乎音律、合乎體制、該乎物理而有補治化者，莫不傳於世也。〔註58〕

詩歌的功能界定在「世教」，周是脩依循儒學的傳統，把正人心、移風俗作爲詩歌的功能。不僅詩歌存在著化民成俗的功用，推而擴之，詩歌的功能存在著感天動地的神格地位，或許是他以誇飾的方式呈現詩歌全面的功能，但也不難看出江西派與浙東派某些士人，相同地神

〔註56〕 《槎翁文集》卷十二〈跋曠伯遠所藏康瑞玉和詩後〉。

〔註57〕 台灣商務印書館四庫全書影印文淵閣本。本文所引周是修之文，此後但標冊數與頁數，不再注明版本出處。

〔註58〕 《芻蕘集》卷五〈郡王和本中峰梅花百詠詩後序〉。

化詩歌功能，其原因並非只是將詩歌的價值推擴至社會政治功能，其中隱含著詩歌與詩人地位的提升，他們可以用詩歌來展現他們對於社會的力量，無論是什麼樣的階層，縱使是民間百姓，也可以透過民歌去抒發自身對於社會與政治的看法或感受，藉此表現他們內在的情感狀態。在周是脩的想法中，詩歌創作除了本質上要關於世教之外，必須在創作過程中合乎韻律、以及體裁，更要包括著人情物理，他認爲也只有如此的作品才經得過時間的淘汰，流傳於世。但並不否認詩人本質上的某些差異，只不過依舊以宋代理學的方式將此差異性回歸到天地之性：

> 天之生此民也其性無不善。人之有是性也，其理無不同。惟其善，故孩提之童，無不知愛其親；惟其同，故徹上下冠古今，爲人子者無不思其親也。然而氣稟或偏，人欲所蔽，由是而德有厚薄，思有淺深，爲少異耳。〔註59〕

正因人本性爲善，所發之言也應爲善，便可化民成俗，但往往並非如此，原因在於人受到氣稟的限制，使自身無法把本有的善性充分發揚。他這樣的思考，是因江西派的理學淵源導致的進路。張載云：

> 盡其性者能盡人物之性，至於命者亦能至人物之命。莫不性諸道，命諸天。我體物未嘗遺，物體我知其不遺也。至於命，然後能成己成物，不失其道〔註60〕。

張載在此所說的是個體存在的根據：天地之性，此性純然至善，故人能盡（非窮盡之意，而是充擴）性便能盡物之性，然後就能體物而不遺。他又云：

> 形而後有氣質之性，善反之則天地之性存焉。故氣質之性，君子有弗性者焉。〔註61〕

他又提出「氣質之性」去解決人爲何本源於天地之性，卻又常常作出不符合善性的惡事，那是因爲人稟氣而生，氣稟雖然是造成人才能不

〔註59〕《舅堯集》卷五〈湖上飛雲集序〉。
〔註60〕北宋・張載《張子正蒙・誠明》，世界書局，1980 年。
〔註61〕同前註。

盡相同，且使人有差異的重要原因，但也使人在實踐天地之性的道德
行爲上受到不好的牽引與限制，因此要踐德成性就必須以天地之性的
力量變化氣質，實現人性的價值。朱子說得更爲清楚：

> 天之生物，有血氣知覺者，人獸是也。有無血氣知覺而但
> 有生氣者，草木是也。有生氣已絕，而但有形質臭味者，
> 枯槁是也。是雖其分之殊，而其理未嘗不同。但以其分之
> 殊，則其理之在是者不能不異。故人爲最靈，而備有五常
> 之性，禽獸則昏而不能備。草木枯槁則又並與其知覺者而
> 亡焉。但其所以爲是物之理則未嘗不具耳。若如所謂纔無
> 生氣便無生理，則是天下乃有無性之物，而理之在天下乃
> 有空闕不滿之處也，而可乎？〔註62〕

朱子由氣質之性的不齊來說明人與物的差異，雖然人與物、或物與物
之間各有其不同的經驗之理（知識），但他們的本性都只指向一個天
地之性，理雖然是一，但因爲氣稟之限制，所以此一理在各物中的顯
現會有所不同，但只要透過對於物理人情的認識，便可上達所有存在
物的本性——天地之性。而在其中人是具備著五常之性，能夠實踐仁
義理智，這是與物最大的差別處，也是人之所以最靈的原因。周是修
其實就是在這樣的脈絡下去思考創作的問題，認爲人稟受天地之性，
故此善性應該作爲創作者所展現的本質，詩文創作也應該是此本質的
書寫，但他必須解決幾個問題：第一、那爲何會有多作品違背世道人
心？第二、爲何詩作所呈現的風格如此多元？所以周是修必須回歸到
宋儒言「天地之性」與「氣質之性」的差異來解決問題：第一、因爲
氣稟不齊，所以有許多詩人的天性被氣性所遮蔽，才使得某些創作會
出現無補於世教的情況；第二、因爲「人欲所蔽，由是而德有厚薄，
思有淺深」，所以詩人的風格展現才會有如此多元的情況。而周是修
要求創作必須回歸世教的本質與功能，所以復見其天地之心就是他強

〔註62〕 南宋・朱熹著，清・康熙張伯行編、同治左宗棠增刊《朱子文集》
卷五十九〈答余方叔〉，收錄於《百部叢書集成》十三～二六冊，藝
文印書館編印，1968年初版。

調的一個重點：

> 以古今天下忠孝之士，其心之故不期於同而隨機發見不能
> 無同故也。心既同矣，則望雲而思親者，必因梁公之事以
> 爲效。〔註63〕

「求其放心而已矣」元是孟子所言一個復見天地善性的方法，而周是
脩爲江西派的學者詩人，在江西派的理學延承下，也將返回天地之性
的本質作爲詩人必須要完成的任務，也只有如此，詩人方能展現出有
補世教與風化的創作作品。

　　練子寧（1357？～1402），名安，新淦（今江西新淦）人。洪武
十八年（1385）進士，授翰林院修撰。累官吏部侍郎，遷左副都御史。
建文初，與方孝孺並見信用，改吏部左侍郎，拜御史大夫。朱棣入京
師（今江蘇南京）奪帝位，他被斷舌磔死，族其家。練氏論詩本經重
道尙襟懷。著有《金川玉屑集》及《練公文集》〔註64〕。練子寧則將
詩文本質的儒學思維推展到極至：

> 余以爲，文者，士之末事，未足以盡知君也。古之人苟得
> 其志，行其道，則無所事乎文。文者，多憤世無聊而將己
> 傳諸其後者也。〔註65〕

詩文創作是知識份子最枝微末節的餘事，這樣的說法可說是將詩文創
作推向不足觀、不足行之地位。其實儒家詩教的詮釋路徑會導致兩個
相反的層次：

　　（一）將詩人與創作的地位提高，如多數的浙東派與江西派學者
在回歸世教人心的過程中，均將詩歌對賦予補於社會教化，甚至如周
是修一般將其視爲可感天地、動鬼神如此的高的價值，也因此詩人的
地位便得到提升，間接的使詩人願意回歸於詩三百，將詩三百視爲價
值的根源。

　　（二）將詩歌創作視爲末事，像練子寧根本貶低了詩歌的感發力

〔註63〕《芻堯集》卷五〈湖上飛雲詩序〉。
〔註64〕明萬曆年間刊本，本文所引練子寧之文，此後不再注明版本出處。
〔註65〕《練公文集‧李彥澄詩序》。

量，也忽視了詩歌勸善懲惡的功能，居然把詩歌創作視爲「憤世無聊」之餘事。這樣的思考當然依舊會導向知識份子修德內省的工夫，只不過在多數浙東派與江西派詩人的思考中，詩人修得自省對於詩歌創作有著相當根本的力量，而練子寧則認爲不須花時間在詩歌創作上，只要「修其文行而無愧於德機」〔註66〕，是否要「發而爲詩」便不是重要的事。當然如此一來就算行文作詩，也必然可以有「清修之節、超卓之見」〔註67〕。

江西詩人在詩歌是否有獨立價值的思考，在「以經爲本」的嚴格觀念下，反而出現了兩種極端，一方面神格化詩歌的地位，另一方面卻貶低詩歌的價值，在這樣的思維分向中，陳謨所突顯的創新精神，成爲江西派論詩本質的特異。

四、小　結

從以上的討論可以看出江西詩人對於詩歌本質的思維：

（一）「以經爲本」其實是江西詩人普遍認同的想法，因此江西詩人在論述詩歌本質功能時，多與理學家們的哲學思維有理論的相關性，而我們亦可以發覺對於詩歌的本質功能，某些江西詩人比浙東詩人群更保守嚴謹，譬如危素便將「經義」、「治事」作爲人格生命的完全體現，詩文的地位便是治事發用的部分，用來「成天下之務，而善天下之俗」。而劉崧更清楚地建立一個「知人論世」的詩論系統，梁寅澤直接地說「以經爲本」，這都可以看出多數的江西詩人認爲詩文創作的本質便是「經義」，便是人倫日用之道。

（二）但江西派詩詩人似乎不滿足於此，畢竟以經爲本的詩論觀念，會使詩附屬於經，詩歌無法取得獨立的價值，而江西詩人在詩歌是否有獨立價值的思考中，其實也出現兩個分向：（1）周是修透過詩歌功能的神格化，把詩人與作品的地位提升並開闊，使詩歌

〔註66〕　《練公文集‧黃體方詩序》。
〔註67〕　同前註。

的功能向上不僅存有社會政教的功能，甚至還具備感天地動鬼神的力量，並且在說明詩歌創作時，將作者的位置推延至一般平民百姓，而不僅是知識份子詩歌，有趣的事，這是浙東詩人回歸詩三百時，少有論及之處，而周是修卻完整地處理這個問題，也替回歸民歌般的詩三百提供另一個理論基礎；（2）練子寧則代表另一個極端的分向，他徹底將詩歌的地位下降，貶低詩歌的感發力量，把詩歌作為知識份子的枝節餘事，重申道德人格的內在品質，將詩教思為推向排斥詩歌的另一極端。

　　（三）陳謨在江西詩人中提出了比較特殊的詩歌本質的思考，他雖然也強調詩歌感發的力量，但並沒有刻意泛道德化，並且從「自然」的角度談創作的「文葩紛敷」，巧妙地涉及理學家不願碰觸的形式問題，並且在批判時人的創作中，直接涉及對於摹擬剽竊的嚴重反對，突顯了詩歌的創新精神，甚至對於明初嚴厲批判的晚唐義山與庭筠，他反而有所取之，在理學型態詩論迭出的江西詩人群落裡，這種既能注意道德人格，卻又可以平衡詩歌新意與形式的詩論，在江西派中的確特殊。

第三節　詩歌創作方法論

　　江西派詩人論詩歌創作的方法，大致上從三個角度出發：第一、「明體達用」，此有兩種分向，「慎獨」與「友朋」；第二、以「學古所自」討論創作自身風格的培養；第三、「悟」，承繼嚴羽的思考，以禪悟論詩歌創作的直覺工夫。以下便分項論述之。

一、「默坐澄心」與「持志善身」工夫論

　　危素與梁寅等江西派詩人與浙東詩人論及創作工夫論時，雖然均以「宗經」為則，但江西派詩人更強調人格涵養的工夫甚於文本本身的討論。筆者再次援用前述所引之危素論詩的話語：

　　　詩之作，夫焉有格律之可言，發乎情，止乎禮義而已。王澤

久熄，世教日卑，於是代變新聲，益趨浮靡，何能有以興起
人之善心，懲創人之逸志也哉！故共城邵子曰：「刪詩之後，
世不復有詩矣」。……蓋嘗欲效其體而為之，又退而思邵子
之為邵子，其始學也，冬不鑪，夏不扇，夜不就席者數年，
將以去己之滓，久而玩心於高明，知天地之運化，陰陽之消
長，至於安且成必造乎此，而後邵子可幾也。區區模擬其文
字語言之末，則豈希聖希賢之道乎？……所謂思誠、慎獨、
集義、為仁之訓，能真知實踐於此者蓋鮮矣〔註68〕

危素在此篇〈武威伯詩集序〉裡所稱讚的武威伯是「閉戶卻掃，授
徒於家，然深坐，不接世事」，而其詩歌創作卻「肫肫篤實，朗朗高
明」，近似於「冬不鑪，夏不扇，夜不就席者數年」的邵雍，由此看
來危素似乎認為要完成好詩的寫作，就必須修養內在德性，而「不
與人交」以及近似於「苦行」的方式可以便可以完成德行與創作的
雙重修養，這是一種「拔去流俗」的最好方式，因此「所謂思誠、
慎獨、集義、為仁」等工夫，必須在閉戶卻掃的方式中實踐。朱子
之師李延平曾云：

學問之道不在多言，但默坐澄心，體認天理，若見雖一毫
私欲之發，亦退聽矣。久久用力於此，庶幾漸明，講學始
有力耳。〔註69〕

「默坐澄心，體認天理」就是危素所言「思誠、慎獨、集義、為仁」
等工夫，只不過延平未必要以閉戶卻掃的方式來完成生命的涵養，但
危素這裡所說的包括詩歌創作的工夫，都必須透過「不與人交」的方
式完成。第二，這種苦行，其實是前述「詩窮而後工」思考的另一種
說法，在外在形式的困乏當中，人如果能夠實踐最高的道德價值，那
麼詩文創作也將到達一定的高度：

〔註68〕 《說學齋稿》卷二〈武伯威詩集序〉。
〔註69〕 南宋‧朱熹著，清‧康熙張伯行編、同治左宗棠增刊《朱子文集》
卷九十七〈延平行狀〉，收錄於《百部叢書集成》十三～二六冊，藝
文印書館編印，1968年初版。

另外，危素又提出兩個詩歌創作的工夫：

> 自蘇、李下至唐人，各以所見自爲一家言，獨杜甫氏汪洋
> 浩博，兼備衆體，所謂傑然哉！……余觀彥昺五言鄰韋蘇
> 州，律詩宗少陵、東野，駸駸乎漢魏晉宋齊梁矣。何其聲
> 似古人也！〔註70〕

在這裡看到的創作工夫是「兼備衆體」與「聲似古人」，前者是從體
裁的角度觀察，所以危素以杜甫爲例，強調對於詩歌創作古體與近體
都必須有所練習與了解，並且要以杜甫爲師。「聲似古人」則是從韻
律來考量，既然言爲心聲，那麼假使在詩歌的表現韻律上與古人合，
那不僅是詩歌本身的問題，更是人格德行也上追古人的結果，所以聲
似古人從韻律表現作出發點，最後危素所關懷的是道德教化的問題。
梁寅在他的文章中說得更爲確切：

> 孟子曰：「以友天下之士爲未足，故尚論古之人。尚論云
> 者，將以品量千載之賢哲，而後友之也」。故周子曰：「志
> 伊尹之志，學顏子之學」。友古者必如是斯可也……今君
> 之友古而持其志也，爲斯學也，則處以善身，仕以行道，
> 於古人奚愧哉！夫古之人見賢者而愛之至，而慕之切，則
> 必見之詠歌焉。君之既友乎今，後友乎古，吾將見其詠歌
> 之不已……余雖老，嘗願賢才之力行古道以爲世用，今獲
> 以文辭結知於君子者，亦幸也。〔註71〕

梁寅的「友古」其實就是危素的「聲似古人」，梁寅對於「友古」的
定義在於「持志」、「善身」與「行道」，持志是堅定自己的道德志向，

〔註70〕　《危太樸集》卷八〈劉彥昺詩集序〉。民國甲寅年吳興劉氏家業堂刊
　　　　　本。
〔註71〕　《梁石門先生集》卷二〈友古齋詩序〉。

是一種廓清生命本源的工夫；善身則是在持志的進路上，如何使行爲端正，生命無愧於人；行道則是外王的工夫，無論是出仕作官，或是書院教學，都必須將生命道德的感發行之於外，而詩歌創作在化民成俗的角度，也是一種行道的方式：

其實對於江西派與浙東派而言，詩歌創作的工夫多是人格涵養的工夫，他們幾乎避開提及詩歌形式韻律等本身的問題，因爲他們所關心的是詩歌的教化價值，如果詩歌用來教化，那麼文飾的必要性相對地就減低許多，反而內省的道德力量就變成創作工夫的重點，人格愈完成，詩歌勸善懲惡的力量就愈能達成，危素如此，梁寅亦如此。

二、「廣識擬古」、「學古所自」與「學、養、悟」工夫說

陳謨亦言明體達用，也從此處延伸至創作的工夫，但他與危素的思維正好是兩個對立面：

> 朋友以道藝文學相切磋者，天下之至樂也。是故志同方道同，術並立則樂相下不厭者，儒行之所美。而離群索居，則雖子夏不能自知其過。……僕異時從諸君子，學有講，講有會，會有程，不矜口耳，不事時好，一宿於理，期於明體達用而後已。〔註72〕

危素認爲詩人應「不與人交」，必須以苦行的方式作道德的內省，這是一種慎獨的工夫；而陳謨卻反對離群索居，他認爲創作必須有志同道合的朋友相互切磋砥礪，當然所彼此互相勸勉的雖然是道藝文學，但文章之根本在陳謨的觀點裡仍是道德，所以友朋之學作爲創作的工

〔註72〕 《海桑集》卷六〈郭生詩序〉。

夫其根源仍在於道德之反省，「講會」因此便成為友朋之間道德文章
的砥礪場合。陳謨又云：

> 余惟詩各一悟解，各從其天分審慕是也。即天分已近，充
> 以學問，斯成名家……無天份固不可，無學力尤未易……
> 為太白有道，涵養以昌其氣，高明以廣其識，汗漫以至其
> 約，脫略以通其神〔註73〕。

其次，陳謨將為詩者所須具備的部分拆分為二，第一是天分，陳謨以
為善詩者天分為其根本，然而如要達到名家的地位，就必須存在作學
問的工夫，所謂的學問不僅是認知行為對於之事的培養，更是道德內
省的實踐，因此他以養氣作為道德內省的工夫，廣識則是知識培養的
方法，然後由廣闊再經過融通淘汰的取捨達到簡約，越過文字後直覺
把握作品傳達的感情與意念，最後創作與閱讀自然而然進入超越的境
界，方能被稱之為善詩之名家：

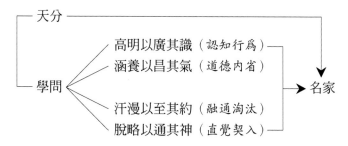

而詩歌創作上最首要的學問追求則是擬古：

> 學詩必自擬古始，雖李、杜亦然。擬之而不近，未也；擬
> 之而甚近，亦未也。初若甚近，則幾矣；其終也甚不近而
> 實無不近，則神矣。〔註74〕

這裡所言的的擬古，在陳謨有更為精確的辨析，他把擬古分成兩個範
疇：「擬之而甚近」與「擬之而不近」，前者是指在學古的過程中，亦
步亦趨，從古人之意到古人的語辭形式，都摹擬得唯妙唯肖；後者則

〔註73〕《海桑集》卷九〈書劉子卿詩稿〉。
〔註74〕《海桑集》卷九〈書王伯允詩稿〉。

是雖然透過擬古提升寫作能力，但無法依樣葫蘆，反而與古人作品的面貌相差甚遠。陳謨以為此兩者均為極端，畢竟當他提到詩歌的本質功能時，相當反對「剽掠潛竊以為工」〔註75〕，並且他除了盛唐之外亦推崇晚唐之義山與庭筠。由此可知，他言創作的工夫，亦不會偏於擬古之精，或是擬古之不確任一端。因此他強調的則是在與古人合的標準下，仍能保有自我創造的風格，與古人合是學力與道德之雙重培養，自我風格的創造則是才力的顯現，這也就是他所說的「神」，妙合古人又能負自身的才氣，方是創作工夫之進境：

龔斅的觀點亦然：

> 一掃陳腐，動法古人，誠有關於世教者。苟能由此沿流溯源，則三百篇之音不難到矣。〔註76〕

一掃陳腐便是自抒新意，方能不與時人刻意上下、求索吟哦之詩面貌相同，但龔斅之意為：一掃陳腐的根本在於動法古人（即陳謨所言「擬之甚近」），透過學古，並將詩歌創作的內容思維置於社會教化的功用中，這樣的創作才能追本溯源，回歸詩三百的本質：

動法古人 → 一掃陳腐 → 沿流溯源

劉崧分析創作工夫則更加清晰細膩：

> 竊嘗以為，世變萬萬，情性一致。其於詩也，未嘗無所法，而拘之則卑矣。未嘗無所自，而襲之則陋矣。毋汎汎以為易，毋棘棘以為奇。〔註77〕

他認為古人與今人縱使在世運時代的變化升降下，內在的志意情性並無不同，因此創作在這個觀察角度上應該也相差不遠。所以他提出古今對於詩創作相同的四個概念：「未嘗無所法」、「未嘗無所自」、「毋

〔註75〕《海桑集》卷五〈永言序〉。
〔註76〕《鵝湖集》卷六〈跋石仲濂詩〉。
〔註77〕《槎翁文集》卷九〈蕭子所詩序〉。

汎意」、「毋棘奇」。「未嘗無所法」指的是無論古今之都在創作上都必有其學習效法的對象，但並非形式上的摹擬而是情性上的回歸（求其志意和平）。如果從筆者本文前面的論述中，我們不難發現元末明初各地域的詩人言「學古」時，除了形式之外，他們多指涉的是古人情性志意的學習，因爲他們都認爲古今人於內在根本的部分相同，復古人之心意就是求其（自身）放失的本心。劉崧亦然，因此他一方面言學古，另一方面會提出「拘之則卑」，這兩者之間並不矛盾，學古是內省，拘之則卑則指的是在學古過程中不要拘泥於形式的完全仿效，因爲他（們）反對的是形式上的擬古主義。

　　法既是形式（體裁）與情性的雙重學習，引文裡的「自」則指透過學習培養出個人之創作風格。古人都會在學古的過程裡，找出自身的風格傾向與風格源流，這就是「所自」，但古人並不會因而去因襲「所自」的對象，畢竟個人風格的養成必須伴隨才氣、時代發展與社會文化結構之影響，縱使在創作系譜裡發展了自身的風格，最後也必須擺脫因襲前人的部分。至於「毋汎易」與「毋棘奇」是指學詩時不可爲「浮泛淺易」或是刻意「鉤棘求奇」，志意和平才是創作者要追求的表現方式，浮泛淺易會喪失情志之深刻而變爲空洞無義，鉤棘求奇則使情志內容在晦澀的語言包裝下無法眞正顯露，這兩者都是創作的極端，因此劉崧更進一步地提出第二層次的工夫論：

　　　充之以學，養之以氣，約之於其所守，達之於其所施，則

　　　天下之事可從而理矣，況於詩乎？〔註78〕

「充之以學」是爲了可以有所法，不會受到古人之拘限；「養之以氣」是爲了可以使個人的道德生命節制並融才性於其中，便可養成自身的創作風格；「約之其所守」使文章得到控制，不會因題材的選擇浮濫而不再嚴謹；對於詩歌創作時預設的「理想讀者」，則是劉崧論創作工夫的新見，原本在「根源思維」與「本質思考」的「社會教化論」，直接被他移爲「創作工夫論」，他認爲詩人在創作時就必須設定好讀

〔註78〕 同前註。

者群眾的身分結構，然後將作品放在這個「理想讀者」中完成，於是便可「達其所施」，完成原先設定的作品目的，並且可以避免創作形式的尚奇好怪。

劉永之（約於 1380 年前後在世），字仲修，江西清江人。少隨父宦遊四方。元末兵革之際，與郡士楊伯謙等人講論風雅，當世翕然宗之。洪武初徵至金陵，宋濂一見而「道同意合」，欲留之，以重聽辭歸金川。後嗣子奉獲罪縣令，籍其家。奉死，徙東萊，至桃園病卒。永之詩文清麗古雅，書法篆楷行草皆有師承。梁宣序其集，稱「遣詞發詠，追金琢璧，鉅篇短章，矩度悉合」。敖英書其集後，謂其詩「深入簡齋門戶」，可與晚唐諸賢頡頏。著有《山陰集》及後人所輯《劉仲修先生詩文集》〔註 79〕。其云：

> 其學問之精博，筆力之雄贍，豐而不汎乎詞，約而能達其
> 意者，盡見於其文。〔註 80〕

他所言「學問之精博」就是劉崧的「充之以學」；「筆力之雄贍」則是「養之以氣」工夫的發用表現；至於劉永之所說的「本」與「約」，便是劉崧所謂的明「體」達「用」，在這樣的對照上，劉永之與劉崧的創作工夫論若合符節。

劉崧又言「悟」：

> 君學禪者也，其是以學禪之功而進於詩焉，其必有所悟矣。
>
> 〔註 81〕

以禪說詩盛於宋，孫德彪云：「禪宗直覺神秘的體驗及非理性思維方式，在範圍上是多方面的，直接影響了古代文論中的構思理論；禪宗的傳道方式又影響了藝術表達理論；禪宗的『機鋒』又影響了鑑賞理論」〔註 82〕，因此我們可以發現禪宗對於中國詩文批評的影響是相當

〔註 79〕 台灣商務印書館四庫全書影印文淵閣本。本文所引劉永之之文，此後但標冊數與頁數，不再注明版本出處。
〔註 80〕 《劉仲修集》卷七〈周子諱文集序〉。
〔註 81〕 《槎翁文集》卷二〈芳上人詩序〉。
〔註 82〕 孫德彪〈試談禪宗對古代文論之影響〉，收於《延邊大學學報》（哲

全面與廣泛。而如何將詩與禪作一個結合，亦是宋代以來的詩人所關注的部分。吳可云：「凡作詩如參禪，需有悟門。」〔註83〕以參禪比喻作詩，悟門則是指參禪得悟的法門。換句話說，參禪是工夫，透過此工夫於作詩上，可尋得悟詩法門。然而何謂參？又如何悟才能頓得詩法？《大乘起信論》云：

> 當知眞如自性，非有相，非無相；非非有相，非非無相，
> 非有無俱相。〔註84〕

這句難解的話頭，其實要說的就是消解一切對於有無的執著，對於虛實的執著，最後連對於「消解」這個法門本身的執著也要「消解」，最後體認萬事萬物爲因緣和合而成的般若大智慧。這樣的智慧引入詩學，並充分發揚，便在東坡與江西詩派強調活法的思考中得到闡釋。

楊萬里〈題照上人迎翠軒二首〉之一：「參寥癲可去無還，誰蹈詩僧最上關。欲具江西句中眼，猶須作禮問雲山。」〔註85〕龔相〈學詩三首〉之一：「學詩猶似學參禪，悟了方知歲是年。點鐵成金猶是妄，高山流水自依然。」〔註86〕可見江西詩派雖然要求學詩有法，然而最高境界是透過活法達到超於法的狀態，即是創作歸於自然而然。由學達到無學，有法終至無法，最後能非非法，無所不可，無所不施，便是禪悟於詩的最高境界。這樣看似相當玄的話語，其實直接地指出創作中構思本身有著相當非理性的層面，而理論表述在中國人的思維裡也缺少邏輯成分，就像佛學只可意會、不能言傳的層次一般。嚴羽說得更爲清楚：

> 盛唐諸人，惟在興趣，羚羊挂角，無跡可求。故其妙處，
> 透徹玲瓏，不可湊泊。如空中之音，相中之色，水中之月，

社版），1991 年 1 月，頁 69～72。

〔註83〕　吳可《藏海詩話》，嚴一萍選輯，收於《百部叢書集成》藝文印書館，
　　　　　1966 年。

〔註84〕　南朝梁・眞諦譯，高振農校釋《大乘起信論校釋》，北京：中華書局
　　　　　出版，2000 年。

〔註85〕　吳世常輯注《論詩絕句二十種輯注》，陝西人民出版社，1984 年。

〔註86〕　同前註。

境中之象，言有盡而意無窮。〔註87〕

所謂透徹之悟就是妙悟，不僅是創作者要無所待，無所執著，連讀者也要以無跡可求的心態，從詩中悟得所當悟，這是創作與閱讀詩歌的最高境界。劉崧身爲江西派的重要作家，必然對此有相當認識。我們不禁會問，既以禪悟論詩歌創作，那就必須要面對「不斷消解」的問題，然而江西派的詩人多半都會強調學古與師（詩）法，學古與師（詩）法是屬於建構並非消解，這其中是否有矛盾處？又縱使嚴羽批判江西詩派侈言詩法，認爲他們「以文字爲詩，以才學爲詩，以議論爲詩」，但他卻也強調「入門須正，立志須高，以漢魏晉盛唐爲詩，不作開元天寶以下人物」，這不還是一種矛盾嗎？其實元好問的看法正解決了這樣的矛盾：

竊嘗謂子美之妙，釋氏所謂「學至於無學」者耳。〔註88〕

學杜甚至學習古人的精髓處，並不在於亦步亦趨的摹擬，而是從學習的過程中「由技進道」，從規矩當中出於規矩之外，然後消解所有規矩，變化無測，達到無跡之跡的自然狀態。呂本中云：

學詩當識活法。所謂活法者，規矩備具，而能出於規矩之外；變化不測，而亦不背於規矩也。是道也，蓋有定法而無定法，無定法而有定法，知是者則可以語活法矣。〔註89〕

又云：

作文必要悟入處，悟入必自工夫中來。〔註90〕

工夫就是法門，先從學習古人詩法與志意入手，等到熟參之時，再將法門解構，以至於無法可用，無跡可尋。因此悟亦必從工夫入，入手

〔註87〕 南宋・嚴羽撰，郭紹虞校釋《滄浪詩話校釋》，臺北：里仁書局，1987年。

〔註88〕 《元遺山先生文集・杜詩學引》，台灣商務印書館四庫全書影印文淵閣本。

〔註89〕 呂本中著，嚴一萍選輯《東萊呂紫薇師友雜志・夏均父集序》，清光緒陸心源校刊，百部叢書集成本，藝文印書館影印，1968年。

〔註90〕 （宋）呂本中撰《童蒙訓・童蒙詩訓》，萬有文庫本，台北：商務印書館，1939年。

既熟，工夫與技巧方能消解。「凝練」與「自然」的禪宗機鋒〔註91〕也就完全地可以用來詮釋明出江西派的詩歌理論。這也解決了江西派劉崧言悟卻又強調詩法的創作工夫之間的矛盾。

　　江西派論詩與浙東派雷同之處甚多，這當然是因為理學的淵源以及兩派友好度甚高之故，然而江西派因受宋代江西詩派直接影響，所以宋江西詩派的觀點與思考給予了許多的養分，尤其在「活法」的創作工夫上，明初江西派的重鎮劉崧著力甚多，「以禪論詩」便是相當重要的江西派詩論特色。

三、小　結

　　就上述的討論，分點作此章的小結：

　　（一）危素與陳謨都從明體達用作為根源討論創作的工夫，也都集中於道德本質的培養與學古情性的重要性。然而兩者的進路正代表江西派兩種工夫論述的思維：危素強調不與人交的苦行精神，認為要達到創作的高度就必須閉戶卻掃，作慎獨內省的工夫；陳謨在學古的立場下強調友朋之學的相互砥礪，換句話說就是希望詩人能夠多與人交，在彼此的切磋學習中達到創作的高度。

　　（二）劉崧則對於法古的部分作了相當清楚且深入的詮釋，他認為法既是形式（體裁）與情性的雙重學習，就不只是形式上的因襲摹擬，所以他強調「所自」亦即是培養個人之創作風格，找出自身的風格傾向與風格源流。這樣的看法提供了創作者一個創新的精神與可能，就不必執守於學古以至於泥古。

　　（三）劉崧又強調「悟」，這承繼了宋代江西詩派與嚴羽《滄浪詩話》的概念，這是為了避免詩人過於執著詩法與學古，畢竟對於江西派來說，詩歌創作的最高境界在於「活法」的運用，而劉崧便承繼前人以禪論詩的方式，強調學詩的過程中要「由技進道」，從規矩中

〔註91〕詳參孫德彪〈試談禪宗對古代文論之影響〉，收於《延邊大學學報》（哲社版），1991年1月，頁69～72。

出規矩外，變化無測，達到自然。而這也是江西派詩家論創作工夫的特殊之處。

（四）其實江西派論詩與浙東派雷同之處甚多，這當然是因為理學的淵源以及兩派友好度甚高之故，然而江西派因受宋代江西詩派直接影響，所以宋江西詩派的觀點與思考給予了許多的養分，尤其在「活法」的創作工夫上，明初江西派的重鎮劉崧著力甚多，「以禪論詩」便是相當重要的江西派詩論特色。

第四節　詩歌批評論與詩史觀

江西詩人對於詩歌批評與詩史的判準，大多受到理學影響，這種思維有兩道分向進路：一是相對性的寬容，只要符合回歸六經的標準，便可經營辭氣；另一則是絕對性的極端，凡是背離六經的，都是使詩文敗壞的重要因素。這樣的理論形成史觀，其實就反映在張宇初的「詩歌發展九期論」的思考中。以下便進行論述與分析。

一、「一以貫之」、「二可法、二敝」與「俊逸」的批評方法

危素的詩歌批評觀是其詩歌根源論的「一以貫之」：

> 右詩一章三十韻，吳泰發妻黃君作也。……惟以讀書為事，而勤務蠶績，舉動有禮，雖子任不相授受，送迎未嘗出門，詞章非其所樂。此詩者，訓子之作也。……嗚呼，世降俗衰，聖賢之教幾於泯絕，昂昂之丈夫，蓋有不能天其天矣，況幽幽之女婦乎！若君者，有行而又有文，儒生文士媿之者多矣……〔註92〕

明初朱子學盛行的時代，危素以儒學名宿的身分替「女詩」作贊文，並藉女詩作為道德標準批判當時的儒生文士，相當具有意義。這段引

〔註92〕　《危學士全集》卷八〈書吳泰發妻黃氏教子詩後〉，清乾隆二十三年芳樹園刊本。

文一定程度反映危素的詩歌批評論，首先他對於詩歌創作的批評標準並不在文本本身，他關注的是創作者的問題；第二，他關注的並非創作者的書寫能力，而將焦點集中在創作者的道德實踐之上；第三、正因如此，所以他對於創作者的性別角色並不帶著相當程度的歧視，他在儒家道學的立場認爲像黃氏如此「勤務蠶績，舉動有禮，雖子侄不相授受，送迎未嘗出門，詞章非其所樂」的女子相當符合儒學閨閣教育的典範，正因爲是閨閣典範，因此他對於黃氏所寫的「訓子詩」（題材選用正確）有相當的讚譽；第四、所以危素對詩歌的評論標準無關乎詩歌形式、格律的好壞，只要創作者具備一定的道德品格，所選用的主題帶有正確目的（教化之類），便可以被稱揚傳頌。梁寅亦是如此：

> 今觀李隱君持義古今詩之選亦曰必關於風教。嗚呼，斯誠
> 知詩之爲教者也！〔註93〕

無論是危素或是梁寅的詩歌批評論，說穿了就是以「有關風教」作爲判準的，無論是選詩或是評詩，都必須在這個標準下呈現，當然詩史觀也不例外。梁寅又云：

> 古《詩經》三百五篇，《國風》之變者咸取焉，其間淫佚之
> 辭，非賢士大夫爲之也，蓋出於閭巷淫夫淫婦之爲，而存
> 之不削，所以垂鑑戒也。若漢建安以後之詩，固降於二
> 《南》、《雅》、《頌》，然猶爲近古也，猶爲可法也。逮於南
> 朝之徐、瘐則散矣。唐之李、杜，兼建安以後而過楊、駱、
> 沈、宋，亦猶爲近古也，猶爲可法也。逮於唐季之溫、李，
> 又散矣。〔註94〕

這段引文可說是梁寅的詩史觀，他的觀點一言以蔽之：以近古爲標準，提出二可法與二敝。所謂的近古就是回歸詩三百的價值根源，並以此作爲判準，於是二可法便存在於漢魏之音與李、杜光芒；當然二敝就是南朝與晚唐，在這樣的詩史思維裡，宋代以降便成爲不需討論的虛線，而凡是以二敝作爲學習對象的詩人與時代，基本上就是必須

〔註93〕《梁石門集》卷二〈古今風雅序〉。
〔註94〕同前註。

變革的，梁寅對時人的批評，便是如此：

> 今之號爲賢士大夫者，或乃棄漢、魏、盛唐而惟徐、瘐之
> 慕，惟溫、李之尚，豈亦謂詩之妙正在於艷冶跌宕耶？若
> 然，則《風》、《雅》之編，宜不容於己也。持義少壯時明
> 經期致用，迨其晚年而隱於醫，士大夫稱之曰「杏隱先生」，
> 然其於詩，惟能以經爲之本，故其識趣之正如是云。〔註95〕

梁寅對於時人的批評不得不謂之嚴屬，這樣的批評標準與詩史觀的前
提，就正如其所言的「以經爲之本」，將儒家經典作爲批評思維的出
發點。

陳謨則從體製與風格建立其詩歌批評觀：

> 稱詩之規範者，蓋曰寂寥乎短章，春容乎大篇。短章貴清
> 曼纏綿，涵思深遠，故曰寂寥。造其極者，陶、韋是也。
> 大篇貴汪洋閎肆，開闔光焰，不激不蔓，反覆綸至，故曰
> 春容。其超然神動天放者，則李、杜也。不及乎寂寥者爲
> 柳子厚、王摩詰、儲光羲、孟浩然。而六朝之靡靡以淫，
> 促促以簡者，弗與焉。過乎春容者爲韓退之、蘇子瞻。韓
> 公慷慨論列，如河出崑崙，極海而止，其忠憤激切殆與少
> 陵一飯不忘君者同機。蘇公雄渾傑特，元氣淋漓，引星辰
> 而抉雲漢，眞可與太白神游八極之表。二公俱非締章繪句
> 之所比也。此詩之至也。〔註96〕

從體裁規範延伸詩歌批評的觀點，是陳謨一個重要的貢獻，他把詩歌
創作分成短章與大篇兩種體裁，然而在他的討論當中，不難發現他所
使用的譬喻性語言，似乎將大篇的創作層次置於短章之上，「寂寥」
之短篇最高境界是將幽微的哲思隱沒其中；而「春容」之大篇，卻有
如浩然之氣一般開闔閎肆、元氣淋漓。其次，陳謨認爲短章之末流便
是六朝之習，而幾乎所有江西派與浙東派詩人對於六朝詩歌都持相當
批判的態度，因此可看出陳謨對於短章隱含的批評；而李、杜作爲詩

〔註95〕 同前註。
〔註96〕 《海桑集》卷六〈郭生詩序〉。

歌學古的標準，陳謨則把其詩歌置入大篇討論，於是縱使是過乎春容，因爲大篇的本質就是浩然正氣之發，所以過之亦不會造成流弊。陳謨又云：

> 後之學子於所不及者，進而極諸陶、韋之間；於所過者，約而歸諸李、杜之樊，不亦前無古而後無今乎？……類皆崇短章之促促者，掇陳言之靡靡者，即風月花草江山魚鳥，百十字止，無論貴賤遠近寒暑盛衰不能外此，以爲詩之材而此百十餘字，顚倒後先，往來出沒，可以成其爲詩之集。……於是短章每況愈下矣。其於大篇則縮手汗顏，不敢發一喙，甚而黃茅白葦中時插一菹，曰吾體陰鏗、何遜也。嗟乎，詩道一至此靡耶！〔註97〕

陳謨對於當時崇尚短章之厭惡從引文可見一般，他認爲短章之創作在題材上有所侷限，在字數上不過是假精鍊之形式玩語言之遊戲，這樣所造成的流行，反而使得想要以大篇昂揚生命、振聲發瞶的詩人，不敢放手去作，他認爲這是明初詩壇敗壞的重要原因。因此他提出了兩種風格標準作爲詩歌批評的另一主軸：

> 嗟夫，唐以來詩人，唯李、杜爲大宗，然至少陵贊白也無敵，則獨舉參軍之俊逸媲焉。夫俊可能也，逸爲難。俊如文禽，逸如豪鷹，凡能粲然如繁星麗天而不能迴狂瀾障百川者，以能俊而不能逸故爾。史稱照古樂府文極遒麗，遒斯逸矣，麗斯俊矣。〔註98〕

「俊」與「逸」是陳謨所提出的風格評判的標準，就其所運用的說明，「俊」類乎前述短章之表現風格，而「逸」則近乎大篇的展示型態，因此「逸」超乎於「俊」之上，遒勁之「逸」會發出浩然之氣，不可遏止；而細膩之「俊」麗雖亦光彩紛呈，但總是缺乏那種生命的閎闊正氣，如果能夠既「俊」且「逸」，方是一種生命德性與文采的相互輝映。

〔註97〕同前註。
〔註98〕《海桑集》卷五〈鮑參軍集序〉。

逸－豪鷹－迴瀾百川－遒－大篇 ←
俊－文禽－繁星麗天－麗－短章 ┘

二、「主情」說與「九期」詩史論

對於李、杜的盛贊，是明初時期各地域詩人共同的趨向，然而劉永之與其他詩人的思考不同之處，正在於他對於六朝詩人並非採取批判的態度，而是有所讚揚，甚至連自己的詩歌創作亦具備晚唐風格，敖英書其集後，認爲他的詩歌可與晚唐諸賢相頡頏，我們可以從他的論詩絕句裡看到他對六朝晚唐詩人的高度激賞：

熟知何遜多詩思，綵筆烏絲寄客情。〔註99〕

多情最後能題句，每憶揚州杜牧之。〔註100〕

誰知何遜多才藻，獨向揚州詩興濃。〔註101〕

「詩思」、「才藻」、「詩興」可以說是劉永之對於何遜抱持讚揚的三個角度，「多情」則是杜牧的內在根源，可見劉永之的詩歌批評觀念主「情」，強調內在情感先於道德品質，這與其他江西派詩人亦是相當不同的。

羅性的詩歌批評觀與劉永之截然不同，他代表著江西詩派標準的思維，甚至更隱然已有明中葉詩「古體宗漢魏、近體宗盛唐」的概念，其云：

昔司馬相如以詞賦名於漢，漢武帝讀其賦曰：「飄飄然有凌雲之志」蓋取其思致不凡、辭氣高邁。〔註102〕

希白生者，浙之四明人也。雅尚儉素，不務爲華餙，恆以潔自持，視世之爭妍取媚徇利以相高者澹如也。性亦嗜學，喜賦詩爲文章，肆舉子業。嘗著〈白圭〉之詩於坐右，日三復其詩以自勉，恆懼易其由言玷於行，以俾本眞，闇然

〔註99〕 《劉仲修集》卷五〈重過玉田次韻〉。

〔註100〕 《劉仲修集》卷五〈聞彭聲之留郭下劉伯敷所奉四絕〉其四。

〔註101〕 《劉仲修集》卷五〈三友圖〉其一。

〔註102〕 《羅德安文集》卷一〈凌雲軒記〉。

　　而弗章，則其所希於白者，烏能無憾焉？由是益加修省，
　　固其眞耀不使少有涅緇而移其俗汙也。〔註103〕

從上述的引文可以了解，羅性對於司馬相如的賦作相當欣賞，其欣賞
的標準就在於「思致」與「辭氣」，一是內在情志，一是外在形式，
由其對於時人希白生的傳記，就可以看出他所謂的內在情志必須基於
道德的修省，外在形式其實除了指涉文章的體裁與韻律之外，也兼含
行爲上是否有凌雲之志，或是高潔的生命型態。然而張羽卻認爲屈賦
的影響卻是相當敗壞的：

　　昔者昊穹生民，聖人繼世，並陰陽而施化，參天地而創制。
　　畫《易》以明變，立《書》以尊事，制《禮》以接民，陳
　　《詩》以達意，作《樂》以發和，修《春秋》以道義。世
　　歷三古，人更數聖，而六藝之文，於是大備。細者入毫芒，
　　大者苞元氣，前者出太始，後者及無際。發天地之奧藏，
　　立萬世之經紀。然其爲文也，縻而載之，不能專車，攝而
　　藏之，不盈一匱。及老聃著《論》，而諸子起；屈平賦《騷》，
　　而文詞興。微言絕而專門立，全經離而傳義行。自是綴文
　　之子蠭起並馳，駢肩累跡，無世無之。或登高而賦，或下
　　帷而思，或出口而成論，或和積十年而後爲，或善詼諧而
　　設辨，或口不能言而著書，或牽合於五行，或瑣碎於蟲
　　魚……〔註104〕

再次將此引文錄出，要說明的就是縱使論詩復古，但詩人的批評標準
依舊會有相當大的差異，張羽與羅性在對待辭賦的批評觀念上正好呈
現一個對立面的思考，張羽主張絕對的宗經，所以凡是背離六經微言
的，都是使詩文敗壞的重要因子；而羅性則用相對性的思維，在六經
的基礎上復古，他比較從內在面的方式去討論詩文的創作，因此他的
批評便在於前述引文裡的「思致」與「辭氣」，假使能夠具備思致又
可以表現辭氣的作品，其實就符合回歸六經的標準。

────────────

〔註103〕《羅德安公集》卷一〈希白生傳〉。
〔註104〕《張來儀文集》全一卷〈輝默〉。

張宇初則是江西派裡提出確切詩史觀的詩人，其云：

> 夫詩豈易言哉？自三百篇古賦之下，漢之蘇、李，魏之曹、王、劉、應，去風雅未遠，始有以變之。晉初阮、陸、潘、左之徒，猶未湮墜。逮六朝鮑、謝、顏、張出，而音韻柔嫚，體格綺麗，則風雅之淳日漓矣。暨唐初宋、杜、陳、劉，盛唐韋、柳、王、孟作，而氣度音節，雄逸壯邁，度越於前者也。而集大成者，必曰少陵杜氏。在當時，如高、李、岑、賈，亦莫之等焉。則杜氏之於窮達忻戚，發乎聲歌者，有合乎風雅，而足爲楷法矣。唐末風俗侈靡。宋之稱善者，蘇子瞻、梅聖俞、石延年、王介甫、歐、蘇、朱、楊而已。及元范、楊、虞、揭輩，倡遺音於絕響之餘，直追盛唐，一時禁林之儒生、四方之士人，莫不宗師之。凡江東西之間，言能詩者尤盛，蓋得乎己者。〔註105〕

他將詩歌的發展分成九期：

（一）三百篇：此是詩歌的價值根源所在，不須多論。

（二）漢、魏：去古未遠，故仍有風雅之志，亦存風骨之氣，但已是轉變點。

（三）西晉：西晉一統天下，初期亦存風雅遺音，尚未湮墜。

（四）東晉南北朝：此時的詩歌可以說是第一次的淪喪，可以看出張宇初對於「音韻柔嫚，體格綺麗」之詩作，相當不以爲然。

（五）初唐：開始重振詩歌的氣骨，「雄逸壯邁」的氣格伴隨大唐帝國走向詩歌與文化的興盛。

（六）盛、中唐：此時的詩歌創作走向先秦漢魏後的第二次高峰，以杜甫爲集大成者，並且將此時的作品當作是可以復古的部分，這裡與其他文人的意見並無不同。

（七）晚唐：一句「風俗侈靡」帶過，可見其對於此時期詩歌創作的不屑語之。

〔註105〕《峴泉集》卷二〈雲漢詩集敘〉。

（八）兩宋：對於兩宋的批評並不嚴苛，但從他所舉之詩人，可看出從事古文與理學之學者，是他認爲宋代的重要詩作家。當然亦都是詩文兼善的好手。

（九）元：明初對於元詩的贊譽，往往超過宋代，甚至將元詩與唐詩媲美，像張宇初，直接認爲元詩直追盛唐氣象，把元詩之地位抬高，其實有助於明初詩人的承繼。

其實張宇初的詩史觀清楚地傳達了多數江西派對於詩史的看法，對於六朝晚唐詩歌的強烈批判，對於宋詩尤其是元詩的高度贊揚，於是明初以前的詩史，一共有三個高峰，第一個當然是先秦漢魏、第二個是盛唐李、杜、第三個則是元，以元作爲第三個相酹於盛唐的詩歌盛世，其實是爲了明初詩人自身的定位而言，也因爲這樣的詩史思考，才讓元末明初的詩人在失序的社會中，找到一種安身立命的內在力量。練子寧評論太白云：

> 其英偉豪傑之士氣，自足以蓋天下事也。故其文章豪放飄逸……自唐及宋，罕有繼者。元初，惟清江范德機，清修之節，超卓之見，發而爲文，以鳴其一代之盛。〔註106〕

以范德機相比擬於李太白，不僅是詩文創作的部分，更是將人格論涉入於詩史承傳的聯繫當中，可以看出元末明初的部分詩人，對於元代詩歌地位的提高，是站在生命氣質與生命節操的思考作爲傳遞火把的起點。

三、小　結

綜觀江西詩人對於詩歌批評與詩史的判準，大多脫離不了理學的影響，無論是危素所言的「一以貫之」、梁寅的「可法」與「敝」、還是陳謨強調「大篇」可昂揚生命，都代表著理學與詩歌批評的關係。這樣的思維有兩種方向的深入發展：一是羅性，相對性的寬容，他在六經的基礎復古，認爲具備思致又可表現辭氣的作品，就符合回歸六

〔註106〕《練公文集・黃體方詩序》。

經的標準，所以他並不排斥辭氣的經營；另一個則是張羽，絕對性的極端，他主張絕對宗經，所以凡是背離六經微言的，都是使詩文敗壞的重要因素。但無論是絕對或是相對性，都含蘊著回歸六經的批評理論，這樣的理論形成史觀，就反映在張宇初古代詩歌發展九期論的思考中。

其實，每一文學群落裡，必然會有一些不和諧的音符，但也正因為不和諧，反而提供了一個新的詮釋進路。本節中，關於江西詩人的詩歌批評觀，劉永之便形成了完全不同於多數江西詩人的批評判準，他對六朝晚唐詩人的高度激賞，以及自身詩歌創作部分具備晚唐風格，都可以看出他不同於當時浙東與江西共構的詩歌風尚，尤其是其讚揚何遜的思維，更可看出形式與情感的配置，是他特別注意的部分。就算我們將論述視野置入明初整體的詩學範疇中，恐怕也很難找到如劉永之一般如此讚揚六朝晚唐，並身體力行的詩家。

第四章　蘇州派詩學理論

　　朱元璋擊敗張士誠後，對於蘇州文士的壓抑，使蘇州文人的抗拒色彩相對濃厚。而浙東派在建國後便成為中央文化推動的骨幹，一個可以掌握文化權力的流派，於是蘇州派在浙東思維的控制下，不和諧的音符便成為一道隱伏的聲響。加以蘇州一地的文化風氣長期自由多元，理學的影響未有浙東與江西來得深化，所以蘇州對於詩文創作便帶有許多不同於儒學思維的創新部份，詩歌理論則是明初詩論下的特出型態，與當時主流的詩論價值歧異，多了些包容與質變。

　　蘇州位於吳中地區核心，以《大明一統志·中都》轄下的蘇州、松江、常州、鎮江、揚州等作為主要區域，兼及浙西（嘉興、湖州、杭州）之地。換言之，吳中以平江（蘇州）為中心，西及無錫、江陰等地，東至松江，以及現屬浙江的嘉興、湖州、杭州。是元末時張士誠所據之地，並且因張士誠保境自守的性格，所以從元至正十六年其破平江（蘇州）一直到至正二十七年被朱元璋所滅的九年間，吳中地區一直相當安定，而這此處亦屬於全國糧食與桑麻的重要產區。《大明一統志·蘇州府·形勝》云：

> 藪曰具區，浸曰五湖，三江雄潤，五湖腴表，南近諸越，北枕大江，川澤沃衍，有海陸之饒。松江大湖水國之勝，山川表明麗湖海吞大荒，旁連湖海外控江淮，東際大海西

控震澤。〔註1〕

《大明一統志・蘇州府・風俗》又云：

風俗清美，俗多淫祀，尚文尚佛，士風清嘉，人有恆產，
多奢少儉，俗奢靡急圖利，俗好用劍。〔註2〕

從上述引文，可見蘇州一帶不僅是「大湖水國」，在形勢上擁有主控
江淮的重要位置，確是相當富饒之地，而環境具備水鄉澤國的良好條
件，使其地之人的生活有相當的經濟狀態。當然相對於北地而言，「人
有恆產，多奢少儉」的好利習尚，便成為此地的群體性傾向。《大明
一統志・湖州府・風俗》亦云：

人性敏柔而慧，儒風盛於東南自湖學始，自江左而後，清流
美士，移風餘韻相續，其民足魚稻菱蒲之利，寡求而不爭，
其人壽，其風信實，家有詩書之聲，戶習廉恥之道。〔註3〕

而《大明一統志・杭州府・風俗》亦云：「以船艦為車馬，吳越尚男，
俗尚侈靡，尚禮厚寵，人性敏慧，習俗工巧。」〔註4〕從這些記載均
可見蘇州除擁有「儒風」外，詩文的創作是另一種文化群性，加上經
濟條件擁有「船艦之利」與「魚稻之利」的雙重優渥，地理與文化環
境相對安定，使張士誠據吳期間，元末時期的文人薈萃此地，作為避
難之所。瞿佑云：「張氏具有浙西富饒地，而好養士。凡不得志於前
元者，爭趨附之。美官豐祿，富貴赫然。」〔註5〕；而文徵明亦云：「偽
周據吳日，開賓賢館，以致天下豪傑，故海內文章技能之士，悉萃於
吳。」〔註6〕此兩段文字的記載更可與《大明一統志》互證：第一，
張士誠求安定且好養士，故九年據吳期間，吸引眾多文人聚集此地，

〔註1〕《大明一統志》卷八〈蘇州府〉，文海出版社印行，1965 年 8 月初
版，頁 648。

〔註2〕同前註，頁 648～649。

〔註3〕同前註，卷四十〈湖州府〉，頁 2796。

〔註4〕同前註，卷三十八〈杭州府〉，頁 2686。

〔註5〕《歸田詩話》卷下。台灣商務印書館文淵閣四庫全書本。

〔註6〕文徵明〈跋文姬權厝志〉，四庫全書《甫田集》卷二十一。台灣商務
印書館四庫全書文淵閣本。

並且給予相當好的生活待遇。第二，張士誠開賓賢館代表文士被高度禮遇，到了可以開館聚集的程度，實際上當時許多著名文士來到吳中，亦多任其官職，在這種結合與推波助瀾下，蘇州的文風大盛，居然出現定期的結社活動：

> 元季國初，東南士人重詩社，每一有力者為主，聘詩人為考官。隔歲封題於諸郡之能詩者，期以明春集卷，私試開榜名次，仍刻其優者，略如科舉之法。〔註7〕

> 當勝國時，法網寬，人不必仕官。浙中每歲有詩社，聘一二名宿如廉夫輩主之，刻其尤者為式。饒介之士傊吳，求諸彥作《醉樵歌》，以張仲簡為第一，季迪次之，贈仲簡黃金十兩，季迪白金三斤。〔註8〕

非常有趣的是，這樣的結社居然透過如科舉制度的方式，擬定考題，讓所有能詩之人撰寫比賽，經過當時較有公信力的詩壇耆老閱卷評定後，分出名次，給予獎金獎勵。這種類似於當代文學獎的舉辦方式，其實會吸引極多的知名詩人或後起之秀參與，讓文化風氣得以繁榮昌盛。更有可能培養出所謂的專業文人，這些聞人不必透過仕官的途徑，也能取得一定的經濟能力與社會地位；而他們所撰寫的得獎作品，也會被銘刻（有如文學獎合集）作為後人的典範。這也可以看出一件事情，就是要舉辦給予高額獎金的文學獎，就必然要與當時的經濟結構體合作，也就是會形成「政治結構──知識份子──商人」三者互構的現象：

> 元季吳中好客者，稱昆山顧仲瑛、無錫倪元鎮、吳縣徐良夫，鼎峙三百里間，海內賢士大夫聞風景附。一時高人勝流、佚民遺老、遷客寓公、緇衣黃冠，與于斯文者，靡不忘三家以為歸。〔註9〕

〔註7〕　引自李東陽《懷麓堂詩話》，台灣商務印書館四庫全書文淵閣本。

〔註8〕　王世貞《藝苑巵言》。收錄自清・丁福保輯《歷代詩話續編》，臺北：木鐸出版社，1983 年 9 月。

〔註9〕　陳田輯撰《明詩紀事》甲籤卷二十五，上海古籍出版社，1993 年。

張士誠的招攬、大商人地主的延致，加上各類型文人的需求，結合出來蘇州派的文學風氣，當元末戰火綿延之時，蘇州吳中一地居然出現如此的文學盛況，並且也聚集了許多避難的優秀文士，可以說是當時最重要的文學集散地。辛一江云：

> 明初遺民的主要活動方式是結社唱和……這一現象說明，遺民們避世的方式，已不僅僅滿足於個人獨善其身，他們還迫切地希望從群體中獲得精神支持，在同聲相應、同氣相求中獲得面對生活的勇氣和相濡以沫的力量。顯然，在這一群體行爲之後所反映的乃是強烈的趨群結盟的意識，而這種意識正是文學流派得以產生的思想基礎。〔註10〕

於是結社的風氣在吳中蘇州一地變成風尚，明初期以降趨群結盟的文化傾向也因而形成。關於蘇州派大致上的文學特色與創作風格，可以從姚桐壽《樂郊私語》作一管窺：

> 楊鐵崖至嘉禾，貝廷臣以書幣乞吳越兩山亭志，並選諸詞人題詠，楊即爲命筆。稿將就，夜已過半，俄門外有剝啄聲，啓視，則皆嘉禾能詩者也。率人人持金繒，乞留選其詩。楊笑曰：生平三尺法，亦有時以情少借。若詩文則心欲借眼，眼不從心，未嘗敢欺當世。遂運筆批選，止取鮑恂、張翼、顧文奕、金絅四首，謂諸人曰：四詩猶爲彼善於此，諸什尚須脫胎耳。然被選者無一人在。諸人相目驚駭，固乞寬假得與姓名，至有涕泣長跪者，俱揮之門外，閉關藏燭，曰：風雅掃地矣。〔註11〕

楊維楨可說是影響蘇州派最重要的人物，從引文裡不難發現楊維楨在諸文人心中那個幾近於神性的地位，而當時蘇州著名之文人也多師事維楨，王世貞在《藝苑卮言》記敘此時的狀況時，認爲楊廉夫實主東南文人的冠冕〔註12〕，因此楊維楨的詩文風格便成爲吳中蘇州文壇

〔註10〕 辛一江〈論元末明初越派與吳派的文學思想〉，《昆明師範高等專科學校學報》第二十一卷第三期，1999 年 9 月。
〔註11〕 引自台灣商務印書館《四庫全書》影印文淵閣本。
〔註12〕 《藝苑卮言》卷六。收錄自清・丁福保輯《歷代詩話續編》，臺北：

某種共同的趨向。其友張雨曾爲其詩集作序云：

> 上法漢、魏，而出入少陵二李之間，隱然有曠世金石聲。
>
> 又時出龍鬼蛇神，以炫蕩一時之耳目，斯亦奇矣。〔註13〕

可見「鐵崖體」的詩作風格有兩種趨向，一是以漢魏爲法，李杜爲師，走的是從盛唐上追漢魏的進路；但另一種趨向則是楊維楨師事李賀的部分，故以「奇」作爲表現方式，縱橫奇詭、僻詞險怪躍然紙上；另外楊維楨亦曾撰寫不少「香奩體」的詩作，穠麗與奇思交織出一幅特殊的圖景〔註14〕。這樣的創作風格結合當時吳中蘇州詩人避開社會戰亂的思維模式，導致吳中詩人除了在人倫教化的詩三百回歸外，另外存在著一股抵拒「文必以載道」的反叛趨向。

正因爲鐵崖體的風格，融漢、魏、六朝、杜甫、李白、李賀爲一爐，故其可以兼法眾長，傳達一種特別的審美效果，既存在李賀奇藻之思，又以李白與杜甫之氣勢去調整李賀的怪誕，加強了他詩歌表現的力度。如果我們來觀察他多以雄奇瑰麗的意象，達到開闔排蕩的美學效果後所傳達的文化意義，不難發現楊維楨對於明初蘇州詩人的文化價值爲何。章培恆指出：

> 元末的文學作品中，對自我的肯定，或者説對束縛個性的
>
> 反撥，達到了一個前所未有的高度。〔註15〕

楊維楨是元末明初裡對於蘇州吳中文人影響與自我表現上最重要的人物，他的詩論都洋溢著發揚自我的高度精神，將束縛個性的外在事物都排拒在詩歌創作之外，其云：「惟好古爲聖賢之學，愈好爲愈高，而入於聖賢之域」（〈好古齋記〉），表面上這句話與其他詩家「雅正」說的復古觀念無異，然而楊維楨在〈李仲虞詩集序〉、〈剡韶詩序〉、〈趙氏詩錄序〉反覆提及的「情性」說，以及馮班所說的「楊鐵老作樂府，其源出二李、杜陵。有古題者，有新題者，其文字自

木鐸出版社，1983 年 9 月。
〔註13〕 引自台灣印書館《四庫全書》影印文淵閣本《鐵崖古樂府・序》。
〔註14〕 如其〈香奩八詠〉與〈續香奩二十首〉等。
〔註15〕 〈明代的文學與哲學〉，復旦大學學報（社會科學版）。

是鐵體」（〈鈍吟雜稿〉），均可見楊維楨雖仍主張復古，但其所欲復之古爲「古樂府」之古，是透過古樂府的創作回到個人內在情性之眞摯處，鮮明地表現自身的生命型態，隨事寄託，就是元末蘇州一地詩人標舉自我精神的根源，也是明中葉吳中蘇州文壇能再次復甦的精神力量。晏選軍云：

> 詩人汲汲以求的張揚個性的傾向，與元末日趨混亂無序的
> 社會形成了深刻矛盾。面對自我實現與不具備這一條件的
> 客觀現實之間的衝突，反映在詩人們的生活與詩文中就有
> 兩種取向：一是以種種悖於現存秩序的不合作態度來表示
> 自己的抗爭，以求掙脫束縛自我的羅網；一是不與現實發
> 生直接衝突，而轉向於對內心苦悶的抒發，並以之暗示對
> 理想的執著追求。〔註16〕

這正是楊維楨給吳中蘇州的知識份子帶來的生命思維。雖然，在朱元璋執政之後，吳中蘇州士人受到一定程度的迫害，但這一股感憤傷時、志氣激昂的「情性」思維，非但沒有消失，反而成爲一股隱伏的潮流，在明中期的吳中文壇，以另一種屬於「山人墨客」的方式重新呈現〔註17〕。而元末明初的吳中蘇州作家群多師事楊維楨的結果，如辛一江所言：

> 吳派作家主張文學遠離政治，強調發乎性情的自由創作。
> 這一思想既表現了對文學本體的關注，又反應出身亂世的
> 知識份子逃避現實、獨善其身的生活態度。〔註18〕

這是既發乎性情，又特別地關注了文學創作本身的狀態，更反映出混亂時代中士人的生活態度，不僅是逃避現實，更是將詩歌暫時從「雅正」思維裡跳脫出來，變成表達情性，自娛自樂的重要方式，這是從群體性詩歌的言志追求，某種程度地解放成詩人主觀感受的精神境

〔註16〕 晏選軍〈鐵崖體詩風淺探〉，中國韻文學刊 1999 年第一期，頁 15。
〔註17〕 費振鐘著《墮落時代：明代文人的集體墮落》，立緒文化，2002 年。
〔註18〕 辛一江〈論元末明初越派與吳派的文學思想〉，昆明師範高等專科學校學報第二十一卷第三期，1999 年 9 月。

界，明代中葉以降那種文學大眾化的概念實際上早在吳中一地有了初步的啓蒙。這樣的觀念是既不放棄「雅正」爲詩歌創作的根源，又強調個人「情性」的解放，兩者看似矛盾的詩歌思維，其實就反映在吳中蘇州詩人的理論趨向。

　　然而，朱元璋攻入平江據吳之後，浙東派文人與這些朱元璋集團的成員，站在文學教化的立場，以及對於吳中蘇州文人「奇巧浮艷」、「深怪險僻」的某些文風的反感，再加上蘇州文人對於朱元璋集團的態度多採取不合作的方式，使得洪武年間對於吳中士人的迫害與打擊相當嚴重。廖可斌指出：

> 終洪武一朝，蘇州一直是一個敏感地區，31 年間，知府可考者就換了 31 任，其中得罪可考者就有 15 人。應該承認，明初對文士的迫害是全國性的，其他地方的知識份子受害者也很多，但受禍程度都不及吳中劇烈。〔註19〕

顯示蘇州知府更換頻繁之不尋常處，已經到了每年一換的高頻率，而得罪可考者居然就佔了更換知府因素的一半。他更將明初重要吳中蘇州文人被朝廷殺害者做了整理，列出饒介、高啓、徐賁、張羽、王行、謝肅、金綱、王蒙、陳汝言、盧熊、袁華、楊基等蘇州文士，並說明其被誅殺的原因〔註20〕。這些都顯示，浙東派文人與統治者朱元璋合作下的文學環境，相當肅殺保守，此時所謂回歸正統的文學主張與創作成爲整個文壇必須服膺的風尚，廖可斌的分析相當清楚地表示元末明初時期的文學情況：

> 總觀元代文學的發展，大致包括兩種傾向。一是正統化傾向，主要表現爲受程朱理學影響較深的詩文創作及「文以明道」的文學主張。二是非正統化傾向，主要表現爲具有一定離經叛道性質的詩文、詞曲及小說戲劇等通俗文學形式的創作。兩者之中，後者顯然更具有生命力，因此終元之世，這種傾向的文學創作得到了長足發展。然而在明代

〔註19〕廖可斌《復古派與明代文學思潮（上）》，文津出版社，頁 63。
〔註20〕同前註。

> 初年，情況卻發生了根本轉變。正統的文學主張和文學創
> 作壟斷了整個文壇，非正統的文學思想與創作則受到嚴厲
> 打擊和壓制……〔註21〕。

這樣的轉變，從地域詩學的角度看來更爲地清楚，朱元璋建國時所任
用多爲浙東文士。明初以至於整個明代，中州文人多由南方文士透過
科舉入北取得，科舉本身即是朱子學，在明初，就以浙東派與江西派
作爲根本，他們的詩學理論，充分地反映出這種事實。本節論及之蘇
州派，是一具有生命力的文化群體，但在明初根本無法掌握文化權
力，在朱元璋的壓抑下，蘇州文人在明初時期潛伏著成爲一道抗拒主
流的逆音，有待於永樂之後再次發聲。

第一節　詩歌的基礎與根源

蘇州派在論詩之基礎與價值根源的思考，與浙東派有雷同與相異
處，就雷同處而言，蘇州派文士將「詩三百」根源給予宗教的神格位
階，使詩歌的價值被附加了宇宙論式的創生意義，換句話說，詩歌創
作的位置被高度提昇；就相異處言，楊基跳脫了「言志」的進路，從
曹植與李商隱處論及根源，使蘇州詩歌理論的思考呈現出包容與多元
的精神。

一、「黃初晚唐」溯源說與「詩三百」宗教說的對映

楊基論及詩歌根源，不採「詩三百」的價值回歸，反而以曹植、
李義山作爲回溯，其詩也以「纖巧美麗」著稱於世。張適、孫作與妙
聲與楊基正好形成強烈的對比，他們不僅強調「言志」的根源，妙聲
作爲僧徒，更將詩歌根源「宗教化」，變成一種信仰，表面上似乎比
浙東系統更加推崇詩三百的教化價值，實際上其內在理路，反而把詩
文創作賦予一種「神妙不測」的宗教思考，這是相當特殊的新變。

〔註21〕同前註，頁 50～51。

　　楊基（1326～1378？），字孟載，號眉菴。原籍嘉州（今四川樂山），因祖父在吳中（今江蘇蘇州）做官。元末隱於吳之赤山，後爲張士誠記室。洪武初起爲滎陽知縣，歷官山西按察使。因事奪官，謫爲輸作，卒於工所。其詩深受楊維楨稱賞；與高啓、張羽、徐賁并稱「明初四傑」。其詩「頗沿元季穠纖之習」(《四庫總目提要》)。「天機雲錦，自然美麗，獨時出纖巧，不及高啓之沖雅。」（徐泰《詩談》）著有《眉菴集》等〔註22〕。其云：

　　　　我素有詩疾，逢人即談詩。詩友憐我勤，遂以詩相期。早
　　　　與高徐輩，遠慕黃初時。時時發警策，早爲詩人知〔註23〕。

楊基與高啓、張羽、徐賁並稱「明初四傑」〔註24〕。從上述所引，不難發現楊基所企慕的並非是「建安風骨」，而是以曹植爲主，詩風趨向細膩緣情的「黃初時期」，由此了解楊基學詩的價值根源並非完全是主「言志」詩三百價值系統，而是偏向抒情纖麗的創作方式。徐泰評楊基的創作云：

　　　　天機雲錦，自然美麗，獨時出纖巧，不及高啓之沖雅〔註25〕。

可見楊基之詩並非「風骨樸實」，而是「纖巧美麗」，《四庫全書總目提要》說「其詩頗沿元季穠纖之習」，可爲確論。因此楊基論及學詩的根源，其趨向並不只黃初時期，他對於晚唐李義山一派的詩風，有著相當的喜愛：

　　　　嘗讀李義山無題詩，愛其音調清婉，雖極其穠麗，然皆託
　　　　於臣不忘君之意，而深惜乎才之不遇也。〔註26〕

引文裡可注意的有：第一，楊基喜愛音調清婉之詩，與「詩三百」典雅和平正大之音不同；第二，不知是否仍囿於浙東根源「詩三百」的

〔註22〕　台灣商務印書館四庫全書影印文淵閣本。本文所引楊基之文，此後但標冊數與頁數（冊～頁），不再注明版本出處。

〔註23〕　《眉菴集》卷一〈衡陽逢丁泰〉，1230～351。

〔註24〕　《眉菴集・提要》：「楊維楨所稱與高啓、張羽、徐賁號明初四傑，其詩頗沿元季穠纖之習。引書同上註，1230～329。

〔註25〕　徐泰《詩談》。

〔註26〕　《眉菴集》卷九〈無題和李義山商隱序〉，1230～468。

習尚，抑或是楊基的確認為詩仍必須承載「君臣」等倫理思維，故他談論李義山詩之時，也必須將他的詩導引至「臣不忘君」。

實際上，蘇州派除楊基之外，多數人與浙東派相同，仍以「詩三百」作為詩的基礎與價值根源。張適（1330～1394），字子宜，長洲（今江蘇蘇州）人。洪武初，為宋濂所薦，與高啓同應詔修《元史》。適與高啓、楊基等并稱「十才子」。詩文詞皆修潔，頗有雅音。著有《甘白集》〔註27〕。其云：

> 發乎情，止乎禮義，亦古風人之遺意也。〔註28〕

又云：

> 夫詩豈圖流連光景，嘲弄風月而已哉！其有關於風教，可
> 興可觀，感發懲創，非他教之可及也。〔註29〕

張適不願為之「嘲弄風月」如對照於楊基根源的「黃初」與「李義山」，看來似乎變成一種譏刺。的確張適仍是將「詩三百」興發志氣作為詩的價值歸趨，並且將這樣的觀點提升到「宗教性的地位」，原本「詩教」應該是指詩歌的感化教育功能，然而張適則更以信仰的角度來賦予詩三百更大的權威地位，這比浙東派是有過之而無不及。

妙聲（約1384年前後在世），江蘇吳縣人。洪武三年（1370），與釋萬金同被召，蒞天下釋教。所作詩文繕寫藏之山房。所作頗有士風，當元季擾攘之時，感事抒懷，往往激昂可誦。雜文體裁清整，四六儷語，亦具有南宋遺風。今傳《東皋錄》三卷〔註30〕。而他作為僧徒，更是將詩推向為宗教信仰，不僅有功於名教現世，更是可以將大化寄於其中，有別於浙東派儒家系統的佛教「淑世」價值：

> 嗟夫！吾徒之為文，所以寄大化而善世云爾。無事乎，華
> 靡之辭也，世遠道衰，學者倍其師說，託焉以自放，假之

〔註27〕 以下所引張適之文均為十萬卷樓藏抄本，此後不再標明出處。
〔註28〕 《甘白先生張子宜文集》卷二〈三友軒詩序〉。
〔註29〕 同前註。
〔註30〕 台灣商務印書館四庫全書影印文淵閣本。本文所引妙聲之文，此後但標冊數與頁數（冊～頁），不再注明版本出處。

以爲高。雕章琢句，若專以其業者，無當於道，無得於己，
無益於物，則亦何樂而爲之也哉？鳴呼！無惑乎無道之弗
振也！無隱蓋有見於此矣，於是獨探原本，具訓以警，其
有功於名教者乎！〔註31〕

妙聲不僅將詩歌的價值賦予宗教的意義，更站在這樣的立場，比浙東
派更直接強烈地批判「華靡之辭」，認爲世風日下、人心不古的根本
原因，正在於這種詩風成爲流行的創作方式。妙聲將此類詩風之無益
推己及人，不僅無益於形上道德之推擴，亦無益於自身德性的開展，
更無益於做成物化俗的功夫，對內對外均無益處，因此浮靡詩風本應
非之而不爲。其次，妙聲對於詩歌在當代以師說作爲傳承，有極大的
批評，其批評處正在於學者只知崇尚師說，亦步亦趨，專以其業，而
不知去直尋詩歌的價值根源，從本原處紮實做起，將詩三百作爲創作
之極則，這是導致詩風日以代降的另一根本原因。

　　孫作（約 1385 年前後在世），字大雅，江蘇江陰人。元末，挈
家避兵於吳，盡棄他物，獨載兩箱書。爲張士誠廩祿之，卒因母病
謝去。洪武六年（1373）聘修《大明日曆》，書成，授翰林院編修，
後以事廢爲民。其詩力追黃庭堅，《四庫全書總目提要》稱其「才力
不及庭堅之富，熔鑄陶冶亦不及庭堅之深。雖頗拔俗，而未能造古，
《東家子傳》一字不及其詩，蓋有微意，非漏略也。」著有《滄螺
集》〔註32〕。孫作云：

余惟六經所以爲文者，如日月之光華，星辰之錯列；山岳
河海之流峙；煙雲草木之變化，未嘗有意於文，而天下之
文卒無以加，所謂文之至也。而三百篇又文之至焉。〔註33〕

詩歌不僅可以感天地，還可以動鬼神，這簡直是將詩歌的地位推向天
地萬物創生之根源，也就是說詩即道。第二，孫作認爲六經是文之主，

〔註31〕《東臯錄》卷中〈懷淨土偈序〉，1227～596。
〔註32〕台灣商務印書館四庫全書影印文淵閣本。本文所引孫作之文，此後
　　　　但標冊數與頁數（冊～頁），不再注明版本出處。
〔註33〕《滄螺集》卷三〈大雅堂記〉，1229～492。

而詩三百則又爲六經之首，換句話說就是天地萬物以至於人類行事均
應以「詩三百」的道德教化爲準則，這樣的看法與浙東派並無不同，
不同的部分卻是他們將詩推向神妙不測的宗教位置，將詩歌的價值根
源透過詩三百的學習顯出其唯一絕對的「道」之價值。

二、「自然」、「節制」與「三位一體」根源說

王行（1331～1395），字止仲，號半軒，江蘇吳縣人。通經史百
家言，與高啓、徐賁、張羽等稱「北郭十友」。洪武初，隱於石湖（在
吳縣東南）。後赴南京，視二子，被涼國公藍玉聘入家館。洪武二十
六年，藍玉因事被殺，行父子俱株連後亦被追究捕殺。行能詩文，工
書畫。著有《半軒集》、《楮園集》〔註34〕等。其論學詩基礎與價值根
源首重「自然」：

> 工而矜莊，是未免夫刻畫；拙而渾樸，是不失其自然也。
> 苟棄其拙而取其工，則是遺自然而尚刻畫，豈足與言溫柔
> 敦厚之教也哉？〔註35〕

王行將「刻畫」與「自然」對舉論詩，而其「自然」之意首須加
以辨析：

```
刻畫－工而矜莊 ──────────┐  ┌─ 工而刻畫同乎拙 ─┐
自然－拙而渾樸－溫柔敦厚之教 ─┘  └─ 拙而渾樸同乎工 ─┘
```

其自然之意義是從詩歌的表現風格作爲討論的起點，並且要對於
「律詩」之出現作合理化的詮釋，因此才會出現上述既弔詭又圓融的
思考。弔詭處在於律詩的出現即是王行所言「自然蓋幾希矣」，但律
詩既已出現，王行就以「不能不計其工拙」來圓融律詩亦有自然之所
在，亦即是筆者前述所言的「人爲之自然」，王行則用「工而刻畫同
乎拙，拙而渾樸同乎工，終不遺夫自然也」〔註36〕來進一步說明。第

〔註34〕台灣商務印書館四庫全書影印文淵閣本。本文所引王行之文，此後
　　　　但標冊數與頁數（冊～頁），不再注明版本出處。
〔註35〕《半軒集》卷六〈唐律詩選序〉，1231～357。
〔註36〕同前註。

二，這樣的說明要能夠合理，就必須將自然義從表現風格涉入到精神內涵的層面，也就是說表現風格是人爲的自然，但精神內涵則應該屬於天然的自然，而這種天然的自然有兩種進路，一爲道家式的「自然而然」沖虛無爲之境界，另一個則是儒家是「天理自然」的道德境界。王行云：

> 朱子教人爲之先學章、柳。章、柳固不足以盡詩之妙，然由是而往，雖求至於三百一十篇，亦猶灑掃應對求造夫聖賢之域，雖地位有高卑，道里有遠近，往之則至，終無他歧之惑矣。……夫朱子教人一定不可易之法……〔註37〕

這樣不可易之法，是從章、柳上達至詩三百，換句話說從偏向「自然而然」的詩作學習，上體「天理自然」的生命道德。至此我們可以發現王行所謂的自然，涵括的不僅是儒家道德的思維，也包括道家式的自然思考，但其根源仍然是以儒家作爲依歸，放在詩歌上衡量，就是學詩的價值根源仍是「詩三百」，因爲詩三百既自然而然又天理自然：

> 詩先國風而後雅。蓋風本時之歌謠，雅則禮之樂章也。學詩者不先之風，無以見詩人發於性情之自然，不歸諸雅，無以識君子止乎禮義之中正。此不易之序也。〔註38〕

此處引文即是說明，風乃歌謠，本諸於地域性與詩人之情性自然；雅則是儒家道德之所依歸，爲禮樂制度等教民成俗的根源。而風須歸本於雅，即是自然而然須根源於天理自然，如此一來，詩歌不僅能掌握詩人情性的自然變化，更能透過道德的制約，使其不偏離中道，有所節制，這與浙東派對於自然的看法實有不謀而合之處。

王彝（？～1374），字常宗。其先蜀人，父仕元爲崑山教授，遂遷嘉定（今屬上海市）。師事王貞文，得金履祥之傳。明洪武三年，以布衣被召續修《元史》，與高啓、張適、謝徽等友善。後以坐太守魏觀《上梁文》案，與高啓同被殺。《四庫全書總目提要》稱「其文

〔註37〕《半軒集》卷五〈柔立齋集序〉，1231～346。
〔註38〕《半軒集》卷八〈題陳邦度詩後〉，1231～392。

大致淳謹，詩亦尙不失風格」。論詩主情，但須是有節之情。著有《王
常宗集》〔註39〕。他則從「節制」的角度論詩歌的價值根源：

> 天下之情之有節者爲之也。夫以其有節者之情以爲之詩，
> 而詩之節如此其至也。……孟子曰：「詩亡。」非詩亡也，
> 人之情不亡，詩其可以亡乎？蓋詩云亡者，情與詩無節，
> 則由無情猶無詩也。於是有得詩之情而復有其節者，世雖
> 漢、魏也，而猶有古作者之遺意也。〔註40〕

王彝以爲詩歌的價值根源應是「有節之情」，也就是在情感已發之處，
透過節制的方式，使喜怒哀樂之發而皆中節，於是在此中節之情的驅
動下所完成的詩歌作品，必然存在著「詩道」。假使情感未能節制而
濫，就會造成「喜而無節則淫，怒而無節則，哀而無節則傷，懼而無
節則沮，愛而無節則溺，惡而無節則亂」〔註41〕，這樣的情況就會使
詩歌創作失去其本。此處我們不禁要問，到底王彝所說的「本」與古
之作者「遺意」所指爲何？王彝說：

> 世日遠而情日漓，詩亦日以趨下，則斷自漢、魏而後，謂
> 之古作者可也。夫斷自漢、魏而可謂之古作者，則晉、宋
> 及唐，苟有得夫漢、謂之情者焉，謂之漢魏亦可也。〔註42〕

他所定義的「遺意」，指的便是漢、魏及其前之古之作者，他們的作
品變成王彝心目中判斷詩歌是否爲佳作的價值標準，也就是所謂的
「本」。王彝將漢、魏之前的詩歌作爲學詩的基礎與價值根源，其實
與前述以「詩三百」作爲極則的思考，差異並不大，袛不過是範疇上
的差別而已，畢竟王彝一邊以「節制」作爲基礎，一邊將漢、魏當作
準則，這正是從詩三百以至於建安風骨所傳遞的創作思維，實際上並
未從論詩回歸詩三百的上脫離，但也確有開闊之處。然而，王彝卻是

〔註39〕 台灣商務印書館四庫全書影印文淵閣本。本文所引王彝之文，此後
但標冊數與頁數（冊～頁），不再注明版本出處。
〔註40〕 《王常宗集》卷三〈跋陶淵明流水賦詩圖〉，1229～424。
〔註41〕 同前註。
〔註42〕 同前註。

蘇州派一個異音，他對楊維楨的批判可說是甚於浙東群詩人：

> 楊之文以經辭怪語裂仁義、反名實，淆亂先聖之道……故
> 曰：會稽楊維楨，文之狐也，文妖也……而文之妖，往往
> 使後生小子，群趨而競習焉，其足以為斯文禍。〔註43〕

從引文可以看到王彝用「狐」與「妖」這樣不堪的語言批判楊維楨，可以觀察出王彝論詩不僅是相當的「文以載道」，更可以說是呈現某種極端的思考，他所持的立場應是對於明初詩文風氣的不滿而發，認為楊維楨的作品在語言形式上使用奇險怪語，並且藉此來挑戰混淆仁義之道，使後來的新世代趨之若鶩，讓文化逐漸走向內在的腐朽敗壞，甚至於有可能動搖長期累積的國之根本。可見王彝的確在蘇州詩人群當中，與浙東思維較為接近，並且對於先聖之道的捍衛有過之而無不及。

茅大芳（1349～1402），江蘇泰興人。洪武中，為淮南學官，擢秦府右長史。建文初，累遷右副都御史，吏部左侍郎。靖難兵起，燕師入南京，被收，不屈死。大芳博學能詩文，其讀書處名「希董堂」。人稱其詩「詞旨清麗，筆力遒健，追配唐人之作，而襟懷之壯烈過之」（朱筦跋）。著有《希董堂集》〔註44〕。茅大芳提出三個方式去檢驗「詩賦文辭」的價值所在，也透過這樣的思維透顯詩歌應是「政治、經術、時務」三位一體的型態：

> 先之經術以詢其道，次之論判以觀其學，次之策時務以察
> 其才之可用。詩賦文辭之誇乎靡麗者，章句訓詁之狃於空
> 談者，悉屏去之。〔註45〕

將詩歌的定位放在實用與經術兼具，正透顯了「詩三百」的價值所在，茅大芳想要喚起時人將詩歌的功能不要只定位在情感的發抒，以及文句的雕琢與訓詁上，強調必須回歸「詩三百」的實用功能，而這個實用功能不僅是「言志」，更重要的應該在於「治國」的外王部分，亦

〔註43〕《王常宗集》卷三〈文妖〉，1229～423。
〔註44〕道光乙未重鑴庚戌校印本，此後不再標引出處。
〔註45〕《希董先生集》卷上〈鄉試小錄序〉。

即是詩歌所應根源的就是社會教化,學詩的基礎也在於屏棄那些形式的斟酌與情感的浮濫,而應著眼於「感善懲逸」的價值歸趨。

因此,蘇州派在論及詩歌根源與基礎的概念時,一方面透過宗教化將詩歌的位階提昇,另一方面則藉由根源黃初、晚唐的嶄新思考,提出與浙東相抗衡的嶄新論點。這兩者均可使詩歌創作的價值歸趨有新的開展可能,茅大芳「三位一體」論的提出,亦證明了蘇州派把詩歌位格提至與古文位階相提並論的用心。

三、小 結

先替以上的討論作一總結:

(一)宗教化的價值根源:其實蘇州派在論詩之基礎與價值根源的思考,與浙東派並無不同,然而張適與妙聲則把這樣的根源賦予宗教的意義,亦即是與將詩歌的地位放到比人世更高的位置,使詩歌可以襄贊世間之大化,將儒家化民成俗的思考賦予了佛教「淑世」的宗教精神,而「詩三百」在這樣的情況下也變成了可以生天生地的價值根源,回歸「詩三百」就必須回歸到對於社會與世界的責任,這不僅是創作的事情,寫詩也必須教民成俗,於是要使社會能夠不再日漸卑下,創作就必須「為社會而藝術」,承載宗教救贖的價值與意義。

(二)從「節制」、「自然」的角度論價值根源:既然蘇州派多亦回歸到「詩三百」的根源,所以「節制」便成為學詩的基礎,王彝將詩歌的根源推擴至漢、魏,以為詩歌的價值根源應是「有節之情」,以有節之情作為創作根源完成的詩歌作品,必然存在著「詩道」,當然此「詩道」就是「詩三百」的詩教系統,並且王彝對於詩歌的思維與浙東詩人群相當符合,從其對於楊維楨的批判,可見他對於文以載道的捍衛,實有甚於浙東詩人。而楊基與王行論詩則重「自然」,王行起初先將「自然」與「刻畫」並舉,後來則將自然義從「表現風格」提升到到「精神內涵」,也就是將原本筆者應放在本質功能論探討的

「自然義」，推至本節分析的「根源義」，如此一來他必須面對「自然」本身就具有的「歧義」，因此王行便以儒家「天理自然」的根源去包含道家式「自然而然」，也就是將「詩三百」作爲人情自然與文學創作的根本。

（三）值得注意的倒是楊基，楊基不以傳統「詩三百」以降至漢、魏的思考，而是將黃初取代建安，甚至把浙東派與蘇州派所不喜的晚唐詩標舉，對於李義山一派的詩風，有著相當的喜愛，導致他的詩風「美麗纖巧」，並非「言志」詩格之進路。這樣的思考似乎代表著與浙東派一線之隔的蘇州派，除了有雷同的思維外，蘇州詩風更多地具備歧出與包容性，且極端化的傾向也更爲明顯（根源宗教化——妙聲與根源浮靡化——楊基）。

（四）經術、政治、文章三位一體：茅大芳認爲「先之經術以詢其道，次之論判以觀其學，次之策時務以察其才之可用」〔註46〕。當然是回歸「詩三百」的根源。但值得注意的則是他力圖在「社會實用」的觀點把「外王」作爲寫作的價值歸趨，而並非是言志之「內聖」工夫，於是寫詩便不再是雕文小道，也並非只是感風吟月而已，詩歌的地位與古文相拮，應該具備改革社會與政治的強大力量。

第二節　詩歌本質功能論

以藝術討論詩歌的本質功能，是蘇州派論詩的重要特色，於是詩歌便從「言志」中得到釋放，走向「尚趣」與「尚情」，雖然浙東已經存在如此的思考，但蘇州派士人在這方面卻講得更加透徹靈活。以下先作整體的觀察與說明。

一、「神本論」與「性情爲本」的對照

楊基、張適與王行都有「以畫論詩」的傾向，他們透過藝術論詩

〔註46〕《希董先生集》卷上〈鄉試小錄序〉。

歌本質，便將其定位於「自然」、「傳神」之概念上。相對而言，僧人
妙聲反而相當儒家，以「志」與「情性」視爲詩歌的本質，如果兩相
對照，不難發現蘇州派論及詩歌本質亦存在雙重傾向。楊基以畫論
詩，以爲詩歌創作的本質在於「神」：

> 古人畫馬如畫竹，貴在蕭蕭去凡俗。骨欲權奇尾欲輕，不
> 用豐驟與多肉。……信筆爲之自有神，忘卻龍媒是圖畫……
> 〔註47〕

楊基論畫強調神韻，不必太多技巧與情感的做作，也不必摹寫一般與
實物相近，這樣的思考強調的是畫能傳神，而好詩亦應如此，不須執
著於文字與形式的技巧上，而應該著重於內在所要傳達之「意」，傳
神便是將內在之「意」能夠巧妙地傳達，楊基云：「寫竹須傳神，何
曾要逼眞」〔註48〕，便是強調傳神寫照、得意忘象是詩歌與繪畫等藝
術創作所應具備的本質與功能。王弼云：

> 夫象者，出意者也。言者，明象者也。盡意莫若象，盡象
> 莫若言。言生於象，故可尋言以觀象。象生於意，故可尋
> 象以觀意。意以象盡，象以言著，故言者所以明象，得象
> 而忘言。象者所以存意，得意而忘象。〔註49〕

魏代王弼早已提出「得意忘象」的命題，強調「言──象──意」的
三個表現層次：

　　（一）「意」指的是內在的意念。

　　（二）「象」則屬於「內在的想像」，是將「意」在未形成藝術
或文藝表現時，所作的內在具象之呈現，或可稱之爲「物象→心
象」，即是在思維中呈現內在物象的想像符號，又可稱之爲「內在
的符號」。

　　（三）「言」則是所有外在的符號系統，包括文字、語言、繪畫、

〔註47〕　《眉庵集》卷二〈畫馬〉，1230～359
〔註48〕　《眉庵集》卷十〈倪雲林畫竹〉，1230～520。
〔註49〕　（魏）王弼撰《周易略例‧明象》，無求備齋易經集成本第一四九冊，
　　　　　台北：成文出版社印行，1976年。

藝術等等，是第三層將「物象→心象」具象化的系統。王弼認為無論意或象最終都需要「言」來表述，但對於言之本質，並非執著在言之本身（形式），亦非是透過言去追尋一種全然無漏的「象」或「意」，畢竟在形成言的過程中，原意早已不可尋，所可尋的只是那「物象→心象」，也就是他所謂的「得意忘象」。

　　如果將這樣的思考放在楊基的思維脈絡上，的確相當契合，楊基不求逼真的詩畫思維，便是要人不要執著於「形式」層面，應直指本然之意，即神。楊基以如此的思考來討論詩歌的本質，與「詩三百」溫柔敦厚之教來討論可以說是大異其趣，也因為如此，使得楊基之詩在徐泰的眼中是「天機雲錦，自然美麗」，似乎是那麼的具有傳神之自然奇趣。這樣的想法不僅出現在楊基的思考裡，連強調「發乎情，止乎禮義」的張適，在討論詩歌本質時，居然要求索的並非完全是「雅音」，反而是自然成趣的生命之音：

> 披圖慎勿草草看，筆外之意更求索〔註50〕。

> 詩傳韋柳後，跡寄老莊中。〔註51〕

韋、柳與老、莊代表的便是「自然成趣」的進路，張適所言「筆外求意」更是郭象「寄言出意」思考的延伸，將詩的本質定義於「自然」與「傳神」，可以說是相當不同於儒家詩教思維的進路，從這裡似乎也能看出蘇州派在詩歌創作上並非是墨守儒家成規，也運用了道家的思維來調節儒家過於強調教化的思考，當然就根源義言，其創作中須回歸至「詩三百」的系統，這倒是多數蘇州與浙東派詩人的共同趨向。王行亦云：

> 詩本有聲之畫，發纍纘於清音；畫乃無聲之詩，粲文華於妙楮。一舉兩得，在乎此焉。言夫畫也，極山水草木禽魚動植之姿；言夫詩也，盡月露風雲人物性情之理。春生秋實，一揮灑而已成；地下天高，在歌詠而咸備。以運其不

〔註50〕　《甘白先生張子宜詩集》卷一〈題高尚書山水障子〉。
〔註51〕　《甘白先生張子宜詩集》卷二〈次韻答張游瀁〉。

見不聞之思，遂成其可喜可愛之觀，所謂言語精英，胸懷
邱壑者矣。〔註52〕

王行根本上將詩畫視作爲一體兩面，先以下圖表示：

詩－有聲之畫——盡月露風雲人物性情之理 ——
　　　　　　　　　　　　　　　　　　　　　→ 言語精英，胸懷邱壑
畫－有聲之詩——極山水草木禽魚動植之姿 ——

　　從畫的角度觀察詩，似乎是形式上的思考，對於外在客體物各
種姿態的描繪與刻畫，便是詩歌創作在技巧上的極致表現；而如果
從詩的角度來觀察，把各種人事物內在的情感與肌理作一良好的表
述，是詩歌創作最本質的部分。王行在這裡的說法雖然沒有涉及「傳
神寫照」的思維，但卻提出另一個詩歌創作的重點，也就是詩歌的
本質應該形式與情感內容並重，並且要運用「不見不聞之思」，那種
類似於「神」的創作思維，來傳達一篇佳作，這乃是王行眼中的「言
語精英」。

　　有趣的是，作爲僧人的妙聲，反而相當儒家，他認爲：
古者，詠歌謠号之辭，多出於草野，所以寫其悲憂愉佚之
情，著其俗尚美惡之故，詩之國風是已。若夫宗廟朝廷，
則公卿大夫之述作，雅頌在焉。……發乎性情者，今猶古
也。〔註53〕

妙聲把詩歌的本質定義在「發乎性情」，並且以「詩三百」作爲例子，
可以看出他所謂的詩道，便是「遇事而變，雜然並興，蓋有不可勝紀
矣」〔註54〕，這樣一種因情性而作所以變化多端的作品。也因此可以
「有功於名教」，畢竟以詩三百爲歸趨而以情性爲本質的創作，的確
是可以幫助變亂的世代重新振作，可以是「寄大化而善世」的。

二、「聲與元氣」二元本質論

〔註52〕《半軒集》卷二〈寄勝題引〉，1231～310。
〔註53〕《東皋錄》卷中〈三吳漁唱集序〉，1227～597。
〔註54〕同前註。

《四庫全書總目提要》稱孫作曰：「才力不及庭堅之富，鎔鑄陶冶亦不及庭堅之深。雖頗拔俗，而未能造古……」，由此可見孫作欲力追黃庭堅，而黃庭堅又是以詩歌復古（奪胎、換骨之法）作爲創作的方法，且強調律詩的音韻格律部分，因此孫作也承繼了這樣的思考，並以之作爲詩歌的本質功能：

> 人之聲，在天壤間與元氣同出入，猶魚之在淵與水同呼吸也。故凡聲與氣同則，雖生殺萬物、慘舒陰陽，代謝四時，將無不至矣。其泛宮流徵，音中律呂，使庭柯脫葉，萬籟爲虛，凝游雲而集長風，又何怪與！〔註55〕

孫作以聲與元氣並舉說明詩歌的本質，並用宇宙論兼指詩歌的誕生與完成，此與前述浙東派胡翰「物生而形具矣，形具而聲發矣。因其聲而名之，則有言矣；因其言而名之，則有文矣。」〔註56〕的宇宙論圖示有異曲同工之處，胡翰所強調的是「物→形→聲→文→言→詩」的演變過程；孫作則強調的是元氣如何成詩的關鍵，筆者先以下圖表示：

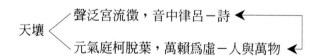

其實就是人賴元氣而生，元氣是構成人類的物質基礎，孫作將聲與元氣並列，便是要把聲作爲人類另一個存在基礎，藉此可以把另一個以聲作爲根基的詩，透過這種的思辨與人並列，詩的位階便如同於萬物之靈的人，不僅是人與萬物得以調養的物質元素，更內在於人與萬物。孫作又云：

> 昔者聖人知夫情之不可已也，爲之嘯歌以泄其憤懣不平之氣。是故嘯之清也，淒然其似秋，使人無不悲；歌之和也，暖然其若春，使人無不悦，而八音之正於是通乎人焉。〔註57〕

〔註55〕《滄螺集》卷三〈長嘯軒記〉，1229～494。
〔註56〕《胡仲子集》卷四〈缶鳴集序〉。
〔註57〕《滄螺集》卷三〈長嘯軒記〉，1229～494。

而作爲通天地人和的聖人,則是儒家所追求的道德型態,聖人之所發皆中節,故聖人之嘯歌便是化感百姓的一種方式,故孫作才說「八音之正於是通乎人焉」,將八音作爲基礎的詩歌創作其實就是政通人和的關鍵,詩歌的本質也就在於八音之正處。再以下圖表之:

如此一來,詩歌的本質便是聖人歌嘯之中道,亦即是前述王彝所說的「有節之情」,正可以看出孫作當然是將詩歌的根源回歸「詩三百」,而詩歌創作的功能「通乎人焉」也由此宇宙論的辨析圖示而突顯,其實就是詩歌應具備「成己成物」、「化民成俗」的社會功用。

殷奎(1331~1376),字孝章,號強齋,江蘇崑山人。曾從楊維楨學《春秋》,學行純正,爲當時所重。奎文章雖不以華美爲工,而訓詞爾雅,頗有經籍之光;詩詞清麗,未有雕章續句之弊。勤於纂述,著有《強齋集》等〔註58〕。殷奎云:

> 人才與世相隱顯。遭世之治,雖異時胥靡,魚鹽飯牛屠狗
> 之徒,悉出爲天下用。其衰也,則賢士秀民,往往自脫於
> 方外,輕世肆志以爲高。〔註59〕

又云:

> 顧詩人之風韻能使人思之而不忘,則哲人君子道德之高
> 致,宜何如其思也。〔註60〕

一世之高士往往會因著時代之榮衰而選擇出世或是入世,如照孫作所言推想,其實都隱含著「其人及其詩」的思考,如再加上「其詩即其世」的推論,人、詩、世三者可說是彼此相類而存在,殷奎所謂「人才與世相隱顯」便是如此。所以,假使詩人以中和之情作爲生命的根

〔註58〕 台灣商務印書館四庫全書影印文淵閣本。本文所引殷奎之文,此後但標冊數與頁數,不再注明版本出處。

〔註59〕 《強齋集》卷一〈送雲瑞師詩序〉,1232~388。

〔註60〕 《強齋集》卷三〈思賢亭記〉,1232~409。

本，那麼就與哲人君子無異；哲人如以行事作為來展現道德風韻，那便是用生命來寫詩，這也就是殷奎將詩人與哲人並舉的意義，因為詩人與哲人應該都以「詩三百」的教化作為價值根源，以「節制之性情」作為創作與生活的本質，「化民成俗」便是他們對於社會的功用與建樹，如此一來方能成為人才並作的「世之治」的時代。

三、「格、意、趣」本質說與「情本論」

高啓（1336～1374），字季迪，號槎軒，長洲（今江蘇蘇州）人。元末隱吳淞青丘，自號青丘子。博學工詩，與楊基、張羽、徐賁并稱「吳中四傑」。明洪武初召修《元史》，為翰林院國史編修。後被朱元璋藉上梁文一事腰斬。啓作詩兼師眾長，雖有擬古之跡，但風格豪放清逸，清人趙翼稱其詩「使事典切，琢句渾成，而神韻又極高秀，看來平易，而實則洗鍊功深。」是明代成就最高的詩人之一。亦工散文。有詩集《高太史大全集》、文集《鳧藻集》附《扣舷集》詞。〔註61〕筆者先引用高啓最為人討論的原典：

> 詩之要三，曰格，曰意、曰趣而已。格以辯其體，意以達
> 其情，趣以臻其妙也。體不辯則入於邪陋，而師古之義乖；
> 情不達則墮於浮虛，而感人之實淺；妙不臻則流於凡近，
> 而超俗之風微。三者既得，而後典雅、沖淡、豪俊、穠纖、
> 幽婉、奇險之辭變化不一，隨所宜而賦焉。如萬物之生，
> 洪纖各具乎天；四序之行，榮慘各適其職。又能聲不為節，
> 言必止義，如是而詩之道備矣。〔註62〕

筆者以下表整理前述原典後再說明之。

表一：

格	辯其體	入於邪陋	師古之義乖
意	達其情	墮於浮虛	感人之實淺

〔註61〕台灣商務印書館四庫全書影印文淵閣本。本文所引高啓之文，此後但標冊數與頁數（冊～頁），不再注明版本出處。

〔註62〕《鳧藻集》卷二〈獨菴集序〉，1230～279。

趣	臻其妙	流於凡近	超俗之風微

表二：

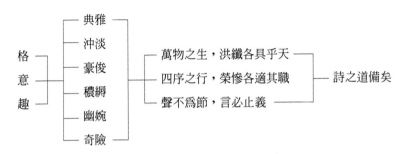

　　由表一觀察：第一、高啓所謂的「格」所關聯的是「師古」的問題，其實高啓所言的「辯其體」就是宋濂所言的「歷諳諸體」，宋濂認爲：

> 古之爲文者未嘗相師，鬱積於中，櫨之於外，而自然成文。其道明也，引而伸之，浩然而有餘，豈必竊取辭語以爲工哉！〔註63〕

這其實就是高啓所說：「《國風》之作，發於性情之不能已，豈以爲務哉？」〔註64〕，辯其體雖是求格之必要，但並非要人亦步亦趨的師古人之體，詩歌本質中關於「格」的完成，必須是師古之心、意，用符合時代的語言形式，去表達詩人內在的情感，絕對不是斤斤求於字句之間而失去詩人恢廓的格局，高啓又云：

> 後世始有名家者，一事於此而不他，疲殫精神，蒐括物象，以求工於言語之間，有所得意，則歌吟蹈舞，舉世之可樂者不足以易之，深嗜篤好，雖以之取禍，身罹困逐而不忍廢，謂之惑非歟？〔註65〕

高啓對於時人名家的批評，可謂痛切，認爲他們只知耗費精神去索求形式及語言的工麗，縱使生命在困逐當中亦往而不返，這也是宋濂批

〔註63〕《宋學士全集》卷七〈蘇平仲文集序〉，頁219。
〔註64〕《凫藻集》卷三〈缶鳴集序〉，1230～293。
〔註65〕同前註。

評時人「近世道漓氣弱，文之不振已甚」的原因。所以高啓認爲如此
著重於體格與形式事的追逐與摹擬，並不能掌握到詩歌的「格」，反
而會因此「入於邪陋」，雖然屬於「辨體」的是創作方法，但正因辨
體是爲了求取詩歌創作之「格」的本質，所以一旦如宋濂所言「好摹
擬拘於局而不暢」，便會進入高啓所謂「邪陋」之境地，原先的「師
古之義」便會乖違。故高啓一方面要時人辨體師古，卻又要時人能夠
「圓轉透徹」，如此所悟得之「格」，方是詩歌創作的眞正本質。

　　第二、高啓認爲「古人之於詩，不專意而爲之」〔註66〕，但高
啓卻又言詩的另一本質是「意」，意以達其情，也就是要傳達詩人內
在之情感就必須要透過作品內在的意，他既主意又不主意，這兩者之
間似乎存在矛盾，我們再讀以下的原典：

　　　　然昔人有以禪論詩，其要又在於悟，圓轉透徹，不涉有無，
　　　　言說所不能宣，意匠所不可搆。〔註67〕

高啓所說的昔人，應指嚴羽，嚴羽云：

　　　　大抵禪道惟在妙悟，詩道亦在妙悟。……惟悟乃爲當行，
　　　　乃爲本色。〔註68〕

「悟」的確可以解決高啓重意又不專於意的矛盾，因爲意不應透過分
析與辨證所求，只要落於索求便會傷害到詩人之意，使「意」出現人
爲造作的氣味，這便是高啓所說的意匠。「意」應該偏重內在直覺自
證一路，不需分解、不需析論，意就是從情性自然誕生的情感內容，
透過意之本質所創作出來的作品，是嚴羽所謂「不涉理路、不落言
筌」，這樣的作品才能感動人，才是「言有盡而意無窮」。

　　第三、浙東派的凌雲翰曾提及「尚趣」的看法，在浙東派「尚理」
與「言志」的進路外另闢蹊徑。高啓則在蘇州派當中，亦以「尚趣」
的本質說獨樹一幟，並且將詩歌之妙處佳境落於「趣」的本質上討論。

〔註66〕同前註。
〔註67〕《鳧藻集》卷二〈獨菴集序〉，1230～279。
〔註68〕南宋・嚴羽撰，郭紹虞校釋《滄浪詩話校釋》，臺北：里仁書局，1987
　　　　年。

筆者先引用嚴羽的說法：

> 夫詩有別材，非關書也；詩有別趣，非關理也。然非多讀
> 書，多窮理，則不能極其至。所謂不涉理路，不落言筌者，
> 上矣。〔註69〕

又云：

> 詩者，吟詠情性也。盛唐諸人惟在興趣，羚羊掛角，無跡
> 可求。故其妙處透徹玲瓏，不可湊泊，如空中之音，相中
> 之色，水中之月，境中之象，言有盡而意無窮。〔註70〕

的確，以文字爲詩，以才學爲詩，以議論爲詩，在嚴羽與高啟的心中
都並非古人之詩，眞正的古人之詩除了「格」與「意」是本質之外，
「趣」是使詩達到妙不可言的重要關鍵，並且要使詩不流於凡俗，也
必須依賴「趣」，詩一旦得趣，那麼詩風的變化會因時而動，如高啟
所說的「隨所宜而賦焉」，詩的直觀感受也將成爲嚴羽所言「透徹玲
瓏」與高啟所說的「超俗之風」。

　　高啟認爲詩歌的本質是「格」、「意」與「趣」，因此創作時不必
費心尋找所須的辭彙，只要從古之意辨析古之體；並發自內在情性自
然成意，再賦予詩作「與時變化之趣」，就算是哪種風格文辭都神妙
而奇。故高啟論詩歌本質並未力主摹擬泥古，更反對將意象作匠氣的
處理，只要作品在「格」與「意」的本質結構內尚趣，詩之道自然渾
然完備，圓轉透徹。而王彝云：

> 嗟夫！人之有喜、怒、哀、樂、愛、惡、懼之發者，情也。
> 言而成章，以宣其喜、怒、哀、樂、愛、惡、懼之情者，
> 詩也。故情與詩一也。何也？情者，詩之欲言而未言；而
> 詩者，能言之情也。然皆必有其節。蓋喜而無節則淫，怒
> 而無節則，哀而無節則傷，懼而無節則沮，愛而無節則溺，
> 惡而無節則亂，古之聖賢君子知之，其於喜、怒、哀、樂、

〔註69〕同前註。
〔註70〕同註68。

　　愛、惡、懼之節，所以求知其本初者至矣。〔註71〕

王彝認爲「詩」與「情」是一非二，換句話說就是將「情」視爲詩的
本質，相對於高啓而言，王彝的重點則在於詩人所蓄積的內在情感，
或許可類比於高啓的「意」，所不同的是王彝偏重於情感（緒）內涵，
高啓指的則是直覺的意念情境，這可以從王彝所舉的七情可以看出。
故王彝強調的詩歌本質就是「情」，但正如前述提及，此情必然是受
到節制的情感，問題在於用什麼去節情？而此有節之情似乎既是根源
又是本質？關於第一個部分，王彝在評論陶淵明詩時云：「蓋其胸中
似與天地同流」〔註72〕，又云：「蓋詩云亡者，情與詩無節，則猶無
情猶無詩也」（同上），可見節情的便是「天地」與「詩三百」，天地
象徵著道德價值的根源，詩三百則是社會生活的道德準則，以這兩者
來節情，當然會使有節之情發而成大雅之音；第二、筆者在論及詩的
價值根源時已將「有節之情」作爲討論重點，在此處論本質實再次提
及是源自於王彝「詩情合一」的說法，其實是「即本體即工夫」的圓
融說法，詩作爲發用有情爲本體，本體之情亦需要以詩來呈現，這兩
者的並無所謂時序的演變，也就是並非先有 A（B）後有 B（A），而
是即 A（B）即 B（A），兩者其實是一，詩歌本身就以「有節之情」
爲動力根源，而有節之情也成爲詩歌創作的「基礎」與「本質」。

　　由此可知，蘇州派象徵明初詩論中自由的思維走向，將詩歌從理
學的束縛中釋放，使詩歌注重文采技巧與個人情思，使明初詩論就已
經具備「言志」、「緣情」與「尚趣」的三大本質，其中「尚趣」概念
的完整討論，使得詩縱使在回歸詩三百的途中，亦可以創造新的生命
意趣。

四、小　結

　　我們據上述的分析作整體的觀察：

〔註71〕《王常宗集》卷三〈跋陶淵明流水賦詩圖〉，1229～424。
〔註72〕同前註。

（一）「以畫論詩」似乎是蘇州派在詩歌本質論的一個重要特色，透過與詩不同藝術類型的轉介，過渡到對於詩本質的論析，可看出蘇州派對於詩並非是汲汲於文本的詮釋與溯源，更非用文以載道的觀點來處理詩歌本質的問題。所以透過畫要掌握的是影像之外的意義，而詩也是如此，文本的本身指向的是言外之意，也就是「寄言出意」，所出之意並非是儒家之道，而可能是言外之神，所以楊基論詩便推重於「神」；以畫論詩另外著重的便是「神韻」，「神韻」來自於精神上的自然而然，並非是格調或形式的模擬與追求，因此張適論詩則側重「自然成趣」，基本上已經把詩的書寫當作繪畫一般，要求言外之意，畫外之意。

（二）「尚趣」則是蘇州派的另一理論特色，高啓與凌雲翰均言及「趣」，然而蘇州派言「趣」，並非如明中葉以降公安從「性靈」處言趣，而是建築在古之體上討論此一命題。但已經比浙東的理論思維更進一步，畢竟用「趣」鏈結「師古」，會使得師古的概念開始擺脫泥古與模擬一途，這種創作的內在直覺，不需分解析論，直接從情性自然誕生內容，因此創作時不必費心於詞彙形式，只要從古意辨古體；並發自內在情性之自然，詩作便會誕生「趣」，就算哪種體裁風格都可以神妙而奇。凌雲翰與高啓這樣的思維，使得詩依舊可以在回歸詩三百的途中，創造出新的生命意趣。

（三）如果說凌雲翰與高啓等人把詩歌創作的思維從道德推向尚趣的一面，那妙聲便是有如浙東般的要求道德本質（言志），強調「發乎情性」；王彝則從言志說裡提出緣情的一面，認為「情」才是詩歌的本質，提出「有節之情」與「詩情合一」的想法，賦予詩除言志以外的主題內涵。由此可知，蘇州派象徵明初詩論中較為自由的思維，也因此會將詩歌從理學的束縛中釋放，使詩歌注重文采技巧與個人情思，這也讓明初詩論就已經具備「言志」、「緣情」與「尚趣」的三大本質。

第三節　詩歌創作方法論

　　蘇州詩人無論從評論還是創作中，都標舉出與其他地域不同的詩學思考，反映在方法論的部分就是關於創作的直覺：「神」。即是最自然的書寫型態，這成爲蘇州派詩人的追尋目標。他們對於詩歌創作方法提出了很多的思考，以下便分述之。

一、「客窗三復」說

　　汪廣洋（？～1379），字朝宗，江蘇高郵人。朱元璋起兵討元，汪廣洋仗劍相從，東征西伐，爲太祖所倚重。歷官至中書左丞，封建勤伯。後因不能發胡惟庸奸狀，貶官嶺南，賜死途中。廣洋善屬文，尤工詩。「詩格清剛典重，一洗元人纖媚之習。」（《四庫全書總目提要》）。然爲宋濂諸人盛名所掩，世不甚稱，但「究不愧一代開國之音」。今存《鳳池吟稿》十卷〔註73〕。汪廣洋云：

　　　　大手文章不費辭，眼明理到自無疵，客窗三復忘休寢，細
　　　　酌清泉夜半時。〔註74〕

這一段詩句可以說是汪廣洋對於詩歌創作方法的思考模式，他其實提出了兩種創作原則，一是運用觀察力（眼明）在情感與外境接觸時（理到）的直覺創造出寬闊的寫作型態（大手文章）；其二則是必須對這樣的作品作細緻的整理（客窗三復）與修改（細酌清泉）其實這是創作層次的兩個步驟，一是作品初稿的完成，二是作品定稿的過程：

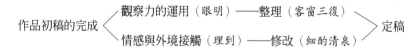

作品初稿的完成〈觀察力的運用（眼明）——整理（客窗三復）〉定稿
　　　　　　　　〈情感與外境接觸（理到）——修改（細酌清泉）〉

〔註73〕台灣商務印書館四庫全書影印文淵閣本。本文所引汪廣洋之文，此後但標冊數與頁數（冊～頁），不再注明版本出處。

〔註74〕《鳳吟池稿》卷十〈偶題主敬陶參政所論《詩經》小序後〉，1225～557。

因此所謂的大手文章，正是易恆（（1323～1405後），字久成，亦作九成，姑蘇（今江蘇蘇州）人。人稱其詩「長什沖融，短句斬絕，五言、七言律絕無不整齊」（莫士安《陶情集序》）。著有《陶情集》〔註75〕。）所說「調高語不在矜持」〔註76〕，不須先透過仔細的思維，縝密的邏輯來鋪排詩文的創作，反而應該以一種直覺性的態度，將情感與外境接觸下的立即思維呈現，不須太過於處理，整理與修改都是大手文章出現後的第二步，而不是第一步。這也就是前述楊基所言「信筆爲之自有神」、「寫竹是傳神，何曾要逼眞」〔註77〕另一種關於創作方法上「直觀感受」的涵義。張適亦言：

> 高侯高侯誰可倫，筆法何如特健藥。當時眞跡不易致，勢
> 力逼之愈難諾。況今以自成前朝，一綃未許千金博。披圖
> 甚勿草草看，筆外之意亦更求索。〔註78〕

所謂「筆外之意更求索」，不僅是郭象所言「寄言出意」的「順取」意義而已，更代表著「逆推」時如何創作的問題，對讀者言是從作者的筆外求取言外之意，但對於作者言則是如何形成筆外之意，要形成筆外之意，也就必須由魏晉時期王弼所言「盡意莫若象，盡象莫若言」到達「得意而忘象，得象而忘言」的思維歷程，這樣的歷程首先也必須來自於「直覺的觀照」，透過直覺呈現「大手文章」，然後修改思考以形成定稿，如此便可以與「雕章繢句」的創作方法區隔，也才能達到「筆外之意」的可能。

二、「求友」說與「朱子學」工夫論

「求友」則是妙聲所提出的創作方法：

> 夫君子未有不須友以成者，麗澤之樂，切偲之益，蓋不可
> 一日而離也。離則思，思則詠歌形焉。詠歌既形，則凡物

〔註75〕 本文所引易恆之文爲南京圖書館藏明刊本，此後不再標明出處。
〔註76〕 《陶情集》卷四〈工詩示諸生〉。
〔註77〕 《眉庵集・畫馬》1230～359。
〔註78〕 《甘白張子宜先生詩集》卷一〈題高尚書山水障子〉。

> 之感於中者，皆足以寄情而宣意，此風人託物之旨。而陶
> 淵明所以有《停雲》之賦也，余嘗謂是詩興寄高遠，感慨
> 之深，見於言外，非止思友而已，此當與知者道也。〔註79〕

作為僧人的妙聲對於「求友」果然有著兩個層次的的詮釋，第一個層
次當是前述論及宋濂時所言的「良師友」之意，交往可以切磋詩文的
至交，透過友朋同儕之間對於彼此作品的討論比較，得到良好的生命
進境，這就是所謂的「麗澤之樂，切偲之益」。然而第二層便在於妙
聲所謂的「離」，離人之情發而為內在的思念，再透過詠歌的方式，
寄情宣意，交友對於詩歌創作的另一個好處也在於此，當與朋友離別
時的各種情緒，發而成章，便可進致「風人託物之旨」，切近於詩三
百的生命本質。

　　上述是交友作為創作方法的意義，妙聲對於交友的對象則亦分
兩個層次，第一便是上述所言及的至交摯友，第二即是「尚友古
人」，尚友古人的唯一方法就是「頌詩讀書」，透過對於古人作品的
閱讀，進而「得古人之心」，然後再進而改變自己的行為趨近於道
德化，使「行必有聞於世」，這種從尚古、得古人之心到有聞於世
的思維進路，可以再次看出妙聲對於詩歌創作回歸於道德人品的儒
家化思維。

　　王行則云：

> 凡學，必先求知也，能知然後可行。苟知之或未至，行之
> 有過差，則一步之間，致千里之繆，夫豈小故云哉！詩亦
> 學也，故必謹其始焉。朱子教人為詩須先學韋、柳。韋、
> 柳故不足以盡詩之妙，然由是而往，雖求至於三百一十篇，
> 亦猶灑掃應對求造夫聖賢之域，雖地位有高卑，道里有遠
> 近，往之則至，終無他歧之惑矣。〔註80〕

史傳記載王行通經史百家言，實際上可以看出他以朱子的概念來討論
詩歌創作方法，以下我們分點討論之：

〔註79〕　《東皋錄》卷中〈停雲軒詩序〉，1227～601。
〔註80〕　《半軒集》卷五〈柔立齋集序〉，1231～346。

（一）學必先求知（知而後行）：王行既然以朱子學作爲思維理路，故其言學必先求知正是朱子所特別強調的一段工夫。朱子云：

> 知與行工夫須著並到。知之愈明，則行之愈篤。行之愈篤，則知之益明。兩者不可偏廢。〔註81〕

又云：

> 學聚問辨，明善擇善，盡心知性，皆是知，皆始學之功也。
> 〔註82〕

又云：

> 知至，則當做底事自然做將去。〔註83〕

雖然朱子以「須著並到」講知行工夫，但實際上仍有先後本末之別，朱子認爲知在行先，且須在源頭用力，能進知之極限，便可在行爲表現上更加篤實。王行秉持朱子的思維模式，將其推至詩歌創作的領域中，強調「始學」必先立其大本的重要，只有眞知方能踐履。

（二）爲詩先學韋、柳：王行引朱子之言，討論學詩之對象（師古）。朱子云：

> 余嘗以爲天下萬事，皆有一定之法。學之者須循序而漸進。如學詩，則且當以此等爲法。向後若能成就變化，固未易量，然變亦大是難事。李杜韓柳，初亦皆學選詩者。然杜韓變多，而柳李變少。變不可學，而不變可學。故自其變者而學之，不若自其不變者而學之。學者其毋惑餘不煩繩削之説而輕爲放肆以自欺也。〔註84〕

又云：

> 韋蘇州詩高於王維孟浩然諸人，以其無聲色臭味也。〔註85〕

朱子強調學詩文，須看那大處道理，使前面開闊，從不變中去掌握學

〔註81〕 南宋・朱熹著，清・康熙張伯行編、同治左宗棠增刊《朱子文集》，收錄於《百部叢書集成》十三～二六冊，藝文印書館編印，1968年初版。
〔註82〕 同前註。
〔註83〕 同註81。
〔註84〕 同註81。
〔註85〕 同註81。

習，因此朱子論詩重柳宗元，希望學者從不變中學習，向後方有變化成就，進而自成變化，這方是循序漸進的不二法門；至於重韋蘇州，則在於其平淡，平淡是朱子讀詩的最高標準，其實就是從心中自然流出之詩，並非雕鏤做作之詩。因此朱子所言之「無聲色臭味」就是自然而然不做作之意，這便是通往「詩三百」之思維進路。

（三）造夫聖賢之域：王行主要聚焦是在於「終無他歧之惑」，亦即是不會出現歧出的弊病。朱子云：

> 聖賢所言爲學之序例如此，須先自外面分明有形象處把捉扶豎起來，不如今人動便說正心誠意，卻打入無形影無稽考處去也。〔註86〕

又云：

> 聖人之言，坦因易白，因言以明道，正欲使天下後世由此求之；使聖人之言，要叫人難曉，聖人之經定不作矣。若其義理精奧處，人所未曉，自是其所見未到耳。學者須玩味深思，久之自可見。何嘗如今人欲說又不敢分曉說，不知是甚所見，畢竟是自家所見不明，所以不敢深言。〔註87〕

朱子認爲聖賢爲學，必從客體形象能掌握處著手，必不故弄玄虛，再說明處必以坦白易曉之文字述說，而假設其中有義理較爲複雜深沉之處，朱子則強調玩味深思之重要。王行所說造夫聖賢之域，便是如此，學詩雖有才力與詩齡之限制，然而只要把握朱子所言之方法，單純地由韋、柳上溯詩三百，「往之則至」，並不需要從事虛無飄渺的各項工夫，如此一來自當不會有走到岔道之可能。

三、「兼施眾長，隨事摹擬」與「成、達、存、養」說

高啓對於創作方法的思考，提出了幾個重點，其實都是爲了挽救偏執之弊，以下筆者分點論述之：

（一）兼師眾長：高啓對於詩之道的概念在於「如萬物之生，

〔註86〕同註81。
〔註87〕同註81。

洪纖各具乎天；四序之行，榮慘各適其職。又能聲不爲節，言必止義」〔註88〕，換句話說就是「隨所宜而賦焉」，隨著所內蘊的情感以及面對的環境，或是需要歌詠的事件客體，表現出不同的風格與語言狀態，然而要能如此的前提便必須去學習「相兼」，也就是必須能夠學習各詩家的風格長處，鎔爲一爐，才能避開偏執的弊病。因此在高啓的思維裡，杜甫是詩三百以降，能兼師眾長，展現各種面貌的第一人：

> 夫自漢、魏、晉、唐而降，杜甫氏之外，諸作者各以所長名家，而不能相兼也。學者譽此詆彼，各師所嗜，譬由行者埋輪一鄉，而欲觀九州之大，必無至矣。〔註89〕

高啓所言「各師所嗜」就是一種學習方法的偏執，「譽此詆彼」則是造成視野狹小的結果，如此一來，所有的詩歌創作者將會走向「以管窺天」的創作態度，這樣子只造成學者剛愎自用的情況，反而對於詩歌創作有莫大的害處。

（二）隨事摹擬：如何能「兼師眾長」，高啓進一步提出「隨事摹擬」作爲工夫：

> 蓋嘗論之，淵明之善曠而不可以頌朝廷之光，長吉之工奇而不足以詠丘園之致，皆未得爲全也。故必兼師眾長，隨事摹擬，待其時至心融，渾然自成，始可以名大方而免夫偏執之弊矣。〔註90〕

又云：

> 余少喜工詩，患於多門，末知所入，久而竊有見於是焉。將力學以求至，然尤未敢自信其說之不謬也。〔註91〕

又云：

> 余鄉嘗得於煙雲草莽之間，爲之躊躇而瞻眺者，皆歷歷在

〔註88〕 《鳧藻集》卷二〈獨菴集序〉，1230～279。
〔註89〕 同前註。
〔註90〕 同註88。
〔註91〕 同註88。

目；因其地，想其人，求其盛衰廢興之故，不能無感焉。
遂採其著者，各賦詩詠之。辭語蕪陋，不足傳於此邦，然
而登高望遠之情，懷賢弔古之意，與夫撫事覽物之作，喜
慕哀悼，俯仰千載，有或足以存勸戒而考得失，猶愈於飽
食終日而無用心者也。〔註92〕

就上述高啟所言，不難發現一個問題，「兼師眾長」與「患於多門」
是否出現明顯的矛盾，所以高啟經過這樣的過程，便會對兼師眾長的
概念有深入的詮釋。他便把這個思維架構在「隨事摹擬」之上，以下
筆者便分析討論此工夫的理論意義：

　　（一）力學求至：「隨事摹擬」的基本工夫落在「力學求至」，這
是高啟認為的創作起點。嚴羽云：

夫詩有別材，非關書也；詩有別趣，非關理也。然非多讀
書，多窮理，則不能極其至。所謂不涉理路，不落言筌者，
上矣。〔註93〕

從筆者再次引述此文，對照高啟所言「力學求至」，可以發現他與
嚴羽的思考雷同，縱使嚴羽認為詩之材、趣與「理」無涉，也必須
承認要使詩歌創作不落於架空與空洞，第一步依舊是讀書窮理。然
而嚴羽的理是否真為道德性命之理？其實不盡然，甚至於嚴羽所言
之理或偏向形下物理，而非形上天理，亦非將學問至入詩中書寫。
錢鍾書云：「於理語焉而不詳明者，懾於顯學之威也。苟冒大不韙
而指斥之，將得罪名教」〔註94〕，這樣的判斷或許有其意義，但未
道盡嚴羽所謂的「理」。嚴羽所言之理，雖與材、趣無涉（材趣跟
生命氣質與人格才性相關），卻是將材趣能夠完全發揮的必要條
件，因此嚴羽的理，絕不會單純只是形上道德。如果對照高啟，便
可得知，力學而至之理，落實在隨事摹擬，也就是嚴羽講的「正法
眼」，透過對於各家詩之力學，求得法眼之至，最後形成獨創之風

〔註92〕《高青丘鳧藻集》卷三〈姑蘇雜詠序〉，1230～294。
〔註93〕同註68。
〔註94〕錢鍾書著《談藝錄》，臺北：書林，頁545，1988年。

格，這不僅是高啓論詩歌創作的方法，也是嚴羽「讀書窮理」的眞正內涵。

（二）隨事摹擬：力學求至是爲了能隨事摹擬，我們進一步要問到底要力學什麼？摹擬何事？「學」與「事」變成高啓以至於嚴羽論詩的重要關鍵。從高啓的引文裡不難看出「事」絕對不是道德性命之事，反而是登高望遠、懷賢弔古之事，這代表著高啓所言的隨事摹擬，指的是平常日用中面對的諸多情狀，以及遊覽行旅的內在觀照。換言之，就是所有形下物質的經驗之事，與經驗世界之諸多客體物。詩歌最重要的創作工夫，就是在這些紛雜的事務情態中學習勸戒得失的書寫；同樣地，宋代理學無論何流派，基本上都有共同的認知，就是在平常日用中實踐道德性命之理，與其說嚴羽怕得罪名教，依舊要強調讀書窮理，不如說嚴羽本來就沒有要排除「理」對於創作的重要性，嚴羽批判只會論理的詩歌創作，強調平常日用間的生命了悟。同樣地，高啓比較清楚的舉例說明所學之事、摹擬之事並非停在古人之語言形式之摹仿，更重要的是平常日用的生命感通，也只有藉這種工夫，才能達到「時至心融，渾然自成」。

而王彝則仍以詩三百的立場討論創作的方法：

> 蓋公之爲人，所以成其學者，方正而淵懿；所以達其材者，廓大而宏偉；所以存其心者，軒闢而洞達；所以養其氣者，雄深而淳龐。故其發而爲詩也，有含涵蓄積之量，有蜿蜒磅礴之態，有從龍上下，澤潤萬物之化，若蒲首山中之出雲者然。……而公之生，實得其山川之秀，則宜乎其發而爲詩者。〔註95〕

很明顯的王彝所援例提出的創作方法牽涉的層面較廣，分「成其學」、「達其材」、「存其心」、「養其氣」四個部分。就上述的分析，可知王彝是蘇州派中在言志說的基礎上提出緣情觀點的詩人，「成學」就是要透過古書之閱讀達成道德人格的涵養；如此方能達材，通達自身的

〔註95〕 《王常宗集》卷二〈蒲山牧唱序〉，1229～406。

生命氣質，使其調整於正大浩然；也因爲成學所以必能存心，所存如
是古人之心，則必能洞察生命的智慧與人間之是非，使此心不僅細
膩，更得宏闊；當然只有成學能培養浩然雄深之氣，使生命如龍一般
潤澤萬物，方能創作優秀的詩作。

　　蘇州派並不排斥浙東或江西回歸「詩三百」的理學（經學）思維，
只不過他們從其中另闢蹊徑，找出可以既緣情又成趣的詩歌可能，也
因爲如此，原本浙東與江西所宗的六經，在蘇州派裡似乎有歧異的轉
向，從「宗韋柳」與「寄言出意」甚至強調「直覺」等等，都可以看
出道家與玄學影響的痕跡。

四、小　結

　　蘇州派對於詩歌創作方法提出許多思考：

　　（一）直覺寫作與寄言出意：從易恆、楊基到張適標舉出與其他
地域不同的詩學思考，反映在方法論的部分就是關於創作的直覺，畢
竟直覺是最自然的型態，沒有沾染到各種無關乎創作的習氣，反而使
得作品呈現出非人工的狀態，而透過第一度的直覺形成初步的文字之
後，汪廣洋又提出了初稿到定稿之間的更修工夫，這個過程必須跟前
述的直覺寫作有相當大的關係，其中必須使作品能夠「傳神寫照」、「得
意忘象」。

　　（二）力學求至與隨事摹擬：強調「學」的重要，蘇州派言學
不僅侷限在對古人的學習，或是求友，找到可供切磋的至交而已，
此學有更深刻的涵義：（1）從學的對象言，尚友古人當然是重要之
事，但蘇州派言學卻不僅推至詩三百或盛唐李杜，有趣的如王行反
而認爲「爲詩必先學韋柳」，從朱子所言的平淡自然當中上達詩三
百，這樣的思考與浙東和江西詩人群完全不同；（2）高啓從「隨事
摹擬」言學，更把學的對象推至所有的人倫日用，詩歌就是自然地
書寫所有的平常日用，「情」、「趣」、「理」便從其中突顯。所以蘇
州派並不排斥浙東或江西回歸詩三百的理學（經學）思維，只不過

他們從其中另闢蹊徑，找出可以既緣情又成趣的詩歌可能，也因為如此，原本浙東與江西所宗的六經，在蘇州派裡似乎有歧異的轉向，從「宗韋柳」與「寄言出意」甚至強調「直覺」等等，都可以看出道家與玄學影響的痕跡。

（三）而妙聲與王彝則依舊以「風人之旨」的詩三百立場，討論詩歌創作的方法，所以王彝提出「成其學」、「達其材」、「存其心」、「養其氣」來架構其詩歌創作的工夫。不過他也有新的思維進展，從前述的分析，我們不難發現王彝所冀望的是在「言志說」的基礎上形成「緣情」的觀點，於是使他的工夫論最後導向的依舊是蘇州派所強調的詩人之內在情蘊（調）。

第四節　詩歌批評論與詩史觀

蘇州派詩人對於詩史與詩歌批評的部分，已從言志邁向緣情或尚趣的道路，呈現出不同於時人且相當包容的思維（譬如不廢宋、甚至不廢晚唐），反而使元末明初以降的詩壇出現了一些新且多元的聲音，以下便分析論述之。

一、「興寄」觀與「自然」判準說

妙聲與孫作以「興寄」思維，推導出「自然」的詩歌批評論，王行則在「自然」判準中突顯其詩史觀。妙聲論陶淵明云：

> 而陶淵明所以有〈停雲〉之賦也，余嘗謂是詩興寄高遠，
> 感慨之深，見於言外，非止思友而已，此當與知者道
> 也。……陶之詩，舉世能誦之；陶之心，則識者或寡矣。
> 〔註96〕

可見妙聲以「興寄高遠」作為評詩的標準，因此要討論作品，必須藉由文字的表面深入其內蘊的情感，那就是「心」，因此詩歌的批評並非文字之事，而是討論作者內在的情感是否「興高寄遠」。而孫作透

〔註96〕　《東皋錄》卷中〈停雲詩軒序〉，1227～601。

過對於周詩的觀察，更深入地說明了「興寄」：

　　昔周盛時，君臣之間一心同德，非有弊也，然由採詩以觀
　　民俗，以考政事，而謂之風。風之言，諷也。不肄於官師，
　　不列於藝事，不訐，不訕，幾諫而婉，譬風之感物，而不
　　自知其物之感，此庶人之事上也。惟大臣則不然，當朝會
　　大享之時，君之於臣不特聞其政也，欲尋其言；不特尋其
　　言也，欲觀其志。故詩至於大雅，則其音節之簡，陳義之
　　高，不佞，不諛，無抑揚揣切之微，有直道正言之易，所
　　以為大臣事君之忠也與！〔註97〕

興高寄遠其實不必透過多艱澀的文字，反而是如孫作說的「直言正
道」，或是「幾諫而婉」，無論用何種語言或形式，重點在於內含的陳
義是否高遠，其隱微幽遠的諷諫能否興發讀者浩然的志氣，這樣的文
字便不失其自然，詩三百的溫柔敦厚之教，便是在此渾樸的語言中傳
達遠大的生命力。於是，蘇州派詩人便從興寄高遠的詩三百，推導出
「自然」的書寫思維，對照後代發生的工於「刻畫」，並且藉此形成
詩三百以降的詩史觀，王行曰：

　　三百篇之詩，非有一定之律也。漢、魏以來，始漸為之制
　　度，其體已趨下矣。降及李唐，所謂「律詩」者出，詩之
　　體遂大變。謂之「律詩」者，以一定之律律夫詩也，以一
　　定之律律之，自然蓋幾希矣。自然尠而律既嚴，則不能不
　　計其工拙也。計其工拙，又烏能不為之取舍哉？……蓋拙
　　而渾樸同乎工，工而刻畫同乎拙，終不遺夫自然也。此取
　　舍之大要也。其次乃論其言之工、語之工、連屬之工、篇
　　章之工……均之律詩，其變又有四焉：曰初唐，曰盛唐，
　　曰中唐，曰晚唐。有盛唐人而語偶近乎晚唐者，晚唐人而
　　語有似乎盛唐者。晚唐似盛唐者取之，盛唐似晚唐不取，
　　蓋亦貴夫自然也。〔註98〕

由上述王行的話，可以先歸納其批評標準如下：

〔註97〕　《滄螺集》卷三〈大雅堂記〉，1229～492。
〔註98〕　《半軒集》卷六〈唐律詩選序〉，1231～357。

（1）自然爲第一判準。

（2）自然失，便以律之工拙爲第二判準。

（3）盛唐律是唯一判準。

（4）不取晚唐律。

王行又云：

> 工而矜莊，是未免夫刻畫；拙而渾樸，是不失自然也。苟棄其拙而取其工，則是遺自然而尚刻畫，豈足與言溫柔敦厚之教也哉？〔註99〕

寧取渾樸而不取矯飾刻畫之作，這便是詩三百的遺意，縱使「自然」已被「律刻」取代，但盛唐之詩依舊保有其自然的餘風：

> 自國風再變而爲楚辭，又變而爲樂府。樂府之變，去詩人之意遠矣。樂府近性情之正者，亦多音節短促，少寬厚和平之韻，起讀者淫佚哀傷之思，古人所謂不足以諷而適以勸也。惟古詩十九不大遠，有詩人之意，爲後人所當宗。然其域高深，又非初學之士所能入。此詩又所以不易也。晦庵先生教人學詩必從韋、柳始，以其間猶有古詩之遺意。然韋得之多，而柳得之少，韋之所必當從也。〔註100〕

在此處王行的詩史觀明顯認爲樂府是使詩向下變化的重要起點，因此可見他的批評準則在於樂府以前的詩三百與楚辭，意即是王行以渾樸平和之音作爲論詩準則，因此古詩十九首方存遠古遺意。但論及唐代，王行卻不依盛唐之音的思考模式，反而藉由朱子進入對於中唐韋、柳的取法，尤其是韋應物，認爲其較多得古人遺意。在這裡我們必須思考，王行所謂的古人遺意爲何？爲什麼不與其他詩人一般推尊李杜？甚至於盛唐詩歌？反而從中唐著眼？這豈不又與前述〈唐律詩選序〉裡以盛唐作爲唯一判準有矛盾牴觸之處？

　　王行並無矛盾之處，他以中唐韋柳作爲入手之正處，其實並不妨害盛唐作爲論詩標準，透過韋柳上溯的亦是盛唐李杜，初學之士尚未

〔註99〕 同前註。

〔註100〕《半軒集》卷八〈題孫敏詩〉，1231～389。

習得「自然」的創作概念，如果貿然從盛唐入，往往會囿限於格律之工細，而無法體會李杜上達古人之底蘊，因此若能先從韋柳之自然入手，便能從大處著眼，一旦溯及盛唐詩歌的學習，反而能見其佳處，不被格律所限制，而格律也將爲了自然而服務。由此可見，王行並無矛盾之處，只是他在說明的過程當中繞了太多圈子，不過是要點出自然爲詩歌創作第一義的評論軌則。

二、「主情」說與「實用主義」批評論

前述論及詩歌本質功能論時，已討論到王彝主「情」，而王彝亦把「情」作爲詩歌批評的標準，也透過師法古人之情，架構出他與高啓雷同的詩史觀。王彝云：

> 蓋季迪之言詩，必曰漢、魏、晉、唐之作者，而尤患詩道傾靡，自晚唐以極，於宋而復振起，然元之詩人亦頗沉酣於沙陘弓馬之風，而詩之情亦泯。自返而求之古作者，獨以情而爲詩。〔註101〕

他在此處提及高啓的詩史觀，可看出高啓對於晚唐詩風采取批判的態度，認爲宋存在著復振晚唐的功績，對元詩則並沒有如浙東詩人般採取高度贊揚的態度。王彝引高啓的說法，是表示贊同之意，就是說王彝在詩史的思考以漢、魏、盛唐爲主，不排斥宋，但對於元並沒有給予太高的評價。高啓與王彝爲何有這樣的傾向呢？這與他們「主情」的批評判準有關，王彝又曰：

> 蓋詩云亡者，情與詩無節，則由無情猶無詩也。於是有得詩之情而復有其節者，世雖漢、魏也，而猶有古作者之遺意焉。世日遠而情日漓，詩亦日以趨下，則斷自漢、魏而後，謂之古作者可也。夫則斷自漢、魏而可謂之古作者，則晉、宋及唐，苟有得夫漢、魏之情者焉，謂之漢魏亦可也。〔註102〕

〔註101〕《王常宗集》卷三〈跋陶淵明流水賦詩圖〉，1229～424。
〔註102〕同前註。

畢竟蘇州詩人多標舉反對形式擬古的立場，所以王彝說明自己的批評準則時，便用師法古人內在之情，得古作者之遺意，這樣不僅能避開形式上的摹擬，相對地也認同每個斷代各有其當代的語言形式，既不必刻意模仿古人的文辭，亦不應氾濫其情，在其中如果要找出一個創作與批評的共同焦點，王彝便認爲「情」才是關鍵處。

　　然而，蘇州詩人群中，也有類似於浙東與江西詩人群的詩史觀。董紀（約 1399 年前後在世），字良史，上海人。洪武十五年（1382）舉賢良方正，授江西按察使僉事，告歸後築西郊草堂自居。其詩不免過實傷俚，然其作往往得元、白、張、王遺意。著有《西郊笑端集》〔註 103〕。董紀云：

> 夫詩自三百篇後，變而爲五七言，盛於唐，壞於宋，不易之論也。〔註 104〕

董紀很清楚地在詩史觀堅決認爲應以詩三百與盛唐爲批評標準。茅大方說得更爲清楚：

> 先之已經術以詢其道，次之以論判以觀其學，次之策時務以察其才之可用。詩賦文辭之誇乎靡麗者，章句訓詁之狃於空談者，希屏去之。〔註 105〕

經術、論判、策論時務是茅大方看待創作的原則，這種思考偏向於實用主義的思維，經術代表儒學的根本之道，論判則是對道的運用，策論時務則代表著其氣質才性的品質高低，於是便必須拿此來檢視詩歌創作，詩歌創作必然要在上述三個概念底下書寫，否則就容易流於誇乎靡麗。茅大方以詩賦文辭和章句訓詁並舉，並且列於經術、論判、策論時務之後，可以看出他強調詩歌創作之經術實用價值，必須存在政教之功能，有助於治術，方是詩歌價值之歸趨，而他的詩歌批評論，也由此作爲起點。所以很有趣的，茅大方論詩的語言

〔註 103〕 台灣商務印書館四庫全書影印文淵閣本。本文所引董紀之文，此後但標冊數與頁數（冊～頁），不再注明版本出處。

〔註 104〕 《西郊笑端集》卷二〈題瞻山賴實父詩集後〉，1231～279。

〔註 105〕 《希董先生集》卷上〈鄉試小錄序〉。

中，幾乎都含有「經世濟民」的實用傾向：

> 橫槊詩情好，談兵士氣豪。承平修武略，應付霍嫖姚。〔註106〕
> 陸機文名動四海，楊子筆陣驅三軍。〔註107〕
> 治隆江左興王業，化洽周南播國風。〔註108〕
> 書演九疇宣帝範，詩歌二雅正皇風。〔註109〕
> 俊逸詩歌唐體制，雍容文物漢儒風。〔註110〕
> 應有詩才追鮑謝，可無邊略繼終班。〔註111〕
> 盛世文章思獻頌，少年辭氣擬登樓。〔註112〕

從上述所引的論詩詩可看出幾點：（1）以戰爭或歷史著名將領作為論詩的語言，反映出他對於詩歌創作要求一種建功立業的期許；（2）茅大芳對於盛世與文物之雍容有情感的傾向，所以他認為詩歌創作跟世運盛衰有關，因此便把氣象雍容與進諫陳戒作為批評詩歌優劣的標準；（3）縱使詩才甚佳，但無經世濟民之實績，亦令人有所遺憾，所以是否建功立業與詩歌創作有密切的相關性；（4）詩三百不僅是詩歌創作的價值根源，更應作為批評的標準與詩史的起源，這一點倒與浙東和江西詩人群觀點相同。

三、小　結

　　蘇州派對於詩史與詩歌批評的部分，並沒有浙東與江西詩人群來得細緻與複雜，一方面部分詩人貴宗自然，不排斥宋詩的價值，認為應該避開形式的摹擬複製，要走向主「情」的道路；另一方面茅大芳等詩人以實用主義的觀點論詩，認為詩歌創作必須看它是否帶有經世

〔註106〕《希董先生集》卷下〈行營漫興四首〉。
〔註107〕《希董先生集》卷下〈次韻上詩〉。
〔註108〕《希董先生集》卷下〈次前韻〉。
〔註109〕《希董先生集》卷下〈六月十日端禮樓近講，奉教賦詩，次繆紀善韻〉其一。
〔註110〕《希董先生集》卷下〈六月十日端禮樓近講，奉教賦詩，次繆紀善韻〉其二。
〔註111〕《希董先生集》卷下〈過潼關貽鞠彥文知事〉。
〔註112〕《希董先生集》卷下〈送王賓旭檢校〉。

濟民的實效，有助於治術。然而綜觀蘇州詩人的詩論，雖然他們已從言志邁向緣情或尚趣的道路，然而主宗詩三百與盛唐詩歌依舊是時代的風尚所趨，蘇州詩人也不例外，他們依舊以此為標準，來容納與浙東、江西詩人群不同且包容的思維（譬如不廢宋、甚至不廢晚唐），反而使得元末明初以降的詩壇出現了一些新且多元的聲音。

第五章　閩中派詩學理論

　　閩中詩歌理論以朱子學作爲根基，與浙東、江西兩派，在追尋「詩
三百」的根源立場上，並無不同。林鴻、周玄、鄭定、黃玄、王褒、
唐泰、高棅、王恭、陳亮、王偁號「閩中十子」，他們當中實際留有
詩歌理論的，只有林鴻與高棅兩人，林鴻論詩獨尊盛唐，高棅著有《唐
詩品彙》，他們的論詩主張，下開前後七子「詩必盛唐」復古理論的
先河。而閩中派的詩歌理論在溯源「詩三百」的過程中，更將詩歌創
作奠基在去明尤近的「盛唐氣象」，相對於浙東與江西而言，更具現
實的實用基礎。

　　據《大明一統志‧福建布政司》言，福建一地下轄福州府、泉州
府、建寧府、延平府、汀州府、興化府、邵武府、漳州府共八府，就
其云福州府之風俗，可見福建一地之文化狀態，《大明一統志‧福州
府‧風俗》云：

> 其俗儉嗇，喜訟好巫，女作率登於男，家庫序人詩書，產
> 懼薄以勤羨，用喜嗇以實華，嚮學喜講誦，好爲文辭，信
> 鬼尚祀，重浮屠之教，民以漁鹽爲生。〔註1〕

《大明一統志‧泉州府‧風俗》云：

〔註 1〕《大明一統志》卷七十四〈福建布政司‧福州府〉，1965 年 8 月初
　　　　版，文海出版社印行，頁 4610～4611。

民淳訟簡，俗尚儉樸，風俗淳厚，素習詩書，檳榔爲禮。〔註2〕

引文一方面論及福建閩中的風俗，依舊保有簡樸的氣息，但也暗示此處的文化仍有好巫的未開化部份。然而好爲文辭與素習詩書的說明，告知我們明初時期的福建一地雖然地處海隅，依然有比過去更進步的文化型態。顧祖禹云：

> 福建僻處海隅，偏淺迫隘，用以爭雄天下，則甲兵糗糧，不
> 足供也，用以固守一隅，則山川間阻，不足恃也。西漢時，
> 東越嘗國於此矣，橫海樓船，以四道之兵至而國亡。陳天嘉
> 中，陳寶應亦思據此矣，章昭達、余孝頃之師來襲而國亡。
> 五代時，王氏亦嘗帝制自爲矣，及釁起於內，敵乘於外，而
> 地分於鄰國。元末，陳友定起於閭閻，乃能削平群盜，保其
> 境內，非其才不足以有爲也，一旦杉關失，南台驚，及其身
> 而敗亡至矣。猶得謂閩爲險固之地乎哉。〔註3〕

又云：

> 昔人亦言，閩中形勝，大類巴蜀，此非通論也。夫蜀，內
> 有鹿頭、劍閣、墊江之阻；外有陰平、叚萌、瞿塘之限；
> 北出則動關中；東顧則鄰荊楚，而閩曾有是乎哉？建寧一
> 郡，最稱上游，亦不過北走浙中，西達江右而已。其至於
> 中華也，必由衢信經饒池而後渡江，越安慶出廬壽而後渡
> 淮，自淮以北，又累驛而後至大梁，謂自閩而出，遂有當
> 於中原之要會，不能也。(同上)

就地理環境而言，顧祖禹認爲福建一地，距離中原過遠，地形複雜且塞阻，退步可完全保守，進不可作爲長期根據之地；因此歷史上用福建固守一隅的君主或豪雄，幾乎說是無法進取中原而敗亡，也因此對於福建的經營與文化啓迪較慢。但實際上從南宋至元末明初以來，閩中一地已然受到相當的文化薰陶。陸寶千認爲：

> 福建方面，則地形侵蝕，尚未凌亂，故交通較難，開發更

<hr>

〔註2〕 同前註，卷七十五〈泉州府〉，頁4655。
〔註3〕 顧祖禹《讀史方輿紀要》，續修四庫全書本第五九八～六一二冊，續修四庫全書編纂委員會編，上海古籍出版社印行，1995。年

遲。兩漢之時，尚附屬於會稽，晉代始置郡縣焉。而韓愈
〈歐陽詹哀辭〉，言閩人舉進是自詹始。則直至唐代，閩人
之舉進士者仍必甚少。閩人之參與政治舞台，更須遲至北
宋中葉，蓋自漢武取閩越以來，幾一千年矣。〔註4〕

從南宋至於元末，閩地的文化風氣與政治實力都尚未居於全國重鎮，
但因爲全國經濟與政治中心逐漸南移的緣故，福建一地亦迭有建設與
人才。元末至正二十一年，陳友定據閩，被元朝政府升爲「福建行省
平章政事」，直到至正二十七年，朱元璋進兵討伐，次年（洪武元年）
殺陳友定，福建方進入明朝的版圖。我們再就明初南方人口的分佈來
觀察（依《明史・地理志》之統計整理；洪武二十六年）〔註5〕：

省　份	戶	口	省　份	戶	口
浙　江	2138225	10487567	廣　東	675599	3007932
南　京	2112914	10755638	四　川	215719	1466778
江　西	1553923	8982482	廣　西	211263	1482671
福　建	815527	3916806	雲　南	59576	259270
湖　廣	775851	4702660	總　計	8558597	45061804

　　此次整理，不難看出南方之繁榮，而其中福建、浙江、江西三地
可說是戶數與人口數相當多的地方，雖然福建排行南方第四，但相對
於當時北方的統計而言，福建的戶口數亦超越北方京師（334792，
1926595）、山東（753894，5255786）、山西（595444，4072127）、河
南（315617，1912542）、陝西（294526，2316569）各地，可以證明
福建的政經狀況已然佔有全國的一席之地。

　　實際上，明初學術界的儒生，幾乎都是程朱學的流波，而明初科
舉制度的建立也以朱子學作爲架構的基礎，所以明初可以說是朱子學
的時代，而如果我們詳加考察明代進士一甲的籍貫分布，也不難發現

〔註4〕　陸氏《中國史地綜論》，廣文書局，1962 年 8 月，頁 356。
〔註5〕　整理自張廷玉編《明史》，上海書店編，上海古籍出版社，1991 年
　　　　版。

福建一地已經開始有影響全國的文化力量﹝註6﹞：

南直隸 66 人　　　　　　浙江 48 人

江西 48 人　　　　　　　福建 31 人

陝甘 9 人　　　　　　　　湖廣 8 人

北直隸、山東各 7 人　　　四川、廣東各 6 人

山西 4 人　　　　　　　　廣西、河南各 2 人

　　值得注意的有兩點：第一、明代進士一甲文魁人數實南方（二百一十五人）多於北方（二十九人），而其籍貫分布超過兩位數的省份有南直隸、浙江、江西、福建，其中浙江、江西本爲明代文學與程朱理學之重鎮，而福建地區排在第四也顯示出自明初以降，閩地亦成爲南方文化中心之一。而成祖時代最年輕的內閣大學士，亦爲三楊臺閣體的重要人物楊榮（福建建甌人）更代表著閩地文化的重要性。而在本文論述的範疇中，將涉及洪、建年間，以「閩中十子」作爲代表的詩歌理論，觀察其內在旨趣與宗唐之風尚。

　　至於湖南、廣東、安徽、河南等地，雖然當時意有所謂的「南園五子」、「崇安二藍」等稱號，然而他們留下來的文集中多半只有詩而無（文）詩論，甚至於只剩下一些斷簡殘篇，又我們假使衡量當時的地域文學之狀態，這幾地的人才以及論述文本，都無法有前述四大系統的數量眾多且影響重大，因此本文便把這幾個地域的代表性詩論思維採以人爲經的方式放在第六章餘論的部分論述，也希望讓本書因此能夠更加完整。

第一節　詩歌的基礎與根源

　　閩中詩人對於詩歌根源的想法，依舊以詩三百作爲價值之歸趨，

﹝註6﹞　資料整理自張廷玉編《明史》，上海書店編，上海古籍出版社，1991年版。並參引陳正祥著《中國歷史文化地理（上冊）》，南天書局，1995 年 10 月，頁 35。

在基礎上更爲現實些，這是因爲其有朱子學之脈絡，再加以對於唐詩之推尊，所以導致他們論及詩歌根源時，遙契詩三百，卻從唐詩推至漢魏詩歌，這也使得他的的根源論有一些與其他地域比較之下，更爲立基於現實的考量。

一、「原於性命之正」與「詩三百」根源說

　　張以寧（1301～1370），福建古田人，因父坐事免官，滯留江淮許久。《四庫全書總目提要》言「其文神鋒雋利，稍乏渾涵深厚之氣……近體皆清新，間有涉於纖仄。」，有小張學士之稱。著有《翠屏集》。〔註7〕張以寧論及古人詩歌的創作時便說：

> 散乎高下皆詩也。古之爲詩者，發之性情之眞，寓之賦比興之正，有常有變，隨感而應，一是悟言而已矣。其爲用也，協之律呂，播之聲歌，抑揚而反覆，詠歎而淫佚，以感發而歆動之。〔註8〕

又云：

> 傳曰：「天下有道，則行有枝葉；天下無道，則詞有枝葉」。伯良蓋志於行有枝葉乎！予於伯良之志，而喜斯世將復古，海內將復治，治必自台始，唐韓子之言殆合於今矣。〔註9〕

其可注意的有幾點：第一、張以寧強調古代詩歌的實用價值在「志於行道」；第二、此價值是建基在作者本身的道德品行，以及詩歌完成後的感發力量；第三、他亦認爲古之詩歌的特點便在於音樂性，透過一唱三歎來完成其興發志氣的目的。因此，人格品行便成爲學詩的基礎，換句話說就是性情是否出之於正，便是詩歌是否可以動人的根本。朱子說：

> 蓋嘗論之，心之虛靈知覺，一而已矣，而以爲有人心、道心之異者，則以其或生於形氣之私，或原於性命之正，而

〔註7〕　台灣商務印書館四庫全書影印文淵閣本，本文所引張以寧之文，此後但標冊數與頁數，不另標明版本出處。

〔註8〕　《翠屏集》卷三〈黃子肅詩集序〉。

〔註9〕　《翠屏集》卷二〈思存稿序〉。

> 所以爲知覺者不同，是以或危殆而不安，或微妙而難見耳
> 〔註10〕。

朱子此言正是在說明心的作用爲「虛靈知覺」，就「人心」的角度觀察是形下「氣心」，源自於「氣質之異」，而「道心」的出現在於心知「原於性命之正」，即是以道德作爲心的價值歸趨，以天道作爲生命活動的根據。故朱子云：

> 蓋仁之爲道，乃天地生物之心即物而在。情之未發而此體已具；情之既發，而其用不窮。誠能體而存之，則眾善之源，百行之本，莫不在是。此孔門之教所以必使學者汲汲於求仁也〔註11〕。

亦即是心應志於仁，並且是在倫常日用當中體會仁心本體原有，而情感便是仁心本體的外在發用，故心的價值趨向便是性情之正的本原，人應依此仁心定向，培養道德品格。張以寧將此思維運用至詩學理論中，便產生以下的說法：

> 詩者，性情之發也。性情古，則詩古矣；性情不古，欲詩之古焉，否也。古之君子，仁義忠信焉耳矣。學焉者，淑乎一己以古於身；仕焉者，行乎一世以古於人者，純其心焉耳矣。其心純，則其性情正，其性情正，則其發於詩也，不質以俚，不靡以華，淵乎其厚以醇〔註12〕。

這裡他提出了幾個重要觀點：第一，詩歌寫作是內在性情之發用；第二，張以寧本以古人之詩作爲學詩的價值根源，而詩歌又是性情的展現，因此他提出了「性情古」的思維模式，要求學詩者應從性情擬古著手；第三、進一步他則提出如何性情擬古的方式，此思維源自於上述所引朱子學派對先秦時期儒學的思考，即是古人之心應與今人之心同，相同的基點在於那仁心本體，故「純其心」，使「性情正」便成

〔註10〕 （南宋）朱熹注《四書章句集注》，上海商務印書館印行。

〔註11〕 南宋・朱熹著，清・康熙張伯行編・同治左宗棠增刊《朱子文集・仁說》，收錄於《百部叢書集成》十三～二六冊，藝文印書館編印，1968年初版。

〔註12〕 《翠屏集》卷三〈李子明舉詩集序〉。

爲「發於詩」的根本。於是，張以寧的結論便是「心乎仁義忠信矣」
〔註13〕，如此發乎詩便能得乎性情之正，而「詩三百古矣」〔註14〕，
於是詩三百便成爲學詩的價值根源。

　　林弼（約 1375 年前後在世），初名唐臣，字元凱，福建龍溪人。
元至正八年（1348）進士，爲漳州路知事。明初以儒士修禮樂書，授
吏部主事，官至登州府知府。宋濂曾爲其《使安南集》序，稱其文辭
爾雅。王禕亦嘗贈以詩，與之唱酬。其詩文皆雄偉軼宕、清峻洒脫。
著有《林登州集》二十三卷〔註15〕。林弼云：

> 夫平實則理勝，而有溫厚平易之氣矣；流麗則辭亦勝，而
> 無艱險奇詭之病矣。詩之爲詩，殆不出乎此也。〔註16〕

平實而理勝的詩，就是以情（主觀的情感內蘊）爲主，並且透過理（較
客觀的思維內容）來表述的創作，因此其所傳遞的必定是容易閱讀、
感動人心的情感內容。然而形式的存在並非不必要，只是不應流於雕
琢，故林弼提出「流麗」一辭，來說明什麼是適當的形式。「流麗」
如果分開來看，「流」指的便是平實順暢，而「麗」便是一種修辭形
式，然而「麗」的根本是要「流」，也就是要以合宜的形式去表述平
實的情感內容，也因此他才會說「情眞則語眞」。

　　由此延伸，林弼依舊會把詩歌創作的根源推至於「詩三百」：

> 然則五言本三百篇，而漢去古未遠，作者固當以是爲準的
> 也。〔註17〕

> 夫三百篇者，詩人情性之正，而形於溫厚平易之言也。後世
> 能言之士，有極力追倣不能及者，則固非無法也，非無辭也，
> 其法非後世之所謂法，其辭非後世之所謂辭也。〔註18〕

〔註13〕 同前註。
〔註14〕 《翠屏集》卷三〈送魯伯理歸省序〉。
〔註15〕 台灣商務印書館四庫全書影印文淵閣本，本文所引林弼之文，此後
　　　　但標冊數與頁數，不另標明版本出處。
〔註16〕 《林登州集》卷十三〈華川王先生詩序〉。
〔註17〕 《林登州集》卷十三〈熊太古詩集序〉。
〔註18〕 《林登州集》卷十三〈華川王先生詩序〉。

林弼先言創作應溫厚平易，又言詩人情性之正處，亦必須透過溫厚平易之言表達，這就是三百篇的價值。這實際上就是將詩歌的價值根源推致「詩三百」，在此價值之下，所有後世所謂的法，不過是他所認為的「局於法而以辭勝，故雖艱險奇詭，而意則淺矣」的下乘之流罷了。

二、「以盛唐爲歸趨」與「從盛唐溯源漢代」

林鴻（約公元 1391 年前後在世），字子羽，福建福清人。洪武初，以薦試《龍池春曉》《孤雁》二詩，深得朱元璋賞識，名動京師。官至禮部精膳司員外郎。後自請辭官歸閩。著有《鳴盛集》〔註19〕。劉崧替林鴻《鳴盛集》作序云：

> 窺陳拾遺之堂奧而毅毅乎開元之盛風，若殷璠所論『神來氣來情來』者，莫不兼備，雖其天資卓絕，心會神融，然亦國家氣運之盛馴致然也。〔註20〕

我們可以看出林鴻之詩以盛唐開元作爲表現的氣象，換句話說，林鴻將詩歌的價值置入盛唐的標準當中，這並非說林鴻不再以詩三百做爲歸趨，而是從國家氣運的比附中，將明朝之詩文價值對照於盛唐的浩浩氣運，藉此將宗唐的思考進一步地置入成「獨尊盛唐」，而盛唐之音的根源本是詩三百，明去詩三百遠，去盛唐近，透過盛唐之音的學習上推詩三百，其實是一個相當好的進路。高棅《唐詩品彙》〔註21〕提到：

> 先輩博陵林鴻，嘗與余論詩：「上自蘇李，下迄六代，漢魏骨氣雖雄而菁華不足，晉祖玄虛，宋尚條暢，齊梁以下，但務春華，殊欠秋實。唯李唐作者，可謂大成。然貞觀尚

〔註19〕台灣商務印書館四庫全書影印文淵閣本，本文所引林鴻之文，此後但標冊數與頁數，不另標明版本出處。

〔註20〕《鳴盛集・序》。

〔註21〕台灣商務印書館四庫全書影印文淵閣本，本文所引高棅之文，此後但標冊數與頁數，不另標明版本出處。亦有上海古籍出版社影印明汪宗尼校訂本。

習固陋，神龍漸變常調。開元、天寶間，神秀聲律，粲然
大備，故學者當以是爲楷式。」〔註22〕

　可見除詩三百與盛唐外，林鴻認爲其他時代的詩作仍存有缺憾，
而盛唐尤其開元天寶間之作品，當成爲學者入門的途徑與價值根源。
而林鴻如此的思考沿承的是同爲籍貫閩地的南宋嚴羽：

盛唐諸公之詩，如顏魯公書，旣筆力雄壯，又氣象渾厚。
〔註23〕

論詩如論禪，漢魏晉與盛唐之詩則第一義也。……謝靈運
至盛唐諸公，透徹之悟也，他雖有悟者，皆非第一義也。
〔註24〕

夫學詩者，以識爲主，入門須正，立志須高，以漢魏晉盛
唐爲師，不作開元天寶以下人物，若自退屈，即有下劣詩
魔入其肺腑間，由立志之不高也。〔註25〕

假使我們以上述林鴻與嚴羽的思考對照，可以發現幾點：第一，閩中
諸人其實與浙東、江西詩人在詩歌價值的推擴概念上，並無不同，都
是以明回溯盛唐，造成「明──盛唐──漢魏──詩三百」的價值歸
趨；第二，然而從明初詩壇的書寫體裁而言，詩人們甚少創作四言詩
（詩經體），這代表著詩歌價值根源雖然推向詩三百，但並非是體裁
的摹擬，而是「載道」詩歌精神的發揚，而從明初詩人所書寫的體裁，
多爲唐代近體與古體或是樂府的狀況，可以看出他們在形式格調上所
「師古」的其實多爲盛唐與漢魏；第三、林鴻亦是如此，但較爲不同
的則在於他對於漢魏詩歌的看法，認爲其仍有「菁華不足」之憾，所
以林鴻在詩歌價值與基礎的歸趨上，他不把起源直接推至詩三百，畢
竟明初去唐較近，所以他便直接將盛唐作爲詩歌創作與批評價值的來

〔註22〕　《唐詩品彙・凡例》。
〔註23〕　南宋・嚴羽撰，郭紹虞校釋《滄浪詩話校釋》，臺北：里仁書局，1987
　　　　　年。
〔註24〕　同前註。
〔註25〕　同註23。

源，這樣子也比較符合當時詩歌創作的實際狀態，至此，詩三百作爲根源的概念也成爲精神化的對象，而並非是形式格調化的準則。

　　高棅（1350～1423），字彥恢，更名廷禮，號漫士，福建長樂人。永樂初，以布衣召爲翰林待詔，後升典籍。擅書畫，尤工詩。著有《高待詔集》、《高漫士集》、《嘯臺集》、《木天清氣集》。并編選《唐詩品彙》、《唐詩正聲》。而其中以《唐詩品彙》影響較大。其上繼南宋嚴羽《滄浪詩話》的觀點，推崇盛唐詩歌，同時也體現了明初「閩中十才子」的「詩至開元、天寶間，神秀聲律，粲然大備，故學者當以是楷式」（林鴻語）。高棅雖將詩歌之粲然大備定於「有唐三百餘年」，然而我們卻不難發現，其根源的精神指標依舊是從漢魏上溯詩三百：

> 五言之興，源於漢，注於魏，汪洋乎兩晉，混濁乎梁陳，大雅之音幾於不振。〔註26〕
>
> 七言雖云始自漢武〈栢梁〉，然歌謠等作出自古也，如寧戚之〈商歌〉，七言略備。迨漢則純乎成篇，下及魏晉，相繼有述。〔註27〕
>
> 五言古詩，作自古也。漢魏樂府古辭則有〈白頭吟〉、〈出塞曲〉、〈桃葉歌〉、〈歡問歌〉、〈長于曲〉、〈團扇郎〉等篇。下及六代，述作漸繁。〔註28〕
>
> 五言絕句，作自古也。漢魏樂府古辭則有〈白頭吟〉、〈出塞曲〉、〈桃葉歌〉、〈歡問歌〉、〈長干曲〉、〈團扇郎〉等篇。下及六代，述作漸繁。〔註29〕
>
> 七言絕句，始自古樂府〈挾瑟歌〉、梁元帝〈烏棲曲〉、江總〈怨詩行〉等作，接七言四句。〔註30〕

〔註26〕　《唐詩品彙》之〈五言古詩敘目・正始〉。
〔註27〕　《唐詩品彙》之〈七言古詩敘目・正始〉。
〔註28〕　《唐詩品彙》之〈五言絕句敘目・正始〉。
〔註29〕　《唐詩品彙》之〈五言絕句敘目・正始〉。
〔註30〕　《唐詩品彙》之〈七言絕句敘目・正始〉。

> 律體之興，雖自唐始，蓋由梁陳以來儷句之漸也。梁元帝
> 五言八句，已近律體。〔註31〕
>
> 排律之作，其源自顏、謝諸人古詩之變，首尾排句，聯對
> 精密。梁陳已還，儷句尤切。〔註32〕
>
> 七言律詩，又五言八句之變也。在唐以前，沈君攸七言儷
> 句已近律體，唐初始專此體。〔註33〕

從高棅對詩歌的各種體裁在根源的討論上，他從詩史發展的角度，除
律詩外，幾乎都斷定出於漢代，繼續於魏晉六朝時期發展，至唐則進
入高峰，表面上並未提到詩三百作為詩歌創作的價值根源，這有幾個
原因：第一，就體製言，詩三百多四言詩，而唐詩四言少，故推其根
源，必溯至漢代而非詩三百；第二，明初去詩三百遠，實際上，明之
詩經體的發展，又有賴其後的前七子之推波助瀾，方有大量的創作，
因此從高棅推尊唐詩，溯源漢魏可知詩三百在明初一些詩人的思考中
是以「精神價值」的層次出現，而非是「形式價值」的層次，這與明
中葉的詩人的復古思考有著差異；第三、從高棅的語言用詞，如「古
歌謠遺風」、「大雅之音」、「古歌謠之遺意」等等，可看出詩三百的根
源意義依舊存在，已然成為一種精神的象徵。

三、小　結

　　從張以寧發展至高棅，閩中的詩歌觀念更加建築在現實的基礎
上，而如此來談師古，便必然走向重新檢視形式模擬的觀念，而往精
神價值去發揚，因此詩三百就會變成遙遠的精神象徵，而並不會呈現
浙東詩人與江西詩人在取捨進退之間的某種堅持：

　　（1）張以寧以朱子學的「仁心知覺」來談根源，以進入性情擬
　　　　　古。

　　（2）林弼以「情真即語真」推至詩三百。

〔註31〕　《唐詩品彙》之〈五言律詩敘目·正始〉。
〔註32〕　《唐詩品彙》之〈五言排律敘目·正始〉。
〔註33〕　《唐詩品彙》之〈七言律詩敘目·正始〉。

（3）林鴻把起源直接推至盛唐。

（4）高棅則從盛唐斷自根源漢代。

畢竟詩三百只剩下精神型態的推尊，師古可以更直接面對唐詩的抉擇，那當代的詩家也可以藉此直接有仿效的對象，不必去面對四言體形式的困惑。當然，前七子出現之後，便又是另一個以形式為起點的改變（因此前七子多有詩經四言體的創作，而明初詩人並不多）。

第二節　詩歌本質功能論

閩中詩人認為精神價值是詩歌創作的根源，所以他們多半以儒家思想作為討論的哲學歸向，特別強調情與氣的創作本質。以下先討論他們詩歌本質功能論的看法：

一、「詞、理、古」三本質說與「情真、氣古」二本質說

張以寧從「詞、理、古」討論詩歌本質：

（1）古者詩以誦不以讀，以聲歌，不以文義。〔註34〕

（2）天地元氣之精英，鍾於人而為文，作者固甚難，選者尤難爾。何難乎爾？蓋詞與理俱，而無遺憾之難也。六經之文，非有意於為之，而二者俱至，煥然天地之文，後之極意而為者，終莫幾及〔註35〕。

（3）《記》曰：「溫柔敦厚者，詩教也。」龜山楊氏，學程者也，亦曰：「為文貴有溫柔敦厚之氣。」兩者固不同也而有同焉。噫！溫柔可學也，敦厚難能也，以寧不敏，願與君子共學焉〔註36〕。

（4）詩者，性情之發也。性情古，則詩古矣；性情不古，欲詩之古焉，否也。古之君子，仁義忠信焉耳矣。學焉者，淑乎一己以古於身；仕焉者，行乎一世以古於人者，純其心

〔註34〕　《翠屏集》卷三〈春秋經說序〉。
〔註35〕　《翠屏集》卷三〈經世明道集序〉。
〔註36〕　《翠屏集》卷三〈甑山存稿序〉。

　　　　焉耳矣。其心純，則其性情正，其性情正，則其發於詩也，

　　　　不質以俚，不靡以華，淵乎其厚以醇。〔註37〕

　　（5）心乎仁義忠信矣！〔註38〕

　　（6）聲由人心生，協於音而最精者爲詩。〔註39〕

上述引用的原典中，可以看出張以寧對於詩歌的本質有幾個看法：（1）
詩的本質應該訴諸於音樂性，而並非單純只是形式上的韻律而言；（2）
詩的本質應兼顧詞與理，詞指的是形式韻律以致於音樂性的部分，理
則是天地元氣之理，也就是人情物理；（3）詩歌的本質就功能的角度
來看，是溫柔與敦厚兩個範疇，如果就上述詞與理來對應，溫柔指涉
的是具備情韻的音樂本質，敦厚是承載天地元氣的人情物理；（4）因
此詩的本質換句話說就是「古」，張以寧所定義的古，其實就是「純
其心」，詩的本質就是那一顆性情之正處的發用之心，因此心假使能
純粹以仁義忠信爲本質，那性情之發必然無邪，詩歌的語言與情感也
必然溫柔敦厚；（5）所以，音樂性（詞：溫柔）、仁義忠信（理：敦
厚）與純心（古：性情）三者便是張以寧論及的詩歌本質。

　　而林弼則云：

　　　　古人之詩，本乎情而以理勝，故惟溫厚平易，而自有餘味。

　　　　後世之詩，局於法而以辭勝，故雖艱險奇詭，而意則淺矣。

　　〔註40〕

林弼在此段引文裡表面上是以「古人之詩」與「後世之詩」對照說明，
實際上卻將形式與情感孰輕孰重作爲詩歌創作的基礎判準，林弼將情
感作爲創作的根本，所謂理（較客觀的思維內容）也必須以情（主觀
的情感內蘊）作爲核心，原本「以理節情」的思維，在此被賦予了情
爲主、理爲輔的價值意義。故他又說：

　　　　詩本人情，情眞則語眞，故雖不假雕琢，而自得溫柔敦厚

<hr>

〔註37〕　《翠屏集》卷三〈李子明舉詩集序〉。

〔註38〕　同前註。

〔註39〕　《翠屏集》卷三〈草堂詩集序〉。

〔註40〕　《林登州集》卷十三〈華川王先生詩序〉。

之意〔註41〕。

這句話跟清楚地說明詩歌創作的本質在於人類內在所欲抒發的情感，只要情感的本質無矯飾虛假，則語言形式縱使並無任何刻意的處理，都可呈現出如「詩三百」一般的創作型態。當然由此延伸的便是林弼對形式的看法，首先他先標舉出一個觀念，假使失去情作為創作基礎，把法度（形式）與辭（語言）作為創作所欲追求的目標，那反而會導致晦澀難懂的作品出現，而假使讀者拆穿這類型作品的虛矯外表，將會發現其所欲傳達之意不僅浮淺，甚至於毫無情感內容。林弼又云：

> 詩無古人之音節，則徒爲穠纖靡麗，而無溫厚平易之懿矣。
> 詩體與世變相乘，必光嶽氣完，然後可以復古。周漢之世，
> 氣之完也，氣完則音完，然後可爲治世之音。〔註42〕

「氣完」也是林弼所認爲詩歌的重要本質，古人的音節也在「氣完」中方能實踐，指的是氣蘊之充沛，孟子云：「夫志，氣之帥也；氣，體之充也」，就是林弼之所言，即是說生命力之充沛完整便是寫詩的根本，而此處的生命力必須受到道德的制約，因此林弼便以周漢之世來談詩體與世變的關係，這樣的聯結不難呈現出詩需爲治世之音的思考。

其實就詩歌本質來說，林弼提出的兩個觀點：「情眞」、「氣完」，其實與張以寧的看法完全一致，都是站在復古的價值根源上出發，然後找尋一個可以恢復治世之音的本質思維，當然他們所認爲詩歌的功能也是如此，必然隱含復古教化，這依舊是屬於道德興發的功用，其實算是明初詩論的群體趨向之一。

二、「三來」本質論

高棅以《唐詩品彙》一書追比唐音，作爲學詩之門徑，在詩學理論的系統裡，多藉批評與史觀的範疇來提示學詩者的創作概念，反而

〔註41〕 《林登州集》卷二三〈跋豐城航溪朱光孚詩集後〉。
〔註42〕 《林登州集》卷十三〈熊太古詩集序〉。

對於詩歌創作本質並未有直接的論及，綜觀高棅全書，有兩段文字相
當值得注意：

> 誠使吟詠性情之士，觀詩以求其人，因人以知其時，因時
> 以辯其文章之高下、詞氣之盛衰，本乎始以達其終，審其
> 變以歸於正，則優遊敦厚之教未必無小補云。〔註43〕

> 及觀諸家選本，載盛唐詩者，唯殷璠《河嶽英靈集》獨多古
> 調。璠嘗論曰：「夫文有神來、氣來、情來，有雅體、野體、
> 鄙體、俗體，編紀者能審鑑諸體，委詳所來，方可定其優劣、
> 論其取舍。」又曰：「璠今所集，頗異諸家，既閑新聲，復
> 曉古體，文質半取，風騷兩挾。」斯言得之矣！〔註44〕

　　第一段引文裡，高棅建構出一個論詩的批評方法，亦即是「詩→
人→時→文章高下、詞氣盛衰」的迴圈批評法（下節後當論之），其
實這樣的批評方法指向的便是「正」與「終」，也就是說高棅論詩歌
本質時，其隱含的內在精神就是儒家的內蘊：「正」是「優游敦厚之
教」；「終」則是「神來、氣來、情來」的作品完整度。

　　第二段引文則直接討論「三來」，高棅在此處相當地完整表示他
對於作品的本質，必須充分包含「神」、「氣」、「情」三個範疇，我們
現今就手上的原典，實無法確認殷璠與高棅對於這三個範疇的界定與
看法為何，但衡諸高棅《唐詩品彙》的思維，以唐音作為創作法古的
對象，可觀察出高棅對於這三個詩歌本質的看法：

> 至於子美，蓋所謂上薄風雅，下該沈宋，言奪蘇李，氣吞
> 曹劉，掩顏謝之孤高，雜徐庾之流麗，盡得古人之體式，
> 而兼得唐人之所獨專也。……苟以為能所不能，無可無不
> 可，則詩人以來，未有如子美者矣！嚴滄浪曰：少陵詩憲
> 章漢魏而取材於六朝，至其自得之妙，則先輩所謂集大成
> 也。〔註45〕

〔註43〕　《唐詩品彙·總敘》。
〔註44〕　《唐詩品彙》之〈五言古詩敘目·羽翼〉。
〔註45〕　《唐詩品彙》之〈五言古詩敘目·大家〉。

其又云：

> 太白天仙之詞，語多率然而成者……〔註46〕

> 盛唐工七言古調者多，李杜而下，論者推高、岑、王、李、崔顥數家爲勝。竊嘗評之，若夫張皇氣勢、陟頓始終，綜覈乎古今，博大其文辭，則李杜尚矣！至於沉鬱頓挫，抑揚悲壯，法度森嚴，神情俱詣，一味妙悟而佳句輒來，遠出常情之外之數子者，誠與李杜並驅而爭先矣！〔註47〕

筆者引出三段引文，以太白與杜甫作例，來推測高棅「三來」概念的實質意涵：

（1）神來：其實明初詩人論詩，無論何地域，都有論者採嚴羽的看法作爲討論的起點，高棅亦是如此。我們不難發現他使用「妙」、「率然而成」、「一味妙悟」、「自得之妙」來論詩，這樣的觀點其實與儒家，尤以孟子道德界域之「以意逆志」是相當不同的想法，而高棅言妙，可能指向的就是「神」，換句話說，「神來」對高棅來說是一種直覺性的靈感，而並非儒家天道之神用，也即是說創作的本質必然存在神妙不測的靈感來源，這可能是連創作者本身都感到難以捉摸的。

（2）氣來：高棅論氣，其實亦並非完全站在儒家論氣的立場，即是較不採道德之氣的觀點來看待創作之本質，反而以「張皇氣勢」的想法，討論詩歌生命力的本身，所以「沉鬱頓挫」是氣，「抑揚悲壯」是氣，這裡的氣兼含創作者自身的生命氣質，與創作者的才氣能力，因此是一種形下之氣，而氣的培養，則須透過知識的累積，與法古之精深方能完成。

（3）情來：至於情的部分，正好可以對應上述高棅論「正」，也就是「風騷兩挾」，指儒家溫柔敦厚詩教發用的情感內蘊，情之發如就正處而言，則「優遊敦厚之教未必無小補云」，正可以說明高棅把「情來」作爲詩歌創作本質的基礎，亦即是說，創作者本身必然要書

〔註46〕《唐詩品彙》之〈七言古詩敘目・大家〉。
〔註47〕《唐詩品彙》之〈七言古詩敘目・名家〉。

寫性情之正處，再配合神與氣的本質，便可以產生如李杜一般的佳
作，使作品得到一定的完整度（見下圖）：

三、小　結

以下歸納整理閩中詩人對於詩歌本質功能論的看法：

（1）張以寧以朱子之概念爲起點，透過「心乎仁義忠信」的哲學思
　　　維，認爲詩歌的本質應爲音樂性（詞：溫柔）、仁義忠信（理：
　　　敦厚）與純心（古：性情）。

（2）林弼強調古人之音節與道德之生命力應爲詩歌之本質，所以論
　　　及兩個本質概念：情眞、氣完。

（3）高棅追比唐音，藉殷璠的說法，透過三來說：神來、氣來、情
　　　來，來談如何透過詩歌本質的深刻了解，始作品產生完整度。

既然，精神價值是詩歌創作的根源，所以閩中詩人特別強調情與
氣的創作本質，當然情的部分指的必然是「性情之正」處，這也可以
使氾濫的情緒狀態得到節制，不必流於偏執，畢竟他們多半是以儒家
思想作爲討論的哲學歸向。

「氣」的部分則相當有趣，畢竟氣在中國哲學的範疇中有三大可
能，第一是指道德生命力（德性生命）、第二則是才氣能力（氣性生
命）、第三則是虛而待物（語出莊子：指自然生命），但閩中基本上並
非採用道家的思維方向，但又不純粹囿限於道德生命的完成，所以氣
的部分就兼含「德性」與「才性」，雖然「才性」亦要以「德性」爲
最終歸趨，但肯定了才性，也就使得創作的範疇因著本質的開闊，有
更多可能的空間。當然也因爲如此，不必因爲只肯定道德而將知識與
學問的追求繫於德性之下，反而是兩者有了並列的情況。

而對於「神」的認知也有了改變，高棅的「神」再也不必只是道

體之神用，反而透過對於嚴羽所言「妙悟」的思考，讓神變成直覺的靈感來源，是一種自得之妙，這樣的看法也解放了道德歸向的桎梏，使得道德的本質有了更大的包容空間。

第三節　詩歌創作方法論

在創作工夫論中，閩中詩人不約而同地談到如何既可以達到形式的要求，又可以避開形式的摹擬，求取「古之遺音」，便能符合「詩為心聲」，也就是內在情感趨向古人，避開絕對的形式摹擬。畢竟六經未始有法，只要對於古風有所依循，文字必然有其妙處，以下便分述討論之。

一、「符經」工夫論與「自然而發」說的對照

張以寧以六經作為討論創作方法的基礎，談到不規於法而卻妙於法才是為文之至，而「思」是創作的內在思維，因此「志」作為創作的根本，就必須符合六經，志於六經之創作，就是復古，也就是創作最基礎的方法。張以寧云：

> 人恆云：「六經未始有文法」，抑豈知夫未始規規於有法，而未始不妙於有法者，斯其為文之至者也。惟思亦然，伯良蓋知其志於其本者乎。傳曰：「天下有道，則行有枝葉；天下無道，則詞有枝葉」。伯良蓋志於行有枝葉乎！予於伯良之志，而喜斯世將復古，海內將復治，治必自台始，唐韓子之言殆合於今矣。〔註48〕

可以看出張以寧所言之「志」，就是詩三百的概念，指的是內在道德的趨向，創作的首要方法並不是在形式上的徒具模仿、亦步亦趨，而是對於內在情感的道德調整，將情感透過道德思維導正之後，形諸於言，這方是創作的基礎工夫。又云：

> 予謂詩亦然，何可以不學古人？而學焉者豈模擬其形似而

〔註48〕　《翠屏集》卷二〈思存稿序〉。

已耶！〔註49〕

對於擬古，作爲創作方法的基礎，張以寧強調的亦非形式擬古而已，他認爲「聲由人心生，協於音而最精者爲詩」〔註50〕，音樂性是創作之必須，然而此「音」並非矯揉造作的人爲之聲，而是「心聲」，從內在發出的德性趨向，這種自然之音的書寫，張以寧有更深入的論述：

> 詩必問學乎？詩非訓詁文詞也。詩不必問學乎？詩莫善乎讀書萬卷之杜甫氏也。去古逾遠，詩不復列於工歌矣。漓而淳之，浮而沉之，返古之風，完古之氣，以追其眇。然既墜之遺音，捨問學何求矣？……故問學者貴乎融者也……〔註51〕

因此，張以寧進一步說明以擬古爲創作方法的概念，首先他直接排除「訓詁文詞」，認爲只是就文字與形式的模仿，並非是創作。但此處會面對一個問題，就是「讀書」是否必要，這是反形式擬古必然面對的部分，而張以寧則把讀書定位於求取「古之遺音」，如此便能符合其「詩爲心聲」的看法；第二，對於心聲的定義，張以寧不只放在音樂性的追求，當道德與音樂結合時，張以寧便認爲透過對於閱讀杜甫的作品，取法乎上，便可以返回古風，可見古風與古氣才是他談讀書作爲創作工夫的重點所在，這樣也避開了純粹形式模仿的弊病。而林弼則更清楚地發揮這樣的思考：

> 後世能言之士，有極力追倣而不能及者，則固非無法也，非無辭也，其法非後世之所謂法，其辭非後事之所謂辭也。
> 〔註52〕

登州此處所言，比張以寧更清楚地劃開「前代之法（辭）」與「後世之法（辭）」之相異，也隱含著對於後世之法（辭）的批判，當然批

〔註49〕　《翠屏集》卷三〈馬易之金臺集序〉。
〔註50〕　《翠屏集》卷三〈草堂詩集序〉。
〔註51〕　《翠屏集》卷三〈蒲仲昭詩序〉。
〔註52〕　《林登州集》卷十三〈華川王先生詩序〉。

判的焦點依舊在於「追倣」，亦即是形式的模擬。他又云：

> 蓋情之所發者，正理之所存者，順則形於言也，自有其法，
> 自有其辭，有不待於強爲者也。惟能有得於古人之法之辭，
> 則後之作者接可以與之方駕並趨，而無愧矣。〔註53〕

林弼對於創作工夫在這段引文裡有相當清楚的說明，他認爲：

（1）情發之處，應是正理存在之處，這個看法比張以寧更爲深刻，林弼將情取代志，也就是說他認爲詩歌應爲詩人「緣情」而發，不過此情須受到正當合理的道所節制，雖然這麼說依舊符合儒家詩教的系統，但實際上也把言志的觀點放寬且釋放，讓詩歌的表現可以更自在一些。

（2）正因如此，林弼談創作工夫，用的字便是「順」、「自有」與「不待強」，這可以看出他的觀點在於詩歌創作的「自然而發」，這點與儒家對於詩三百的認識相當符合，所以師古就必須回到古人自然爲法的創作方式，而不是斤斤於文辭語言與形式的複製。也只有如此才能傳達出「溫厚平易之氣」，無「艱險奇詭之病」。

二、「師古」創作工夫論

高棅論方法，是基於上章所言的本質而出發，筆者先列出他言創作方法的原典，再加以分析：

（1）辯盡諸家，剖析豪芒，方是作者。〔註54〕

△高棅在此處強調對於古代各家詩歌的體製、格調、情蘊必須熟習，並且要加以釐辨，從中找出創作的道路。

（2）誠使吟詠性情之士，觀詩以求其人，因人以知其時，因時以辯其文章之高下、詞氣之盛衰，本乎始以達其終，審其變以歸於正，則優遊敦厚之教未必無小補云。〔註55〕

△此處雖是「詩→人→時→文章高下、詞氣盛衰」的迴圈批評

〔註53〕同前註。
〔註54〕《唐詩品彙・總敘》。
〔註55〕同前註。

法，但實際上也是創作的方法，換句話說這段引文是進一步說明如何「辯盡諸家，剖析豪芒」，必須透過閱讀去索求創作者的生命型態，然後去涉入創作者的處身環境，藉此來提升自身的閱讀能力，而必然會增進創作的能力。

（3）至於子美，蓋所謂上薄風雅，下該沈宋，言奪蘇李，氣吞曹劉，掩顏謝之孤高，雜徐庾之流麗，盡得古人之體式，而兼得唐人之所獨專也。〔註56〕

　△此處講「盡得古人體式」，則是從體裁與風格著眼，強調自身法古的學習，亦不須避開對於形式的摹擬，形式與語言結構的摹擬，是寫作的重要基礎。

（4）又曰：「璠今所集，頗異諸家，既閒新聲，復曉古體，文質半取，風騷兩挾。」斯言得之矣！〔註57〕

　△除了形式的摹擬外，必須使詩歌創作的情感內蘊與所採用的形式結構達成巧妙的平衡，這樣就不至於流於「文勝於質」，或是「情過於文」的弊病。

（5）太白天仙之詞，語多率然而成者。〔註58〕

　△創作時亦必須依賴最為直覺的靈感，所發之語才能自然，但靈感的培養一就必須靠前述的工夫，讓自己浸淫在古人的生命與作品裡，提升創作之能力，方能再談「率然而成」。

（6）竊嘗評之，若夫張皇氣勢、陡頓始終，綜覈乎古今，博大其文辭，則李杜尚矣！至於沉鬱頓挫，抑揚悲壯，法度森嚴，神情俱詣，一味妙悟而佳句輒來，遠出常情之外之數子者，誠與李杜並驅而爭先矣！〔註59〕

　△高棅在此處講得更為清楚，學問的求取必然是創作增進的不二法門，透過摹擬古人與不斷閱讀，便可以使得自身的創作有極

〔註56〕《唐詩品彙》之〈五言古詩敘目・大家〉。
〔註57〕《唐詩品彙》之〈五言古詩敘目・羽翼〉。
〔註58〕《唐詩品彙》之〈七言古詩敘目・正始〉。
〔註59〕《唐詩品彙》之〈七言古詩敘目・名家〉。

大的進展幅度。而高棅所言的學問，並非是狹窄的觀念，而是
必須「綜覈古今，博大文辭」，不僅要將語言文辭的使用幅度
拓寬，更根本的是要對於古今各種歷史與學問盡量汲取，以培
養宏觀的氣勢與寫作能力。

（7）道情敘事，悲歡窮泰，如寫出人胸臆中語，亦古歌謠之遺
　　意也，豈涉獵淺才者所能到耶？〔註60〕

　△這裡則進一步言「創作的深刻性」，書寫必須能夠通情達事，
　　讓讀者能夠透過文本深切感受的生命本身的律動，要做到如
　　此，就必須「綜覈古今，博大文辭」，涉獵各種的知識，而不
　　偏食，方能讓自身的眼界與生命開闊，作品也才能深刻地感發
　　讀者。

（8）少陵獨得其兼善者。〔註61〕

　△「兼善」是高棅論詩歌創作工夫的重點，透過各種型態詩歌的
　　不斷學習，達到對於詩歌各種體裁與語言的掌握，因而便可以
　　讓自身在創作中，善於利用各種可能去表情達意，這樣才能成
　　爲好的詩人。

（9）開元後，杜少陵獨步當世，渾涵汪洋，千彙萬狀。〔註62〕

　△「渾涵汪洋，千彙萬狀」便是「兼善」的結果。

　　從上述所有引文，我們不難看出高棅並不排斥對於形式的摹擬，
這與其他地域談「師古」的詩人，有其不同之處，其他詩人對於摹擬
通常都盡量避談形式之摹擬，都希望能作精神與情感的摹擬，但實際
上這是相當難的事情，畢竟要涉入精神領域，就必須從形式中的學習
得來，高棅在此處便直接地面對這樣的矛盾，他認爲形式摹擬不僅必
須，還更需要對於各種體裁與格調都要辨盡，以便於掌握各種可能的
書寫，畢竟人世的變化多端，書寫的變化假使對應人事，也必然多端，

〔註60〕　《唐詩品彙》之〈七言古詩敘目・歌行長篇〉。
〔註61〕　《唐詩品彙》之〈五言排律敘目・大家〉。
〔註62〕　《唐詩品彙》之〈五言排律敘目・長篇〉。

既然如此，只有透過各種型態書寫的熟習，才可以完全掌握人間的所有可能。這就是「兼善」的意義所在。

當然，精神價值才是創作的根源，所以形式的摹擬只是第一步，而形式的摹擬要如何能避開只是純粹的模仿，而無精神的內蘊？高棅認為「綜覈古今，博大文辭」是必須的，因此他是帶著宏觀的角度來談論「師古」工夫，就這一點來說是與其他地域的詩人群相當不同，也唯有如此，才能達成他「三來」本質的可能，而最後也方能使創作走向精神價值的歸趨。

三、小　結

在創作工夫論的部分，閩中詩人不約而同地都談到如何既可以達到形式的要求，又可以避開形式的摹擬：

（1）張以寧認為求取「古之遺音」，便能符合「詩為心聲」，也就是用內在情感的趨向古人，避開絕對的形式摹擬，畢竟六經未始有法，只要對於古風有所依循，文字必然有其妙處。

（2）林弼則用「順」、「自有」與「不待強」，強調詩歌創作的「自然而發」，這反而與儒家對於詩三百的認識相當符合，於是師古就必須自然為法的創作方式，而非徒具形式之摹擬。這便是林弼以「緣情」取代「言志」的思維取向。

（3）高棅並不排斥直接面對形式之摹擬，他認為要進入古風，就必須從形式中的學習得來，這時形式摹擬不僅必須，還更應辨盡各種體裁與格調，以便使書寫能完全對應人事變化，這就是他創作工夫「兼善」說的意義所在。

當然，綜合閩中詩人而言，張以寧與林弼想去解決形式摹擬的潛在問題，所以乾脆從古人未始有法的角度，討論法之不必要性，只有精神價值才是創作的根源，但高棅卻正面去面對這個問題，畢竟創作基於古風，也必然會伴隨形式的層面，這樣又怎麼完全避開形式之摹擬。所以高棅認為形式摹擬只是初步，但必須在此時就存在精神的內

蘊，於是高棅提出「綜覈古今，博大文辭」的「兼善」說，以宏觀的角度來討論「師古」，也唯有如此，方能使「三來說」的本質思維完全展現在優秀的詩歌作品當中，走向精神價值的歸趨。

第四節　詩歌批評與詩史觀

閩中詩人的詩史觀與詩歌批評論，其實統合了洪、建年間的各項思考，一方面就必須從直覺感受與天機韻趣來討論，另一方面亦存在著「人格即詩格」與「文章與時俱變」的傳統看法。而高棅的「四變說」詩史觀，隱含著對復古、開新以及「文章與時俱變」的三種批評思維，可說是完整的結穴之處。

一、「李、杜」判準論與「詩爲文之一」說

張以寧對於詩歌批評的判準，基本上以李、杜爲主，其目的是爲了透過李、杜，上溯詩三百：

> 嘗竊論杜繇學而至，精義入神，故賦多於比興，以追二雅；李繇才而入，妙悟天出，故比興多於賦，以繼國風。〔註63〕

對於杜甫與李白的批評，可看出詩三百爲批評最高準則的概念，因此杜甫與李白代表著不同的創作趨向，杜甫屬於從學而入，而李白則是從悟而入，因此在這樣的批評角度中，可看出張以寧對詩歌創作的想法相當寬容，也因此他的批評論有部分便透過藝術的角度來思考：

> 畫與詩同一妙也。昔之善詩者必善畫……凡知詩者必知畫。概其人品之超邁，天機之至到，脫略於形似之粗，領略於韻趣之勝，其悠然有會於心者，故不異而同也。〔註64〕

又云：

> 畫猶詩也。夫爲詩者，非模擬剽掠以爲似也，非琢雕刻劘以爲工也，非切摩聲病、組織纖巧以爲密且麗也；必也渙

〔註63〕《翠屏集》卷三〈釣魚軒詩集序〉。
〔註64〕《翠屏集》卷三〈秋野圖序〉。

然而悟，渾然而來趣，得於心手之間，而神溢於札翰之外，
是則詩之善也。於畫亦然。是故古之善畫者必善詩，非獨
善畫者之善詩也。蓋凡知詩者，莫不知畫也。〔註65〕

又云：

詩與畫相類，在乎氣之完，趣之諧，故妙於畫者，必千言
萬壑全聚吾胸中，而後解衣盤礴，沛然縱筆，急追其所見，
乃能脫凡近而入神。〔註66〕

學與悟是其批評的標準，學又不能作形式的剽竊，也不能在聲律、語
言與結構上追求雕琢與刻鏤的技巧，悟便成為批評論的第一準則，悟
就必須從直覺感受來討論，從天機韻趣來說明。張以寧便很自然地從
繪畫這個藝術的角度來談詩歌的批評方法。當然，前述我們在談創作
方法時論及張以寧特別強調學的重要，而批評論時他又強調悟，這兩
者之間是否有矛盾存在呢？其實沒有，張以寧在這段引文中強調「千
言萬壑全聚吾胸中」，也就是說在能「悟」之前，必須有「多識鳥獸
蟲魚草木之名」與「多得江山之助」的學識累積，方能脫略一切，達
到悟的可能，這如在佛學思維裡稱之於「漸修頓悟」的工夫，而張以
寧則以詩三百與李杜作為價值判準，借畫論來論詩，也正是要表達從
學至於悟的思維，對於作品的批評，也正在於其是否能呈現妙悟入神
的直觀感受，創作者亦然，鑑賞者的鑑賞角度亦然。

　　在宗唐學杜的批評思維裡，張以寧的詩史觀，並非走浙東多數詩
人批判宋詩的立場，反而在「學」的看法中，對於宋人尚理有較為公
允的討論：

儒學莫盛於前代之宋氏，大要尚道義而下詞章。而始以學
古倡者，則已崇理致，黜崛奇而主平易，忌艱深而貴敷愷，
蘄以復古之作者，又恐沿襲而少變焉，是以其詞紆餘而曲
折。及其後也，融之以訓詁，發之以論說，專務明乎理，
是以其詞詳盡而周密，其於詩也亦然，蓋不為秦漢以來之

〔註65〕《翠屏集》卷三〈山林小景詩序〉。
〔註66〕《翠屏集》卷三〈劉可與紀行詩序〉。

傑然者，而隱然爲宋氏一代之文矣。〔註67〕

張以寧對宋詩的看法，在於理，即是六經儒家之道，這裡我們不免又要問，張以寧講悟，對於法似乎帶著批判的態度，而回歸六經的書寫不就是回歸儒家之法，而理的本質不也是法？其實張以寧甚至於明初詩人對於六經的認識，並非從「法」的角度思維：

> 人恆云：「六經未始有文法」，抑豈知夫未始規規於有法，
> 而未始不妙於有法者，斯其爲文之至者也。〔註68〕

既然六經無法，六經的價值正在於「妙於有法」，因而就更能印證張以寧所言從學至悟的過程。以六經作爲詩文的終極判準，就是回歸無法之至，而張以寧以此角度觀察宋詩，當然會認爲儒學昌盛之宋代必然在詩歌表現上有其特色，他論及宋詩時舉出的代表詩家頗耐人尋味：

> 稽之周程二夫子，其爲書，其爲詩，甚簡奧醇古，其興起
> 歙動，幾魯語而契雅南者，誠非虛車也。〔註69〕

以周敦頤等理學家作爲宋代詩歌的代表，的確可看出他對於六經標準的不易，又或許張以寧對宋詩之佳處，定義在「理學詩」。而林弼的詩史觀卻對宋詩存而不論：

> 夫四言肇於唐虞，而盛於周；五言昉於周之〈行露〉等篇，
> 而盛於漢魏晉宋，七言權輿於張衡之〈四愁〉、魏文之〈燕
> 歌〉，而大盛於李唐之世。然漢魏以來，五言、七言皆古體
> 也，至唐則流於聲律而爲近體矣。然則五言本三百篇，而
> 漢去古未遠，作者固當以是爲準的也。余嘗謂詩爲文之一，
> 而與文並立。雖體製不同，而同歸乎古文，無古人之氣骨，
> 則不臻於雄渾奧雅之妙；詩無古人之音節，則徒爲穠纖靡
> 麗，而無溫厚平易之懿也。詩體與世變相乘，必光嶽氣完，
> 然後可以復古。周漢之世，氣之完也，氣完則音完，然後
> 可爲治世之音。〔註70〕

〔註67〕《翠屏集》卷三〈甌山存稿序〉。
〔註68〕《翠屏集》卷三〈思存稿序〉。
〔註69〕《翠屏集》卷三〈甌山存稿序〉。
〔註70〕《林登州集》卷十三〈熊太古詩集序〉。

從引文可看出林弼的詩史思維與批評觀存在以下幾個重點：

（1）詩為文之一：林弼認為詩與文不過是體制之相異，但其根源都歸乎古文，換句話說詩的獨立性被某個程度上的否定，變成古文的附庸，筆者所關心的是他為何如此說？而如此說又把詩歌批評帶到什麼角度？引文裡，林弼相當清楚說明詩歌創作須具備古人之氣骨與音節，也將詩的創作與治世之音連結，這當然不脫「人格即詩格」與「文章與時俱變」的傳統看法，然而他卻進一步將詩的獨立性置入文章創作中，使詩歌的批評標準限制在古文的檢視標準中，這也是因為林弼對後世之詩，尤其不滿當代之詩導致的極端看法，但這也是對於「古之遺音」強烈追求的結果。

（2）詩既然變成古文之一體，那麼批評的標準就必然會指向創作詩的作者，雖然從浙東至江西群的詩人都會要求詩人的立身行事必須類同古人，但也都多半會承認詩之獨立性，甚至於強調詩與文之不同在於詩歌情蘊的感染性，或是討論各種詩歌體製之間的關係，但林弼如此的思維，立即將詩歌批評導向人格批評的角度，甚至牽涉社會批判，詩歌本身的優劣只被定義在人格與社會的價值上。當其論及詩史發展時，客觀陳述體裁變遷發展也就多於其他詩人的主觀看法，表面上是詩史的客觀化，實際上卻隱含對於詩歌定位的附屬，畢竟詩對他而言附屬於文，所以發展本身只需要歷史性的陳述，不必個人主觀的批判，反正一切都拿六經之文作為標準即可。

二、「四變」詩史觀與「迴圈式」批評

高棅的詩史觀與批評論集中於有唐一代的變化，但是卻講得更為細緻，以下筆者就一段重要原典分項討論之〔註71〕：

（1）總綱：有唐三百年詩，眾體備矣。故有往體、近體、長短篇、五七言律句絕句等製，莫不興於始，成於中，流於變，而之以終。至於聲律興象、文詞理致，各有品格高下之不同。略而言之，則有初

〔註71〕《唐詩品彙‧總敘》。

唐、盛唐、中唐、晚唐之不同。（高棅認爲到了唐詩，所有詩歌的體裁都已具備，這樣的看法就是他認爲唐詩之應該成爲學習標準的重要原因；他亦沿承嚴羽以降的看法，把唐詩分成四期，不過他對於四期內的分判較爲細膩。）

（2）初唐之始製：貞觀、永徽之時，虞、魏諸公稍離舊習，王、楊、盧、駱因加美麗，劉希夷有閨帷之作，上官儀有婉媚之體，此初唐之始製也。（有趣的是，高棅認爲初唐之始，就是稍微揚棄前代舊習之發端，這種舊習到底指涉對象是哪個斷代，也關乎其對於唐以外詩史與批評的思維。高棅曾引朱晦庵之選詩概念，認爲「昔朱晦庵嘗取漢魏五言，以盡乎郭景純、陶淵明之作，以爲古詩之根本準則，又取晉宋顏、謝以下諸人，擇其詩之近於古者，以爲羽翼輿術。余於是編，正宗即定，名家載列，根本立矣」〔註72〕。可見高棅編《唐詩品彙》有接續朱子之意，換句話說他必須認同朱子編唐前詩選之看法，亦即是高棅所謂的「舊習」，應是指「晉宋顏、謝以下諸人」，尤以南朝梁、陳之諸多詩人爲最，此便是高棅認爲唐初時開始揚棄的對象，也是他揚棄的對象。）

（3）初唐之漸盛：神龍以還泊開元初，陳子昂古風雅正，李巨山文章宿老，沈、宋之新聲，蘇、張之大手筆，此初唐之漸盛也。（其實從揚棄舊習的角度進一步觀察，高棅接櫫了兩種揚棄的方向：復古與開新，初唐的第二階段便由此始，陳子昂等人代表對於古風之回歸，對於雅正之追求；而沈、宋則代表新詩體的成立。這可見高棅的批評觀兼容兩者，既強調雅正之音的追比，亦認爲開新是使詩歌繼續發展的要件。）

（4）盛唐之盛：開元、天寶間，則有李翰林之飄逸、杜工部之沉鬱、孟襄陽之清雅、王右丞之精緻、儲光羲之眞率、王昌齡之聲俊、高適岑參之悲壯、李常建之超凡，此盛唐之盛者也。（高棅以盛唐李、

〔註72〕 《唐詩品彙》之〈五嚴古詩敘目・羽翼〉

杜作爲準則是《唐詩品彙》李隱含的批評標準，而放大來說高棅對於唐詩斷代的判斷，亦是以盛唐作爲最高的取法對象，其下才是中唐之再盛，因此從他給予盛唐諸詩人的風格概括，可看出盛唐的語言型態不僅復古，更有種風骨，與雍容大度的生命型態，於是學盛唐詩，其實是在學盛唐諸公的行事。）

（5）中唐之再盛：大曆、貞元中，則有韋蘇州之雅澹、劉隨州之閑曠，錢郎之清贍，皇甫之沖秀、秦公緒之山林、李從一之臺閣，此中唐之再盛也。（如果我們注意高棅對於中唐諸公給予的批評詞彙，發現另外一體是承繼陶淵明與盛唐王維以降詩作的分支變化，就是自然詩的寫作，當然這與安史之亂後的社會狀態有相當的關係，也可見高棅對於清雅沖秀一體之詩歌寫作，不僅視爲中唐之表徵，更將其作爲創作之一種重要格調，與盛唐之古邁並存。）

（6）晚唐之變：下暨元和之際，則有柳愚溪之超然復古、韓昌黎之博大其詞、張王樂府得其故實、元白序事物在分明，與夫李賀盧仝之鬼怪、孟郊賈島之饑寒，此晚唐之變也。（走筆至此，不難發現，既然有韓、柳之博大復古，加上元白、張王的分明故實，爲何中唐末期晚唐初期被高棅視爲變，而並非正？高棅云：「元和再盛之後，體製始散，正派不傳，人趨下學，古聲漸微……張籍、王建、白居易、歐陽詹、李賀、賈島諸人，猶有貞元之遺韻」〔註73〕，不難發現，這段時間的詩人，高棅仍給予高度的評價，但也視爲變之始也，實際高棅在此處開始的批評方法轉向，除了復古與開新之外，高棅將「文章與時高下，與代終始」的歷史批評觀導入對於中唐末期後至於晚唐末期的詩歌創作中。並且也論及此時「近體頗繁，古聲漸遠，不過略見一二，與時倡和而已」〔註74〕，亦即是因爲新聲多於古聲，而古聲又淪爲「與時倡和」，時又日趨而下，在這樣的迴圈式的推論與理念底下，莫怪乎元和成爲正之總結，與變之先聲。）

〔註73〕《唐詩品彙》之〈五言古詩敍目・遺響〉。
〔註74〕《唐詩品彙》之〈五言古詩敍目・接武〉。

（7）晚唐變態之極：降而開成以後，則有杜牧之豪縱、溫飛卿之綺靡、李義山之隱僻、許用晦之偶對、他若劉蒼、馬戴、李頻、李群玉輩上能甩免氣格、將邁時流，此晚唐變態之極而遺風餘韻尤有存者焉。（其實從高棅對於晚唐詩歌的批評可證上述史觀之言論所出，如「唐末作者雖眾，而格力無足取焉」〔註75〕、「元和以還，……諸人之作亦不少，但格律無足多取者」〔註76〕，當古風不存，而著重格力、格調的律詩又無足取焉，再加上時代衰敗，莫怪乎晚唐被高棅視爲變態之極。）

如果，我們以總序的詩史觀對照其另一段話：

> 唐詩之變漸矣：隋代以還，一變而爲初唐，貞觀、垂拱之詩是也。再變而爲盛唐，開元、天寶之詩是也。三變而爲中唐，大曆、貞元之詩是也。四變而爲晚唐，元和以後之詩是也。……今觀昌黎之博大而文，鼓吹六經，搜羅百氏，其詩騁駕氣勢……風骨頗逮建安，正中之變也。東野之少懷耿介，齷齪困窮，……其詩窮而有理，苦調淒涼，一發於胸中，而無客色，……此變中之正也。〔註77〕

唐詩史在高棅的觀點中經過四變，是一種漸進的四變，而且降及中晚唐之變時，存在著正中之變與變中之正，如果與前述的總敘引文對照，可以處理成如下的線性圖：

從此圖可以發現高棅的唐詩史觀，然而論及其史觀，必然會牽涉到判準問題，我們從上面的論述可知，他的批評方法有三：（1）復古、

〔註75〕《唐詩品彙》之〈七言律詩敘目・餘響〉。

〔註76〕《唐詩品彙》之〈五言律詩敘目・餘響〉。

〔註77〕《唐詩品彙》之〈五言古詩敘目・正變〉。

（2）開新、（3）文章與時高下，就復古言，實際上是創作價值之根源，也藉此與時代氣蘊聯繫；而就開新言，則是因為唐代不僅眾體兼備，也完成了律詩絕句之新聲，但從高棅對晚唐之批評，可見開新仍必須以復古作為價值判準。就文章與時高下言，高棅對於時代之盛衰與詩歌的聯繫相當明確，以「詩→人→時→文章高下、詞氣盛衰」的迴圈批評法，提出「時衰」則作品必走向極變的思維，這種看法實際上與浙東的文學思想如出一轍。

三、小　結

關於閩中詩人的詩史觀與詩歌批評，我們作以下的分述小結：

（1）張以寧透過「宗唐學杜」的詩史觀，提出「以畫論詩」與「漸修頓悟」詩歌批評論，透過這樣的思考點，「悟」便成為第一準則。當然，就必須從直覺感受與天機韻趣來說明，張以寧便很自然地從繪畫來談詩歌的批評方法。

（2）林弼則從「人格即詩格」與「文章與時俱變」的傳統看法，涉入到詩歌批評的範疇，於是批評的標準指向創作者，不僅要求詩人的立身行事必須類同古人，更認為詩為古文之一體，將文學批評導向人格批評與社會批評，於是詩歌的優劣被定義在人格與社會的價值上，詩歌的獨立價值便被某個部分的排除。當然，這樣所呈現的詩史觀，既然以天理作為準則，因此宋代詩歌很有趣地在林弼的詩史觀中變成讚揚的對象（其實偏向理學詩）。

（3）高棅的「四變說」詩史觀，對於唐代詩歌的發展論述極為精闢，但其中隱含的正是其批評的思維：復古、開新以及「文章與時俱變」，然而這也導致高棅史觀中的潛在問題，我們不難發現高棅對於晚唐詩歌的批評，在於新聲多於古聲，而古聲淪為「與時倡和」，而時又日趨而下，這一種迴圈式的批評法，其實有時會影響對作品本身美學意義的判斷，這或許也是高棅以至於明初諸多詩人在批評觀上的普遍傾向。

第六章　其他地域詩學理論

　　除四大地域的詩論外，明洪武、建文時期的其他地域亦存在著散見的詩學論述，因爲詩論之數量不多，但卻仍有討論的必要，所以一併在此章敘述，以補充本文之論述。

第一節　河南宋訥之「詩樂合一」的「審音言志」說

　　宋訥（1311～1390），字仲敏，河南滑縣人。元至正進士。任鹽山尹，棄官歸。明洪武初受徵召，參與編《禮》、《樂》諸書。事竣，不仕歸。後因薦授國子助教。歷官翰林學士，文淵閣大學士，遷祭酒。卒諡文恪。訥學問該博，詩文纏綿清新。著有《西隱集》〔註1〕。其云：

> 詩人立言，雖吟詠性情，其述事多索古喻今，或感今思古。
> 其寫景，所歷山川原隰風土人物之異，所見則昆蟲草木風
> 雲月露之殊，各粹於詩。至於詩人居台閣列朝廷者，所歷
> 所見，莫非城闕宮闕之雄，典章文物之美，器械車馬之壯，
> 華夷會同之盛，殆非山林所歷所見可概論也。〔註2〕

宋訥把詩歌創作與浙東宋濂等人一般區分爲「臺閣之文」與「山林之文」，並以爲臺閣優於山林，而其原因在於臺閣詩人之所見爲盛世典

〔註1〕　台灣商務印書館四庫全書影印文淵閣本。本文所引宋訥之文，此後
　　　　但標冊數與頁數，不再注明版本出處。
〔註2〕　《西隱集》卷六〈唐音緝釋序〉。

章文物,所歌詠的是雅正之音。寫景之詩在他的眼中「非博極群書,窮搜百家,未易析其事,辨其景也」〔註3〕,他說:

> 然詩之體有賦有比有興,觀體可得而見詩之音清濁高下疾徐疏數之節,與夫世之治亂、國之存亡,審音可得而考。〔註4〕

可見詩歌創作不應只受到文字與知識的拘蔽,宋訥以「詩樂合一」的觀點,強調詩之音是觀體的根源,而詩之音又可以反映出時代與地域的風俗民情,甚至於國家之治亂。他明顯地繼承了上古周代「采詩」的內在意義,可看出回歸詩三百根源的思維模式。宋訥在這樣的基礎上又云:

> 昔人論杜少陵以詩爲文,韓昌黎以文爲詩者,蓋詩貴有佈置也,有佈置則得其正造其妙矣。故學詩當學杜,所學法度森嚴規矩端正,得其師焉。〔註5〕

以學杜爲寫詩的工夫之一,強調的正是杜詩的「法度規矩」,因此宋訥言創作方法的首要就是「詩貴佈置」,也就是對於詩歌體裁形式與情感內容的人爲有機結合,是屬於人工的調整方式,他強調「必以佈置爲體而後錄其句也」〔註6〕,可見「佈置」是指結構章法如何安排擺放的問題,並不是詩歌的雕章琢句,而「人爲調整」的佈置觀似乎也存在著「自然發用」的一面:

> 見先生之志因詩而發,或發於事,或發於景,或發於人,隨其所發而變,不虛不華,不戲不狂,靡不載理,有佈置,含蓄,無晚唐小巧,絕沈約所謂八病者。〔註7〕

「志」仍是詩歌創作的本質,無論因事、因人、因景而有情志之發,各種變化應隨著情志發用而調整,儘量做到儒家之「中庸」,回歸到合於「道德之理」的狀態,這就是含蓄,就是佈置,也因爲文以載「道」,

---

〔註3〕 同前註。
〔註4〕 同註2。
〔註5〕 《西隱集》卷六〈紀行程詩序〉。
〔註6〕 同前註。
〔註7〕 同註5。

所以可避開纖巧之弊，再加上人為調整的佈置觀，存在於自然的情志發用中，故可避免八病，何種情感本質就應以何種佈置出之：

> 如見翁源氣候之異，夷獠雜居之俗，故其詩思中土而想禮樂；見路五嶺地控百嶽，故其詩思宋璟李勉之治，韓愈蘇軾之謫；見盤游谷董信巫尚鬼，故其詩思王化變風俗；見漲海連天癘瘴氣，故其詩防患遠禍，謹言慎行而節飲食；見狼貪烏合豹變鵰化，故其詩思有以揚清激濁、彰善癉惡焉；見鍾阜石頭龍蟠虎踞、祥雲瑞霧千態萬狀，故其詩頌德襃功，歌詠萬世太平之治；見銘山鉅鎮，落落倚空，長淮大河滔滔東注，則思臣子朝宗於王之禮，歷山驛水程無盡瘁鞅掌之歎；見名郡鉅邑，有善政善教之思；見一草一木敷榮擢秀，則欲使萬物各得其所；見田夫畊者手胼足胝，則欲使兆民各遂其生。凡晝夜行息、衝風冒雨、登高履險、北去南旋、歷歷事物之變、可驚可愕、可以扡興、可以娛心與夫可憂可樂，莫不見於其詩。〔註8〕

因此在語言與詩思的表現上便可以「情致忠厚，多雅淡精深而無奇澀艱苦之語」〔註9〕，也才能如杜詩般經過時間與歷史之驗證後，存留於詩歌史冊。從引文亦可看出宋訥認為詩歌的功能相當宏大，可以包容上下、古今、宇宙與現實，動靜之間均須以詩來情志的表現，世界諸般事物也必須透過詩歌來得到張揚，詩歌的功能不僅使萬物各得其所，似乎還能生天生地。這種種都是因為宋訥過度地將詩三百作為價值根源，再加上以杜詩作為標準，提出詩貴布置的創作方法，因此他對於詩歌的批評理論也須在這樣的邏輯中呈現：

> 詩豈易觀哉！唐虞賡歌，三百篇之權輿，其來遠矣；漢魏以下，詩載《文選》；《選》之後，莫盛於唐，唐三百年，詩之音幾變矣！文章與時高下，信哉！〔註10〕

「詩三百」、「漢魏」、「盛唐」是三個詩歌盛世，正因為詩歌創作可以

〔註8〕　同註5。
〔註9〕　同註5。
〔註10〕　《西隱集》卷六〈唐音緝釋序〉。

代表「世之治亂」與「國之存亡」，所以宋訥推論出「文章與時高下」的結論，此思考所伴隨的批評觀念，亦即是前述所言之「審音」。

第二節　安徽之唐桂芳、朱同

陶安（1312～1368）於洪武元年去世，雖然不屬於本文命題之論述範疇，但其思維可以說是開啓安徽一地詩論的先行者〔註11〕，因此在談論安徽地域的詩論時，須先討論陶安的詩論概念與其文化思維。陶安云：

> 國朝重惜名爵，而銓選優視中州人。刀筆致身，入拜宰相。出自科第，往往登崇台；參大政。才學隱居，輒徵聘授官。下至一技一能，牽援推荐，取緋紫不難，中州人遂布滿中外，榮耀於時。唯南人見厄於銓選，省部樞宥、風紀顯要之職，悉置而不用，仕者何寥寥焉。山林州澤之士，甘心晦遁，窮理高尚，終老文學。故近年四書五經，論釋益粹，纂附益精，其書遍天下。聖賢之道，如日月麗天，江河行地，輝光潤澤，無所不至。使朱子理學之緒益盛以昌，其淵源有自來也哉。以是觀於今之世，南人志於名爵者，率往求乎北；北士志於文學者，率來求乎南。〔註12〕

引文裡，他從文化與社會學的角度著眼於明初詩學，認爲元代的文化權力掌握於中州，亦即是北方學術作爲文化的標竿，並且藉此援引成

〔註11〕陶安，字主敬，太平府當塗（今屬安徽）人。少敏悟，博涉經史。元至正初舉鄉試，後授明道書院山長，避亂家居。朱元璋取太平，安率父老迎接。自言謀略不如劉基，學問不及宋濂，治民之才不如章溢、葉琛。洪武元年（1368）進知制誥，兼修國史。曾與章溢等在朱元璋前論治亂之源，後被賜門帖子云：「國朝謀略無雙士，翰苑文章第一家。」旋任江西行省參知政事，卒於官。《四庫全書總目提要》稱其學術深醇，其詞皆平正典實，聲名亞於宋濂。著有《陶學士集》台灣商務印書館四庫全書影印文淵閣本。本文所引陶安之文，此後但標冊數與頁數，不再注明版本出處。

〔註12〕陶安〈送易生序〉，收於（清）黃宗羲編《明文海》卷二八六，台灣商務印書館四庫全書文淵閣本。

派，而南人實際上是無法掌握實質的學術權力；所以他認爲朱子學是元代最重要的學術思維，中州人以此作爲選官科舉的途徑，草澤之士則浸淫於理學的內在思維裡，繼續鉤掘；於是在南北分立的情況下，造成南北文化，北主理學，南主文學，學術權力在北，文學發展在南，南北雖然分立亦有交流。又云：

洙泗既刪定，漢魏漸浮華。貴不知情性，當知有正葩。〔註13〕

居然成典雅，正不在雕鎪。更有神交處，淵源訴魯鄒。〔註14〕

還其大雅作，頗厭晚唐葩。〔註15〕

可見陶安亦以詩三百作爲價值準則來討論詩歌創作，「典雅」便成爲其論詩的量尺，上述這些辭語均可見陶安對於詩歌最高的期望就在於「治平之音」：

在昔作者，江左宮商振越，河朔詞義樸厚。當其分裂，各隨風氣以專一長。逮其末也，振越者流於輕靡而意浮，樸厚者流於陋率而味寡。今風氣相通無間，南北能詩之士，傑出相望，宣宮商於詞義間。〔註16〕

元中葉以降的分裂亂象，實際上造成了地域文學的各自發展，再加上中國歷來南北文風相異的狀況〔註17〕，陶安很清楚地看到了這樣的現

〔註13〕《陶學士集》卷三〈題楊生詩集〉。

〔註14〕《陶學士集》卷三〈偶成四首〉。

〔註15〕《陶學士集》卷三〈寄人二首〉之二。

〔註16〕《陶學士集》卷十五〈魏典史詩引〉。

〔註17〕魏徵《隋書·文苑傳》云：「暨永明、天監之際，太和、天保之間，洛陽江左，文雅尤盛。于時作者：濟陽江淹、吳郡沈約、樂安任昉、濟陰溫子昇、河間邢子才、鉅鹿魏伯起等，並窮學書圃，思極人文，縟彩鬱於雲霞，逸響振於金石，英華秀發，波瀾浩蕩，筆有餘力，詞無竭源。方諸張、蔡、曹、王，亦個一時文選也。聞其風者，聲馳景慕，然彼此好尚，互有異同。江左宮商發越，貴於清綺，河朔辭意貞剛，重乎氣質。氣質則理勝其詞，清綺則文過其意。理深者便於實用，文華者宜於詠歌，此其南北詞人之得失之大較也。若能掇彼清音，簡茲累句，各去所短，合其兩長，則文質斌斌，盡善盡美矣。」；而李延壽《北史·文苑傳》的說法亦繼承上述魏徵的思維而來：「暨永明天監之際，太和天保之間，洛陽江左，文雅尤盛，彼

實狀態：南方江左一地的詩歌，強調韻律與節奏的繁複；北方則樸實質直。這種現象使二類型文學都存在各自的缺陷，陶安所謂的治平之音，必須揚棄各自的缺點，兼融兩者的優點，故陶安又云：

> 其或游神沖澹，托意悠深，則又脫氛埃、棄雕琢。故體格屢變，卒歸於治平之音焉。〔註18〕

這段引文便可以指出「治平之音」所應具備的風格特色，那是一種出乎自然的道德之音，對於文字的駕馭不需刻意雕琢，重要的是詩歌裡所寄寓的悠深情韻，這也是明初南北相通後知識份子的期望。所以陶安的詩歌本質論與儒家治身之道同出一轍：

> 且詩亦難矣，苟培蘊豐碩，志端而遠，氣充而弘，則行於詠歌，自中律度。〔註19〕

「辨志」與「養氣」可以說都是孟子的道德涵養工夫論，陶安的援引是用來作為其創作方法論，說明寫詩必先涵養德性，故陶安以孟子「求其放心而已矣」的思維形成他「一本於心」的工夫論：

> 故善詩者一本於心，充積汪洋，遇物發機，吐辭成聲，則骨幹偉傑，神采煥揚，不假雕組，自中矩矱，若夫求工於綺靡纖巧之餘，受窘於拘攣掇拾之際，余竊病焉。〔註20〕

據孟子言此心是「天所予我」、「我固有之」與「人皆有之」的「四端之心」〔註21〕，假使創作一本於此心，就自然會吐露根於四端的良善情志，不必附加人為的各種形式，這樣的詩自然就會興發道德生命的力量，自中律度，而讀者也會從這種詩歌中得到涵養本心的力量。這種詩作往往就是「理致悠深，氣格蒼古，直可追逐風雅」〔註22〕，而

此好尚，雅有異同，江左宮商發越，貴於清綺，河朔辭意貞剛，重乎氣質。」，可見自唐以來對於南北文學的看法相當不同，而南北文學也的確有其各自的文化狀態。北京中華書局版。
〔註18〕 《陶學士集》卷十五〈魏典史詩引〉。
〔註19〕 同前註。
〔註20〕 《陶學士集》卷十六〈詩盟記〉。
〔註21〕 （清）阮元校重刻宋本《十三經注疏附校勘記》，台北：藝文印書館，1956年。
〔註22〕 《陶學士集》卷十六〈詩盟記〉。

陶安的詩歌批評觀也建基在此，這樣的思考影響了洪、建年間安徽一地詩學理論的發展。

一、唐桂芳「格本」說

　　唐桂芳（～1385），一名仲，字仲實，號白雲，又號三峰。安徽歙縣人。明太祖定徽州，召對稱旨，命之仕，以瘖廢辭，尋攝紫陽書院山長。倡「文以氣爲主」，故所作容與透迤，絕無聱牙晦澀之習。詩亦清諧婉麗，頗合雅音。著有《白雲集》七卷〔註23〕。唐桂芳論詩歌根源亦主「詩三百」：

> 三百篇經聖人刪定，不敢以格律之，漢、魏、晉、宋不得
> 爲商、周，唐、宋不得爲漢、魏、晉、宋，亦時使之然也。
> 〔註24〕

三百篇無法以格律等形式去認知價值，唐桂芳將價值推本至詩三百，不僅是從政教的觀點立論，更以「自然的韻律」切入，討論詩三百的本質，藉此引出「時代文學」這樣的觀念，每個時代必然有其與文化社會等相關場域所衍生出來的創作風格，或可稱之爲詩文的「時代風格」，假使能夠對各時代的優秀詩人學習掌握，不僅是形式上的純熟，而是要進入詩人與時代的生命連結處，這方可稱之爲「學古」。唐桂芳云：

> 舉筆模寫，動效古人，蓋融會多，鍛鍊熟。殆非臨事草草，
> 留連光景而已也！〔註25〕

「舉筆模寫，動效古人」就是唐桂芳提出的創作工夫論，但問題在於模寫容易流於形式上的抄襲，要如何避免只是如臨帖一般的留連光景，唐桂芳所提出的方法是「融會鍛鍊」，融會的是古人之心意，鍛鍊的是自身的形式與作爲，如此方能自成一家，並且才可以反映出當

〔註23〕台灣商務印書館四庫全書影印文淵閣本。本文所引唐桂芳之文，此後但標冊數與頁數，不再注明版本出處。
〔註24〕《白雲集》卷七〈黃季倫詩跋〉。
〔註25〕同前註。

代的社會文化之型態。

由此可知，唐桂芳之批評論亦走「詩品即時品」、「詩品即人品」的路子，詩歌創作必須有賴於人、地、詩相資方能傳世不誣：

> 必其地之勝，得其人之勝；又必其人之勝，得其詩之勝。
> 然後三者相資，地與人，人與詩，聯輝並著，其傳於世也，
> 較然不誣矣。〔註26〕

又云：

> 古之瑰辭綺語，蒿目頹耳，足以傳世，必得其人，然後得
> 其地。得其地，然後得其詩，豈偶然哉？〔註27〕

因此，人與時地的聯繫，以及所有存在物的交疊，是讓詩得以傳世之因，雖然「古詩自聖人刪後，世運愈降，而詩愈下」〔註28〕，文章仍與時高下，但唐桂芳又認為一時地有一時地之文學，這兩者的矛盾點，他用「格」來弭平：

> 而評詩之旨，是其格卑者，為四靈、江湖之習。委靡纖弱，
> 脂韋蒲葦，不古而發也。〔註29〕

這裡的「格」有幾種意義存在：

（1）「不古而發」為「格卑」，此「格」是為「時代格調」。

（2）「委靡纖弱」為「格卑」，此「格」指涉「創作風格」之「形」、「情」兩面。

（3）再加上唐桂芳對於詩人治身之要求，故「格」亦可指「詩人品格」。

他以「格」作為詩歌批評的方法，即是以上述三者來檢驗詩歌作品之優劣，而最終的價值歸趨就是「適然」二字。唐桂芳又云：

> 古人陶寫性情，其成也，適然爾；不成，不害其為高。〔註30〕

〔註26〕 《白雲集》卷五〈瀟湘八景圖序〉。

〔註27〕 《白雲集》卷五〈蔡齊賢桃洞遺音序〉。

〔註28〕 《白雲集》卷五〈瀟湘八景圖序〉。

〔註29〕 同前註。

〔註30〕 《白雲集》卷七〈江村詩會跋〉。

陶寫性情，不刻意強求爲之，更不以矯柔造作出之，只要「適然」合度，就算詩文的形式無法掌握的太好，也不妨害詩人人品格調與此詩的高潔。故在此文裡，雖然他是對於在蘇州派裡蔚爲風尚之詩會有所批評，認爲「古道不存，士風不振」〔註31〕，是一種「營度」、「歌舞是耽」之事，但他不僅僅是要批評詩會，他還要透過這種嚴厲去指向當時社會風氣之敗壞不堪，與詩歌創作之格調卑下，以祈能夠重振古之風與古之道，這才是他對於詩會批判的本質性意義。

二、朱同「詩爲言之基礎」論

　　朱同（1336～1385），字大同，自號朱陳村民，又號紫陽山樵。安徽休寧人，翰林學士朱升之子。幼承家學，洪武中，舉明經，爲東宮官。尋進吏部員外郎，陞禮部侍郎。有文才武略，并工繪畫。人稱其「文追兩漢，書逼晉人，詩麗盛唐」爲「三絕」（《覆瓿集跋》）。《明史》載其「坐事死」，不詳其由。現存詩多元末之作，「爽朗有格」（《四庫全書總目提要》），有「盛唐風致」（《覆瓿集序》）。著有《覆瓿集》〔註32〕。朱同將詩歌與風化盛衰作爲一體來思考：

> 古之聖人，以法制禁令，不足止人之邪心也，是以二南之
> 詩，正始之道，王化之基，用之鄉人邦國，使夫人之感發
> 興起於歌詠之間，滌蕩消融，涵泳洞徹，而不自知其遷善
> 遠罪，此上之所資以爲教者然也。下而至於閭巷，小人女
> 子亦莫不有作焉。雖未必當於理，而發於情之天而不能自
> 已者，其文理音節之高下，有關風化之盛衰。是以天子巡
> 狩，則命太師陳詩以觀民風。〔註33〕

古時聖人不純粹以「法」來制約百姓之行爲，畢竟「法」是一種外在的強制規範，要杜絕百姓作出違法亂紀之事，就必須從內在的調整做

〔註31〕《白雲集》卷七〈江村詩會跋〉。
〔註32〕台灣商務印書館四庫全書影印文淵閣本。本文所引朱同之文，此後但標冊數與頁數，不再注明版本出處。亦有四庫全書珍本初集本。
〔註33〕《覆瓿集》卷四〈送副使丁士溫赴召詩序〉。

起，要從人心著手，讓人心不思淫邪之事，興起浩然正大之生命品質。朱同認爲「詩」便可以達到目的，舉凡「遷善遠罪」的內在教育，必須使用詩來感發調養人心，回歸詩三百就是回歸以詩來正人心的古風，且要以詩來調節風俗盛衰。朱同又云：

> 詩之爲教與政通，夫言之精者爲文，文之精者爲詩。甚矣，
> 詩之未易言也。〔註34〕

朱同將「詩」的地位提昇至「文」之上，將詩歌作爲所有文類中最精確的一類，並視「詩」爲所有「言」之基礎，如此一來詩歌成爲文類之最者，再加上前述詩教思維的援引，詩歌在朱同的觀念中，從語言形式到內在本質都是所有文類之最優者，連詩歌創作者的地位都有相當的提昇。當然，詩歌與時相盛衰的觀念就必然附著於前述的思維邏輯之中：

> 後之爲正，既不能如三代，則其詩亦與之俱下。然時有治
> 忽，政有污隆，則詩亦不能不隨之升降，其亦囿於氣化之
> 中，而不自知其然耶。〔註35〕

雖然朱同將時代氣運聯繫是明初詩人普遍的看法，但他卻力圖詮釋明初詩人想當然爾的背後原因，他以「囿於氣化」來觀察此一命題，因爲世界萬物（包含人）的誕生是由於陰陽二氣交感肇始，此便是宋儒所言的「氣質之性」，雖然天地之性是人性的根源，但人又不得不受制於氣質之性的囿限，時代氣運亦然，詩與時代爲一體之兩面，詩又爲人所創作，因此詩歌必然要受到氣化之節制，當「時有治忽，政有污隆」時，詩歌便會立即反映呈現「升降」之狀況，並且讀者透過詩作也可觀察到詩人的生命狀態：

> 誦其詩，而思其人，以感發乎千載之下。〔註36〕

歌誦其詩便可想見其人，人格典型與詩作發用聯繫是儒家式文論所發揚的部分，於是朱同就回到「人」的身上，只不過他不以人養其至善

〔註34〕《覆瓿集》卷四〈送副使丁士溫赴召詩序〉。
〔註35〕同前註。
〔註36〕《覆瓿集》卷四〈題邵思宜瓜園鋤雲圖序〉。

之本性，就能寫出留世之作的思考模式出發，他反而認爲眞儒之學是：

> 夫學貫天人，功被萬世，文足以經邦，武足以撥亂者，眞
> 儒之學也。〔註37〕

這樣的看法相當接近事功思維，詩人不必將自己鎖在修養心性的象牙塔裡，既然詩教存在襄贊政教的功能，詩歌創作就應被賦予更多的社會政治之責任，詩人便不必厭惡經制事功，反而應該讓自己從知識之積累中找到「外王」（經邦定國）的氣魄，這樣詩歌創作的政教功能才會得到高度發揚。因此，縱使在機遇上無法有好的位置來提供發展的可能，但從詩裡亦可看出詩人「聲入心通」的「政事之美」：

> 間有傑然而出者，唐之陳子昂、李白、杜甫輩其冠也。然
> 數子者，豈獨長於詩哉？有其才而未盡用於世，於是發而
> 爲詩，向使推其蘊以庸其時，則其政事之美，必有絕出人
> 者。後之學者，徒知步驟其句讀，而不知所以爲高者，有
> 不在乎句讀之間。是以學之愈工，而愈不能及也歟。〔註38〕

朱同的批評觀便集中呈現在從詩中是否能見其人對於社會政教擔負責任的生命型態，縱使未足用世，但此型態之美善必存乎於詩作當中，故李、杜、陳子昂正代表著其中「傑然而出」之輩，後世學者不應從形式上鑽研摹擬他們的作品，應放棄句讀的亦步亦趨，而從人格行爲上效法古人，此亦是宋濂等人「師其意」的內在意涵。

第三節　廣東孫蕡「企慕自然」之詩史觀

　　孫蕡（1334～1389），字仲衍，號西菴，廣東順德人。洪武進士。召入爲翰林院典籍，出爲平原主簿。坐累逮繫。釋後起爲蘇州經歷。復坐累戍遼東。繼因嘗爲藍玉題畫，坐玉黨處死。蕡傾心理學，究極天人性命之道，爲一時儒宗。又與王佐、趙介、李德、黃哲齊名，并稱「嶺南五先生」。《四庫全書總目提要》評其詩云：「當元季綺靡

〔註37〕　《覆瓿集》卷四〈舟行分韻詩序〉。
〔註38〕　《覆瓿集》卷四〈送副使丁士溫赴召詩序〉。

之餘，其詩獨卓然有古格，雖神骨雋異不及高啓，而要非林鴻諸人所及。」論詩詞情幷擧，追慕自然。著有《和陶集》等，多散佚。後人輯其詩文爲《西菴集》〔註39〕。從孫蕡的詩歌批評觀可看出他的詩歌觀念：

（一）醉裡臨風吊屈原，楚吟空賦遠遊篇。凌空語氣誰能解，千古惟應待我傳。〔註40〕

（二）魏文帝作〈燕歌行〉，蓋秋風四時之變，而其音韻鏗鏘，情思悽愴，爲千古七言之祖。〔註41〕

（三）最愛佯狂阮嗣宗，秋懷當日賦偏工。酣歌裸袒青林下，晚歲心期與爾同。〔註42〕

（四）淵明千載我知音，縱有冰絃不鼓琴。聞說商於尋綺角，寂寥誰識古人心。〔註43〕

（五）……詠歌未必慚康樂，俊秀眞堪比惠連。〔註44〕

（六）怪底襄陽孟浩然，寒驢衝雪踏江天。無人說與寒梅樹，只合開花暖閣邊。〔註45〕

（七）幽居僻類杜陵家，春日垂垂橘柚花。花逕今朝緣客掃，磁瓶汲水自煎茶。〔註46〕

孫蕡對於古人詩作的批評作一簡單之整理，可以歸納幾個重要的論點：（1）對於屈賦的欣賞，有繼承屈賦的自我要求，不僅是凌空語氣的風格繼承，更承載著對於屈原生命型態的內在契合；（2）將曹丕視爲七言之祖，並以音韻鏗鏘等批評語彙贊揚，是對於漢魏風骨另一條的切入進路，相對於其他明初詩人，孫蕡特別將曹丕在詩史上標擧出來，將「情思綿邈」也視爲漢魏詩歌的重要特色，可作爲

〔註39〕 自明誠廔叢書本，本文所引孫蕡之文，此後不再標明版本出處。

〔註40〕 《孫西菴集》卷七〈幽居雜詠〉十四。

〔註41〕 《孫西菴集》卷二〈秋風詞序〉。

〔註42〕 《孫西菴集》卷七〈幽居雜詠〉四十七。

〔註43〕 《孫西菴集》卷七〈幽居雜詠〉四十二。

〔註44〕 《孫西菴集》卷四〈題昭陽草堂手卷爲增城縣丞謝英賦〉。

〔註45〕 《孫西菴集》卷七〈幽居雜詠〉二十五。

〔註46〕 《孫西菴集》卷七〈幽居雜詠〉二十六。

模仿之對象；（3）阮籍的提出可見孫蕡對於正始詩歌中存在的幽微
一面，相當喜愛，這種生命底層隱約的書寫，可反映明代初期對於
文人禁錮威脅所帶來的恐懼，使孫蕡等某些詩人在詩歌創作上出現
了阮籍的心境與風格；（4）六朝詩歌的評價在孫蕡的觀點裡，並非
是其他多數明初詩人那樣強烈批判，其散逸的著作《和陶集》表現
對於陶淵明的追慕，對南朝宋之山水詩人謝靈運等人，也帶著回歸
自然的生命情調來看待。畢竟他是一個在明初傷痕累累的不遇詩
人，最後又坐藍玉黨案處死〔註47〕，其生命的依尋就不會只是詩三
百的政教回歸，反而看到了傷痛、幽微與企慕自然的一面，屈原、
阮籍、陶潛、謝靈運、孟浩然便成爲他的鍾愛對象；（5）因此，他
學古除了杜甫之外，古代不遇與被壓抑的生命也成爲典型，縱使是
「嶺南五先生」〔註48〕裡的一代儒宗，但在詩歌思維裡，他反而給
予我們在閱讀明代初期詩學理論中一個存在不遇的生命典範。

第四節　湖南劉如孫「盈天地皆心也」的本質論

　　劉如孫（1313～1399？），字三吾，自號坦翁。湖南茶陵人。元
時曾任靖江路儒學副提舉，後歸茶陵。明洪武十八年，因茹瑺薦，以
七十三歲高齡被召爲左贊善。累遷翰林學士。深得朱元璋倚重，朝廷
一切禮制及三場取士之法，多所刊定。博學善屬文，并曾主持選編《寰
宇通志》、《禮制集要》等書。洪武三十年（1397），因主考會試得罪
戍邊。建文初召還卒。著有《劉坦齋先生文集》〔註49〕。劉如孫將詩、
樂、舞三者作爲一體，直接回歸到詩三百的表述型態：

〔註47〕孫蕡爲洪武進士，初授工部織染局使，遷虹縣主簿。後召入爲翰林
　　　　院典籍，因故出爲平原主簿。坐累待繫。釋起後爲蘇州經歷，後復
　　　　坐累遼東。繼因嘗爲藍玉題畫，坐玉黨處死。故因而可見孫蕡在官
　　　　運上不是處於外放小吏，就是因牽連而坐囚或遠戍，最後更因洪武
　　　　晚期之大案牽連致死。也因此生命型態相當地與其他明初詩人不同。
〔註48〕嶺南五先生爲：王佐、趙介、李德、黃哲與孫蕡。
〔註49〕石溪留眒堂光緒重刊本。

> 《詩》有聲樂，部分《風》、《雅》、《頌》所繇，以別閨門、
> 鄉薦、郊廟，朝廷所資以用。辛之，詩言其志也；永之，
> 歌詠其聲也；形之，舞動其容也。三者本於心，然後樂器
> 從之。樂則安，安則久，久則天，天則神，是謂天地之齊、
> 中和之紀。〔註50〕

詩歌是由詩樂舞三者所構成，詩是表述情志的語言型態，樂則是對於
情感的節奏展現，舞則是透過肢體感發觀賞的群眾，三者才能構成一
完整的詩歌作品。劉如孫提出詩樂舞合一的論調，不僅回歸詩三百的
教化根源，更是想將詩歌創作從時人斤斤於格律字句中解放，強調詩
歌其實不只是單純的語言遊戲，而應該是一種綜合性的表述藝術，其
真正的功用便在於這個藝術型態是為了達成「與天合德」，使所有存
在物都得到性情之正：

> 古之聖人所以格神人、和上下、美教化、移風俗，率不外
> 乎是道也。〔註51〕

詩道的功用本為襄贊天地之大化，詩歌也必須承載著如此的內容。這
種看法在劉如孫的思維裡，與其他明初詩人並無不同，相異的是，前
述本於心的詩歌作品，在劉氏的觀念裡，並非是浙東派或江西派詩人
思維中絕對形上的「天道」，劉如孫已蘊含了「盈天地皆心也」的形
下之道的思考，這也使得他在敘述詩歌觀念時，將詩歌創作作為一種
綜合的藝術型態，來感化人心：

> 盈天地間皆文也，皆字也。文者，貫道之器；字者，通聲
> 音之原。文不貫乎道，虛文而已，奚關世教？字不通乎音
> 聲，徒字而已，奚適時用？〔註52〕

此處的文（詩）實本於心，而「盈天地間皆文」指的就是「盈天地間
皆心」，亦即是此處的文與心均為形下經驗之理，並非是形上的天道，
正因如此，詩歌就更能貼近這個經驗世界的所有事物，不必力圖回歸

〔註50〕 《劉坦齋先生文集》卷二〈贈羽士高若虛序〉。
〔註51〕 同前註。
〔註52〕 《劉坦齋先生文集》卷二〈贈瓊臺外史趙撝謙序〉。

於形上之天道性理，那麼人就會更注重於這個氣化的經驗世界，換句話說劉如孫蘊含的就是「盈天地皆道也」的想法，這裡的道就是心也是文，形上形下渾淪不分，反正「所行之事即其所讀之書」、「所聲之文即其所協之韻」〔註53〕，道不再是形上天理，不必被理學家們架空成一個潔淨空闊的高蹈世界，道就是我的們經驗之理，實實在在地存在於這個實際的空間當中。然而此道的本質仍是性命之理，只不過從形上釋放到了形下的世界，並且將「道→心→文」作爲三位一體的貫通概念，以符合「舞→樂→詩」的思維模式。所以劉如孫依舊提出六經爲人心根本的看法：

> 六經之理在人心未泯，人心六經之古，發而爲六經文字之古。〔註54〕

未泯的人心必古，這種復古論調非常明顯成爲劉如孫回歸六經的重要理由，畢竟前述提及「所行之事即其所讀之書」、「所聲之文即其所叶之韻」，就是只要以六經作爲閱讀與寫作的範本，那人們的詩文創作就可回到樸質的古道，連生命都可以在「道→心→文」作爲三位一體的貫通之下，調整成高古的生命品質，這便是他論詩的終極關懷。

〔註53〕同前註。
〔註54〕同前註。

第七章　四大地域詩學理論之交叉分析

　　由上述的討論可知，明初詩學理論承上啓下，明中葉以降之復古或是尙趣性靈之思維，都源自明初。要解決明中晚期的文學爭端，或可回到明初期詩論來觀察。而明初詩學理論實爲一地域型態的詩學，明初期的詩文思維的主軸，的確由地域詩學與中央共構完成，而「詩學大眾化」與「大眾詩學化」也肇始於明蘇州派的詩學思維。如就明初詩學研究，更可釐清南方文化對於北地文化的逆向影響，源自於地域詩學之觀念。並且，明初地域詩論多與朱子學有相當的關係，而宋元閩刻的興盛亦能反映出地域經濟與明代文化之關連，就思想與經濟而言，都足以證得明初地域詩學在明代之價值。本文對於四大地域的詩學理論已在上述的章節做了細緻的討論，本章則就此四個場域之詩論進行交叉分析，以反映明洪、建年間地域詩學的文化意義與異同之比較。

第一節　詩歌的基礎與起源論

　　我們先將四大地域關於詩歌的基礎與起源之論點列出：

一、浙東派

　　（1）「詩三百」爲根源，可以說是浙東群詩人的共同趨向，其中

胡翰的「物→形→聲→文→言→詩」的結構觀念；劉基提出「個人、文章與時代」的「三位一體」說；謝肅用「誠」的實踐進路返回詩三百的根源。這都可以看出浙東群詩人最終要回歸「聖人之道」，將詩歌的價值提升到王紳所言的「何往而非詩」的位置。於是浙東群詩人便力圖找尋一個哲學理路作為詩歌價值的內在基礎，於朱元璋統治的時代，浙東便以伊川朱子學為中心，討論人與天道的關係，使得「存誠敬慎」修養品格歸本於天道，變成詩三百的價值，於是「詩品即人品」，「詩三百」最終的歸趨便是「心乎仁義忠信矣」。

（2）詩教系統的成立：宋濂認為「詩文本出一原」，指的是詩歌的價值根源應是以詩三百作為極則的「詩教系統」。而烏斯道更提出「詩三百」、「十九首」、「盛唐」與「理（道德之理）」四個價值根源的說法，而這四個正好揭櫫了明初歸根「詩三百」，卻以漢魏盛唐為擬古對象的詩教系統。

（3）回歸根源的兩種趨向：王紳說「詩主乎理而發乎情性」，希望能夠謀得理（經驗之理）與情性的平衡。這可以看出明初浙東詩人在詮釋回歸「詩三百」的系統時，認為應存在有「言志（性情——緣情）」與「重理（聖人之道與知識系統）」兩種趨向，也在於這樣的情況下，我們必須重新檢討文學史對於浙東詩人「崇唐抑宋」的一般觀點，畢竟以朱子學作為治國選才的方針，又以自身為紹繼南宋傳統，明初浙東詩人對於宋詩的思考，應該並不能那樣簡約的解釋，他們必然對於宋人重理（議論）的詩作風格，與理學詩的發展，有相當的肯定。

二、蘇州派

相對於浙東派而言，蘇州派談詩歌根源其實多了些歧出、包容與質變：

（1）根源宗教化：某個程度上來看，蘇州派在論詩之基礎與價值根源的思考，與浙東派表面並無不同，然而當根源被賦予了宗教化

的意義，詩歌的地位會被提升到最高的位置，妙聲賦予詩歌佛教「淑世」的精神，一方面使詩歌更有其獨立的價值，而價值的突顯就更多地被賦予社會責任，承載宗教化的救贖。

（2）根源浮靡化：楊基是相當有趣的歧出，代表著對於詩三百的反叛意義，他將黃初取代了建安，甚至把晚唐詩標舉，對於李義山的詩風，有相當的喜愛，這也導致他本身的詩風「美麗纖巧」，並非詩三百的創作進路。

（3）節制與自然的雙向並行：既然蘇州派多亦回歸到「詩三百」的根源，所以「節制」便是延伸的重要觀念，反而在此處王彝極端地捍衛「文以載道」，比浙東詩人更強烈地批判，屬於蘇州詩歌宗主之一的楊維楨；但王行與楊基則倡自然之說，把道家式的自然而然，置入詩三百的人情自然中，使得詩歌創作可以存在新的「歧義」。

（4）經術、政治與文章三位一體：這也是蘇州派特出的詩歌思維，把外王功業的想法涉入詩歌領域裡，進而賦予回歸詩三百更深刻的意義，詩歌應該具備改革社會與政治的強大力量。

三、江西派

基本上，江西詩人與浙東詩人在根源論上都回歸詩三百，不過江西詩人更直接面對延伸的矛盾：

（1）回歸詩三百：江西派詩人跟浙東派在回歸詩三百上並無差異，但江西派更進一步地去面對詩三百潛在的問題：「思無邪」，畢竟畢竟「鄭聲淫」與「思無邪」存在一個顯著的矛盾，這個問題在浙東是避開不談的，江西的梁寅則繼承朱子的詩論，並統合呂祖謙的看法，認為「詩三百」的淫逸之作，是聖人以錯誤的示範來勸戒讀者與創作者，這種面對不僅解決明初詩人都避開的部分，更提出了讀者須具備「閱讀責任」的觀念：必須透過淫逸之詩儆醒自身的行為，省察道德生命，創作者亦然。

（2）「新聲」與「雅韻」：江西羅性對當時「新聲」強烈批判，

這樣的思考遍源自於詩三百的根源，而當時許多儒學文士的眼裡，「新聲」是當時江表的流行文風，其實就是蘇州派的文風。所以批評新聲，回歸雅韻，基本上就是透傳統儒家「文章與時相盛衰」之判準認為「雅韻」是盛世的回歸，也是回到詩三百根源的唯一方式。換句話說就是以六經傳統，批判格律新聲，強調如浙東詩人般的詩歌必須化民成俗之觀念。

（3）氣本論：與浙東詩人一樣，哲學根源絕對是理學思維的江西詩人會討論的部分，基本觀念與浙東並無不同，不過在浙東宋濂等人對於臺閣優於山林的看法裡，江西詩人透過「天地合氣」認同了「自然」山林之文，不必劣於臺閣詩文，於是山水文學亦可以成為道德生命的寄託。

四、閩中派

閩中詩人對於詩歌根源的想法，因著直接源出朱子學的緣故，必然以詩三百作為價值根源，但取捨之際，閩中的根源論有更為立基於現實的考量，並不會有江西與浙東詩人某些進退之間的矛盾，所以他們多直接推至「唐詩的抉擇」，並將根源斷自於漢代，使詩三百變成遙遠的精神象徵。

五、小　結

就詩歌的基礎與根源來考察明初的地域詩論，四大地域的文士有如下的思考：

浙東：詩三百為根源

蘇州：根源宗教化與根源浮靡化

江西：詩三百為根源（但面對思無邪與鄭聲淫的矛盾）

閩中：唐詩的抉擇（遙尊詩三百）

浙東、江西與閩中三個地域的詩人大多以「詩三百」作為詩學的價值根源，相異處在於江西派詩人在面對「詩三百」這個根源時，直

接處理「思無邪」與「鄭聲淫」的潛在矛盾，閩中派詩人立基於現實考量，選擇遙尊「詩三百」，直接將價值根源置入「唐詩的抉擇」的脈絡內討論，比浙東派詩人的論述系統更加深刻。

而蘇州派詩人在回歸「詩三百」的部分，妙聲賦予了佛教「淑世」的宗教精神，使詩歌創作的價值在突顯後，被賦予了更多的社會責任，承載宗教的救贖。然而蘇州派詩人對於根源論的貢獻在於楊基的歧出，他透過黃初取代建安，加上晚唐詩的標舉，呈現出對於「詩三百」的創作進路的反叛。

第二節　詩歌本質功能論

以下先歸納四大地域關於詩歌本質功能論之思考：

一、浙東派

（1）尚志重理的本質：「理」作爲詩歌的本質，浙東群詩人有兩種思考：「聖人之道」與「經驗之理」，實際上是朱子的看法被他們延伸到詩歌創作當中，就前者言爲形上天理，是道德價值的最終根源，純然至善；就後者言，爲分殊之理，是物質經驗知識，屬於認知系統。而這兩者正好是「詩三百」人文化成與「多識於鳥獸蟲魚草木之名」兩個創作方向，這樣的觀念使得某些浙東群詩人並非「崇唐抑宋」，他們對於北宋理學詩派，與南宋朱子之詩都有著讚許之意。於是，縱使宋濂首度提出性靈二字，實際上與後來公安三袁所言的意涵不同，他認爲性靈必須被儒家的言志觀涵攝，也就是回歸詩三百以後的道德自然。

（2）緣情尚趣的本質：凌雲翰提出了「尚趣」的詩歌本質論，強調詩歌創作的「天機自然」，「詩三百」是自然成趣，因此詩歌創作應「神會於心」；而金寔的「天趣說」將創作視爲陶寫性情的感發力量，詩人不必要出仕，也可以在遨遊山林之際，創作自然的詩歌。這樣的思考可說是浙東詩人的歧出，他們不同於那些以臺閣優於山林的

浙東派朝廷重臣，使得浙東詩派出現另一種開放性的創作概念。

（3）而葉子奇的「智德」說，認為人格德性與文章學問不必有主從關係，突出了文章學問的獨立價值，以為兩者必須相輔互構，這樣子的想法，會使文章學問可以脫開人格道德，賦予詩人更大的創作空間。

（4）換句話說，「尚志」、「尚道」、「尚趣」的本質觀，是浙東詩派所討論的重要命題，其中「尚志」則與情性有相當的關係，故通於「緣情」；而「尚道」則區分為「形上道德」與「形下經驗」兩種範疇；而「尚趣」的提出則代表有浙東群詩人注意到「自然成趣」的詩歌，縱使被繫於儒家六經的概念底下，但依舊對於明中葉以後「性靈」說可為先聲。

二、蘇州派

就詩歌本質功能言，蘇州更有異於浙東的重道（理）：

（1）神韻與自然：藝術（繪畫）的本質是詩歌的本質，是張適等蘇州詩人的觀念，所以楊基論詩談「神」，詩文本的意義在於「言外之意」，此意當然不一定要是「儒家之意」，當然這樣就會將論詩導向於主「神韻」、「自然成趣」，而與浙東的「格調」追求，有相異的思維。

（2）趣：明中葉公安從「性靈」言「趣」，實際上可以肇源於明初蘇州思維，只不過蘇州言趣，是為了擺脫形式的泥古與摹擬，指的是創作的內在直覺，自然發生於情性，而非費心於詞彙韻律，這一點雖然浙東已有類似的思考，但並非是全面認同，但在蘇州則不僅深刻而且普遍。

（3）情：高啓與凌雲翰將詩歌本質推至「趣」，而妙聲、王彝則從言志向「情」發展，這樣談詩歌本質，可以賦予明初詩論裡較為寬闊自由的思考，詩歌也可以漸從理學的桎梏中得到解脫。而明初詩論也因此具備了「言志」、「緣情」與「尚趣」的三大本質。

三、江西派

（1）「以經爲本」：此爲江西詩人普遍的認同，因此江西詩人在討論時，多以理學家的哲學思維，建立一個「知人論世」的詩論系統，這可以看出多數的江西詩人認爲創作的本質便是「經義」。然而「以經爲本」的思維，卻有兩個分向的延伸：詩歌功能神化與詩歌地位弱化。就前者言，周是修神化詩歌功能，提升詩人與作品的地位，使詩歌的功能甚至具備感天地動鬼神的力量，並且進一步地提出浙東詩人未提及的部分，將創作者推延至一般平民百姓，不僅是知識份子的詩歌，這一點也有效地解決詩三百既然是民間詩歌，而浙東詩人在回歸時又談臺閣優於山林的矛盾；就後者言，練子寧徹底將詩歌的地位下降，把詩歌作爲士人的枝節餘事，使詩變成道德人格的附庸。

（2）「本於自然」：陳謨是江西詩人中較特殊的，他從「自然」的角度，討論創作也應該有「文萟紛敷」，涉及了浙東與江西其他詩人不想討論的形式問題，甚至有取於晚唐義山與庭筠，突顯了詩歌的創新精神，在理學型詩論迭出的江西詩派，的確較爲平衡中道。

四、閩中派

本質功能論則被閩中詩人高度集中在「神」、「氣」、「情」三個範疇：情的部分指的必然是「性情之正」處；氣的部分則兼容「德性」與「才性」，「才性」要以「德性」爲最終歸趨，但因肯定了才性，將知識與學問的追求與德性品格的發揚有並置的思維；至於「神」指的也不僅是道德作用，反而是直覺的靈感來源，是一種自得之妙，道德存在更多的包容性。

五、小　結

以詩歌本質功能論而言，四大場域文士有如下的思維：

浙東：尚志（連性靈觀都歸本言志）重理爲主軸（除凌雲翰言尚趣外）

蘇州：神韻、尚趣、自然、緣情

江西：以經爲本（除陳謨言自然與形式，有取晚唐外）

閩中：神、氣、情三者兼言

　　浙東派詩人幾以尚志重理（除凌雲翰言尚趣外）爲主軸，連性靈觀都存在歸本「言志」的趨向，可看出他們在談論詩歌本質時的道德思維；江西則與浙東並無不同，但更強調所取法的本質對象，必須以經爲本（除陳謨言自然與形式，有取晚唐外），應建立一個「知人論世」的詩論系統，在這種思考中，除神化詩歌的地位與價值外，也存在另一種以人格爲主的本質觀照；而蘇州詩人言本質時多用「神韻」、「尚趣」、「自然」、「緣情」等辭彙，涉及了創作直覺與性靈的初步思考，可以說是明中葉以降性靈思維的先聲。

　　閩中派詩人相當全面地論及詩歌本質，雖然仍以道德作爲創作根本，但神、氣、情三者兼言，使得他們不排斥蘇州詩人所言的直覺與傳神，反而因有道德的節制，性靈的抒發就可以不至於流俗浮濫，這可以觀察閩中詩人在詩論上的包容與圓實。

第三節　詩歌創作方法論

　　以下則是關於四大地域對詩歌創作方法的討論整理：

一、浙東派

　　（1）師古養氣：這是浙東群詩人共同趨向，師古的概念在他們眼中並非是形式模擬，宋濂的「師其意」談的是道德品格的完成。貝瓊從「變」言師古，反對蹈襲古人。所以師古在浙東詩人的眼中就是「反擬古，師其意」，就是作聖工夫，是一種「道德」的「創作工夫論」。既然要道德師古，所以宋濂、劉基論及「氣充文雄」；貝瓊以爲「養氣」是要「蘊德」，「蘊德」是要「善言其志」，只要道德品格透過養氣達到充沛浩然，那麼文學創作自然就可成爲「正聲」。

（2）審音與知識見聞：浙東詩人談「審音」，是一種回歸「自然之音律」（詩三百），並非「人爲的韻律」（近體）。是指詩樂相通的興發力量，且繫乎世變之創作；浙東詩人討論知識之積累，有兩種觀點，多數認爲必須以儒家經典爲對象，但朱右等比較寬容，認爲可以包含地理書、史書、諸子、甚至天文學；而行萬里路則有助於見聞的推擴，詩歌的創作方能更加豐富。

（3）徐一夔可說是浙東群詩人裡提出最完整的創作工夫論，我們亦可以將他視爲浙東詩人群裡言創作工夫的代表，他從「情性（道德品質的充擴）；「問學（知識系統的養成）」；「才氣（先天才性的發揚）」；「思致（細膩深層的思維）」；「去陳言（語言形式的精鍊）」五方面架構出創作工夫的系統論述。

（4）開門覓句與心會於神：凌雲翰的「開門覓句」在浙東詩人群裡看來是種歧出，「趣至」則「句至」，「開門」時「心會於神」，則作品渾然天成，不假雕琢。如果我們拿同樣談「心會於神」的方孝孺，來比較其不同的工夫思維，可以了解方孝孺站在儒學「發乎情性」的基礎，運用道家思維來討論「神會」；凌雲翰「尚趣」，從文本自然意趣來觀察。這兩者可以說是「格調」說與「性靈」說的起點。

二、蘇州派

蘇州派談創作工夫，雖然沒有像浙東一樣的細膩，但卻呈現偏向藝術的進路：

（1）直覺與傳神：蘇州最特殊的詩論部分，反映在工夫論上，就是從易恆、楊基到張適標舉出創作的「直覺」，畢竟直覺是自然的靈感，可使作品呈現出非人工的狀態，不假雕飾，純乎一心。透過直覺其實要達到的是作品能夠「傳神寫照」、「得意忘象」，實際上就必須放棄許多外在影響的雜質，使詩人在創作時能夠存在生命的直感。

（2）隨事摹擬：問題在於直覺與靈感該如何作平日涵養工夫，蘇州言學可說是超越浙東，他們不僅指師古之意，或是求友而已，就

學的對象言，不僅是詩三百或盛唐李杜，王行認爲「爲詩必先學韋柳」，從平淡自然處著手；高啓更講「隨事摹擬」，把學的對象推至所有人倫日用，詩歌就是書寫所有平常日用。所以蘇州派從吸收詩三百的思維作爲起點後另闢蹊徑，參酌道家思想，找出了可以既緣情又成趣的詩歌書寫方法。

（3）當然，蘇州詩人如妙聲與王彝，仍以「風人之旨」討論詩歌創作的工夫，不過亦有新的進展，譬若王彝的工夫論，其實是在「言志」的基礎，形成「緣情」的結果，重點還是在「緣情」本身。

三、江西派

而江西詩人與浙東詩人在工夫論上的區隔，在於江西詩人強調「活法」：

（1）愼獨內省與多與人交：這兩者其實是不同的創作思維，這也代表江西詩人在創作工夫中，受到兩個脈絡的哲學影響：危素強調苦行，希望讓創作者透過一種生命的純粹，達到創作的高度與深度；而陳謨則以友朋之學，強調交往砥礪的重要性。

（2）悟（活法）與所自：江西詩人劉崧其實深受嚴羽的影響，所以透過「悟」避開詩人過於執著詩法與學古，畢竟從宋代以來，尤其是南宋的江西詩人，論詩主「活法」，強調「由技進道」，從規矩中出規矩外，變化無測，達到自然。這也就是「所自」，無論如何學習，最後必然要展出自身的風格，這就是江西工夫論裡的創新精神，因此也區隔了江西與浙東在工夫論上的深刻程度。

四、閩中派

在創作工夫論，閩中詩人幾乎都在解決「師古」中「形式摹擬」這個層次的問題。相對於浙東、江西等處詩人強調「師古之心」或是「所自」，幾乎都是要把師古置於精神摹擬之下，刻意地去避開或反對形式摹擬，閩中詩人如高棅則正面面對問題的根源，強調形式摹擬

之必須但初步，並討論形式摹擬的方法是所謂的「兼善」，其結果是本質論的「三來」，這樣宏觀的思考，使得形式摹擬本身的惡，被解放而不必避開，反而要做到有如蘇州高啓所言「兼師眾長、隨事摹擬」的高度，這也讓明中葉出現的前七子「形式擬古」有了先聲。

五、小　結

就創作方法論而言，四大地域文士的思考如下：

浙東：師古（師古之心）、養氣、蘊德、審音（除凌雲翰心會於神、
　　　開門覓句）

蘇州：直覺傳神、隨事摹擬（緣情成趣的書寫方式）

江西：慎獨內省、活法（悟，創新精神的來源）

閩中：師古的完備（形式摹擬的探討）

浙東、江西與閩中的詩人幾乎都面對了「師古」這個範疇的問題：浙東派詩人言師古，強調的是師古人之心、意，反對形式摹擬，因此伴隨著這種師古的思維，道德的內省就變成創作時回歸古人心意的最好工夫，養氣、蘊德、審音便成為浙東詩人言師古時的進一步創作方法。

江西派詩人面對「師古」的問題，則提出了慎獨內省的道德工夫，就此層次來觀察，其實亦是師古人心意的方法。然而江西派詩人的特殊處，便在於上承宋江西詩派與嚴羽《滄浪詩話》的理論系統，所以在論及「師古」時，便會提出「活法」的概念，強調「妙悟」，提供了創作上創新精神的來源。

而閩中言「師古」的特色，便在於師古工夫的完備，意即是浙東與江西詩人所排斥的形式摹擬，閩中詩人卻透過各體詩歌的細緻探討，提出「精神摹擬」與「形式摹擬」須達成「兼善」的看法，這不僅直接面對了「師古」在排斥形式摹擬時會存在的困境，更是後來前七子「近體必盛唐，古體必漢魏」的先聲。

蘇州派詩人則與上述三大地域詩人的觀念有極大的差異，他們涉

及「師古」概念的討論不多，反而認為創作的工夫應在於「緣情成趣」的書寫方式，應出自於「直覺傳神」、「隨事摹擬」，就算是論及摹擬，摹擬的客體並非古人，而是每天所面對的平常日用，所書寫的對象應該是所有生命中的事物與事件，透過直覺的方式達成創作靈感的藝術呈現。以期能使作品「傳神寫照」，使詩人在創作時能夠擁有生命的直觀感受。

第四節　詩史觀與詩歌批評論

以下列出四大地域對於詩史論述與詩歌批評的說法：

一、浙東派

（1）崇杜抑晚宋：除王褘徹底揚棄宋詩外，其實浙東多數詩人並非「崇唐抑宋」，經過本文前述的討論，可以發現浙東派的理論健將如宋濂、劉基，及其後的方孝孺對於宋詩有中肯而客觀的立論，雖然盛唐杜詩依舊是詩歌批評的標準，但宋詩尤其是宋初之詩，在浙東文以載道的觀念下，是加以肯定的。

（2）元詩價值之確立：雖然先秦、漢魏、盛唐可說是浙東派論詩的三大溯源，但文學史裡多被忽略的元詩，如果我們從明初時人的角度觀察，他們反而認為元詩的價值超越宋代，甚至於可與兩漢盛唐比肩；其中雖然有宋濂的忽略，不過他是根基於批判蘇州與鐵崖體的角度，而刻意不提元代，但實際上浙東群詩人對於元詩多還是持肯定的態度。

（3）反晦澀尚奇的批評觀：浙東詩人從明初時人的創作中，看到了晦澀尚奇的創作風尚，所以他們提出一個批判重點，就是反艱險怪僻。縱使主掌文柄的臺閣官員與朱元璋本人都力圖要糾舉這種風氣，似乎到了建文初期，卻還是如此。所以浙東的批評理論當然會相應而出現變化，方孝孺便在原有「重道」的基礎上，賦予了「默會于神」的說法，使浙東詩派的批評論在晚期釋放了部分道德壓抑。

二、蘇州派

　　蘇州詩人對於詩史的思維與詩歌批評，並沒有浙東那麼繁複：浙東詩人如劉基、宋濂是明初文化的旗手，他們與朱元璋共構一個治國的方式，所以必須架構一個較爲完整的文化理念。另一方面自張士誠在元末被攻陷後，蘇州文人被朝廷壓抑的情況相當明顯。又，就內緣而言，蘇州詩人有部分貴宗自然，強調直覺與傳神，要走向主「情」與主「趣」的道路；另一部分如茅大芳以實用主義論詩，強調詩歌經世濟民的實效。所以蘇州詩人在批評觀與詩史思維上，雖然不夠細膩，但來得比浙東詩人寬容且多元。

三、江西派

　　江西詩人對於詩歌批評與詩史觀，脫離不了理學的影響，這樣的思維有兩種分向：一是如羅性，在六經的基礎復古，但不排斥辭氣的經營，是一種相對性的寬容；一則如張羽，主張絕對宗經，所以凡是背離者，都是詩文敗壞的重要因子，屬於絕對性的嚴苛。但無論何者，都回歸到六經當中，如形成了史觀，就反映在張宇初的古代詩歌發展九期論。

　　當然，劉永之的歧出提供了江西詩派新的詮釋進路。他對六朝晚唐詩人的高度激賞，以及自身創作部分具備晚唐之風，尤其是對於何遜的高度贊揚，更可看他特別注意形式與情感的配搭問題，並不排斥形式的經營。而假使我們將劉永之的批評視野置入明初詩學中，恐怕也很難找到如此發揚六朝晚唐，且身體力行的詩人。

四、閩中派

　　張以寧「以畫論詩」，從藝術角度來討論詩歌，並且講「漸修頓悟」，強調直覺感受與天機韻趣，這與蘇州派的觀念其實沒有多大的差異；而林弼則是從傳統「人格即詩格」與「文章與時俱變」涉入批評理論，定義詩歌的價值存乎品格與社會的文化價值，因此這部分倒

與浙東、江西之詩人無多大差別；高棅「四變說」的詩史觀雖然出現一個迴圈式批評法，但實際上他要強調的卻是詩歌精神的「復古」與「開新」。從閩中詩人的這些觀點，的確發現其他地域詩學的思維彼此並存統合，而這也是閩中詩人群體的詩學價值。

五、小 結

以下先列出四大地域在詩史觀與詩歌批評論的主要思考：

浙東：崇杜抑晚宋，強調元詩價值，反晦澀尚奇。

蘇州：主情、趣的批評，經世濟民的實效（缺詩史觀）。

江西：以六經作為批評標準（相對性的寬容與絕對性的嚴苛）。

劉永之的六朝晚唐。

閩中：張以寧（以畫論詩與漸修頓悟）──類蘇州概念。

林弼（人格即詩格，與時俱變）──類浙東概念。

高棅（四變說，既復古又開新）──類江西概念。

就過去對於明初詩論的認識多半建基在「崇唐抑宋」的觀點，然而就浙東詩人的思考可以觀察，對於「崇唐抑宋」的說法實有必要細緻的分析與說明，至少浙東詩人的概念是「崇杜抑晚宋」，他們對於晚唐詩多採取排斥的說法，而對於北宋詩（尤其是理學詩），往往又多加讚揚；而在諸家文學史上較無地位的元詩，卻在浙東詩人的眼中有極高的價值，他們認為元詩的價值甚至超越宋代，可與兩漢盛唐比肩，這樣的觀念也足以提醒我們有重新檢視文學史書寫的必要。一江之隔於浙東的蘇州詩人，他們在力主情、趣的批評思考中，對於詩史觀的這種回歸式的溯源並不關心，所以蘇州詩人實際上在四大地域中的詩論幾乎都存在著相異性的不和諧聲響，但這種聲響也比其他地域的詩論更加自由、寬容與多元。

當然，江西詩人的詩歌批評與詩史觀，仍脫離不了理學影響，無論是相對性的寬容，還是絕對性的嚴苛，都必須回歸六經作為討論的起點，縱使劉永之以六朝晚唐作為批評方法與創作導向，實際上亦無

法撼動江西詩人普遍宗經的看法；而閩中詩人的特殊處，正在於他們擁有「並存統合」的批評觀，張以寧、林弼、高棅就分向處正好各自傳達了相類於蘇州、浙東與江西的概念，可見閩中的詩歌批評觀正如高棅「四變說」一般，擁有既復古又開新的圓融思考。

第八章 結 論

前述已提及元末已然形成地域詩學的型態，朱元璋統一全國後定都南京，明初可以說是「民國以前唯一建都南京，而北方無他都的時期，在文學批評史上，南方的重要性也遠勝北方。」〔註1〕，可見朱元璋的朝廷與南方文化的關係非常密切。王夫之《思問錄》云：

　　洪、永以來，學術節義，事功文章，皆出荊、揚之產。〔註2〕

洪武開國前後所徵聘的儒生文士，幾乎來自南方；《明史紀事本末》載朱元璋認爲「欲掃除僭亂，平定天下，非收攬英雄，難以成功」〔註3〕，可見朱元璋建國前後都相當注意徵聘文士的問題，建國前爲了完成以江南作爲基礎的北伐大業，所以禮賢下士，徵聘各處的江南文士，形成其堅實的治國基礎。據《明史》資料，可統計有姓名的共五十九人，而值得注意的是朱元璋提出的口號「驅逐韃虜，恢復中華」，在文化意義上是告知江南文士，你們才是中華衣冠的承繼者，而執政者也是以紹繼儒統來吸引俊彥。攻陷張士誠後，對於蘇州文士的壓抑型任用，使蘇州文人的抗拒色彩相對濃厚。朱元璋的思維使明初的地域文學既保存當時的地域性思維（如蘇州派），也

〔註1〕 龔顯宗著《明初越派文學批評研究》，文史哲出版社，1988年7月，頁3。
〔註2〕 王夫之《思問錄》，台北：世界書局，1959年。
〔註3〕 谷應泰《明史記事本末》，北京中華書局，1977年。

繼續與朝廷共構治國的狀態（如浙東、江西派）。付明明說：

> 朱元璋對文士具有一種矛盾的心理，一方面他要倚賴文士
> 的才能來定國安邦，另一方面，他的猜忌心理又特別重，
> 對文士很不信任，因而他又對文士的活動嚴加限制，有時
> 還大開殺戒。朱元璋對文士的這種粗暴態度，對明初文士
> 的活動具有非常大的影響。〔註4〕

這段話直接地說出建國後朱元璋對待文士的態度，照理來說，元末的
地域文化型態在朱元璋南人治北的一統後，會出現融合或是將面對地
域型態的不明顯化，但明初地域詩學的建構，卻告訴我們洪、建年間
的地域文化思維不但存在，而且得到高度的完成。這跟朱元璋一邊以
浙東、江西文士治國，另一邊則與他建國後的濫殺功臣文士有關，前
者使浙東與江西的出身的文士得到可能的出仕保障，於是江西與浙東
的文化便會形成天下重鎮，成為儒學（朱子學）的推展根源；後者在
朝廷文士被大量殺戮後，中央的文化思維便會內收，地域性的文化思
維因此茁壯。而朝廷對於蘇州文人的無情打壓，表面上是使蘇州一地
的文化在明初看來隱沒，但實際上，蘇州一地的文人反而在與政治絕
緣的情況下，發展一種較為自在但抗拒的地域詩學。

　　據陳鼎《東林列傳》談到，朱元璋開國之初多次提及「一宗朱子
之學，令學者非五經孔孟不讀，非濂、洛、關、閩之學不講」一類的
話語〔註5〕；可見明初治國綱領為朱子學，明代重經義的科舉，便以
朱子之言為準，與浙東、江西思維不謀而合，而朝廷之主試者往往從
此兩地之顯要選出，縱使明代考試分成南、北二榜，試官所取者亦多
南人，據明史宰輔年表觀察，明朝所有宰輔共 189 人，三分之二以上
出於南方；而明初時會試也多錄取南人，既然文士儒臣多出於南，當
然南方的地域文化型態就必然是我們檢視明初詩學的重要方式。因

〔註4〕 付明明〈明建國前後徵聘文士考略〉，收錄於《重慶教育學院學報》
　　　　第十五卷第二期，頁62，2002 年 3 月。
〔註5〕 清・陳鼎《東林列傳》，台北：新文豐出版公司印行，1975 年。

此，元末是明初地域詩學的先導，明初時期可說是地域詩學的完成，
廖可彬也持如此的意見：

> 所謂元末明初幾種地域文化及地域文人集團的興替，又以
> 各種第域文化及地域文人集團在有元一代的分化為前提。
> 這種分法大致包括兩個方面：一是南北文化及文人集團的
> 分化，二是南方各地域文化及文人集團的分化。……元王
> 朝是蒙古人建立的政權，它對於思想文化方面的統治總的
> 來說比較疏略，作為統一文化政策的重要手段科舉考試長
> 期廢置不行，使不同地域間文化交流失去一條重要紐帶。
> 於是各個地域文化處於相互隔絕自然發展的狀態。於此同
> 時……北方士子，特別是蒙古、色目人，不必讀書作文，
> 由刀筆吏出身，便可飛黃騰達。〔註6〕

元末割據的情況下，北方長期文化薄弱的狀態展露無疑，元朝時仍隱
伏發展的南方地域型文化，在動亂中自然呈現，朱元璋便利用先南征
後北伐的想法，逐步建立南方根據地，也逐步將各地域的文士，納入
帳中隨時詢問調用。這一批文人儒生多也成為朱元璋建國後的主要骨
幹。其中與朱元璋治國的想法最接近也是較早成為入幕之賓的，幾乎
都是朱元璋至正十八年（1358）攻下婺州之後，被任用的如劉基、宋
濂等浙東人士，也因此浙東派成為一個可以掌握文化權力的流派。而
「明王朝的建立，一定程度上可以說是淮西武力集團與浙東文人集團
相結合的產物」〔註7〕，這樣的思考可為確論。我們可以說初洪、建
時期的地域詩學在成立後，出現兩個餘波：一是從浙東向江西轉移；
二則是蘇州派之復興。

　　洪武以降，朱元璋濫殺功臣，浙東文人經過諸多打擊，到了建文
短短的四年間，方孝孺不肯附於叛逆，被株連十族，代表浙東系統最
嚴重的殺戮，在此情況下，浙東文士受到極大的打擊而不振。文化的

〔註 6〕　引自廖可斌《復古派與明代文學思潮（上）》，台北：文津出版社，
　　　　　頁 51。
〔註 7〕　同前註，頁 65。

重心，在永樂年間，轉移到江西派文士手中，繼續發揚浙東的傳統，《列朝詩集小傳》載：

> 國初館閣，莫盛於江右，故有「翰林多吉水，朝士半江西」之語。〔註8〕

《翰林記》卷二十亦載：

> 丘濬曰：國朝文運盛於江西……。宣德甲寅合丁未、庚戌、癸丑三科選之，亦如甲申之數，出江西者七人，留翰林者四人……蓋當時有「翰林多吉安」之謠。首甲三人，或純出江西者凡數科，間亦有連出福建者，士論或以為楊士奇、榮互相植黨，豈其然耶？〔註9〕

而楊士奇〈送徐僉憲致仕序〉亦云：

> 四方出仕之重莫盛江西，江西為縣六十有九，莫盛吉水。

〔註10〕

嘉靖時羅洪亦指出：

> 我朝開科一百七十九年，吉安一郡舉進士者七百有九十人，可謂盛矣。〔註11〕

可見自永樂起，江西文士儒生透過科舉進入朝廷任職者，占了大半，實際上如果能影響文化就必須進入翰林館閣，江西文人繼浙東後控制了整個館閣翰林的重要位置，筆者以下表整理〔註12〕：

姓　名	籍　貫	取得功名時間	備　　　　註
胡　儼	南昌人	洪武末乙科進士	曾掌翰林院
梁　潛	泰和人	洪武二十九年舉人	永樂初翰林修撰

〔註8〕 清・錢謙益撰，錢陸燦編《列朝詩集小傳・乙集・周敘》，《明代傳記叢刊》本第九冊，台北：明文書局，1992年。

〔註9〕 黃佐著，嚴一萍選輯《翰林記》，清道光伍崇曜校刊，百部叢書集成本，藝文印書館影印，1968年初版。

〔註10〕 清・黃宗羲編《明文海》卷二八七，台灣商務印書館四庫全書文淵閣本。

〔註11〕 同前註，《明文海》卷三〇一〈吉安進士錄敘〉。

〔註12〕 筆者此表之基礎源於廖可斌的初步整理，《復古派與明代文學思潮（上）》，台北：文津出版社，頁94～95。

金幼孜	新淦人	建文元年進士乙科	居內閣三十年 官至太子少保禮部尚書
胡　廣	盧陵人	建文二年狀元	文淵閣大學士
鄒　緝	吉水人	建文二年進士	初爲翰林檢討
吳　溥	崇仁人	建文二年會試第一	永樂初官翰林修撰
曾　棨	永豐人	永樂二年狀元	歷仕講、侍讀學士等
王　英	金溪人	永樂二年進士	選庶吉士，久在館閣 南京禮部尚書
王　直	泰和人	永樂二年進士	選庶吉士，在翰林三十餘年 太子太保吏部尚書
周　忱	盧陵人	永樂二年進士	選庶吉士 工部尚書
李時勉	安福人	永樂二年進士	選庶吉士 國子祭酒
周　述	吉水人	永樂二年榜眼	翰林編修
周孟簡	吉水人	永樂二年探花	周述之弟，授編修
余學夔	泰和人	永樂二年進士	選庶吉士，官至侍講學士
李昌祺	盧陵人	永樂二年進士	選庶吉士 河南左布政使
張　徹	新淦人	永樂二年進士	吏部郎中
羅汝進	吉水人	永樂二年進士	選庶吉士，歷翰林修撰 工部侍郎
錢習禮	盧陵人	永樂九年進士	選庶吉士 禮部右侍郎
熊　概	集水人	永樂九年進士	南京都察院右都御史
陳　循	泰和人	永樂十三年狀元	翰林修撰 官至少保、尚書、華蓋殿大學士
周　敘	吉水人	永樂十六年進士	翰林侍講學士 居禁近二十餘年
曾鶴齡	泰和人	永樂十九年狀元	翰林修撰，侍講學士
劉　球	安福人	永樂十九年進士	翰林侍講

蕭　鎡	泰和人	宣德二年進士	入翰林 太子少詩戶部尚書
吳　節	安福人	宣德四年會試第一	選庶吉士，授編修 太常侍卿兼侍講學士
李　紹	安福人	宣德八年進士	選庶吉士 侍學講士禮部侍郎
劉定之	永新人	正統元年會試第一	授編修 侍讀學士直內閣，進侍郎
劉　儼	吉水人	正統七年狀元	授修撰 太常卿兼侍講學士
彭　時	安福人	正統十三年狀元	授修撰 少保、吏部尚書、文淵閣大學士

由此表可看出幾點：

（1）江西人多中得甲科，並曾於翰林供職編修或侍講，處理文書與公文辦理的各項事務。

（2）永樂二年始有詮選首甲進士與庶吉士入閣讀書學習，江西派佔了多數。

（3）建文四年始立內閣，七人內江西佔有五人，此後一直到明中葉，江西在內閣裡始終有人數或權力的地位。

（4）館閣之起，與浙東退，江西代，幾乎時間緊密聯繫，換句話說，永樂後逐漸出現的臺閣體詩文，與江西人進入館閣有極大關係。

因此，洪、建以降盛行之「臺閣體」，可以說是明初地域詩學理江西派的流衍，《殿閣詞林記》卷十二曰：

> 洪武、永樂、洪熙、宣德四朝，近侍官輪班入值，若本院官則日在館閣。吳沉、劉三吾、胡廣、楊士奇、胡儼、王英、王直輩，嘗有內直倡和詩。〔註13〕

〔註13〕明·廖道南撰《殿閣詞林記》，台北：商務印書館印行四庫全書珍本一三三～一三六冊，1978 年。

八人中江西派就佔了六人，從《東里續集》卷十五，以及《楊文敏集》卷十四，可發現他們都有〈杏園雅集圖序〉同名文章〔註14〕；而永樂二年入文淵閣讀書的二十九人中，之後成爲位尊文重的，也獨有曾棨、王英、王直三人；三楊死後，掌握文柄的又隱然是王直一人，直到李東陽「茶陵詩派」興起之前，江西派透過臺閣主控文柄是一個重要的文化狀態。如果說「江西體就是臺閣體」，亦不過分〔註15〕。

第二，討論蘇州派（吳中文化）的復興。臺閣體以降，江西勢稍弱，據王世貞《藝苑卮言》卷六所記載：

> 景泰中，稱詩豪者十才子，而劉溥湯胤勣爲之首。劉太醫吏目，湯參將也。湯尤縱誕，每稱杜陵無好句，然與劉論詩，伏不出一語。劉欽謨載其事及溥《白鵲詩》甚詳。成化中，邸署有詩名者，無過於劉昌欽謨，夏寅正夫。欽謨《無題》與正夫《虔州懷古》詩，《懷麓堂詩話》亦載之，然俱平平耳，他作愈不稱。〔註16〕

《明史·文苑傳》亦云：

> 劉溥其詩初學西崑，後更奇縱。〔註17〕

景泰中有十才子，稱爲「景泰十子」，分別爲劉溥（長洲人）、湯胤績（濠梁人）、蘇平（海寧人）、蘇正（平之弟）、沈愚（昆山人）、晏鐸（富順人）、王淮（慈溪人）、鄒亮（長洲人），蔣主忠（儀眞人）、王貞慶（定遠人），錢謙益有一說爲徐震（吳人）。從上面的說明可思考幾點：

（1）他們多不仕，出仕則多爲小官。

（2）吳越兩地人居多。

〔註14〕 正統二年三月一日，館閣諸公聚會於楊榮家的杏園，飲酒賦詩，有《杏園雅集圖》。

〔註15〕 此處可詳參廖可斌的觀念，《復古派與明代文學思潮（上）》第三章〈江西派與臺閣體〉，台北：文津出版社，頁77～113。

〔註16〕 上海古籍出版社續修四庫全書本一六九五冊，續修四庫全書編纂委員會編。

〔註17〕 《明史》，上海古籍出版社，上海書店，1991年。

（3）如又從《藝苑巵言》與《明史》來看，奇縱與任誕似乎是他們
　　創作的一種特色。

　　實際上，他們的詩作與生活狀態，都染有元末明初蘇州一地之氣
息，如沈愚，其〈吳宮詞〉諸篇當時膾炙南方，彷韓偓「香奩體」之
《續香奩》四卷，亦可以看出吳中詩人與朝廷內江西等詩人所主宗尙
之不同。發展到成化、弘治間則湧現了大批精於書法繪畫等藝術的文
（詩）人，《藝苑巵言》卷六亦有記載：

> 祝希哲生而右手指枝，因自號枝指生。爲人好酒色六博，
> 不修行檢。嘗傅粉黛，從優伶酒間度新聲，俠少年好慕之，
> 多齎金遊，允明甚洽。舉鄉薦，從春官試下第。是時海內
> 漸熟允明名，索其文及書者接踵。或輦金幣至門，允明輒
> 以疾辭不見，然允明多醉，伎館中掩之，雖累紙可得，而
> 家故給，以不問僮奴作業。又捐業蓄古法書名籍，售者或
> 故昂直欺之，弗算。至或留客，計無所出酒，窘甚，以所
> 蓄易置，得初直什一二耳。當其窘時，點者持少錢米乞文
> 及手書輒與，已小饒，更自貴也。嘗遺黑貂裘甚美，欲市
> 之，或曰：“青女至矣，何故市之？”允明曰：“昨蒼頭
> 言始識，不市而忘，散之篋，何益？”後拜廣中邑令歸，
> 所請受橐中裝可千金，歸日張酒，呼故狎遊宴，歌呼爲壽，
> 不兩年都盡矣。允明好負逋責，出則群萃而訶誶者至接踵，
> 竟弗顧去。〔註18〕

> 唐伯虎與裏中生張夢晉善。張才大不及唐，而放誕過之，
> 恆曰：“日休小豎子耳，尚能稱醉士，我獨不耶！”一日
> 遊虎丘，會數賈飲山上亭，且詠。靈曰：“此養物技不過
> 弄杯酒間具，何當論詩，我且戲之。”事更衣爲丐者，上
> 丐賈。食已，前請曰：“謬勞君食，無以報。雖不能句，
> 而以狗尾續，奈何？”賈大笑，漫舉詠中事試之，如響。
> 賈不測，始令廥。張復丐酒，連舉大白十數，揮毫頃而成
> 百首，不謝竟去。易維蘿陰下，賈陰使人伺之，無見也，

〔註18〕 同前註。

大駭，以爲神仙雲。張度賈遠則上亭，袜衣金目，作胡人
舞，形狀殊絕。伯虎舉鄉試第一，坐事免。家以好酒益落，
有一石婦，斥去之，以故愈自棄不得。嘗作〈答文徵明書〉
及〈桃花庵歌〉，見者靡不酸鼻也。〔註19〕

文徵仲太史有戒不爲人作詩文書畫者三：一諸王國，一中
貴人，一外夷。生平不近女色，不幹謁公府，不通宰執書，
誠吾吳傑出者也。吾少年時不經事，意輕其詩文，雖與酬
酢，而甚鹵莽。年來人其次孫請，爲作傳，亦足稱懺悔文
耳。〔註20〕

「唐、祝、文、周」江南四大才子，盡是些不拘禮法之士，對當時北
方學術抨擊尤力，這本就是蘇州自來的文風使然，另一方面經過明初
浙東的打壓，以及後來江西臺閣所力主的道學文化，使蘇州在長期自
力更生的型態中，自發的文化抗拒在浮上檯面後更加蓬勃，無論是詩
文的奇詭艷麗，還是對於道學的強烈批判，徐學謨〈二盧先生詩集
序〉：

吳人之詩，自國初高、楊諸公以婉麗倡之，稍祖唐調。兩
百年來，作者輩出。即其人才殊稟，然皆以吳人做吳語，
務極其所偏至，各自能名家。雖間以弱詘要不至浣其質而
漓之也。〔註21〕

我們近觀此時吳人之詩作與詩學概念，不難發現有幾個想法：（1）
強調個人才性甚於群性，詩歌創作突顯生命氣質，不必依附群體道學
之思維；（2）對於題材格調，不復留意，王世貞就批評祝允明「如盲
賈人張肆，頗有珍玩，位置總雜不堪」、批唐寅「如乞兒唱蓮花落，
其少時亦富玉樓金埒」〔註22〕，可見明初的「吳中習尚」經過壓抑後，

〔註19〕同註17。
〔註20〕同註17。
〔註21〕清·黃宗羲編《明文海》卷二六九，台灣商務印書館四庫全書文淵
　　　　閣本。
〔註22〕王世貞《藝苑卮言》卷五，上海古籍出版社續修四庫全書本一六九
　　　　五冊，續修四庫全書編纂委員會編。

終於在景泰以降，衝決潰堤，往顧璘所言「託興歌謠，循情體物，務諧里耳，罔避徘文。雖作者不尙其辭，君子可以觀其度矣」〔註23〕，這種性靈「俗化」的方向邁進；（3）此時他們衝破了北方朱子道學的藩籬，如祝允明的〈燒書論〉、〈學壞於宋論〉，認爲古代經典都「盡變於宋，變輒壞之」，這可看出他們並非排斥復古，而是排斥從宋人尤其是朱子學的角度復古，這似乎也預告著將有一個嶄新的理學流派（陽明學）在南方大行其道，以對峙北方學術。

　　明初地域詩學之延續相當明顯，筆者不禁要去思考，地域詩學進入成化、弘治間，似乎也進入餘響，明初這樣的概念是否可以繼續延承到明中葉以降，如果就朝廷構成來考量，江西臺閣之後的取士，已形成「朝中士大夫無論在政治上和學術文化上的地方色彩逐漸淡化……江西派已與科甲年第有一定關係……不過這些人中進士前都受過鄉邦學術傳統的薰陶，所以仍以地方性爲主要特徵。」〔註24〕，也就是說如以鄉邦傳統和科甲年第，觀察地域文化的影響與地域詩學的概念，鄉邦傳統將因江西文人的凋零被科甲年第取代，代表地域詩學的色彩與影響逐步消失，一個統合各地思潮的流派將會誕生，或許這樣的思維，便可以解釋李東陽「茶陵詩派」（詩派組成人員來自全國各地，吳中人居多）的組合與完成，表示一種以吳中重新思維理學的思考模式，與純粹性的文學流派（不一定要用理爲創作的根本）的誕生。而之後的復古派前七子，也不僅代表著文柄從館閣下移郎署（簡錦松語），更代表地域詩學在茶陵「科甲年第」的整合後，走向大眾化的標誌；而王陽明心學的流行南方，與公安三袁等思維合流後，使得明中葉以降的文化與學術，從地域詩學的多元，走向了南北學術之分立，與南方文化大眾化的趨向。

〔註23〕 顧璘著，嚴一萍選輯《國寶新編》，明萬曆沉節甫輯陽羨陳于廷刊，《百部叢書集成》本第六十冊，藝文印書館影印，1966年。
〔註24〕 引自廖可斌《復古派與明代文學思潮（上）》，台北：文津出版社，頁138。

參考書目與文獻資料

一、洪武、建文詩人別集

（一）浙東派

1. 方孝孺，《遜志齋集》，景印文淵閣四庫全書本，台灣商務印書館，1986年。

2. 王禕，《王忠文公集》，景印文淵閣四庫全書本，台灣商務印書館，1986年。

3. 王紳，《繼志齋集》，景印文淵閣四庫全書本，台灣商務印書館，1986年。

4. 朱右，《白雲稿》，景印文淵閣四庫全書本，台灣商務印書館，1986年。

5. 朱元璋著、胡士萼點校，《明太祖集》（安徽古籍叢書系列），黃山書社出版，1991年。

6. 宋濂，《宋學士全集》，藝文印書館百部叢書集成初編，1970年。

7. 宋濂，《宋景濂集》，景印文淵閣四庫全書本，台灣商務印書館，1986年。

8. 宋濂，《宋景濂未刻集》，景印文淵閣四庫全書本，台灣商務印書館，1986年。

9. 宋濂，《宋文憲公全集》，四部備要本，台北：中華書局，1981年。

10. 貝瓊，《貝先生文集》，原四部叢刊影印明洪武本，景印文淵閣四庫全書本，台灣商務印書館，1986年。

11. 李昱，《草閣集》，武林往哲遺著光緒二十二年錢唐丁氏嘉會堂刊本。

12. 金寔,《覺非齋文集》,原明天順刻本,明成化元年唐瑜刻本,續修四庫全書本,續修四庫全書編纂委員會編,上海古籍出版社印,1995年。

13. 胡翰,《胡仲子集》,景印文淵閣四庫全書本,台灣商務印書館,1986年。

14. 徐一夔,《始豐稿》,景印文淵閣四庫全書本,台灣商務印書館,1986年。

15. 凌雲翰,《柘軒集》,原武林往哲遺著光緒二十二年錢唐丁氏嘉會堂刊本,景印文淵閣四庫全書本,台灣商務印書館,1986年。

16. 烏斯道,《春草齋集》,景印文淵閣四庫全書本,台灣商務印書館,1986年。

17. 張著,《永嘉先生集》,國家圖書館藏舊抄本。

18. 童冀,《尚絅齋集》,景印文淵閣四庫全書本,台灣商務印書館,1986年。

19. 葉子奇,《草木子》,日本寬文九年刻本,元明史料筆記叢刊本,北京中華書局,1997年初版三刷。

20. 趙撝謙,《趙考古文集》,景印文淵閣四庫全書本,台灣商務印書館,1986年。

21. 劉基,《誠意伯文集》,四部叢刊上海涵芬樓刊本。

22. 劉基,《誠意伯劉文成公文集》,景印文淵閣四庫全書本,台灣商務印書館,1986年。

23. 錢宰,《臨安集》,國家圖書館藏舊抄本。

24. 謝肅,《密菴集》,景印文淵閣四庫全書本,台灣商務印書館,1986年。

25. 瞿佑,《歸田詩話》,歷代詩話續編本。

26. 蘇伯衡,《蘇平仲文集》,景印文淵閣四庫全書本,台灣商務印書館,1986年。

（二）蘇州派

1. 王行,《半軒集》,景印文淵閣四庫全書本,台灣商務印書館,1986年。

2. 王彝,《王常宗集》,景印文淵閣四庫全書本,台灣商務印書館,1986年。

3. 汪廣洋,《鳳吟池稿》,景印文淵閣四庫全書本,台灣商務印書館,1986年。

4. 妙聲，《東皋錄》，景印文淵閣四庫全書本，台灣商務印書館，1986年。

5. 易恆，《陶情集》，南京圖書館藏明刊本。

6. 茅大芳，《希董先生集》，道光乙未重鐫庚戌校印本。

7. 殷奎，《強齋集》，景印文淵閣四庫全書本，台灣商務印書館，1986年。

8. 高啓，《鳧藻集》，上海古籍出版社，1985年版。

9. 孫作，《滄螺集》，景印文淵閣四庫全書本，台灣商務印書館，1986年。

10. 張適，《甘白先生張子宜文集》，十萬卷樓藏抄本。

11. 楊基，《眉庵集》，景印文淵閣四庫全書本，台灣商務印書館，1986年。

12. 楊維楨，《鐵崖古樂府》，景印文淵閣四庫全書本，台灣商務印書館，1986年。

13. 董紀，《西郊笑端集》，景印文淵閣四庫全書本，台灣商務印書館，1986年。

（三）江西派

1. 危素，《説學齋稿》，景印文淵閣四庫全書本，台灣商務印書館，1986年。

2. 危素，《危太樸集》，民國甲寅年吳興劉氏家業堂刊本。

3. 危素，《危學士全集》，清乾隆二十三年芳樹園刊本。

4. 周是修，《芻堯集》，四庫全書珍本初集本，台灣商務印書館，1978年。

5. 陳謨，《海桑集》，景印文淵閣四庫全書本，台灣商務印書館，1986年。

6. 梁寅，《梁石門集》，清光緒十五年江西新喻縣學宮板。

7. 張宇初，《峴泉集》，《道藏》（第三十三冊），文物出版社本。

8. 練子寧，《練公文集》，明萬曆年間刊本。

9. 劉崧，《槎翁文集》，明嘉靖元年徐冠刻本。

10. 劉永之，《劉仲修集》，八千卷樓藏抄本。

11. 羅性，《羅德安公集》，清光緒辛巳羅氏家重刊本。

12. 龔斅，《鵝湖集》，景印文淵閣四庫全書本，台灣商務印書館，1986年。

（四）閩中派及其他

1. 朱同,《覆瓿集》,四庫全書珍本初集本,台灣商務印書館,1978 年。
2. 宋訥,《西隱集》,景印文淵閣四庫全書本,台灣商務印書館,1986 年。
3. 林弼,《林登州集》,景印文淵閣四庫全書本,台灣商務印書館,1986 年。
4. 林鴻,《鳴盛集》,景印文淵閣四庫全書本,台灣商務印書館,1986 年。
5. 高棅,《唐詩品彙》,景印文淵閣四庫全書本,台灣商務印書館,1986 年,上海古籍出版社影印明汪宗尼校訂本。
6. 孫蕡,《孫西菴集》,自明誠慶叢書本。
7. 唐桂芳,《白雲集》,景印文淵閣四庫全書本,台灣商務印書館,1986 年。
8. 陶安,《陶學士集》,景印文淵閣四庫全書本,台灣商務印書館,1986 年。
9. 張子寧,《翠屏集》,景印文淵閣四庫全書本,台灣商務印書館,1986 年。
10. 劉如孫,《劉坦齋先生文集》,石溪留畊堂光緒重刊本。
11. 景印文淵閣四庫全書本,台灣商務印書館,1986 年。

二、經　部

1. 王弼,《周易略例》,無求備齋易經集成本第一四九冊,台北：成文出版社印行,1976 年。
2. 朱熹,《大學章句》,《續修四庫全書》第一五九冊,上海古籍出版社,2002 年。
3. 宋天正註譯,《中庸今註今譯》,臺灣商務,1991 年十一版。
4. 阮元校重刻宋本,《十三經注疏附校勘記》,台北：藝文印書館,1956 年。
5. 焦循,《孟子正義》,新編諸子集成本,北京中華書局,1998 年版。

三、史　部

1. 宋濂等編,《元史》,北京中華書局。
2. 李賢編纂,《大明一統志》,文海出版社印行,1965 年 8 月初版。

3. 谷應泰，《明史記事本末》，北京中華書局，1977 年。台北：三民書局，1956 年初版翻印本。

4. 陳田，《明詩紀事》，鼎文書局，1971 年。續修四庫全書本，續修四庫全書編纂委員會編，上海古籍出版社印行，1995 年。

5. 陳鼎《東林列傳》，台北：新文豐出版公司印行，1975 年。

6. 張廷玉，《明史》，上海古籍出版社，1991 年版。國家圖書館編，《明人傳記資料索引》，1965～1966 年。

7. 黃佐著、嚴一萍選輯、清道光伍崇曜校刊，《翰林記》，百部叢書集成本，藝文印書館影印，1968 年初版。

8. 趙翼，《廿二史箚記》，世界書局，1962 年初版。

9. 董倫等修，《明實錄》，中央研究院史語所影印本，1984 年。

10. 廖道南，《殿閣詞林記》，台北：商務印書館印行四庫全書珍本一三三～一三六冊，1978 年。

11. 錢謙益，《列朝詩集小傳》，世界書局，1961 年。續修四庫全書第一五八九冊，續修四庫全書編纂委員會，上海古籍出版社。

12. 龍文彬，《明會要》，世界書局，1960 年。

13. 顧璘著、嚴一萍選輯、明萬曆沉節甫輯陽羨陳于廷刊，《國寶新編》，《百部叢書集成》本第六十冊，藝文印書館影印，1966 年。

14. 顧祖禹，《讀史方輿紀要》，續修四庫全書本第五九八～六一二冊，續修四庫全書編纂委員會編，上海古籍出版社印行，1995 年。

四、子 部

1. 王夫之《思問錄》，台北：世界書局，1959 年。

2. 王梓材，《宋元學案補·龍川學案》，叢書集成續編本，台北：新文豐，民國 74 年。

3. 朱熹著、張伯行輯，《朱子語類》，商務印書館，1939 年。

4. 朱熹著、張伯行編、左宗棠增刊卷，《朱子文集》，《百部叢書集成》十三～二十六冊，藝文印書館編印，1968 年初版。

5. 呂本中著、嚴一萍選輯、清光緒陸心源校刊，《東萊呂紫薇師友雜志》，百部叢書集成本，藝文印書館影印，1968 年。

6. 呂本中，《童蒙訓》，萬有文庫本，商務印書館，1939 年。

7. 周敦頤，《周子通書》，上海古籍出版社，2000 年版。

8. 邵雍，《擊壤集》，台北：廣文書局，1985 年。

9. 張載，《張子正蒙》，世界書局，1980 年。

10. 程顥、程頤撰、朱熹編，《程氏遺書》，台灣商務印書館，1978 年版。

五、其他別集

1. 王夫之，《明詩評選》，北京文化藝術出版，1997 年。

2. 元好問，《元遺山先生文集》，景印文淵閣四庫全書本，台灣商務印書館，1986 年。

3. 文徵明，《甫田集》，景印文淵閣四庫全書本，台灣商務印書館，1986 年。

4. 王世貞，《藝苑巵言》，《歷代詩話續編》本，木鐸出版社，1983 年 9 月。

5. 嚴羽撰、郭紹虞校釋，《滄浪詩話校釋》，臺北：里仁書局，1987 年。

6. 黃庭堅，《黃山谷詩集注》，世界書局出版，1996 年 11 月。

7. 李東陽，《懷麓堂詩話》，景印文淵閣四庫全書本，台灣商務印書館，1986 年。

8. 吳可撰、嚴一萍選輯，《藏海詩話》，百部叢書集成本，藝文印書館，1966 年。

9. 解縉，《文毅集》，景印文淵閣四庫全書本，台灣商務印書館，1986 年。

10. 曾季貍，《艇齋詩話》，廣文書局出版，1971 年。《續修四庫全書》本一六九四冊續修四庫全書編纂委員會，上海古籍出版社，2002 年。

11. 葉盛，《水東日記》，北京：中華書局 1980 年版。

12. 胡應麟，《詩藪》，明崇禎五年重刊本，台北：廣文書局印行，1973 年。

六、總　集

1. 丁福保，《歷代詩話續編》，藝文印書館，1959 年。

2. 丁福保，《古今詩話叢編》，廣文書局。

3. 朱彝尊，《明詩綜》，世界書局，1988 年。

4. 何文煥，《歷代詩話》，藝文印書館，1956 年。

5. 吳世常輯注，《論詩絕句二十種輯注》，陝西人民出版社，1984 年。《合印四庫全書總目提要及四庫未收書目與禁燬書目》，台灣商務印書館出版。沈德潛，《明詩別裁》，台灣商務印書館，1978 年臺一版。

6. 黃宗羲編，《明文海》，景印文淵閣四庫全書本，台灣商務印書館，1986 年。

7. 錢伯城等編,《全明文》,上海古籍出版社,1994 年 2 月。

七、現當代學者撰述

（一）文學史

1. 王忠林,《中國文學史初稿》,萬卷樓出版,2002 年。

2. 北京大學主編,《中國文學史》,人民文學出版社印行,1959 年。

3. 江增慶編著,《中國文學史》,國立編譯館主編,五南圖書出版,1995 年。

4. 何曉明、周積明、馮天瑜等著,《中華文化史》下冊,桂冠圖書,1993 年 5 月。

5. 吳文治,《中國文學史大事年表》,黃山書社,1982 年。

6. 胡懷琛編,《中國文學史綱要》,台灣商務印書館,1958 年臺一版。

7. 胡雲翼著,《中國文學史》,莊嚴出版社,1982 年。

8. 柳存仁著,《中國文學史》,香港大公書局,1962 年七版。

9. 袁行霈、褚斌杰,《中國文學史綱要》,曉園出版社,1991 年。

10. 袁行霈,《中國文學史》,高等教育出版社,1999 年。

11. 梁容若,《中國文學史研究》,東大,2004 年。

12. 張長弓,《中國文學史新編》,開明書局,1954 年。

13. 游國恩,《中國文學史》,五南文化,1990 年。

14. 楊鐮,《元詩史》,人民文學出版社,2003 年 8 月。

15. 華仲麐編著,《中國文學史論》,台灣開明書店,1976 年 3 月三版。

16. 葉慶炳,《中國文學史》,學生書局,1987 年。

17. 駱玉明、章培恒,《中國文學史》,復旦大學出版,1996 年。

18. 劉大杰著,《中國文學發展史》,台灣中華書局,1963 年臺七版。

（二）文學批評

1. 王金凌,《中國文學理論史》,華正書局,1987 年。

2. 王夢鷗,《中國文學理論與實踐》,時報文化,1995 年。

3. 王運熙、顧易生編,《中國文學批評通史‧明代卷》,上海古籍出版社,1996 年 12 月。

4. 王運熙、黃霖主編,劉明今著,《中國古代文學理論體系:方法論》,復旦大學出版社,2002 年。

5. 王運熙、黃霖主編,汪湧豪著,《中國古代文學理論體系:範疇論》,

復旦大學出版社，2002 年。

6. 吉川幸次郎，《吉川幸次郎全集：元明詩說》，筑摩書房，1984～1985年。

7. 吉川幸次郎著、鄭清茂譯《元明詩概說》，台灣國立編譯館主編，幼獅文化事業公司印行，1986 年，P.141。

8. 朱任生，《詩論分類纂要》，台灣商務印書館，1971 年。

9. 朱榮智，《元代文學批評之研究》，聯經出版事業公司，1982 年。

10. 周偉民，《明清詩歌史論》，吉林教育出版社，1995 年 12 月。

11. 邵紅、葉慶炳編，《明代文學批評資料彙編》，成文出版社，1979 年。

12. 徐中玉主編，《中國古代文藝理論專題資料叢刊：文氣編》，中國社會科學出版社，1997 年。

13. 徐中玉主編，《中國古代文藝理論專題資料叢刊：才性編》，中國社會科學出版社，1997 年。

14. 逢甲大學中文系所編輯，《中國文學理論與批評論文集》，新文豐，1995 年臺一版。

15. 陳良運，《中國詩學體系論》，中國社會科學出版社，2003 年 4 月三刷。

16. 郭紹虞，《中國文學批評史》，文史哲出版社，1990 年 7 月。

17. 黃保真、成復旺、蔡鍾翔著《中國文學理論史》，台北：洪葉，1994年。

18. 張偉保，《明代文學「復古與革新」研討會論文集》，新亞研究所出版、文星圖書公司發行，2001 年。

19. 張健，《朱熹的文學批評》，台灣商務印書館，1969 年。

20. 張健，《明清文學批評》，國家出版社，1983 年初版。

21. 姬秀珠，《明初大儒方孝孺研究》，文史哲出版社，1991 年 4 月。

22. 廖可斌，《復古派與明代文學思潮（上冊）》，文津出版社，1994 年。

23. 蔡振楚，《詩話學》，湖南教育出版社，1990 年 10 月。

24. 劉若愚，《中國文學理論》，聯經出版社，1981 年。

25. 錢基博，《明代文學》，台北：商務印書館，1984 年。

26. 簡錦松，《明代文學批評研究》，學生書局，1989 年 2 月。

27. 羅根澤，《中國文學批評史》，學海出版社，1980 年。

28. 龔顯宗，《明洪、建二朝文學理論研究》，華正書局，1986 年 6 月。

29. 龔顯宗，《明初越派文學研究》，文史哲出版社，1988 年 7 月。

30. 龔顯宗，《明清文學研究論集》，華正書局，1996 年 1 月。

（三）思想史與專著

1. 王邦雄等編，《中國哲學史》，台灣：空中大學，1995 年 8 月。

2. 王曉興，《宋明理學》，上海古籍出版社，1999 年。

3. 余英時，《宋明理學與政治文化》，允晨文化，2004 年。

4. 孫克寬，《元代金華學術》，東海大學出版，1975 年 6 月。

5. 眞諦譯、高振農校釋，《大乘起信論校釋》，中華書局出版，2000 年。

6. 容肇祖，《明代思想史》，台北：開明書店，1941 年。

7. 侯外廬、邱漢生、張豈之等，《宋明理學史》，人民出版社，1997 年。

8. 孫克寬，《元代金華學術》，東海大學出版，1975 年 6 月。

9. 馬積高，《宋明理學與文學》，湖南師範大學出版社，1989 年。

10. 陳來，《宋明理學》，洪葉文化，1994 年。

11. 張學智，《明代哲學史》，北京大學出版社，2000 年。

12. 馮炳奎，《宋明理學研究論集》，黎明文化，1989 年。

13. 許總，《宋明理學與中國文學》，百花洲文藝出版社，1999 年。

14. 許總，《理學文藝史綱》，江蘇教育出版社，2001 年。

15. 蔡仁厚，《宋明理學》（南宋篇），台灣：學生書局，1980 年。

16. 錢穆，《中國學術思想史論叢（六）》，1993 年 12 月三版。

17. 錢穆，《中國學術思想史論叢（七）》，1993 年 12 月三版。

18. 錢穆，《宋明理學概述》，台灣：學生書局，1984 年。

（四）史地類與其他

1. 加斯東・巴舍拉（GastonBachelard）著，龔卓軍、王靜慧譯，《空間詩學》，張老師文化出版，2003 年版。

2. 侯伯・埃斯卡皮（RobertEscarpit）著，葉淑燕譯，《文學社會學》，遠流出版社，1990 年。

3. 瑪格麗特・魏特罕（MargaretWertheim），《空間地圖》，台灣商務印書館，2001 年 8 月。

4. 徐子方，《挑戰與抉擇——元代文人心態史》，河北教育出版社，2001 年 11 月。

5. 南華大學文學系編《明清文學與學術思想研討會論文集》，2004 年 5 月 1 日舉辦。

6. 南炳文、湯綱，《明史》，上海人民出版社，2003 年。

7. 陸寶千，《中國史地綜論》，廣文書局，1962 年 8 月。

8. 梁啓超，《近代學風之地理分佈》，台灣中華書局，1956 年。

9. 黃仁生，《日本現藏稀見元明文集考證與提要》，岳麓書社，2004 年 8 月。

10. 陳正祥，《中國文化地理》，木鐸出版社，1983 年。

11. 陳正祥，《中國歷史文化地理（上冊）》，南天書局，1995 年 10 月。

12. 陳序經，《中國南北文化觀》，牧童出版社，1976 年。

13. 臧勵龢，《中國古今地名大辭典》，商務印書館，1935 年。

14. 費振鐘，《墮落時代：明代文人的集體墮落》，立緒文化，2002 年。

15. 錢穆，《國史論衡》，東大出版，2004 年 1 月三版一刷。

16. 錢鍾書，《談藝錄》，臺北：書林，P.545，1988 年。

17. 謝水順等著，《福建古代刻書》，福建人民出版社，2001 年 6 月。

18. 謝思煒，《唐宋詩學論集》，北京商務印書館，2003 年 3 月。

19. 嚴勝雄，《都市的空間結構》（經濟學百科全書第八冊），聯經出版社，1986 年。

八、期刊、學位論文類

（一）對個別詩人之評述

1. 丁威仁，〈宋濂詩論探賾〉，彰化師範大學第六屆古典詩學會議所宣讀之論文，2002 年 5 月。

2. 周群，〈劉基詩論〉，《中國文哲研究集刊》第十三期，台灣中央研究院中國文哲研究所，1998 年 9 月。

3. 孫德彪，〈試談禪宗對古代文論之影響〉，《延邊大學學報》（哲社版），1991 年 1 月。

4. 晏選軍，〈鐵崖體詩風淺探〉，《中國韻文學刊》1999 年第一期，浙江大學中文系編。

5. 陳淑媛，〈方孝孺正統論初探〉，收錄於《史匯》，1996 年 5 月。

6. 陳昭銘，〈方孝孺詩文理論探賾〉，彰化師範大學第六屆古典詩學會議所宣讀之論文，2002 年 5 月。

7. 陳書錄，〈楊維楨——明代詩文邏輯發展的起點〉，《南京師大學報》（社會科學版），1995 年第三期。

8. 張健，〈高啓〈郊墅雜賦十六首〉析論〉，彰化師範大學第六屆古典詩學會議所宣讀之論文，2002 年 5 月。

9. 張仲謀，〈論宋濂的文論與散文創作〉，《徐州師範學院學報》（哲學

社會科學版），1996 年第二期。

10. 黃景進〈朱子的詩論〉，《國際朱子學會議論文集》，中央研究院中國文學研究所籌備處印行，1993 年 5 月。

11. 劉耘，〈明初閩詩人張以寧、林鴻論略〉，《福州師專學報》（社會科學版），第十九卷第五期，1999 年 12 月。

12. 梅俊道〈邵雍的詩歌理論及其詩歌創作〉，《九江師專學報》（哲社版），1992 年 2～3 月。轉引自《中國古代、近代文學研究》，北京：中國人民大學書報資料中心出版，1992 年 11 月。

（二）文學理論之評述

1. AllanPred 著，許坤榮譯〈結構歷程和地方──地方感和感覺結構的形成過程〉一文，刊於《空間的文化形式與社會理論讀本》，台北明文書局，1993 年 3 月。

2. 古建軍，〈「詩言志」的歷史魅力與當代意義──一部微型的中國古典詩學論著〉，《社會科學戰線》（長春），1991 年 2 月。

3. 祁志祥，〈古代文論的總體創作方法論──「活法」說研究〉，《學術月刊》（滬），1992 年 4 月。

4. 吳建民，〈中國古代詩歌批評的三種主要方法〉，《曲靖師範學院學報》第二十一卷第五期，2002 年 9 月。

5. 涂光社，〈「詩言志」系統理論的發展與遞進層次〉，《楚雄師專學報》，第十四卷第一期，1999 年 1 月。

6. 孫德標、劉清艷，〈試談禪宗對古代文論之影響〉，《延邊大學學報》（哲社版），1991 年 1 月。

7. 張海明，〈原道說和中國文學理論〉，《上海文論》，1991 年 5 月。

8. 蔣述卓，〈古代詩論中的以禪論詩〉，《江西師範大學學報》（哲社版：南昌），1992 年 1 月。

9. 簡錦松，〈錢謙益《列朝詩集小傳》批評立場新論〉，南華大學文學系編《明清文學與學術思想研討會論文集》，2004 年 5 月 1 日舉辦。

10. 簡錦松〈論明代文學思潮中的學古與求眞〉，收錄於《古典文學》第八集，台灣：學生書局，1986 年 4 月。

11. 譚帆，〈試析中國古代文論中的價值觀念〉，《文藝理論研究》（滬），1991 年 4 月。

（三）元末明初詩文發展與其他

1. 王學泰，〈以地域分野的明初詩歌派別論〉，《文學遺產》1999 年第五

期，轉自中國社科院文學所‧中國文學網。

2. 付明明，〈明建國前後徵聘文士考略〉，《重慶教育學院學報》第十五卷第二期，2002 年 3 月。

3. 朴英順，〈《滄浪詩話》與明代詩論〉，《上海大學學報》（社會科學版），1997 年 2 月。

4. 李曰剛，〈初明六大詩派之流變〉，師大學報第十八期。

5. 辛一江，〈論元末明初越派與吳派的文學思潮〉，《昆明師範高等專科學校學報》，第二十一卷第三期，1999 年 9 月。

6. 林麗月，〈明初的察舉〉，收錄於《明史研究專刊第一期》。

7. 孫小力，〈明代詩學書目匯考〉，《中國詩學》第九輯。

8. 許總，〈論理學規範下的明初文風〉，《漳州師院學報》，1999 年第三期。

9. 許師建崑，〈文學大眾化與大眾文學化——重構明代文學史論述的主軸〉，南華大學文學系編《明清文學與學術思想研討會論文集》，2004 年 5 月 1 日舉辦。

10. 黃志民，《明人結社之研究》，國立政治大學中文研究所碩士論文。

11. 楊啓樵，〈明初人才培養與登進制度及其演變〉，收錄於《新亞學報》六卷二期，1964 年 8 月 1 日。

12. 鄭利華，〈明代中葉吳中文人集團及其文化特徵〉，《上海大學學報》（社會科學版），1997 年 7 月，第四卷第二期。

13. 劉本棟，〈明洪武建文朝別集考略〉，收錄於《幼獅學誌》九卷一期，1970 年 3 月 31 日。

14. 劉明浩，〈論元人詩論中的「情性」問題〉，《內蒙古社會科學》（文史哲版：呼和浩特），1993 年 1 月。

15. 劉海燕，〈試論明初詩壇的崇唐抑宋傾向〉，《文學遺產》2001 年第二期。

16. 劉渭平，〈明代詩學之發展與影響〉，《明清史集刊》第三卷，1997 年 6 月。

17. 橫田輝俊，〈明代文人結社之研究〉，收錄於《廣島大學文學部紀要特輯號三》。

18. 駱允治，〈南宋金華三派學說概述〉，收錄於《文瀾學報》三卷二期。

19. 簡錦松，〈論明代文學思潮中的學古與求真〉，收錄於《古典文學》第八集，台灣：學生書局，1986 年 4 月。

（四）學位論文

1. 王頌梅，《明清性靈詩說研究》，東吳大學中國文學研究所博士論文，1990 年。

2. 安贊淳，《明代理學家文學理論研究》，臺灣大學中國文學研究所博士論文，1998 年。

3. 李麗華，《劉基及其文學研究》，彰化師範大學國文研究所碩士論文，2000 年。

4. 李欣潔，《明代復古詩論重探》，清華大學中國文學研究所碩士論文，2000 年。

5. 卓福安，《王世貞詩文論研究》，東海大學中國文學研究所博士論文，2002 年。

6. 邵曼珣，《論眞：以明代詩論爲考察中心》，東吳大學中國文學研究所碩士論文，1986 年。

7. 林美蘭，《貝瓊的文學研究》，中山大學中國文學研究所碩士論文，1997 年。

8. 長安靜美，《明初十六子研究》，臺灣大學中國文學研究所碩士論文，1993 年。

9. 吳瑞泉，《明清格調詩說研究》，東吳大學中國文學研究所博士論文，1987 年。

10. 范宜如，《明代中期吳中文壇研究——一個地域文學的考察》，臺灣師範大學國文研究所博士論文，2000 年。

11. 唐惠美，《元明之際士人出處之研究——以宋濂爲例》，清華大學歷史研究所碩士論文，1999 年。

12. 高郁婷，《蘇伯衡的文學理論及其作品研究》，中山大學中國文學研究所碩士論文，1995 年。

13. 陳鎮亞，《楊維楨研究》，東吳大學中國文學研究所碩士論文，1982。

14. 連文萍，《明代茶陵派詩論研究》，東吳大學中國文學研究所碩士論文，1988 年。

15. 黃如焄，《明代詩學精神與神韻傳統》，中正大學中國文學研究所博士論文，1999 年。

16. 葉含秋，《宋濂年譜》，東海大學中國文學研究所碩士論文，1989 年。

17. 蔡瑜，《高棅詩學研究》，臺灣大學中國文學研究所碩士論文，1984 年。

18. 應懿梅，《劉伯溫及其詩》，輔仁大學中國文學研究所碩士論文，1984 年。